청바지 돌려 입기

THE SECOND SUMMER OF THE SISTERHOOD
by Ann Brashares

Copyright ⓒ 2003, 17th Street Productions, an Alloy Online, Inc. Company
Korean Translation Copyright ⓒ 2015, MUNHAKDONGNE Publishing Corp.
All Rights Reserved.

This Korean edition was published by arrangement with
Random House Children's Books, a division of Random House., Inc.,
New York, NY, USA through Korean Copyright Center, Seoul.

이 책의 한국어판 저작권은 한국저작권센터(KCC)를 통해
저작권자와 독점 계약한 (주)문학동네에 있습니다.
저작권법에 의해 한국 내에서 보호를 받는 저작물이므로
무단 전재 및 무단 복제를 금합니다.

이 도서의 국립중앙도서관 출판예정도서목록(CIP)은
서지정보유통지원시스템 홈페이지(http://seoji.nl.go.kr)와
국가자료공동목록시스템(http://www.nl.go.kr/kolisnet)에서 이용하실 수 있습니다.
(CIP제어번호: CIP2015024498)

청바지 돌려 입기

앤 브래셰어스 장편소설 | 부선희 옮김

2

문학동네

사랑하는 나의 어머니 제인 이스턴 브래셰어스에게

우리는 '청바지 돌려 입기'에 대해 다음과 같은 규칙들을 제정하는 바이다.

1. 바지는 절대로 세탁하지 않는다.

2. 접어 입지 않는다. 정말 꼴불견이다. 바지를 접어 입고도 안 흉해 보이는 경우는 절대 없다.

3. 입고 있는 동안 '뚱땡이'라는 욕설을 입에 담지 않는다. 또한 마음속으로라도 '나는 뚱뚱해' 같은 생각을 하지 않는다.

4. 절대로 남자애가 바지를 벗기게 두지 않는다(상대 면전에서 직접 벗는 것은 가능하다).

5. 입고 있는 동안 코를 후비지 않는다. 다만 코딱지가 생긴 경우 가볍게 콧구멍을 긁는 것은 가능하다.

6. 재결합시 다음 절차에 따라 바지와 함께 보낸 시간에 대한 기록을 남긴다.
   • 바지 왼다리 위에, 입고 갔던 곳 중 가장 흥미로웠던 장소를 쓴다.
   • 바지 오른다리 위에, 입고 있는 동안 일어났던 가장 중요한 사건을

쓴다. (예를 들면, '입고 있는 동안 육촌 아이번과 야릇한 시간을 보냈다'.)

7. 여름 내내 서로에게 편지를 한다. 서로가 없는 생활이 재미있든 아니든 간에 말이다.

8. 함께 정한 규칙에 따라 바지를 넘긴다. 이를 어길 경우 재결합시 엄한 체벌이 따를 것이다.

9. 바지를 입었을 때는 셔츠 자락을 바지 안에 넣고, 허리띠는 매지 않는다. 2항 참조.

10. 기억할 것: 바지=사랑. 친구들을 사랑하자. 자기 자신을 사랑하자.

진실만큼 경이로운 것은 없다.

_마이클 패러데이

프롤로그

    청바지를 돌려 입는 네 명의 소녀가 있었다. 각자 사이즈도 체형도 달랐지만 바지는 넷 모두에게 잘 맞았다.

    사람들은 이것이 교외 지역에 떠돌아다니는 전설 같은 이야기에 불과하다고 생각할지도 모른다. 하지만 나는 이 이야기가 사실이라는 걸 알고 있다. 왜냐하면 내가 바로 청바지를 돌려 입는 소녀들 중 한 명이기 때문이다.

    작년 여름, 우리는 완전히 우연한 기회에 마법을 체험하게 되었다. 우리 넷은 난생처음으로 서로 떨어져 여름방학을 보낼 예정이었다. 그런데 뿔뿔이 흩어지기 직전, 카르멘이 헌옷 가게에서 바지 하나를 사왔다. 한번 입어보지도 않고 말이다. 카르멘은 바지를 그냥 버릴 생각이었는데, 막상 바지에 주목한 사람은 티비였다. 티비가 일등으로 입어보았고, 나 레나, 브리짓, 카르멘의 순서로 줄줄이 입어보았다.

마지막 타자 카르멘이 바지를 입은 순간, 우리는 뭔가 범상치 않은 일이 벌어지고 있다는 것을 깨달았다. 우리 네 명 모두에게 같은 바지가 맞는다는 것, 그건 분명 이상한 일이었으니까. 하지만 그 바지는 진짜로 우리 모두에게 꼭 맞았다. 우리가 보고 만질 수 있는 세상에선 일어날 수 없는 일이 일어난 것이다. 내 동생 에피는 내가 마법 같은 것을 믿지 않는다고 우긴다. 뭐, 예전엔 정말 그랬던 것 같다. 하지만 청바지를 돌려 입은 첫번째 여름 이후, 난 마법을 믿는다.

세상에서 가장 아름다울 뿐 아니라 친절하고 현명하고 편안한 바지, 게다가 입은 사람을 정말 멋져 보이게 만들어주는 능력까지 겸비한 바지가 우리의 바지다.

우리 청바지 돌려 입기 멤버들은 청바지를 돌려 입기 훨씬 전부터 친구였다. 태어나기 전부터 서로를 알고 있었다. 우리 엄마들은 같은 임신부 에어로빅 교실에 다녔고, 모두 9월에 출산할 예정이었다. 나는 이 사실이 우리에 관해 뭔가를 설명해주는 것 같다. 우리 모두 엄마 뱃속에 있는 동안 작은 머리에 어마어마한 자극을 받았다는 공통점이 있으니까.

우리는 총 십칠 일에 걸쳐 태어났다. 첫번째로 내가 8월 말에 예정보다 조금 일찍 태어났고, 마지막으로 예정보다 조금 늦은

9월 중순에 카르멘이 세상으로 나왔다. 쌍둥이들이 누가 삼 분 먼저 태어났는지를 얼마나 민감하게 따지는지 아는가? 그게 무슨 대단한 일이라도 되는 것처럼? 그런데 우리가 딱 그랬다. 우리 중 내가 가장 나이가 많고(뭐, 가장 성숙하고 엄마 같다는 뜻이다) 카르멘이 가장 어리다는 사실을 무척 중요하게 여겼다.

우리가 태어나고 엄마들은 더욱 가까워졌다. 우리가 유치원에 들어갈 때까지 엄마들은 일주일에 적어도 사흘 이상은 뭉쳐서 놀았다. 엄마들은 모임의 이름을 '9월생들'이라고 지었고, 결국 그 이름을 우리에게까지 물려주었다. 엄마들은 아무 집에나 쳐들어가서 아이스티와 방울토마토를 먹으며 수다를 떨었다. 우리는 놀다놀다 지치면 가끔 싸우기도 했다. 거짓말 안 보태고, 나는 당시 친구 엄마들의 모습을 내 엄마만큼이나 또렷이 기억하고 있다.

우리 넷, 그러니까 딸들도 나름대로 그 시절을 곱씹으며 인생의 황금기를 추억하고 있다. 시간이 흐르고 우리가 자람에 따라 엄마들의 우정은 점차 느슨해졌다. 그러다 브리짓의 엄마가 돌아가셨고, 그 일로 엄마들 사이에 엄청난 틈이 생겼다. 아무도 그걸 어떻게 메워야 할지 알지 못했다. 아니, 아무도 그럴 용기를 못 낸 건지도 모른다.

친구라는 말은 우리가 서로에 대해 느끼는 감정을 전부 말해주기에 충분치 않다. 그건 누구로부터 시작되어 누구에게서 끝나는지 모르는 마음이다. 티비는 나랑 영화를 보면서 웃기거나 무서울 때마다 내 정강이를 계속 발꿈치로 걷어찬다. 나는 대개 다음날 정강이에 피멍이 든 걸 보고서야 그 사실을 깨닫는다. 카르멘은 역사 시간 내내 야들야들한 내 팔꿈치를 만지작거린다. 브리짓은 내가 컴퓨터로 뭘 보여주려 할 때마다 내 어깨에 턱을 괸다. 설명해주려고 고개를 돌려보면 이까지 딱딱거리고 있다. 우리는 서로 발도 자주 밟는다(뭐, 상관없다. 내 발이 크니까).

청바지를 돌려 입기 전까진 우린 서로 떨어져 있으면서도 함께할 수 있는 방법을 알지 못했다. 같이 있을 때보다 떨어져 있을 때 더 성숙하고 강해지며, 서로를 더 필요로 하게 된다는 것도 알지 못했다. 청바지를 돌려 입는 첫번째 여름을 보내면서야 비로소 깨달았다.

그래서였는지 우리는 두번째 여름엔 무슨 일이 벌어질지 몹시 궁금해하며 일 년을 보냈다. 운전을 배웠고, 열심히 공부하며 대입을 준비했다. 내 동생 에피는 사랑에 빠졌고(그것도 여러 번이나!), 난 사랑에서 벗어나려고 허우적댔다. 브라이언은 아예 티비네 집에 눌러앉았고, 티비는 갈수록 베일리에 대한 언급을 피했다. 카르멘과 폴은 의붓남매에서 친구 사이가 됐다. 그리고 모두들 걱정과 사랑이 가득 담긴 눈으로 브리짓을 지켜보았다.

그동안 바지는 카르멘의 옷장 맨 위 칸에 고이 모셔져 있었다. 여름 바지였기 때문에 그러기로 모두 의견을 모든 터였다. 우리

삶의 기점은 늘 여름이었으니까. 게다가 빨면 안 된다는 규칙도 있어서 너무 자주 입으면 안 될 것 같았다. 하지만 가을, 겨울, 봄을 지내는 동안 마법의 바지를 잊은 적은 없었다. 청바지는 카르멘의 옷장 안에서 얌전히 마법의 힘을 키우고 있었을 것이다. 우리가 그 바지를 필요로 하는 그 순간을 기다리며.

이번 여름은 작년과는 다르게 시작됐다. 버지니아에 있는 대학교 영화 관련 프로그램에 등록한 티비를 빼고는 모두 집에서 방학을 보낼 예정이다. 함께일 때는 바지가 어떤 마법을 부리는지 확인할 생각에 우리는 한껏 들떴다.

하지만 브리짓이 덜컥 새로운 일을 하겠다고 나섰다. 그렇게 우리의 여름은 예상과는 다르게 시작되었다.

진심으로 노력했던 자 외에

말할 수 있는 자 누구인가?

_바이런 경

브리짓은 바닥에 주저앉았다. 가슴이 요동쳤다. 카펫 위에 네 통의 편지가 놓여 있었다. 전부 앨라배마 주 소인이 찍혀 있고, 브리짓과 그녀의 쌍둥이 남매, 페리 브릴런드 앞으로 온 것들이었다. 보낸 사람은 브리짓의 엄마의 엄마인 그레타 랜돌프 부인이었다.

　　오 년 전에 온 첫번째 편지는 앨라배마 버지스에 있는 감리교회에서 열리는 마들린 랜돌프 브릴런드의 추모 예배에 브리짓과 페리가 참석해주기를 바란다는 내용이었다. 두번째 편지는 사 년 전 것으로, 외할아버지가 돌아가셨다는 소식을 전하고 있었다. 동봉한 백 달러짜리 수표 두 장은 얼마 안 되지만 외할아버지의 유언에 따른 유산이라고 했다. 세번째는 이 년 전 랜돌프와 마빈 가족의 상세한 족보를 기록한 편지였다. 너의 뿌리라는 외할머니의 손글씨가 적혀 있었다. 네번째 편지는 작년에 왔는데, 아무 때고 좋으니 제발 한 번만 와달라는 내용이 담겨 있었다.

지금까지 브리짓이 읽기는커녕 구경도 못해본 편지들이었다.

편지들은 그녀의 출생증명서와 성적표, 건강기록부 사이에 끼여 있었다. 발견된 곳은 아빠 서재에서였다. 아빠는 그것들이 원래부터 브리짓의 물건이었다는 듯, 자기는 진작 다 전해줬다는 듯 그렇게 섞어놓은 것이다.

브리짓은 손을 덜덜 떨면서 아빠 방으로 갔다. 방금 직장에서 돌아온 아빠는 언제나처럼 침대에 앉아 신발과 검은색 양말을 벗고 있었다. 오래전 꼬마 브리짓은 아빠 양말을 대신 벗겨주곤 했는데, 그때마다 아빠는 지금이 하루 중 제일 행복한 순간이라고 말했다. 아직 꼬마였던 브리짓은 그 말에 아빠가 불행한 건 아닌지 걱정하곤 했다.

"이거 왜 나한테 안 보여준 거예요?" 브리짓이 소리쳤다. 아빠에게 성큼 다가가 들고 있던 것을 보여주었다. "나랑 페리한테 온 거잖아요!"

아빠는 잘 안 들린다는 얼굴로 브리짓을 바라보았다. 아무리 크게 말해도 늘 그런 식이다. 고개를 저으면서, 자기 눈앞에서 퍼덕이고 있는 것이 무엇인지 알아보는 데만도 한참이 걸렸다. 마침내 아빠가 입을 열었다. "외할머니랑은 연락 끊었다. 그리고 너한테도 따로 연락하지 말아달라고 했고." 간단하고 분명한, 마치 별일 아니라는 말투였다.

"그래도 이건 나한테 온 거잖아요!" 브리짓이 소리쳤다. 이건 별일 아닌 게 아니다. 브리짓에게는 정말 엄청난 일인 것이다.

아빠는 벌써 지친 듯했다. 아빠는 자기 내면 깊은 곳에 갇혀 사는 사람이었다. 그래서 말이 전달되는 데도, 아빠 입에서 다시 말이 나오는 데도 시간이 걸렸다. "너는 미성년자고, 네 보호자는 나다."

"하지만 내가 이 편지를 읽고 싶었다면요?" 브리짓이 받아쳤다.

아빠는 그제야 브리짓이 화났다는 걸 알아차렸다.

브리짓은 대답을 기다릴 기분이 아니었다. 그랬다가는 아빠에게 주도권을 빼앗길 터였다. "난 갈 거예요!" 브리짓은 자기가 무슨 말을 하는지 생각해보지도 않고 일단 내뱉었다. "할머니가 나한테 오라고 했어요. 갈 거예요."

아빠가 눈을 비볐다. "앨라배마에 가겠다고?"

브리짓은 도전적으로 고개를 끄덕였다.

아빠는 마침내 신발과 양말을 다 벗었다. 발이 한층 작아 보였다. "어떻게 갈 건데?" 아빠가 브리짓에게 물었다.

"이제 여름방학이잖아요. 모아놓은 돈도 있고요."

아빠는 잠시 생각했다. 생각해보면 브리짓이 가면 안 될 이유가 없었다. "난 네 외할머니를 좋아하지 않아. 믿지도 않고." 아빠는 결국 브리짓에게 실토했다. "하지만 가는 걸 막진 않으마."

"당연하죠." 브리짓이 쏘아붙였다.

방으로 돌아왔을 땐 이미 전에 있던 여름은 사라지고 새로운 여름이 펼쳐지고 있었다. 브리짓은 떠날 것이다. 어디론가 떠난다니, 기분이 좋아졌다.

"한번 알아맞혀 봐."

이 말이 브리짓의 입에서 나올 때마다 레나는 벌떡 일어나 귀를 기울이게 된다. "뭔데?"

"나 어디 간다. 내일."

"내일 어디 간다고?" 레나가 바보같이 따라 했다.

"앨라배마로 갈 거야." 브리짓이 말했다.

"농담이지?" 하지만 그건 그냥 하는 말이었다. 브리짓의 평소 성격으로 보아, 이 말은 농담이 아니었다.

"외할머니를 만나러 갈 거야. 나한테 편지를 보내셨더라고." 브리짓이 설명했다.

"언제?" 레나가 물었다.

"그러니까…… 그게 실은…… 오 년 전에. 처음 받은 게 오 년 전이야."

그 사실을 모르고 있었다는 얘기에 레나는 충격을 받았다.

"이제야 찾아냈어. 아빠가 지금까지 안 주고 숨겨뒀더라." 브리짓은 화나 보이진 않았다. 그저 사실을 전하는 것 같았다.

"왜 안 주셨대?"

"아빠는 모든 게 할머니 탓이라고 생각하는 것 같아. 할머니더러 우리한테 연락하지 말라고 했대. 할머니가 자꾸 그러는 게 성가셨던 거지."

브리짓의 아빠라면 딸이 이런 일로 충격을 받은 말든 상관하지 않을 거라고 레나는 생각했다.

"얼마나 있을 생각인데?"

"모르겠어. 한 달이나 두 달 정도?" 브리짓은 잠시 아무 말도 하지 않았다. "페리한테 같이 갈 거냐고 물어봤는데, 편지를 보더니 안 가겠대."

별로 놀라울 것 없는 소식이었다. 페리는 한때 정말 귀여운 꼬마였지만, 이제는 낯가리는 십대 소년이 되어버렸다.

레나는 갑자기 계획이 이렇게 바뀌자 불안해졌다. 둘은 함께 아르바이트를 구하기로 했었다. 여름 내내 함께 지내기로. 하지만 브리짓의 이런 충동적인 행동에 한편으로는 안심되기도 했다. 바로 이게 예전 브리짓의 모습이니까.

"보고 싶을 거야." 레나가 떨리는 목소리로 말했다. 이상하게 눈물이 날 것 같았다. 브리짓이 보고 싶으리란 건 당연하다. 하지만 레나는 보통 실제로 슬픔을 느끼기도 전에 말부터 늘어놓는 타입인데, 지금은 순서가 바뀌어서 말도 꺼내기 전부터 슬퍼지려고 했다. 놀라운 현상이었다.

"레나, 나도 네가 보고 싶을 거야." 벌써부터 떨리는 레나의 목소리에, 브리짓이 얼른 부드럽게 대답했다.

브리짓은 한 해 동안 무척 많이 변해버렸지만, 그래도 몇 가지는 여전했다. 레나를 비롯해 대부분의 사람들은 통제 불가능한 감정을 마주하면 물러선다. 하지만 브리짓은 자신의 감정에 당당히 맞선다. 바로 지금처럼. 그게 바로 레나가 브리짓을 좋아하는 이유였다.

내일이 출발인데 티비는 아직 짐도 다 싸지 못했다. 일 년에 두 번, 방학이 시작할 때마다 넷이 함께하는 길다 파티도 준비하지 못했다. 브리짓이 나타났을 때 티비는 미친듯이 짐을 싸는 중이었다.

브리짓은 서랍장에 앉아 티비가 책상 위 물건들을 모조리 바닥에 쓸어내리는 걸 구경했다. 지금은 프린터 케이블선을 찾고 있었다.

"옷장을 뒤져봐." 브리짓이 제안했다.

"거기 없어." 티비가 퉁명스럽게 대꾸했다. 옷장은 쌓아둘 수도 버릴 수도 없는 물건(작년에 죽은 기니피그의 우리 같은 것)들로 꽉 차 있어서 문을 열 수가 없었다. 잘못 열었다간 쏟아져 나오는 잡동사니에 깔려 죽을 판이었다.

"니키가 가져간 게 확실해." 티비가 중얼거렸다. 니키는 티비의 세 살배기 남동생인데, 종종 누나 물건을 집어가서 못쓰게 만들어놓는다. 그것도 티비에게 그 물건이 꼭 필요할 때마다.

브리짓은 아무 말도 하지 않았다. 그냥 조용히 앉아 있기만 했다. 티비가 브리짓을 돌아봤다.

일 년 만에 브리짓을 본 사람이라면, 저기 앉아 있는 아이가 누군지 몰라봤을 것이다. 금발도 아니고, 날씬하지도 않은데다, 너무도 얌전했다. 머리는 짙은 색으로 물들였다. 하지만 염색약은 그애의 유명한 금발을 완전히 감추지 못했다. 원래 깡마르고 탄탄한 체형이어서 그런지 지난겨울과 봄 사이에 찐 8킬로그램의 살이 팔과 다리, 몸통에 어색하게 붙어 있었다. 마치 몸이 이 별도의 지방 덩어리와 하나가 되기를 거부하고 곁에 잠시 얹어둔 것 같았다. 하루빨리 이것들이 사라져버리기를 바라면서. 그 모습을 보며 티비는 브리짓의 마음이 원하는 것과 몸이 원하는 것이 어쩜 저렇게 다를까 생각했다.

"걔는 이제 사라진 것 같아." 브리짓이 진지하게 말했다.

"누가 사라져?" 티비가 잡동사니에서 고개를 들고 물었다.

"나 말이야." 브리짓은 발꿈치로 서랍을 툭툭 찼다.

티비가 자리에서 일어섰다. 지금 이 잡동사니가 중요한 게 아니다. 티비는 브리짓을 바라보며 조심스럽게 침대로 가서 앉았다. 좀처럼 오지 않는 결정적 순간이었다. 카르멘이 지난 몇 달

동안 브리짓이 얘기를 털어놓도록 아주 교묘하게 시도해봤지만 소용없었다. 레나가 엄마처럼 따뜻하게 다가가봐도 꿈쩍하지 않았다. 티비는 직감했다. 지금 나올 얘기가 얼마나 중요한지를.

다른 사람과 살을 맞대는 걸 별로 좋아하지 않는 티비지만 지금만은 브리짓이 자기 옆에 꼭 붙어 앉았으면 했다. 하지만 브리짓이 일부러 서랍장에 앉았다는 걸 본능적으로 알 수 있었다. 브리짓은 마음이 쉽게 편안해지는, 낮고 부드러운 곳에 앉고 싶지 않았던 거다. 그리고 하필 자기한테 털어놓으려는 이유도 알 것 같았다. 브리짓을 사랑하는 만큼, 자기는 말을 끊지 않고 들어줄 테니까.

"무슨 뜻이야?"

"예전의 내가 어떤 애였는지 생각해봤어. 그런데 그게 참 멀게 느껴져. 예전의 나는 빨리 걸었는데, 지금은 느리게 걸어. 예전엔 늦게 자고 일찍 일어났는데, 지금 나는 잠만 자. 예전의 내가 조금만 더 멀리 가버리면, 영영 다시 만날 수 없을 것만 같아."

티비는 두 무릎을 가슴 앞에 꽉 끌어안았다. 다리를 붙잡아두지 않으면 저도 모르게 브리짓에게 다가갈 것 같았다. 브리짓은 양팔로 자기 몸을 끌어안고 있었다.

"예전의 너를…… 다시 만나고 싶니?" 한 마디 한 마디가 온전히 브리짓에게 전달될 수 있도록 티비는 낮고 천천히 말했다.

브리짓은 올해 들어 다른 사람이 되기 위해 갖은 노력을 했다.

티비는 막연하게나마 그 이유를 알 것 같았다. 브리짓은 자신의 문제를 넘어서지 못하고 결국 자체적으로 증인 보호 프로그램을 가동한 것이다. 사랑하는 사람을 잃는다는 게 어떤 것인지 티비는 알고 있었다. 그리고 줄어든 스웨터처럼 슬프게 망가져버린 제 자신을 무방비 상태로 풀어놓는 것이 이런 상황에서 얼마나 유혹적인지도 알고 있었다.

"만나고 싶은 걸까?" 브리짓은 티비가 한 말을 되뇌었다. 어떤 사람(예를 들면 티비 같은 사람)은 감정을 억제하고 안정된 상태에서 얘기를 들어주려고 노력한다. 브리짓은 그 반대다.

"그런 것 같아." 눈물에 젖은 브리짓의 노란 속눈썹이 뾰족하게 뭉쳤다. 티비의 눈에도 눈물이 차올랐다.

"그렇다면 옛날의 널 되찾아야지." 그렇게 말하고 나자 목구멍이 따끔거리는 것 같았다.

브리짓은 한쪽 팔을 쭉 뻗어 손바닥이 위로 향하게끔 손을 내밀었다. 티비는 주저하지 않고 일어나 그 손을 잡았다. 브리짓이 티비의 어깨에 머리를 기댔다. 티비는 쇄골에 닿는 부드러운 머릿결과 촉촉한 눈물을 느꼈다.

"그래서 가려는 거야." 브리짓이 대답했다.

브리짓과 헤어지고 나서, 티비는 자기 자신에 대해 생각해보았다. 티비는 브리짓만큼 망가지지 않았다. 브리짓만큼 드라마틱한 경험도 없었다. 대신 자신을 둘러싼 망령들로부터 조심스럽고 은밀하게 도망쳤다.

　늦은 오후, 카르멘은 침대에 드러누웠다. 행복했다. 방금 티비네 집에서 돌아온 참이었다. 브리짓과 레나도 거기 있었다. 오늘 밤 그들은 길다 클럽에 모여 두번째로 마법의 청바지를 개시할 생각이었다. 카르멘은 지금쯤 자기가 아무데도 가지 못하는 현실에 슬프고 우울해할 줄 알았다. 하지만 누군가를 떠나보내는 것이 생각처럼 힘들지는 않다는 것을 깨달았다. 그런 두려움에 대해서는 대체로 미리 조치를 취해둔다. 게다가 브리짓까지 만나니 기분이 좋아졌다. 브리짓에게 새로운 계획이 생겼다는 사실이 반가웠다. 미친듯이 그립겠지만, 브리짓 안의 뭔가가 좋은 방향으로 바뀐 것 같아서 좋았다.
　카르멘의 예감으로는 이번 여름이 그다지 나쁠 것 같지 않았다. 제비뽑기로 바지 돌려 입는 순서를 정했는데, 카르멘이 첫번째 타자로 뽑혔다. 바지를 입고 내일 저녁 같은 반 킹카랑 데이트까지 하다니, 이런 게 운명이 아니면 뭘까? 뭔가 뜻이 있는 게 틀림없다.
　겨울 내내 마법의 바지가 이번 여름엔 무슨 행운을 가져다줄까 상상하면서 지냈는데, 데이트와 마법의 조합이라니, 카르멘이 원하던 일이 일어날 거라는 조짐이다. 이번 여름, 마법의 바지는 사랑의 바지가 될 것 같다.

컴퓨터에서 익숙한 알람 소리가 들려 카르멘은 몸을 일으켰
다. 브리짓이 보낸 메시지였다.

Beezy3: 짐 싸는 중이야. 너 혹시 발목에 하트 그려진 보라색
　　　　양말 가지고 있어? 내 거?
Carmabelle: 아니. 신었던 것 같긴 한데.

카르멘은 컴퓨터 화면에서 발로 시선을 돌렸다. 당황스럽게도
보라색 투톤 양말이 보였다. 발목 부분을 보려고 발을 돌렸다.

Carmabelle: 에헴. 네 양말 여기 있당.

베세즈다 북부에 있는 길다 에어로빅 스튜디오의 문을 따고
들어가는 건 어려운 일이 아니었다. 계단을 다 올라가자 찌든 땀
냄새가 코를 찔렀다. 카르멘은 자기들 말고 또 누가 이런 데 오
려 할까 싶었다. 그것도 몰래 침입하는 수고를 감수하면서.
　그들은 곧바로 작업에 착수했다. 꽤 엄숙한 기운이 감돌았다.
이미 늦은 시각이었다. 브리짓은 새벽 다섯시 반에 앨라배마행
버스를 타야 하고 티비 역시 오후에 윌리엄스턴 칼리지로 떠나
야 했다.
　전통에 따라 레나가 초를 켜고, 티비가 지렁이 젤리와 치즈 과

자, 주스병을 꺼내놓았다. 브리짓이 음악을 준비해왔지만 틀지는 않았다.

모두의 시선이 카르멘이 껴안고 있는 가방으로 쏠렸다. 아이들은 각자의 경험을 바지에 적고 넷 중 가장 늦게 태어난 카르멘의 생일에 마치 무슨 의식처럼 바지를 봉인해두었다. 그리고 지난 9월 이후 아무도 바지를 꺼내보지 않았다.

카르멘이 가방을 열었다. 정적이 흘렀다. 카르멘은 바지의 발견자가 자신인 것이 자랑스러운 듯 뜸을 들였다. 물론 바지를 버릴 뻔한 사람 역시 카르멘이었지만. 가방을 바닥에 내려놓고 바지를 천천히 펼치자 추억이 소용돌이쳤다.

고요한 경이로움 속에 카르멘이 바닥에 펼쳐놓은 바지를 중심으로 넷은 동그랗게 모여 앉았다. 레나가 규칙이 적힌 종이를 살며시 그 위에 올려놓았다. 모두 잘 알고 있어서 새삼 다시 볼 필요도 없었다. 돌려 입는 순서도 이미 정했고, 바지를 주고받는 것도 작년보다 훨씬 수월할 터였다.

넷은 손을 마주잡았다.

"지금이야." 카르멘이 숨을 내쉬었다. 바로 그 순간이 왔다. 카르멘은 지난여름의 맹세를 기억했다. 모두가 기억하고 있었다. 넷이 함께 그 맹세를 낭송했다.

"바지의 명예를 위해, 우정을 위해, 이 순간을 위해, 이번 여름을 위해, 그리고 우리의 남은 삶을 위해, 따로 또 같이."

　열두시, 이제 헤어져야 할 시간이다…… 한편으론 함께하는
이 여름의 시작이기도 했다.

자신이 변화해온 길을 찾기 위해선

아직 변하지 않고

남아 있는 곳으로

돌아가는 수밖에 없다.

_넬슨 만델라

앨라배마 주 버지스, 인구 12,042명. 개인적으로 큰 의미가 있는 곳이지만, 버스에서 내려도 반겨줄 사람 하나 없으리라는 건 브리짓도 잘 알고 있었다. 이곳에 오는 내내 브리짓은 잠만 잤다. 다행히 운전사가 급정거하는 바람에 깜짝 놀라서 깼고, 가방을 들고 비틀거리며 앞쪽으로 튀어나갈 수 있었다. 그러나 너무 급히 내리느라 의자 밑에 쑤셔넣어둔 우비를 깜빡했다.

브리짓은 보도블록 사이의 가늘고 곧은 금에 집중하면서 시내 중심가를 향해 걸어갔다. 시멘트가 마르기 전에 눌러 만든 가짜 금과는 다르게 이건 진짜였다. 브리짓은 그 금을 반항적으로 쿡쿡 밟으며 걸었다. 태양이 등뒤를 비추고, 가슴속에서 에너지가 뿜어져나오는 것 같았다. 그렇다. 드디어 행동에 착수한 것이다.

뭘 하려는지는 자신도 정확히 알지 못했지만, 적어도 가만히 있는 것보다는 브리짓다웠다.

대충 둘러본 바 시내 중심가에는 교회 두 곳과 철물점, 약국, 빨래방, 야외 테이블이 있는 아이스크림 가게와 법원으로 보이는 건물이 있었다. 마켓 가를 따라 더 내려가니 기묘한 외관에 꽤 비싸 보이는 게스트하우스가 보였다. 모퉁이를 돌아 로열 가에 들어서자 조금 덜 기묘해 보이는 빅토리아풍 건물 '로열 가 암스 하숙'이 나왔다. 꼬질꼬질한 빨간색 간판 밑에 '빈 방 있음'이라고 적힌 표지판이 걸려 있었다.

계단에 올라서서 벨을 누르자 오십대 정도로 보이는 야윈 부인이 나왔다.

브리짓은 표지판을 가리키며 "빈 방 있다고 해서요. 한 이 주 정도 지낼 수 있을까요?" 하고 물었다. 어쩌면 두 달이 될 수도 있었다.

그녀는 브리짓을 찬찬히 살펴보며 고개를 끄덕였다. 하숙은 부인이 사는 가정집이었다. 딱 봐도 그래 보였다. 건물이 꽤 큰 것이 한때는 부유했을 것 같지만 지금은 집도 부인도 형편이 어려워 보였다.

서로 인사를 나눈 뒤 베넷 부인은 2층 정면 쪽 침실을 보여주었다. 가구는 별로 없었지만 방이 크고 햇볕이 잘 들었다. 천장에 선풍기가 달렸고, 조그만 냉장고와 핫플레이트가 구비되어 있었다.

"일주일에 75달러야. 욕실은 공용이고." 부인이 설명했다.

"이 방으로 할게요." 브리짓이 대답했다. 그리고 꽤 많은 보증금을 내는 것으로 신원보증 문제를 해결했다. 현금이 450달러밖에 없었지만, 빨리 아르바이트를 구하면 되었다.

베넷 부인이 이용수칙을 알려주고, 브리짓은 돈을 지불했다.

짐을 들고 방으로 가면서 브리짓은 자신의 신속하고도 간결한 일처리에 감탄했다. 버지스에 도착한 지 한 시간도 안 되어 모든 것을 해결한 것이다. 집 떠난 고생은 생각만큼 심하지 않았다.

방에는 전화기가 없었지만 복도에 공중전화가 있었다. 브리짓은 집에 전화해 아빠와 페리에게 잘 도착했다는 메시지를 남겼다.

플러그를 꽂아 선풍기를 틀고 침대에 누웠다. 발뒤꿈치로 하얀 침대틀을 툭툭 차며 그레타 할머니에게 자신을 소개하는 순간을 상상했다. 예전에도 여러 번 그 순간을 상상해보려 했지만 쉽지 않았다. 그냥 상상할 수가 없었다. 아니, 상상하기 싫었다. 브리짓이 할머니에게 바라는 것은, 뭐라고 할까, 의무적으로 포옹을 나눈 첫 순간부터 자신을 좋아해주는 것이었다. 아직까지 두 사람은 서로 잘 알지 못하면서 엄청난 부담감만 느끼는 사이였다. 용감한 브리짓도 할머니와 할머니가 알고 있는 사실들이 두려웠다. 그 사실들을 알고 싶기도 하고, 알고 싶지 않기도 했다. 그 모든 것을 자기 방식으로 알아가고 싶었다.

다시 온몸에서 에너지가 솟구치는 느낌이었다.

브리짓은 침대에서 일어났다. 그리고 거울을 들여다보았다. 낯선 거울은 종종 새로운 무언가를 보여준다.

처음 모습을 드러낸 것은 이젠 일상이 되어버린 좌절감이었다. 그 좌절감은 브리짓이 축구를 그만둘 무렵 시작됐다. 아니, 어쩌면 그보다 더 먼저였는지도 모른다. 지난여름의 끝 무렵, 브리짓은 나이차가 많이 나는 남자에게 빠졌다. 그러려던 게 아니었는데 생각보다 더 깊고 열렬하게 빠져들었다. 항상 무서울 정도로 빠르게, 생각할 겨를도 없이 치고 나가버리는 것이 그녀의 문제였다. 하지만 그 여름 이후 브리짓은 잠시 멈춰 섰다. 그러자 아주 오래된, 잊었다고 생각했던 고통이 다시 찾아왔다. 그리고 11월, 대학교 스카우터들이 주위에 벌떼처럼 몰려들 무렵 축구를 그만뒀다. 온 세상이 크리스마스를 맞아 예수의 탄생을 축하할 때도 브리짓은 죽음에 대해 생각했다. 빛나는 머리카락을 어두운 애시그레이 3호로 염색했다. 2월 즈음엔 늦잠과 텔레비전 시청으로 소일하면서, 도넛과 시리얼을 아무렇지 않게 몸의 일부로 받아들였다. 카르멘과 레나, 티비의 끊임없는 보살핌만이 브리짓을 이 세상에 붙들어놓았다. 친구들은 브리짓을 가만히 내버려두지 않았고, 브리짓 역시 그 점에 대해 고마워하고 있었다.

거울을 더 오래 들여다보자 또다른 무언가가 보이기 시작했다. 방어기제. 옷을 껴입은 듯 온몸을 감싼 두툼한 살과 염색한 머리. 필요하다면 거짓의 가면이라도 썼을 것이다.

거울 속 소녀는 브리짓 브릴런드처럼 보이지 않았다. 하지만 꼭 그래야 한다는 법이라도 있나?

"꼭 예행연습 하는 것 같다, 그치?" 아빠가 로브리지 홀 뒤에 있는 주차장에 차를 세우는 동안 엄마는 신이 나서 말했다.

1절만 했다면 티비도 그렇게까지 짜증이 나진 않았을 것이다.

딸을 대학 캠프에 보내는 게 그렇게 신날까? 신난다고 꼭 저렇게 티를 내야 하나? 뒤에 빠져 혼자 노는 골칫거리 십대가 빠져줬으니, 이제 엄마는 그림 같은 가족생활을 영위할 수 있겠지.

아이가 집을 떠나면 부모는 슬퍼하고 아이는 좋아하게 마련이다. 그런데 티비가 슬퍼하고 있다니. 하긴 엄마가 이리도 좋아하니 역할이 뒤바뀔 수밖에 없다. 둘 다 좋아할 수도 있잖아? 순간 머릿속에 이런 생각이 스쳤지만, 이미 삐딱선을 탄 티비는 그 생각을 조용히 떨쳐냈다.

새로 산 아이북을 케이스에 조심스럽게 집어넣었다. 부모님이 사준, 때 이른 생일 선물이자 티비의 또다른 전리품이었다. 처음엔 티비도 뭔가를 받아낼 때마다 일말의 죄책감을 느꼈다. 텔레비전, 전용 전화 회선, 아이맥, 디지털 무비 카메라 등등. 그러나 이내 어차피 무시당할 바에는 멋진 전자제품을 받아내며 무시당하는 게 낫다는 걸 깨달았다.

윌리엄스턴은 벽돌 길과 멋진 잔디밭, 담쟁이덩굴로 뒤덮인 기숙사가 있는 고전적인 대학 캠퍼스였다. 좀 이상한 거라면 놀란 토끼 눈을 하고 로비에 몰려 있는 학생들이었다. 그들은 마치 실제와 똑같이 만든 영화 세트장에 풀어놓은 엑스트라 같았다. 아직 고등학생인데 티비를 비롯해 벌써 대학생인 척 굴었다. 동생 니키가 티비의 책가방을 메고 집 주위를 빙빙 돌 때처럼 말이다.

엘리베이터 옆에 방 배정에 관한 공지사항이 붙어 있었다. 티비는 걱정하며 공지사항을 훑어보았다. 독방. 독방이 걸려라. 찾았다. 6B4호. 같은 방을 쓰는 사람이 또 있는 것 같진 않았다. 티비는 엘리베이터 버튼을 눌렀다. 모든 일이 순조롭게 풀리고 있었다.

"일 년만 있으면 또 이런 일을 해보겠지? 믿어지니?" 엄마가 말했다.

"믿기지 않아." 아빠가 대답했다.

"네네." 티비가 눈을 위로 치뜨며 대답했다. 도대체 왜 엄마 아빠는 내가 당연히 대학에 갈 거라고 생각할까? 집에 계속 살면서 월면에서 일하겠다고 하면 뭐라고 할까? 덩컨 하우는 티비가 삐딱한 태도와 콧구멍 벌름거리는 버릇을 고치면 몇 년 내로 부매니저가 될 수 있을 거라고 했다.

6B4호의 문은 열려 있었다. 열쇠는 게시판 고리에 걸려 있고, 책상 위에는 입실을 환영하느니 어쩌니 하는 팸플릿이 한 뭉텅이 쌓여 있었다. 그 옆에 싱글 침대와 스탠드, 낡아빠진 서랍장이 있었다. 바닥에 깔린 갈색 리놀륨은 토 나올 것 같은 하얀 얼룩 범벅이었다.

엄마가 말했다. "방이…… 멋지다. 전망 좀 보렴."

엄마는 공인중개사 짬밥 오 년에 부동산 매매 기술의 정석을 마스터한 게 틀림없다. 방에 괜찮은 구석이 없으면 창밖으로 관심을 돌려라.

아빠가 티비의 가방을 침대에 올려놓았다.

"안녕하세요?"

세 식구가 일제히 뒤돌아봤다.

"네가 타비사니?"

"티비야." 티비가 정정했다. 인사한 건 윌리엄스턴 티셔츠를 입은 여자아이였다. 하나로 묶은 갈색 머리가 헤어라인을 따라 구불거리며 삐져나왔고, 창백한 피부에는 점이 많았다. 티비는 그 점들을 세어보았다.

"난 바네사라고 해." 여자아이는 손을 크게 흔들며 자기소개를 했다. "내가 네 RA야. 뭐, 기숙사 도우미라고나 할까. 어쨌든 도와주는 역할이야. 네 열쇠는 저기 있어." 바네사가 손으로 열쇠를 가리켰다. "야구모자는 저기." 티비는 침실용 탁자 귀퉁이에 의기양양하게 걸려 있는 윌리엄스턴 칼리지 모자를 바라보았다. "안내 책자는 책상 위에, 전화 사용법은 탁자 위에 있어. 도움이 필요하면 언제든지 얘기해."

바네사는 스페셜 메뉴를 반밖에 못 외운 웨이터처럼 허겁지겁 말했다.

"고맙구나, 바네사." 아빠가 인사를 건넸다. 마흔번째 생일을 맞은 뒤로 아빠는 사람 이름을 유독 자주 불렀다.

"훌륭해." 엄마가 소리쳤다. 바로 그때, 엄마 휴대전화가 울렸다. 벨소리 대신 모차르트의 미뉴에트 G장조가 흘러나왔다. 티비는 그 소리를 들을 때마다 뜨악했다. 열 살 때 피아노 선생님이 티비를 완전히 포기하기 전까지 고생스럽게 연습했던 곡이어서 더 그랬다.

"아니, 세상에." 전화를 받은 엄마가 끙 소리를 내며 시계를 들여다보았다. "수영장에서요? 세상에…… 네, 알겠습니다." 엄마가 아빠를 바라봤다. "수영교실인데, 니키가 몸이 좀 안 좋은가봐."

"이런." 아빠가 말했다.

바네사는 덫에 걸린 사람처럼 불편해 보였다. 니키가 수영 교습 중에 아프다는 건 아무래도 바네사의 매뉴얼에 없는 모양이었다.

티비는 엄마 아빠와의 대화에서 빠져나오려고 바네사에게 말했다. "고마워. 물어볼 거 있으면 찾아갈게."

바네사가 고개를 끄덕였다. "응, 6C1호실이야." 그리고 엄지로 어깨 너머를 가리켰다. "복도를 따라 쭉 오면 돼."

"응." 티비는 바네사의 뒷모습을 보면서 대답했다. 고개를 돌리니 부모님이 바라보고 있었다. 만날 짓는 그 표정.

"티비, 로레타가 캐서린을 한시까지 음악학원에 데려다줘야 한대서 내가 급히 가봐야……" 엄마가 잠시 멈칫했다. "가만있자…… 아침에 니키한테 뭘 먹였더라?" 거기까지 말하고 나서야 딸이 실망했음을 알아차렸다. "어쨌든, 미안하지만 같이 점심먹는 건 다음으로 미뤄야겠다."

"괜찮아요." 엄마가 약속을 취소하기 전까지도 티비는 부모님과의 점심식사 따위는 바라지도 않았었다.

아빠가 다가와 티비를 안아주었다. 티비도 아빠를 안아주었다. 반사적인 행동이었다. 아빠는 티비의 머리에 키스하며 말했다. "잘 지내야 한다. 얘야. 많이 보고 싶을 거야."

"네." 아빠의 말을 믿지는 않았지만, 그냥 그렇게 대답했다.

나가려던 엄마가 문간에 멈춰 서서 돌아보았다. "티비." 그러고는 작별인사를 깜박한 걸 떠올린 것처럼 두 팔을 벌리며 티비를 불렀다.

티비는 엄마에게 가서 안겼다. 그런 다음 엄마가 꼭 안을 수 있도록 잠시 가만히 있었다. "나중에 봐요." 몸을 빼내며 티비가 말했다.

"네가 잘 있는지, 오늘밤에 꼭 전화할게." 엄마가 약속했다.

"그럴 필요 없어요. 괜찮을 건데, 뭐." 티비가 천천히 말했다. 이건 자기방어용 발언이다. 엄마가 깜빡하고 전화하지 않는, 충분히 일어날 수 있는 그 경우에 대비해 모두를 위한 변명거리를 마련해두는 것이다.

나가는 길에 엄마가 말했다. "사랑한다."

어련하시겠어요. 티비는 그렇게 말하고 싶었다. 부모들은 자식들에게 일주일에 몇 번 사랑한다고 말해주고는 자기만족을 느낀다. 그건 별로 힘들지도 않은데다, 자식들에게 높은 점수를 딸 수 있는 말이다.

티비는 구내전화 사용법이 적힌 책자를 집어들었다. 슬픔을 느낄 틈이 없도록 집중해서 꼼꼼히 책자를 읽어내려갔다.

11쪽 셋째 단락에서 티비는 자신에게 개인 음성메시지함과 비밀번호가 있다는 사실을 알았고, 이어서 벌써 메시지가 다섯 개나 도착했음을 알았다. 메시지를 듣자 저절로 미소가 떠올랐다. 첫번째 메시지는 브라이언, 또하나는 레나, 두 개는 카르멘이 남긴 것이었다. 티비는 웃어버렸다. 심지어 브리짓까지 길가 공중전화에서 까칠한 메시지를 남겨놓았다.

그래, 피는 물보다 진하다. 하지만 티비에게 우정이란 물이나 피보다 더 진했다.

"레나, 여기도 잠깐 들르자."

엄마는 처방전을 받아오는 동안 레나가 차에 앉아 있으면 심부름값을 쳐주겠다고 했다. 그러면 번거롭게 주차할 필요가 없기 때문이다. 하지만 엄마의 볼일이 하나로 끝날 리 없었다. 이건 레나 엄마가 모녀만의 시간을 갖는 방법이기도 했다. 아닌척, 은근슬쩍. 이런 아르바이트는 단칼에 거절하고 싶었지만, 자존심 상하게도 아직 일자리를 구하지 못해 어쩔 수가 없었다.

레나는 땀이 흥건한 목에서 머리칼을 걷어올려 한데 묶었다. 선루프를 열기에도, 주차장에 앉아 있기에도, 엄마와 함께 있기에도 너무 더운 날이었다.

"좋아. 여기." 옷가게 베이시어스는 엄마 또래의 부인들로 붐볐다. "주차 안 해도 되게 여기서 차나 지키고 있을까요?" 가게 앞에 떡하니 자리잡은 가판대로 돌격하려는 엄마에게 레나가 물었다.

"물론 아니지." 엄마는 대수롭지 않다는 듯 대답했다. 언제나처럼 레나 목소리에 담긴 빈정거림은 알아채지 못했다.

올해 초, 레나는 코스토스가 너무도 그리운 나머지 이제는 그가 옆에 있다고 상상하기에 이르렀다. 그것은 일종의 게임이었다. 상상 속에서 코스토스는 레나의 행동에 별점을 매기곤 했다. 지금은 차 뒷자리에 앉아 건방떠는 레나의 말을 듣고 있다.

너 정말 못됐구나. 레나는 짙은 색 가죽 시트에 앉아 땀을 흘리며 이렇게 말하는 코스토스를 상상했다.

아니야, 엄마한테만 그러는 거라고. 자기변명도 상상해보았다.

"일 분이면 돼." 엄마가 약속했다.

레나는 상상 속 코스토스에게 여봐란 듯이 열심히 고개를 끄덕였다.

"마사의 졸업식 브런치에 입고 갈 옷을 사려고." 마사는 엄마 사촌의 대녀다. 아니, 엄마 대녀의 사촌이었나? 어쨌든 둘 중 하나다.

"알았어요." 레나는 엄마를 따라 차에서 내렸다.

매장 안은 2월 날씨처럼 으슬으슬했다. 따라오길 잘한 셈이다. 엄마는 베이지색 옷이 걸려 있는 코너로 직행했다. 그리고 대번에 베이지색 마 바지와 셔츠를 골라서 들어 보이며 "귀엽지 않니?" 하고 물었다.

레나는 어깨를 으쓱했다. 정말이지 눈이 침침해질 정도로 고리타분한 옷이었다. 엄마는 쇼핑 때마다 이미 갖고 있는 것과 완벽히 똑같은 옷을 사곤 했다. 엄마가 직원과 나누는 대화가 들렸다. 엄마가 옷에 대해 하는 말은 민망함 그 자체였다. "바지…… 블라우스…… 크림색…… 갈색…… 회색……" 그리스식 발음이 그 민망함을 제대로 살려주었다. 레나는 도망치듯 매장 앞쪽으로 갔다. 에피라면 탈의실에서 엄마와 함께 꽃무늬 옷을 신나게 입어봤을 텐데.

레나는 카운터에 진열된 선글라스와 머리장식들을 둘러보았다. 그러고는 앞쪽 창을 흘끗 보는데 문에 붙은 '함구원직'이란 공지가 눈에 띄었다.

베이지색 옷 한 무더기 속에서 드디어 최종 후보가 좁혀졌다. '사랑스러운 달걀색 블라우스'와 '달콤한 오트밀색 스커트', 그리고 레나라면 장난으로라도 절대 달 리 없는 커다란 핀 하나.

매장을 나서던 엄마가 잠시 멈춰 서서 레나의 팔뚝을 붙잡았다. "레나, 저거 봐."

레나는 공지를 보며 고개를 끄덕였다. "어, 봤어."

"가서 물어보자."

엄마는 바로 뒤로 돌아 다시 안으로 들어갔다. "문에 붙은 공지 보고 문의드리려고요. 저는 애리라고 하고, 여긴 제 딸 레나예요." 칼리가리스 부인의 원래 이름은 아리아드네지만 외할머니 말고는 아무도 그렇게 부르지 않는다.

"엄마." 레나는 어금니를 꽉 깨물고 말했다.

새로 받은 200달러 지폐를 금전등록기에 넣던 계산대 직원이 자신을 매장 매니저 앨리슨 더퍼라고 소개한 뒤, 열성적인 칼리가리스 부인의 말을 경청했다.

"아무래도 여기가 우리 딸이 아르바이트하기에 딱일 것 같네요. 그렇지 않니?" 엄마가 열을 올리며 말했다.

레나가 입을 뗐다. "글쎄—"

"그리고." 엄마가 말을 끊고 레나에게 돌아섰다. "직원 할인도 있잖니!"

"저기…… 엄마?"

칼리가리스 부인은 우호적인 태도로 근무시간(월요일에서 토요일, 아침 열시부터 오후 여섯시까지)과 시급(시간당 6.75달러로 시작해 7%의 판매수당을 지급함), 몇 가지 서류를 작성해야 하고 사회보장번호를 알려줘야 한다는 등의 알토란 같은 정보를 캐냈다.

"됐네요, 그럼." 매니저 더퍼 씨가 모녀를 쳐다보았다. "출근하시면 되겠어요."

"저기, 엄마?" 차로 돌아가면서 레나가 엄마를 불렀다. 레나는 저도 모르게 웃음이 나왔다.

"왜 그러니?"

"아무래도 엄마가 취직한 것 같은데."

전화가 울렸을 때 카르멘은 두번째 여름의 위대한 여정을 시작하기 위해 마법의 바지를 입는 중이었다.

"한번 알아맞혀봐." 레나의 목소리였다. 카르멘은 오디오 볼륨을 줄였다.

"무슨 일인데?"

"너 베이시어스 알지?"

"베이시어스라니?"

"알링턴 대로 쪽에 있는 옷집 말이야."

"아, 거기 우리 엄마가 가끔 가는데."

"그래, 거기. 나 거기서 아르바이트하게 됐어."

"진짜?" 카르멘이 물었다.

"응. 정확히 말하면 우리 엄마가 구한 거지만. 어쨌든 내가 일하러 갈 거야."

카르멘이 낄낄대고는 거울에 모습을 비춰보며 말했다. "네가 패션업계에 종사하게 될 줄은 상상도 못했는걸."

"축하해주셔서 고맙네요."

"야, 오늘 마법의 바지를 입고 나가는 게 잘하는 짓일까? 솔직히 말해봐." 카르멘이 넌지시 물었다.

"당연하지. 예쁜데 왜 그래?"

카르멘은 뒤태를 보려고 몸을 돌렸다. "포터가 바지에 글씨를 수놓은 게 이상하다고 생각하면 어쩌지?"

"마법의 바지의 진가를 알아보지 못하는 남자라면 너랑 안 맞는 거야." 레나가 대답했다.

"만약 바지에 대해 물어보면 어떡하지?" 카르멘이 물었다.

"그럼 완전 대박이지. 밤새도록 얘깃거리가 떨어질 걱정은 없지 않겠어?"

레나가 실실거리는 모습이 전화기 너머로 보이는 것 같았다.

8학년* 때 가이 마셜이란 남자애랑 통화하면서 혹시나 대화가 끊길까봐 분홍색 암기장에 얘깃거리를 죽 적어놓은 적이 있었다. 카르멘은 누가 이 얘기를 꺼내는 걸 질색했다.

"카메라 좀 가져와야겠네." 몇 분 뒤 부엌에 들어선 카르멘에게 엄마가 말했다. 식기세척기에서 다 씻은 그릇을 꺼내는 중이었다.

엄지손톱 옆 거스러미를 살펴보던 카르멘이 눈을 동그랗게 떴다. "내가 자살하는 꼴, 아니, 살인하는 꼴을 보고 싶으면 그렇게 해. 사람들은 그걸 존속살인이라고 하더라고." 카르멘은 엄지손톱 쪽 살을 무자비하게 뜯어냈다.

카르멘의 엄마 크리스티나는 은식기가 담긴 통을 쟁그랑거리며 웃어댔다. "사진 찍으면 왜 안 되는데?"

"엄마는 걔가 소리지르면서 우리집에서 도망가면 좋겠어?" 카르멘은 기겁하면서 새로 다듬은 눈썹을 그리기 시작했다. "이건 그냥 데이트야. 졸업파티도 뭣도 아니라고."

별거 아니라는 듯 말했지만, 사실 그건 뻥이었다. 카르멘은 레나와 함께 하루종일 손톱 발톱 손질과 얼굴 마사지, 제모에 헤어트리트먼트까지 했다. 뭐, 레나는 발톱 손질 후 흥미를 잃고 카르멘 침대에 드러누워 『제인 에어』를 읽으며 빈둥댔지만 말이다.

---

* 우리나라의 중학교 2학년에 해당한다.

엄마는 카르멘을 찬찬히 살펴보고는 십대 자녀를 둔 엄마들 특유의 다 죽어가는 미소를 지어 보였다. "그래도 카르멘, 시시하든 아니든 네 첫번째 데이트잖니."

카르멘은 기겁해서 눈을 크게 뜨고 엄마를 쳐다보았다. "포터가 왔을 때 그 말 하기만 해봐."

"알았어, 알았어." 엄마는 두 손 들고 더 크게 웃었다.

첫 데이트는 아니었다. 카르멘은 샐쭉한 얼굴로 이 사실을 되뇌었다. 남자가 여자를 데리러 집에 오고, 여자는 엄마에게 엄청난 굴욕을 당하는 1950년대 스타일 데이트를 해본 적이 없을 뿐이다.

부엌에 걸린 매우 정확한 시계에 따르면 지금 시각은 여덟시 십육분이었다. 참 애매한 상황이다. 데이트 약속이 여덟시인데. 만약 포터가 여덟시 십오분보다 일찍 왔다면 너무 들이대는 것처럼 보일 것이다. 자기가 별볼일 없는 놈이라고 광고하는 거나 마찬가지다. 하지만 포터가 여덟시 이십오분이 지나서 나타난다면, 그건 카르멘에게 큰 관심이 없다는 뜻이다.

여덟시 십육분은 공식적으로 모두가 품위를 지킬 수 있는 타이밍이다. 제한시간은 구 분 남았다.

카르멘은 자기 시계를 가지러 부산스레 방으로 향했다. 웬수 같은 부엌 시계의 희생양이 될 수는 없었다. 크고 시커먼 숫자들, 한 치의 오차도 없는 눈금, 가차없는 통통한 초침을 지닌 그 시계는 이 집에서 가장 정확한 시계였다. 그 시계를 기준으로 하면 카르멘은 매번 지각에다 열두시 통금을 한 번도 지킨 적이 없었다. 카르멘은 엄마 생일에 저 시계를 대신할 새 시계를 선물하리라 다짐했다. 숫자나 눈금이 전혀 없는 스타일리시한 박물관 시계 같은 것 말이다. 그런 시계는 종종 사정을 봐주기도 하니까.

부엌으로 돌아오자마자 전화벨이 울렸다. 마음이 급해졌다. 포터다. 그애가 구원의 손길을 내밀어준 것이다. 하지만 받아보니 상대는 티비였다. 발에 땀이 찰 테니 플라스틱 슬리퍼는 신고 나가지 말라나. 카르멘은 자신의 운명이 나타나기만을 기다리며 전화기의 발신번호 표시창을 뚫어져라 바라봤다…… 그리고…… 전화가 왔다. 엄마가 일하는 법무법인에서. 이런.

"스토커야." 카르멘은 전화를 받지도 않은 채 짜증을 냈다.

엄마가 한숨을 쉬며 카르멘 옆을 성큼성큼 지나갔다. "브래틀씨더러 스토커라니."

엄마가 살짝 긴장한 회사용 얼굴로 전화를 받았다. "여보세요?"

아직 용건도 말하지 않았는데 엄마의 통화 내용이 벌써부터 지겨웠다. 브래틀 씨는 엄마의 상사인데, 졸업 반지를 끼고 다니며 발전적인이라는 단어를 남발하는 사람이다. 매번 편지지를 못 찾겠다는 등의 중차대한 사안으로 전화를 걸었다.

"아…… 네. 물론이죠. 안녕하세요." 엄마의 얼굴이 풀어졌다. 뺨이 붉게 달아올랐다. "죄송해요, 다른 사람인 줄……" 엄마가 낄낄댔다.

브래틀 씨가 아닌 것 같다. 그는 평생 혹여 실수로라도 누군가를 낄낄대게 만들 사람이 아니다. 설마. 카르멘이 이 미스터리한 사건에 대해 생각하는 와중에 아래층에서 초인종이 울렸다. 카르멘은 무심코 웬수 같은 부엌 벽시계를 봐버렸다. 뭐, 아주 나쁘진 않다. 여덟시 이십일분. 사실 훌륭하다고 할 수 있다. 카르멘은 버튼을 눌러 현관문을 열어주었다. 포터에게 초인종 트라우마를 안겨주고 싶진 않았다.

"안녕." 문을 열기 전 적당히 시간을 끌다가 카르멘은 포터에게 인사를 건넸다. 종종거리며 기다린 게 아니라 이제야 막 챙겨 입고 나온 것처럼 보이고 싶었다.

포터의 머리 모양(부드럽고, 적당히 긴)과 얼굴 표정(긴장하고 있지만 즐거워 보이는)도 그가 학교 복도 사물함 앞이 아닌 카르멘네 집 문 앞에 서 있다는 현실을 바꾸진 못했다. 여느 때보다 분위기 있어 보였다.

그는 단추가 달린 회색 셔츠와 멋진 청바지를 입고 왔다. 셔츠를 입었다는 건 티셔츠를 입은 경우에 비해 그녀에게 더 호감이 있음을 뜻한다.

"저기." 포터가 카르멘을 따라 집안으로 들어오며 말했다. "너 정말 예쁘다."

"고마워." 카르멘은 대답하며 머리카락을 살짝 찰랑거렸다.

포터의 말이 진실이든 아니든 이런 대답이 정석이다.

"준비 다 된 거야?" 포터가 밝게 물었다.

"응. 가방만 들고 바로 나올게."

카르멘은 방으로 가서 듬직하게 자리를 차지하고 있는 침대 위에서 연한 터키색 가방을 들고 나왔다. 밖으로 나오면서 엄마가 참견해주길 은근히 바랐다. 그런데 웬일인지 엄마는 아직도 부엌에서 통화중이었다.

"이제 다 됐어." 카르멘이 말했다. 카르멘은 가방을 어깨에 메고 현관문 앞에 서서 잠시 머뭇거렸다. 엄마는 나를 놀릴 수 있는 이 절호의 기회를 날려버리려는 건가?

"엄마, 다녀오겠습니다." 카르멘이 소리쳤다.

쿨한 척 나가고 싶었지만, 뒤돌아보지 않을 수 없었다. 엄마가 부엌 문간에 서서 전화를 귀에 댄 채 손만 흔들고는 '재밌게 놀다 와'라고 입 모양으로 말했다.

정말 이상한 일이다.

둘은 좁은 복도를 나란히 걸어내려갔다. "차는 바로 앞에 세워놨어." 포터가 카르멘에게 말했다. 카르멘의 바지를 바라보고는 눈썹을 살짝 치켜세웠다. 칭찬이었다.

아니, 혼란스러움이었다.

이게 칭찬인지 혼란스러움인지도 모른다는 게 가당키나 한 일일까? 여튼 좋은 징조는 아니었다.

아주 멋진 밤을 보낸 적이 있지.

그런데 오늘밤은 아닌 것 같군.

_그루초 마르크스

브리짓이었다면 아마 스파게티를 곱빼기로 시켰을 것이다. 면이 촉수처럼 입가에 주렁주렁 매달려도 상관 안 했을 것이다. 브리짓에게는 데이트용 음식이라는 개념이 없을 테니까.

하지만 레나는 신경을 쓰는 편이니, 아마도 얌전한 음식을 주문했을 것 같다. 샐러드 같은 것. 그중에서도 아주 참한 종류로.

티비라면 문어 같은 메뉴에 도전장을 내밀 것 같다. 그렇게 데이트 상대를 시험해볼지언정, 이에 긴다거나 하는 민망한 상황을 연출할 메뉴는 삼갈 것이다.

"닭 가슴살 소테로 할게요." 카르멘은 주근깨투성이 웨이터에게 주문을 했다. 하지만 그 웨이터가 티비와 함께 도예 수업을 듣는 선배라는 사실까지 알아채진 못했다. 닭요리는 안전하고 지루한 메뉴다. 케사디야*를 주문하려다 괜히 음식 때문에 얘기가 인종이나 민족 문제로 옮겨갈까봐 그만뒀다. 순간적으로 포터가 자기를 배려한답시고 텍사스풍 멕시코 요리를 주문하지는 않을까 걱정됐다.

"저는 버거로 할게요. 살짝 덜 익혀주세요." 포터가 웨이터에게 메뉴판을 건넸다. "감사합니다."

엉뚱하지도 않고 남자다운 선택이다. 랩 같은 여자아이들이 즐겨 먹는 유행 메뉴를 주문했다면 아마 점수가 깎였을 거다.

카르멘은 냅킨을 집어들면서 포터를 바라보고 웃었다. 잘생겼다. 키도 크다. 맞은편에 앉아 있으니 특히 더 커 보인다. 흐음. 뭐야, 그럼 다리가 짧다는 말인가? 카르멘은 자기 다리가 짧은 게 아닐까 의심하면서부터 희한하게도 짧은 다리를 두려워하게 됐다. 생각이 너무 앞서나가기 시작했다. 만약 내가 포터와 사랑에 빠지고, 언젠가 결혼을 해서 아이를 낳았는데 다리가 아주, 아주, 아주 짧다면 어쩌지?

"다이어트 콜라 한 잔 더 시킬까?" 포터가 친절하게 물었다.

카르멘은 고개를 저었다. "아니, 괜찮아."

콜라를 한 잔 더 마셨다가는 바로 화장실에 가야 할 것이고, 그러면 포터가 카르멘의 짧은 다리를 눈치챌지도 모른다.

---

* 토르티야 사이에 소시지, 치즈, 채소 등을 넣어서 구운 멕시코 요리.

"으음…… 대학은 어디로 갈지 생각해봤어?"

카르멘은 이 질문을 곧바로 주워담고 싶었지만, 이미 엎질러진 물이었다. 이건 딸의 남자친구가 집에 찾아왔는데 딸하고는 연락도 안 되는 경우에 처한 엄마들이나 하는 질문이었다. 보통 친구들에게 그런 곤란한 질문은 하지 않는다. 하지만 문제는 주문을 끝내기도 전에 '형제는 몇이나 되니?' 같은 기본 질문을 다 주고받았다는 데 있었다.

뭐든 잘 아는 사촌 가브리엘라는 시간이 얼마나 빨리 지나가는지를 보면 데이트가 얼마나 성공적인지 알 수 있다고 했다. 그런데 주문도 하기 전에 할말이 다 떨어지다니, 이건 아무래도 좋지 않은 징조다.

카르멘은 시계를 내려다봤다. 순간 멈칫했다. 아, 너무 무례했나? 바로 고개를 들어 포터를 슬쩍 쳐다보았다.

포터는 기분이 상한 것 같지 않았다. "아마도 메릴랜드로 갈 것 같아." 그가 대답했다.

카르멘은 크게 관심을 보이며 고개를 끄덕였다.

"넌 어디로 갈 생각인데?"

좋다. 이건 적어도 세 문장은 주고받을 수 있는 질문이다. "1지망은 윌리엄스에 넣으려고. 근데 들어가기가 좀 힘들어서."

"좋은 학교지." 포터가 대꾸했다.

"그치." 카르멘이 인정했다. 할머니는 카르멘이 '그렇지'를 제대로 발음하지 않고 '그치'라고 줄여 말하는 걸 싫어한다.

포터도 고개를 끄덕였다.

"우리 아빠가 거기 다녔어." 카르멘은 목소리에 묻어나는 자부심을 숨기지 못하고 말했다. 카르멘은 이 말을 자주 하는 편이었다. 솔직히 카르멘처럼 아빠와 함께 살지 않는 아이들은 아빠 자체보다 아빠와 관련된 사실들에 더 의존하게 마련이다.

바로 그때, 케이트 바넷이 저드 오엔스타인과 함께 레스토랑으로 들어왔다. 카르멘이 머리털 나고 본 것 중 가장 짧은 치마를 입고서. 라임색 밑단을 댄 청치마였는데, 사실 치마라고 부를 수 있는 건 그 밑단뿐이었다.

카르멘은 비웃고 싶었다. 그것도 아주 많이. 그런데 슬쩍 포터를 보니 딱히 카르멘과 함께 비웃고 싶어하는 것 같지 않았다. 카르멘은 웃음을 참기 위해 눈을 질끈 감고 나중에 티비와 함께 웃으려고 그 장면을 잘 기억해두었다.

데이트는 좋았다. 훌륭했다. 혹시라도 카르멘이 "케이트 바넷은 네 살이나 많은 언니 치마를 빌려 입고 왔나봐" 같은 말을 했다면, 상대방은 카르멘이 심술궂고 심지어는 비열하다고 생각했을 것이다.

이번 데이트에 문제가 있다면, 그건 포터가 남자라는 사실뿐이었다. 카르멘은 남자들에 대해 잘 몰랐다. 엄마, 브리짓, 티비 그리고 레나가 카르멘이 만나는 사람들의 전부였다. 그 외에는 숙모나 여자 사촌들, 할머니 정도다. 예전에는 브리짓의 쌍둥이 남매 페리와도 놀곤 했지만, 그때는 사춘기가 오기 전이라 남자와 어울렸다고 하기엔 부족했다. 폴이 있긴 하지만, 폴은 좀 달랐다. 폴은 마흔 살 남자처럼 건전하고 책임감이 있었다. 보통 남자아이들과는 차원이 달랐다.

사실, 카르멘은 남자애들의 생각이 좋았다. 생김새와 냄새, 웃는 모습까지 전부 좋았다. 복잡한 데이트 수칙 등은 이미 잡지를 통해 충분히 숙지해뒀다. 하지만 막상 데이트에 나가면, 저녁 한 끼 먹는 것이 펭귄을 앞에 앉혀놓고 밥을 먹는 것만큼이나 어려운 일이 되고 만다. 도대체 남자애랑은 무슨 이야기를 해야 하는 거지?

코스토스,

어떻게 지내? 할아버지는 잘 지내시고? 축구팀은?

난 어떻게 지냈을 것 같아? 나 아르바이트 구했어. 집에서 1.6킬로미터 정도 떨어진 옷가게야. 시급 6.75달러에 판매수당도 있어. 어때, 나쁘지 않지?

맞다, 에피가 올리브 바인에서 버스 차장 옷을 입고 일한다고 말했었나? 그리스어라고는 달랑 일곱 마디 아는 애가 그걸로 식당 주인 마음에 들었다나(전부 수작 거는 데 필요한 말뿐인데 말이야). 어제는 샤워중에 올리브 바인에서 불러준다는 생일 노래까지 연습하더라니까.

거기 있는 분들께도 안부 전해줘.

2월에 코스토스와 헤어진 후에도 레나는 한 달에 한두 번은 친구에게 보내듯 수다스러운 편지를 보냈다. 레나 자신도 왜 아직까지 편지를 쓰고 있는지 알지 못했다. 아마도 계속 친구관계를 유지함으로써 전 남자친구가 자신에 대해 나쁜 소문을 퍼뜨리는 걸 막으려는 여자들의 심리일지도 모른다(물론 코스토스가 그럴 사람은 아니라고 생각하지만). 혹은 자기를 완전히 잊지는 않기를 바라는 심정이거나.

하지만 지금의 편지들은 예전 편지들과 달랐다. 예전에는 좀더 자주, 고심해서 편지를 보냈다. 펜으로 쓰기 전에 연필로 먼저 썼고, 다 쓴 다음에는 그 안에 자신의 일부가 담기도록 편지지를 잠시 품에 안고 있었다. 봉투에 넣고도 봉하지 않고 몇 시간을 고이 모셔두었고, 봉투를 붙이고 나서도 우표를 붙이지 않고 하루를 보냈다. 우체통 앞에선 뚜껑을 열기 전에 항상 머뭇거리다가, 편지를 넣고 뚜껑을 닫은 뒤에도 그 앞을 서성거렸다. 마치 거기에 자신의 미래가 달려 있기라도 한 것처럼.

코스토스와 헤어지고 나면 그를 떠올리지도 그리워하지도 않을 거라고 생각했다. 자유로워질 수 있을 것 같았다. 그런데 마음처럼 되지 않았다.

하지만 아이로니컬하게도 코스토스는 그게 맘대로 되는 것 같왔다. 더이상 레나를 떠올리지도 그리워하지도 않는 게 틀림없었다(뭐, 상관없다). 몇 달째 편지 한 통이 없었다.

레나는 편지를 뭐라고 끝맺을지 고민했다.

자기가 아직도 코스토스를 사랑하고 있는 게 아닌가 하는 의문만 없었다면, 사랑하는 레나가라고 써도 문제가 없을 것이다. 평소 전혀 사랑하지 않는 사람들에게 편지를 보낼 때도 사랑하는 레나가라고 썼으니까. 심지어 신경에 거슬리는 삼촌의 전 부인 에스텔라 숙모에게 감사 편지를 보낼 때도 말이다. 사랑이란 말에 별로 신경쓰지 않으면 편지는 온통 사랑의 인플레로 도배된다. 사랑이란 말이 별 의미 없을 때, 우리는 그 말을 너무도 쉽게 쓴다.

레나는 아직도 코스토스를 사랑하는 걸까?

티비의 말에 따르면, 레나는 A와 B 중 하나를 선택해야 할 때 늘 C를 선택한다고 한다.

그녀는 그를 사랑하는 걸까?

A: 아니다.

B: 그렇다.

C: 레나가 코스토스를 계속 생각하는 걸로 보아 그를 사랑한다고 의심할 수 있다. 그저 지난여름 경험한 한순간의 끌림일 뿐인지도 모른다. 하지만 끌림과 사랑을 떼어놓고 생각할 수 있나? 잘 알지도 못하는데다 거의 구 개월 동안 본 적도 없고 앞으로도

볼 가능성이 없는 사람을 사랑한다고 할 수 있을까?

산토리니를 떠날 즈음 레나는 그를 사랑한다고 확신했다. 그러나 단 몇 시간에 근거해 인생을 생각한다는 건 너무 무모하지 않나? 게다가 레나는 감정에 휘말렸던 기억을 믿을 만큼 어리석지 않았다. 시간이 지날수록 기억 속의 코스토스는 실제와 다르게 점점 변해갈 것이다.

레나는 자신의 머릿속에 있는 두 코스토스가 9학년 생물 시간에 비디오로 본 세포 분열과 비슷하다고 생각했다. 하나의 세포가 점점 커지고 팽창하다가 결국 펑 하고 두 개로 분리된다. 분리된 두 세포는 시간이 지날수록 점점 달라진다(이를테면 한쪽은 떨어져나와 뇌가 된다면, 분리된 다른 한쪽은 심장이 되는 식이다)……

그렇다. 레나의 대답은 C였다.

레나는 마지막에 너의 레나라고 써넣고 편지지를 조심스레 봉투에 넣었다.

포터와 함께 복도를 걸어오면서 카르멘은 엄마가 퍼부을 수백만 가지 질문에 확실하게 대답할 수 있도록 저녁에 있었던 중요한 일들을 정리해보았다.

"엄마?" 카르멘은 문을 열면서 조용히 엄마를 불렀다.

열여섯, 아니, 거의 열일곱 살이 된 카르멘 루실이 어두운 집안에 데이트 상대와 함께 서 있다. 카르멘은 엄마가 저쪽 구석에서 조심조심 나타나기를 기다렸다. 행여나 둘의 키스 장면을 보게 될까 염려하는 엄마를 말이다.

카르멘은 계속 기다렸다. 뭐지? 〈프렌즈〉 재방송도 하기 전에 벌써 잠들어버린 건가?

"엄마?" 카르멘은 시간을 확인했다. 열한시가 넘었다.

"잠깐 앉을래?" 카르멘은 소파를 가리키며 포터에게 말했다. "금방 올게."

카르멘은 엄마 방으로 갔다. 놀랍게도 엄마는 거기 없었다. 부엌 불을 켤 때는 슬슬 두려운 마음까지 들었다. 부엌에도 엄마는 없었다. 대신 테이블 한가운데 쪽지가 놓여 있었다.

> 카르멘,
> 회사 친구랑 저녁 먹고 올게. 멋진 시간 보내고 왔길 바란다.
>
> 엄마가

회사 친구? 멋진 시간? 엄마가 다른 사람이랑 몸을 바꿔치기라도 한 걸까? 엄마는 절대 멋지다라는 말을 쓰지 않는다. 회사 친구도 없다.

놀란 카르멘은 거실로 돌아왔다. "아무도 없네." 그녀가 말했다. 포터와 눈이 마주치기 전까지는 자신이 뱉은 말이 어떤 가능성을 내포하는지 깨닫지 못하고 있었다.

포터가 밝히는 애처럼 보이진 않았지만, 아마 속으로는 카르멘의 말이 무슨 뜻인지 의아해할 것이다. 결국 카르멘은 그를 아무도 없는 집으로 불러들인 셈이었다.

딸이 공식적으로 첫번째 데이트를 하는 밤에 엄마가 집에서 사라졌다? 도대체 무슨 생각인 거지?

원하기만 하면 포터와 함께 방으로 직행해서 막 나가는 짓거리를 할 수도 있었다. 그렇다. 충분히 가능한 일이다.

카르멘은 포터를 바라보았다. 머리카락이 뒤로 뻗쳐 있었다. 테니스화 밑창이 희한할 정도로 넓고 납작해 보였다. 카르멘은 열려 있는 방안을 보았다. 포터가 앉아 있는 소파에서 자기 침대가 보인다는 것이 묘하게 불안했다. 흐음. 남자가 자기 침대를 보는 것만으로도 당황스러움을 느낀다면, 그건 아직 그와 함께 방으로 들어갈 준비가 안 됐다는 뜻이다.

"저기, 내일 아침 교회에 가야 해서 일찍 자야 할 것 같아." 카르멘은 보다 효과적인 전달을 위해 하품을 했다. 연기를 하다보니 진짜 하품이 나왔다.

포터는 잽싸게 일어섰다. 하품하면서 하느님을 판 효과는 완벽했다. "알았어. 난 이만 가봐야겠다, 그럼."

그는 살짝 실망한 듯 보였다. 아니, 안도했을지도 모른다. 실망하는 것과 안도하는 것을 구별하지 못한다는 게 말이 되나? 어쩌면 그는 카르멘을 별로 좋아하지 않는지도 모른다. 어쩌면 이 집에서 나갈 수 있게 된 걸 기뻐하는지도 모른다. 어쩌면 카르멘이 짧은 다리에 걸치고 있는 이 사연 있는 청바지가 지금껏 본 바지 중 가장 이상하다고 생각하는지도 모른다.

카르멘이 포터의 코가 정말정말 잘생겼다고 깨달은 건 그 코가 눈앞에 다가왔을 때였다. 그는 현관 앞에서 카르멘 쪽으로 몸을 살짝 숙였다. "오늘 정말 즐거웠다. 고마워." 그리고 카르멘의 입술에 키스했다. 짧은 순간이었지만, 카르멘은 실망하지도 안심하지도 않았다. 기분좋은 키스였다.

즐거웠다고? 카르멘은 문을 닫으며 생각했다. 그냥 하는 말이었을까? 포터가 생각하는 좋은 시간과 내가 생각하는 좋은 시간이 다를 수도 있겠지? 가끔 머릿속에 생각들이 넘쳐날 때가 있다. 다른 사람들도 이렇게 깊이 생각할까?

데이트의 성공 여부는 전적으로 기대와 관련이 있는데, 카르멘은 기대치를 하늘을 찌를 듯이 키우는 데 특별한 재주가 있었다.

카르멘은 텅 빈 집을 둘러보았다. 도대체 엄마는 어디 간 걸까? 대체 무슨 생각을 하고 있는 걸까? 얘기를 들어줄 엄마 없이 이 어설픈 경험을 어떻게 멋진 무용담으로 바꿀 수 있단 말인가? 도대체 무슨 일이지?

카르멘은 부엌으로 가서 작은 테이블에 앉았다. 엄마 아빠가 이혼하기 전 카르멘의 가족은 마당이 딸린 작은 집에 살았다. 이

혼 후엔 엄마와 함께 쭉 아파트에서만 살았다. 잔디를 관리할 남자도 없는데 정원이 딸린 집에서 살 순 없다는 엄마의 굳은 신념 때문이었다. 부엌 창문으로 다른 집 세 채의 부엌 창문이 보였다. 부동산 중개업자들은 부엌 가운데 있는 공간을 안뜰이라고 불렀지만, 주민들에겐 그저 통풍을 위한 공간일 뿐이었다. 어쨌든, 부엌에서 코를 파거나 하지 않는 데에는 익숙해진 지 오래다.

뭔가 잘못됐다. 이렇게 그냥 잠들 수는 없다. 오늘밤에는 꼭 수다를 떨어야 하는데. 앨라배마에 있는 브리짓에게 전화할 순 없으니 티비의 기숙사로 전화를 걸었다. 그곳이 다른 세계, 미래의 세계라도 되는 것처럼 느껴졌다. 신호만 계속 갔다. 미래에는 밤 열한시 반에 전화를 받아줄 친구가 없는 것으로 판명됐다. 레나에게 전화하기는 좀 망설여졌다. 레나의 아버지가 깨기라도 하면 큰일이다. 하지만 그것도 잠시, 카르멘은 레나에게 전화를 걸었다.

긴 신호가 두 번 갈 때까지 카르멘은 바짝 긴장하고 있었다.

"여보세요?" 레나가 속삭이며 전화를 받았다.

"안녕."

"안녕." 자다가 받은 목소리였다. "안녕, 안녕. 데이트는 어땠어?"

"데이트는…… 좋았어." 카르멘이 말했다.

"다행이다." 레나가 말했다. "그래서…… 그래서 걔 좋아해?"

"좋아하냐고?" 카르멘은 그 질문이 완전히 잘못됐다는 양 되물었다. 오늘 저녁의 일을 몇 번이나 돌이켜보면서도 그런 생각만은 해보지 않았던 것이다.

"포터 다리가 짧은 것 같아?" 카르멘이 물었다.

"뭐라고? 아니, 그게 무슨 소리야?"

"그럼 내 다리가 짧은 것 같아?" 이건 분명 좀더 쉬운 질문이다.

"너도 참, 아니."

카르멘은 잠시 생각에 잠겼다. "레나, 코스토스랑 함께 있을 때 얘깃거리가 떨어진 적 있니?"

레나가 웃었다. "아니, 오히려 입을 다물지 못하는 게 문제였지. 근데 우리는 오만 가지 황당한 일을 겪고 여름이 끝날 때쯤에야 사귀게 된 거였잖아."

평소 카르멘은 레나와 대화할 때 자기 자신에게 말하듯 편하게 이야기한다. 하지만 자기의 그 유명한 떠버리 입이 남자 앞에서는 맥도 못 췄다는 걸 인정하자니 왠지 부끄러웠다. 그래서 엄마가 어디로, 왜 사라진 건지에 대해 진지하게 의견을 늘어놓기 시작했다.

레나가 하도 조용해서 카르멘은 얘가 다시 잠든 게 아닌지 의심스러웠다. "레나, 레나? 그래서 넌 어떻게 생각하는데?"

레나는 하품을 하면서 말했다. "난 너희 엄마가 외출도 하고 재미있게 사시는 게 바람직하다고 생각해. 그리고 넌 이제 잠을 자야 하고."

"알겠다." 카르멘은 샐쭉해져서 대답했다. "자기가 자고 싶은 거면서."

전화를 끊고도 잠이 오지 않아 카르멘은 폴에게 이메일을 보냈다. 말수가 적은 폴에게 편지라니 아무한테도 안 쓰는 거나 마찬가지였지만, 그래도 종종 폴에게 메일을 보냈다.

카르멘은 티비에게도 이메일을 보내기로 했다. 우선 포터의 생김새부터 묘사하려고 했다. 그의 눈동자 색깔에 대해 무슨 말인가 하고 싶었다. 하지만 그의 눈을 떠올리려다가 깨달았다. 카르멘은 그의 눈을 똑바로 쳐다본 적이 한 번도 없었다.

다른 손에는 다른 손가락들이 있다.

_잭 핸디

"타비사 탐코-롤린스."

티비는 주춤했다. 침묵. 할 수만 있다면 자신의 출생증명서를 바꿔버리고 싶은 심정이었다. 성적표랑 주민등록증까지 몽땅 다.

"저, 그냥 롤린스인데요. 티비 롤린스." 티비가 시나리오 작법을 가르치는 베이글리 선생님에게 말했다.

"탐코는 뭐지?"

"제…… 미들 네임요."

베이글리 선생님이 출석부를 다시 확인했다. "그럼 아나스타샤는 또 뭐야?"

티비는 의자 깊숙이 몸을 파묻었다. "오타인가?" 주변에서 낄낄대는 소리가 들렸다.

"그래, 티비라고? 좋아, 티비 롤린스." 베이글리 선생님은 출석부에 그렇게 메모했다.

다섯 명이나 되는 가족 중 탐코라는 멍청한 이름 때문에 아직도 고생하는 사람은 티비뿐이었다. 그건 티비 인생의 수많은 아이러니 중 하나이기도 했다. 탐코는 엄마의 처녀적 성姓이었다. 히피이자 공산주의자이자 페미니스트였던 시절, 엄마는 결혼했다고 남편 성을 따르는 여자들을 웃기다고 생각했다. 그녀, 앨리스 탐코는 티비에게 탐코라는 성뿐 아니라 하이픈까지 붙여주었다. 그리고 십삼 년 후 동생 니키가 태어났을 때 탐코라는 성을 스스로 포기했다. "그것 때문에 하나부터 열까지 다 복잡해져." 앨리스 롤린스가 되며 그녀는 이렇게 중얼거렸다. 그리고 탐코라는 이름이 티비에게도 더이상 존재하지 않는 것처럼 행동했다. 하지만 출생증명서는 거짓말을 하지 않았다.

티비가 쪽팔림을 떨치고 고개를 들어 교실을 둘러보기까진 시간이 좀 걸렸다. 6층에서 본 적 있는 여자애가 두 자리 떨어진 곳에 앉아 있었다. 몇 명은 어제 오리엔테이션과 환영파티 때 본 애들이다. 얼굴에서 어떤 갈망이 읽혔다. 빨리 친구를 만들고 싶어 안달하는 아이들. 누구와 친해지는가는 그들에겐 중요하지 않다.

친구가 아쉬워 보이지 않는 아이는 단 두 명뿐이었다. 한 명은 눈에 띄게 잘생긴 남자아이인데, 방금 일어난 듯 헝클어진 긴 앞

머리로 눈을 반쯤 가리고, 의자에 거의 드러눕다시피 앉아 다리를 앞으로 쭉 뻗고 있었다. 다른 한 명은 그 옆에 앉은 여자아이였다. 어두운 갈색 머리카락이 요정처럼 짧고 분홍색 무테안경을 꼈다. 티셔츠는 6X 사이즈 같았다. 둘이 예전부터 아는 사이인 게 분명했다.

6B3호실의 소피라는 애는 벌써부터 점심을 같이 먹자며 티비에게 달려들었다. 6D 몇호실인지는 잘 모르겠지만 이름이 J로 시작하는 아이와 그 룸메이트 제스는 오늘밤에 놀러 나가자며 신이 났다. 하지만 티비는 자기처럼 인기 없고 절박한 아이들은 피하는 주의였다.

티비는 다시 그 산발 남자애와 분홍 안경을 바라봤다. 분홍 안경이 뭐라고 속닥거리자 산발 남자애가 웃었다. 남자애는 마치 숙취에 시달리는 것처럼 보였다. 남자애가 몸을 한층 의자 깊숙이 파묻었고, 티비는 분홍 안경이 그에게 뭐라고 했는지 알고 싶어 안달이 났다.

친구가 필요 없어 보이는 그 둘과 친해지고 싶었다.

"좋아, 애들아." 마침내 베이글리 선생님이 출석부 정리를 끝냈다. "서로를 좀더 잘 알 수 있도록 게임을 해볼까? 이름도 외울 겸."

분홍 안경이 산발 남자애에게 눈썹을 까딱하고는 자기도 의자 깊숙이 드러누웠다. 티비도 따라서 몸을 의자 깊숙이 뉘었다.

"준비됐어? 어떻게 하는지 잘 들어봐. 일단 이름을 말하고, 이름과 똑같은 글자로 시작하는, 자기가 제일 좋아하는 것 두 가지를 대면 돼. 그럼 내가 먼저 시작한다." 베이글리 선생님은 천장을 올려다보면서 몇 초간 생각했다. 티비 눈에 그녀는 삼십대로 보였다. 눈썹이 프리다 칼로처럼 코를 향해 초승달 모양을 그리고 있었다. 왠지 모르지만, 티비는 그 눈썹을 보고 선생님이 독신이 아닐까 생각했다. "캐롤라인Caroline, 음, 가재crawfish, 그리고…… 카라바조Caravaggio."

티비는 쇼나Shawna라는 여자애가 자기는 시시 케밥shish kebab과 샤킬 오닐Shaquille O'Neal을 좋아한다고 말하는 동안 분홍 안경이 산발 남자애에게 또 뭔가 속삭이는 걸 봤다. 자기 차례가 오자 분홍 안경은 깜짝 놀라며 고개를 들었다. 지금까지 누가 무슨 말을 하는지 전혀 듣지 않은 게 틀림없었다. "어, 음…… 내 이름은 모라Maura라고 해…… 그리고 내가 좋아하는 거 두 가지를 말하면 되는 거죠?" 그 아이가 말했다.

베이글리 선생님이 고개를 끄덕였다.

"좋아, 어, 난 밀크 두즈Milk Duds랑…… 음, 영화film가 좋아."

몇몇 아이들이 낄낄댔다. 티비는 고개를 저었다. 다른 사람들처럼 영화를 '무비movie'라고 했다면, 자기 차례를 무사히 넘길 수 있었을 텐데.

산발 남자애의 이름은 알렉스Alex였고, 개미핥기aardvarks와

도토리acorn를 좋아한다고 자기소개를 했다. 말하면서 a 발음을 유독 길게 끌었다. 선생님과 모라를 동시에 바보로 만들려는 의도가 아닌지 의심스러웠다. 하지만 매력적인 저음의 목소리로 말하면서 그는 모라를 향해 환하게 웃었다.

나한테도 저렇게 웃어주면 좋겠다. 티비는 생각했다.

알렉스는 맨발에 퓨마 운동화를 신고 있었다. 그에게서 발냄새가 날지 궁금했다.

티비 차례가 되었다. "내 이름은 티비Tibby야. 내가 좋아하는 건 테이터 토츠Tater Tots 감자튀김이랑…… 족집게tweezer야." 뭐에 씌어서 그런 대답을 했는지 모르겠다. 고개를 45도 옆으로 돌리자 이쪽을 바라보는 알렉스가 보였다. 그가 티비에게 웃어주었다.

티비는 자기가 무엇에, 아니, 누구에 씌었는지 깨달았다.

2층 벽돌집 앞에서 브리짓은 용기를 쥐어짜냈다. 길 한쪽으로 자그마한 개미집이 줄지어 있었고, 여기저기 잡초가 콘크리트를 뚫고 기세 좋게 자라 있었다. '마음이 머무는 곳이 바로 당신의 집'이라고 큼지막하게 적혀 있는 현관 매트는 노란색과 분홍색 꽃무늬로 장식되어 있었다. 브리짓은 그 매트를 기억하고 있었다. 그리고 놋쇠로 된 흰색 비둘기 모양 문고리도. 아니, 잿빛 비둘기인가. 그럴지도 모른다.

브리짓은 처음 의도했던 것보다 조금 더 세게 문을 두드렸다. 두드리고 또 두드렸다. "제발, 제발." 브리짓은 혼잣말처럼 중얼거렸다. 발소리가 들렸다. 브리짓은 원활한 혈액순환을 위해 손을 휘저었다.

그래, 가보는 거야. 문고리가 돌아가고 문이 열렸다.

마침내 오고야 만 것이다.

외할머니인지 한눈에 알아볼 수는 없었지만, 딱 그레타 할머니 연배였다.

"누구세요?" 밝은 햇살 때문에 실눈을 뜬 할머니가 물었다.

"안녕하세요." 브리짓이 대답하며 손을 내밀었다. "제 이름은 길다고, 그저께 이 마을에 왔어요. 혹시 그레타 랜돌프 할머니이신가요?"

할머니는 고개를 끄덕였다. 음, 그럼 된 거다.

"들어올래요?" 할머니는 브리짓을 안으로 들였다. 약간 경계하는 눈치였다.

"네, 감사합니다. 실례할게요."

브리짓은 집에서 나는 냄새에 의아해하며 바닥 전체에 깔린 하얀 카펫을 밟고 들어갔다. 뭔지는 알 수 없지만 어딘지 특이한…… 전에 맡아본 듯한 냄새였다. 잠시 숨을 쉴 수 없었다.

할머니는 거실로 가서 격자무늬 소파에 앉으라고 권했다. "아이스티라도 줄까?"

"아니요, 지금은 됐어요. 감사합니다."

할머니는 고개를 끄덕이고는 맞은편 팔걸이의자에 앉았다.

자신이 무엇을 찾고 있는지 확신할 수 없었지만, 이게 아닌 것만은 확실했다. 그레타 랜돌프는 비만, 특히 상체비만으로 뒤룩뒤룩한 체형이었다. 파마한 것 같은 짧은 머리카락은 회색이었다. 이는 누렇고, 옷은 월마트에서 산 듯했다.

"그래, 용건이 뭐지?" 그녀는 브리짓을 주의깊게 훑어보며 물었다. 브리짓이 책장에서 크리스털 장식품이라도 슬쩍하지 않았는지 확인하려는 듯.

"이웃에서 할머니가 집안일 도와줄 사람을 찾는다고 하던데요. 뭐 잡다한 일요. 제가 일자리가 필요하거든요." 브리짓이 설명했다. 거짓말이 술술 잘도 나왔다.

그레타는 혼란스러워 보였다. "어떤 이웃이 그런 말을 하던?"

브리짓은 애매하게 오른쪽을 가리켰다. 거짓말은 생각처럼 어렵지 않았다. 왜냐하면 대부분의 사람들은 거짓말을 하지 않기 때문이다. 만약 모든 사람들이 거짓말을 한다면, 누군가를 속이는 건 더이상 쉬운 일이 될 수 없을 것이다.

"암스트롱 씨가?"

브리짓은 고개를 끄덕였다.

그레타는 뭔가 이상하다는 듯 고개를 저으며 생각했다. "뭐, 어느 집이든 도움은 필요하니까, 그렇지?"

"그럼요." 브리짓이 대답했다.

그레타는 잠시 생각했다. "그래, 꼭 해야 할 일이 있긴 한데."

"뭔데요?"

"다락을 정리하고 싶거든. 원룸으로 개조해서 가을에 세를 놓으려고 해. 그럼 돈벌이도 좀 될 테고."

브리짓은 냉큼 동의했다. "제가 도와드릴게요."

"미리 경고하지만, 거긴 잡동사니 천국이야. 구닥다리 물건들이 몇 박스나 쌓여 있지. 자식들이 내 집에다 제 물건들을 몰아두고 나가버렸거든."

브리짓은 약간 움츠러들었다. 예상과 좀 다르긴 해도 일이 이 정도로 빨리 진행되리라고는 생각하지 못했기 때문이다. 사실, 이 집에 들어와 앉는 순간부터 자기와 할머니가 무슨 관계인지 거의 잊어버린 상태였다.

"뭘 해야 되는지 말씀해주세요. 제가 할게요."

그레타가 고개를 끄덕였다. 그리고 한동안 브리짓의 얼굴을 들여다보다가 눈가를 찌푸렸다. "너, 이 동네 아이가 아니구나?"

브리짓은 운동화 속 발가락을 꼼지락거렸다. "네. 그냥 여름방학 동안만 와 있는 거예요."

"고등학생이냐?"

"네."

"그럼 식구들은?"

"식구들은……"

이 질문에 대한 대답은 브리짓이 익히 준비해둔 바였다. "식구들은 여행중이에요. 그동안 일하면서 비자금 좀 모아두려고요. 내년에 대학에 가거든요."

브리짓은 자리에서 일어나 다리를 풀었다. 할머니가 다른 질문을 하지 않기를 바라면서, 뒤뜰로 향하는 복도를 바라보았다. 기억 속 뒤뜰에는 꼬마들이 타고 놀기에 딱 좋은 높이의 커다란 분홍색 산딸나무가 가지를 늘어뜨리고 있었다.

브리짓은 벽난로를 보려고 뒤로 돌았다. 그러자 여섯 살의 자신과 페리의 사진이 보였다. 숨이 멎을 뻔했다. 어쩌면 이건 그다지 훌륭한 생각이 아닐지도 모른다. 브리짓은 다시 소파로 돌아가 앉았다.

할머니는 브리짓에게서 눈을 떼고 울퉁불퉁한 손마디를 얼마동안 찬찬히 살펴보았다. "좋아. 시간당 5달러면 되겠니?"

브리짓은 얼굴을 찌푸리지 않으려고 노력했다. 앨라배마 버지스에서나 먹힐 시급이지, 워싱턴이었다면 그 돈을 받고 햄버거 한 쪽도 뒤집을 사람이 없을 것이다. "음, 좋아요."

"언제부터 시작할래?"

"모레 어때요?"

"좋아."

일어나 나가는 할머니를 따라 브리짓은 현관으로 향했다. "랜돌프 할머니, 감사합니다."

"그레타라고 부르렴."

"알겠어요, 그레타 할머니."

"그럼 모레 보자꾸나. 여덟시쯤 올 수 있겠니?"

"알겠습니다. 그럼 그때 올게요." 브리짓은 마음속으로 구시렁댔다. 요즘엔 아침 일찍 일어나기가 정말 힘들었다.

"성이 뭐라고 했더라?"

"아, 음…… 탐코요." 주인을 잃은 탐코라는 이름이 비록 잠깐이나마 새 주인을 찾았다. 게다가 티비를 떠올릴 수도 있어서 브리짓은 그 이름이 좋았다.

"실례가 되지 않는다면 몇 살인지 물어봐도 될까?"

"이제 곧 열일곱이 돼요." 브리짓이 대답했다.

그레타가 고개를 끄덕였다.

"나도 너만한 손녀딸이 있지. 그 아이도 올 9월에 열일곱 살이 된단다."

이 말에 브리짓은 바짝 긴장했다. "정말요?" 목소리가 떨렸다.

"음, 걔는 워싱턴에 살아. 그곳에 가본 적 있니?"

브리짓은 고개를 저었다. 낯선 사람한테 거짓말하는 건 쉬운 일이다. 하지만 생일을 아는 사이가 되고 나면 그때부턴 거짓말이 점점 어려워진다.

"그럼 너는 어디서 왔니?"

"노포크요." 왜 그렇게 대답했는지는 브리짓도 몰랐다.

"멀리서도 왔네."

브리짓은 고개를 끄덕였다.

"어쨌든 만나서 반갑구나, 길다." 브리짓의 할머니라는 분이 브리짓을 그런 이름으로 불렀다.

"그 레스토랑 정말 굉장했어. 난 이 근처 아무데나 가서 먹을 줄 알았는데, 세상에, 조세핀에다 예약을 해뒀지 뭐니. 믿어지니? 혹시나 옷차림이 간소하지 않을까 걱정하고 있는데, 그 사람이 나보고 완벽하다고 말하는 거 있지. 진짜 '완벽'하다고 했다니까! 그게 믿어져? 어쨌든 뭘 주문할지 몰라서 역대 최장 시간을 고민했어. 베어네이즈 소스가 블라우스에 튀거나, 샐러드가 이에 끼거나 하면 안 되니까."

크리스티나는 누구도 그런 곤경에 처해보지 못했을 거라는 듯 배꼽을 잡고 웃었다.

카르멘은 그저 통밀 와플 접시만 내려다보고 있었다. 가운데에만 시럽이 가득했고, 가장자리는 꾸덕꾸덕 말라 있었다. 지금 이런 얘기는 엄마가 아니라 카르멘의 입에서 나와야 했다. 카르멘은 이 떨떠름한 아이러니를 견딜 수 없었다. 엄마가 계속 떠들고, 떠들고, 떠들고, 떠들면서 입을 다물지 않는 바람에, 자기 데이트에 관해서는 한 마디도 못하고 있었다.

크리스티나는 놀라서 눈을 크게 떴다. "카르멘, 이 디저트 좋아할 줄 알았는데. 정말 죽을 만큼 맛있지 않니? 이게 바로 타르트 타탱*이잖아."

치고 올라오는 푸에르토리코 억양을 누르며 과하게 프랑스 악센트를 넣는 엄마에게 너무도 짜증이 났다.

"음." 카르멘은 무심하게 대답했다.

"그 사람, 얼마나 다정한지 몰라. 완전 신사라니까. 차문도 열어주고. 그게 도대체 얼마 만이게?" 크리스티나는 그 질문에 진짜로 대답해달라는 듯 카르멘을 바라보았다.

카르멘은 어깨를 으쓱하며 말했다. "이번이 처음 아냐?"

"그 사람 스탠퍼드 나왔다고 내가 얘기했나?"

카르멘은 고개를 끄덕였다.

엄마가 그 사실을 어찌나 자랑스러워하는지 이젠 불쌍해 보일 정도였다. 전날 아빠가 윌리엄스를 나왔다며 자랑을 늘어놓은 자신이 창피해졌다.

카르멘은 시럽 병을 조심스럽게 들어 와플 가장자리의 구멍들을 채워나갔다. "그 아저씨 이름이 뭐라고?"

"데이비드." 크리스티나는 타르트 타탱보다 그 이름을 말할 때의 느낌을 더 즐기는 것 같았다.

---

* 과일을 밑에 깔고 위에 반죽을 덮어 구운 후 뒤집어서 먹는 프랑스 파이.

"나이는 몇 살이고?"

크리스티나가 숨을 들이마셨다. "서른네 살이야. 뭐, 네 살 차이밖에 안 나."

"다섯 살에 가깝지." 카르멘이 말했다. 그냥 둘러대건 진실을 말하건 치사하기는 매한가지니까. 엄마는 서른아홉 생일까지 앞으로 한 달도 안 남았다. "뭐, 어쨌든 좋은 사람 같네." 카르멘은 만회해보려고 이렇게 덧붙였다.

엄마가 원한 말은 그게 전부였다. "진짜 그렇다니까. 정말정말 좋은 사람이야." 그리고 카르멘이 와플을 두 개나 더 먹는 동안 그가 얼마나 좋은 사람인지에 대해 역설했다. 회사에서 몇 번이고 커피를 가져다주었고, 컴퓨터가 고장났을 땐 또 어떻게 도와줬는지 등의 예를 들어가며 칭찬을 늘어놓았다.

"그 사람은 입사 삼 년차야." 카르멘이 조금이나마 관심을 보인다고 생각했는지 크리스티나는 계속해서 그에 대한 정보를 알려줬다. "대학 졸업 후 바로 로스쿨에 가지 않고, 멤피스에 있는 신문사에서 일했대. 그래서 그 사람이 그렇게 재미있나봐." 크리스티나는 '재미있다'라는 말이 오로지 이 순간을 위해 생겨난 말이라도 되는 양 강조했다.

카르멘은 우유를 한 잔 따랐다. 열세 살 이후로 우유를 마셔본 적이 없었다. 문득 자기가 한 마디도 대꾸해주지 않으면 엄마 혼자 언제까지 얘기할지 과학적 호기심마저 일었다.

"늘 나한테 친절하고 잘해주긴 했지만, 데이트를 신청할 줄은 정말 꿈도 못 꿨어. 진짜, 진짜로!" 엄마가 이 작은 방을 몇 바퀴째 빙빙 돌고 있는지 모른다. 살구색 리놀륨 바닥에 엄마의 예배용 구두 소리가 또각또각 울려퍼졌다.

"회사 사람이랑 연애하는 게 그리 좋은 생각은 아니라는 건 나도 알아. 그런데 생각해보면 우리가 같은 부서도 아니고, 같은 층에서 일하는 것도 아니잖아?" 엄마는 사내연애의 문제점을 채 파헤치기도 전에 그와의 로맨스를 흔쾌히 받아들이며 팔을 내저었다.

"어젯밤에 네가 나가고 나니까, 네가 내년에 대학에 가면 이제 어쩌나 싶어서 갑자기 늙어버린 것 같고 외로워지더라. 그런데 하느님이 떡하니 타이밍을 맞춰주셨지 뭐니."

카르멘은 하느님에겐 그보다 더 중요한 일이 태산일 거라고 말하고 싶었지만 꾹 참았다.

"하지만 서두르진 않을 거야. 그런데 만약에 이대로 관계가 끝나버리면 어떡하지? 그 사람이 깊은 관계를 원하지 않는 걸 수도 있잖아. 그 사람 처지가 나랑은 다를 수도 있고, 그치?"

카르멘은 일단 엄마가 처지 운운하며 문학적 표현을 남발하는 것이 짜증났다. 그리고 도대체 언제부터 엄마가 깊은 관계를 원했단 말인가. 엄마는 카르멘이 4학년이 된 이후로 남자를 만나본 적도 없었다.

묵묵부답으로 일관해봐야 아무 소용 없었다. 욕실에 가도 엄마의 말을 막을 수 없었다. 집에서 나가면 그치려나?

카르멘은 마침내 시계를 쳐다봤다. 하지만 시간은 늘 그렇듯 카르멘 편이 아니었다. 시계는 카르멘과 크리스티나에게 처음으로, 아직 교회에 늦지 않았다고 알리고 있었다. 그래도 카르멘은 말했다. "우리 이제 나가야지."

엄마는 고개를 끄덕이고는 카르멘을 따라 쪼르르 부엌에서 나왔다. 그동안에도 이야기는 계속됐다. 교회 주차장에 차를 세울 때까지 잠시도 쉬지 않았다.

"네 얘기 좀 해줘." 엄마가 자동차 키를 가방에 넣고 카르멘과 함께 교회로 들어가며 물었다. "너는 어제 어땠니?"

레나,

그래, 우리가 겨우 몇 블록 건너에 살고 있다는 건 나도 알아. 그리고 오 분이면(좋아, 십 분) 너한테 이 바지를 갖다줄 수 있다는 것도 알고. 네가 아르바이트 갈 때 태워다주면서 건네주면 되니까(알아, 내가 늘 지각한다는 거). 하지만 서로 멀리 떨어져 있지 않다고 편지할 일이 없다는 게 좀 섭섭하더라고. 그런데 다시 생각해보니까, 여름 내내 이메일이나 전화를 할 수도 있고, 한동네에 살면서 원한다면 금방 만날 수 있다는 것 때문에 절대로 편지를 쓰지 말라는 법은 없잖아. 그치? 그게 범법행위도 아니고 말이야.

레나, 아무래도 이번 여름은 작년이랑 다른 것 같아. 네가 날 많이 그리워할 일은 없으니까. 어제도 몇 번이나 본데다, 심지어는 오밤중에 거의 혼수상태인 너한테 전화해서 주절주절댔잖아. 너는 (또) 늦었다고 나를 보자마자 소리를 지르겠지만, 나는 이 기회를 빌려서 말하고 싶어. 나한테 너는 여전히 최고고, 가장 훌륭하고 제일 멋진 아이라는 걸. 그리고…… 내가 많이 사랑한다는 것도. 그러니까 바지 입고 한번 미쳐보는 거야. 고고!

열광하며

카르멘

사람들은 종종 진실에 걸려 넘어지지만,

대부분은 추스르고 일어나서

마치 아무 일도 없었다는 듯

서둘러 제 갈 길을 간다.

_윈스턴 처칠

바지를 입고 미쳐볼 만한 일은 레나에게 일어나지 않았다. 첫째 날은 바지를 코스토스에게서 받은 편지 더미 위에 그냥 얹어두었다. 둘째 날엔 입고서 출근했는데, 매니저한테 걸려서 점심시간도 되기 전에 갈아입어야 했다. 게다가 점포 뒤쪽 의자 위에 얹어뒀다가 한 손님이 입어보고 사갈 뻔하기까지 했다.

에피가 가게로 걸어들어왔을 때, 레나는 오늘 일로 놀란 마음을 여전히 진정시키지 못하고 있었다. 곧 문 닫을 시간인데 피팅룸 정리도 마치지 못한 상태였다.

"오늘 누구한테 전화 왔는지 알아?" 에피가 대답을 종용했다.

"누구?" 레나는 에피의 스무고개를 좋아하지 않았다. 특히 이렇게 지친 상황에서는 더욱.

"맞혀보라니깐." 에피가 레나를 따라 피팅룸으로 들어왔다.

"싫어!"

에피는 삐친 것 같았다. "알았어, 알았어." 에피는 한 번 참아준다는 듯 눈을 위로 치켜뜨고 말했다. "할머니랑 통화했어."

"그래?" 레나는 옷을 주워담던 손을 멈추었다. "잘 지내신대? 할아버지는?"

"다 건강하셔. 지난달에 레스토랑에서 결혼기념일 파티를 성대하게 했다던데? 온 마을 사람들이 다 왔대."

"오오." 레나의 머릿속에 그 모습이 그려졌다. 마음은 벌써 조용히 피라로 흘러가 할머니 할아버지가 운영하는 오래된 레스토랑 테라스 너머로 펼쳐진 칼데라를 바라보고 있었다. "좋았겠다." 레나는 나지막이 속삭였다. 산토리니 항구를 떠올리니 자동적으로 코스토스가 생각났다. 그러자 가슴 깊은 곳에서 아련한 감정이 일었다.

레나는 목소리를 가다듬고 다시 옷을 주워모으기 시작하며 아무렇지 않은 듯 물었다. "두나스 할아버지는 어떻게 지내신대?"

"잘 지내신대."

"그래?" 코스토스에 대해 직접적으로 물어보고 싶지는 않았다.

"응. 할머니 제보에 따르면 코스토스가 저번 파티에 아무디에서 온 여자를 한 명 데리고 왔다더라."

레나는 그 말에 움찔한 기색을 드러내지 않으려고 애썼다.

에피가 눈살을 찌푸리며 물었다. "언니, 얼굴이 왜 그래?"

"무슨 소리야?"

"표정 말이야." 에피가 불쌍할 정도로 확 굳어버린 레나의 얼굴을 가리키며 말했다. "코스토스한테 헤어지자고 한 건 언니잖아."

"나도 알거든." 레나는 저도 모르게 쾅 하고 거울을 찼다. "대체 무슨 말을 하고 싶은데?" 바보짓이라도 해야 했다. 안 그러면 눈물이 날 것 같았다.

"정말 알다가도 모르겠네. 코스토스한테 아직 감정이 남아 있으면서 왜 헤어지자고 한 거야?" 에피가 물었다. 둘이 이런 대화를 해본 적이 한 번도 없다는 것 따위는 전혀 신경쓰지 않는 듯했다.

"무슨 감정이 어떻게 남아 있는데? 내가 뭘 어떻게 느끼는지 네가 어떻게 알아?" 레나는 통명스레 내뱉고 바지를 사이즈별로 분류하기 시작했다.

에피는 가망 없고 불쌍한 멍청이를 보듯 고개를 가로저었다. "언니 기분이 좀 나아지게 뭐 하나 말해주자면, 할머니는 코스토스가 데려온 그 여자가 별로 맘에 안 든다더라."

레나는 그 말에 신경쓰지 않는 척하려고도 무진장 애를 썼다.

"그리고 '그 여자가 레나만큼 예쁘진 않더라'라고도 하셨어."

레나는 계속 무관심한 척했다.

"기분이 좀 나아져?" 에피가 부추겼다.

레나는 무표정한 얼굴로 어깨를 으쓱했다.

"그래서 내가 말씀드렸지. '할머니, 그래도 그 여자는 코스토스한테 아무 이유 없이 헤어지자고 하진 않겠죠'라고 말이야."

레나는 옷을 바닥에 집어던졌다. "그만해. 너 아르바이트하는 데 태워다주겠다고 한 거, 취소야."

"뭐야, 약속했잖아." 에피가 말했다. "도대체 뭘 신경쓰는 건데? 전혀 관심 없다고 말한 건 언니잖아."

에피 승. 항상 그렇다.

"신경 안 써." 레나는 아기처럼 옹알댔다.

"그럼 약속한 대로 데려다줘." 에피는 배려를 의무로 바꾸는 데 천부적인 재능이 있다.

하늘이 너무 어두워져서 지금이 밤이 아니라는 게 신기할 정도였다. 레나는 한쪽 팔에 마법의 바지를 끌어안은 채 가게 문을 잠그고 셔터를 내렸다. 밖에는 세찬 비가 내리고 있었다. 따뜻한 빗방울이 머리 위에 떨어져 이마로 흘러내렸다. 에피가 먼저 차로 뛰어갔고, 레나는 바지가 비에 젖지 않도록 셔츠 안에 넣고 걸어갔다. 레나는 비를 좋아했다.

에피가 일하는 올리브 바인은 레나네 가게에서 3킬로미터 정도 떨어진 곳에 있었다. 레스토랑에 도착하자 에피는 성큼성큼 걸어서 몇 발짝 만에 안으로 쏙 들어가버렸다.

레나는 계속 차를 몰았다. 차창을 두드리는 빗소리, 끼익끼익

와이퍼 움직이는 소리. 레나는 목적 없이 혼자 차를 몰고 여기저기 돌아다니는 게 좋았다. 지난 몇 달 사이 레나는 조작법을 의식하지 않고 운전하는 경지에 다다랐다. 더이상 어, 신호등이다. 브레이크. 방향 바꿔야지, 라든가 다음번에서 좌회전 같은 생각을 할 필요가 없었다. 그냥 운전을 했다. 운전할 때만은 마음도 자유롭게 떠다녔다.

우체통 앞을 지났다. 코스토스에 대한 관심을 접기 전에 편지를 부쳤던 곳이다. 혹은 관심을 접은 척하기 전이라고도 할 수 있겠지.

바지는 여전히 옆에 끼고 있었다. 지난여름의 끝, 코스토스와 열정적으로 키스했을 때 이 바지를 입고 있었다. 레나는 깊이 숨을 들이쉬었다. 어쩌면 바지에 코스토스의 일부가 아직 남아 있을지도 모른다. 어쩌면.

코스토스에게서 너무나 멀리 떨어진 곳에서 마법의 바지와 비오는 밤을 함께하자니, 깊고 슬픈 상실감이 엄습해왔다.

현실은 부정할 수 없다. 코스토스에겐 새 여자친구가 생겼다. 레나에게는 얄미운 여동생과, 베이지색 옷이나 팔아야 하는 아르바이트 자리만 남았다.

이렇게 되면, 누가 이긴 거라고 할 수 있을까?

처음에 브리짓은 버지스에 대한 기억이 전혀 남아 있지 않다고 생각했다. 그런데 시내를 둘러보니 몇몇 기억들이 새록새록 떠올랐다. 하나는 철물점 앞에 있던 땅콩 뽑기 기계였다. 여섯 살의 브리짓은 껌을 뽑는 기계에서 땅콩이 나오다니 이상한 구닥다리라고 생각했었다. 그런데 여전히 그 자리에 땅콩 뽑기 기계가 있는 것이다. 기계 속 땅콩이 자기만큼이나 삭은 건 아닐까 의심이 들었다.

또하나는 법원 앞마당에 있는 검고 녹슨 남북전쟁 시대 대포였다. 그 옆에는 피라미드 모양으로 쌓아올려 고정한 대포알도 있었다. 만화 주인공처럼 그 안으로 머리를 집어넣어 광대 흉내를 내며 페리를 웃기려고 했던 것도 기억났다.

은행 옆 높은 담벼락에 올라갔던 것도 생각났다. 할머니는 브리짓에게 당장 내려오라고 소리를 질렀다. 꼬마 브리짓은 마치 원숭이 같았다. 또래 남자애들이나 언니 오빠들과 비교해도 나무타기로는 동네 제일이었다. 지금과 비교해보면 훨씬 몸이 가뿐하고 탄력 있었던 것 같다.

브리짓은 발길 닿는 대로 움직였다. 머리보다 발이 기억하는 게 더 많았다. 마켓 가를 따라 마을 언저리까지 쭉 내려갔다. 그쪽 집들은 앞마당마다 수국이 활짝 피어 있었다. 커다란 보라색 수국이었다.

감리교 교회를 지나자 파랗고 싱그러운 풀밭이 넓게 펼쳐져 있었다. 풀밭은 나이 먹은 거대한 떡갈나무와 아름다운 철제 벤치가 있는 곳까지 세 블록이나 이어졌다. 저 끝에는 이곳이 아름다운 축구장임을 말해주는 골대가 있었다. 축구장을 보자 숨이 멎는 것 같았다. 무척 오랫동안 방치해둔 먼지 쌓인 기억을 건드린 듯, 머릿속에서 무너지고 부서지는 소리가 났다.

브리짓은 벤치에 앉아 눈을 감았다. 달리던 기억과 축구공에 대한 추억이 떠올랐다. 그러자 많은 것들이, 아주 많은 것들이 한꺼번에 떠오르기 시작했다. 서너 살쯤 됐을 때, 할아버지가 자신과 페리에게 축구를 가르쳐줬던 게 생각났다. 페리는 헛발질을 해대며 축구가 싫다고 투덜댔지만, 브리짓은 축구를 사랑했다. 발만 쓰는 연습을 하려고 뒷짐을 지고 훈련했던 것도 떠올랐다.

브리짓이 드리블로 할아버지를 제쳤을 때, 할아버지는 뒤에서 자랑스럽게 소리쳤다. "여보게들, 여기 축구 신동이 있어!" 그때 축구장에는 아무도 없었는데도 그랬다.

다섯 살이 되던 여름, 할아버지는 다른 학부모들의 거센 항의에도 불구하고 브리짓을 라임스톤 지역 유소년 리그에 출전시켰다. 브리짓은 할머니에게 떼를 써서 머리를 남자애들처럼 짧게 잘라달라고 했다. 그해 여름 막바지에 엄마는 브리짓의 모습을 보고 눈물을 흘렸다. 브리짓은 버지스 지역 유소년 축구팀 '꿀벌들'이 2회 연속 우승 트로피를 거머쥐는 데 견인차 역할을 했고, 이후 다른 학부모들의 불만을 싹 잠재웠다.

세상에, 조금 전까지도 브리짓은 그 팀에 대해 까맣게 잊고 있었다. 자신의 별명과 팀 이름이 우연히 딱 들어맞은 것이 당시 브리짓에게는 큰 의미였다. "쟤가 아주 꿀벌이네, 꿀벌이야!"* 할아버지는 자기 말이 무척 웃기다고 생각하면서 사이드라인에서 그렇게 소리치곤 했다. 스포츠에 관심이 없는 아빠와 달리 할아버지는 스포츠를 사랑했다.

할아버지가 돌아가신 걸 아빠는 알고 있었을까?

브리짓은 멍하니 있었다. 어떻게 축구를 시작하게 됐는지 아무리 생각해봐도 모르겠더니, 여기에 답이 있었다. 여기가 그 출발점이었다.

브리짓의 기억에는 이상한 점이 있었다. 그건 예전부터 알고 있었다. 열한 살 때 끔찍한 일을 겪은 뒤로 기억을 자체 삭제했다고나 할까. 그 일 전후로 일어난 모든 일을 완전히 잊었거나 다른 사람에게 일어난 일로 기억하고 있었다. 엄마가 돌아가신 뒤 몇 달 동안 정신과 상담을 받았고, 의사는 머릿속에 외상이 남았다고 했다. 머릿속 외상이라니, 상상만으로도 끔찍했다.

브리짓은 외상을 입었다는 머리를 벤치 뒤쪽에 기댄 채 한참을 앉아 있었다. 그때 마치 꿈결처럼 발소리와 시끌시끌한 소리, 축구공이 발에 펑펑 부딪히는 친근한 소리가 들려왔다. 깜짝 놀

* 미국에서는 적임자 혹은 그 일을 가장 잘하는 사람을 꿀벌에 빗대어 Bee's Knee라고 한다. 또 브리짓(Bridget)은 친구들 사이에서 이름의 맨 앞 글자를 딴 Bee(꿀벌)라는 별명으로 불린다.

라서 눈을 떠보니 남자아이들 한 무리가 경기장을 점령하고 있었다. 열다섯에서 스무 명 정도 됐는데, 나이는 브리짓과 비슷하거나 살짝 많아 보였다.

브리짓은 참지 못하고 가까이 지나가던 한 명을 불러세웠다. "너도 저 팀이니?"

아이는 고개를 끄덕이며 답했다. "버지스 매버릭 팀이야."

"요즘도 여름 리그를 하니?"

"그럼." 그 아이는 축구공을 들고 있었다. 아홉 달이 넘도록 한 번도 축구공을 건드리지 않았지만, 브리짓의 눈빛은 축구공을 원하고 있었다.

"지금 연습하는 거야?" 브리짓이 물었다.

"응, 화요일이랑 목요일 저녁에 해." 아이는 앨라배마 특유의 콧소리를 내며 대답했다. 이 동네 사람들은 음절을 질질 끌면서 발음하는 경향이 있다.

자신이 그 악센트를 좋아했던 것도 기억났다. 8월 중순쯤 되면 그냥 듣기만 하던 것을 마술처럼 하나하나 따라 하게 될 테고, 그 상태로 다시 워싱턴에 돌아가면 친구들은 브리짓이 말할 때마다 낄낄댈 것이다. 그러다 10월쯤이 되면 앨라배마 악센트는 다시 사라지겠지.

아이는 자기 팀이 연습을 시작하는지 보려는 듯 자꾸 경기장 쪽으로 고개를 돌렸다. 예의를 지키긴 했지만, 브리짓과 더는 얘기하고 싶지 않은 눈치였다.

"시합은 토요일에 해?" 브리짓이 물었다.

"응, 여름 동안은. 그럼 난 간다."

"그래, 고마워." 브리짓은 경기장의 친구들한테 돌아가는 그 아이 뒤에 대고 외쳤다.

자기를 바라보는 사람들의 시선이 바뀌었다는 사실에 브리짓은 아직도 적응하지 못했다. 일 년 전이라면 저 남자아이는 브리짓의 머리카락에 넋을 잃은 채 브리짓이 알고 싶어하는 거라면 뭐든 다 얘기해줬을 것이다. 자기가 브리짓하고 얘기하는 모습을 친구들이 보게끔 일부러 오버하고 시끄럽게 굴면서.

열세 살 때부터 열여섯 살 때까지 브리짓에겐 휘파람, 전화번호, 작업용 멘트 등 온갖 수단을 동원해 어떻게든 해보려는 남자애들이 수없이 줄을 섰다. 브리짓이 아름다웠기 때문은 아니다. 정말로 특별하게 아름다운 건 레나였다. 남자애들은 레나가 지나가기만 해도 바짝 긴장했다. 브리짓이 인기 있었던 건 날씬하고 눈에 띄게 활달했기 때문이었다. 물론 금발이기도 했고.

브리짓은 그들이 공을 차며 몇 차례 훈련하는 모습을 지켜봤다. 연습 경기가 시작되자 브리짓은 경기장 가장자리로 다가갔다. 몇몇 여자애들(아마도 여자친구들)이 벌써부터 대기중이었다. 선수들 얼굴을 찬찬히 훑어보니, 그중 몇 명이 왕년에 자신과 같은 팀에서 뛰던 애들이라는 걸 알 수 있었다. 놀라웠다. 혼자 공을 독차지하던 녀석의 얼굴은 확실히 알아볼 수 있었다. 저 녀석 이름이 뭐더라? 코리 뭐였던 것 같은데. 빨간 머리 미드필 더 역시 마찬가지였다. 얼굴도 뛰는 스타일도 일곱 살 때랑 똑같 았다. 그리고 골키퍼 중 한 명도 확실히 알아볼 수 있었다. 그리 고…… 세상에나! 브리짓은 가슴 앞에 손을 모아쥐었다. 그 아이 의 이름이 번뜩 떠올랐다. 빌리 클라인. 세상에! 팀에서 두번째로 뛰어난 선수이자 경기장 밖에서는 브리짓의 단짝이었던 아이. 똑똑히 기억났다. 심지어 브리짓이 워싱턴에 있는 동안 편지도 한두 번 주고받은 사이였다.

믿을 수 없어.

훌륭하게 자란 모습이 브리짓 눈에도 확 들어왔다. 약간 말랐 지만 근육이 붙은 몸매. 브리짓의 이상형이었다. 머리는 좀더 길 어지고 곱슬곱슬했지만 얼굴은 그대로였다. 어렸을 적 브리짓이 좋아했던 그 얼굴 그대로다.

그를 보니 가슴이 콩닥콩닥 뛰고 머릿속은 뒤죽박죽이 됐다. 빌리네 집은 강가 쪽으로 조금만 내려가면 있었다. 둘은 함께 돌 멩이를 모으며 많은 시간을 보냈는데, 그 돌멩이들이 고대 화살 촉이라고 확신하며 플로렌스 시내에 있는 인디언 마운드 박물관 에 내다 팔면 큰돈을 벌 수 있을 거라 믿었었다.

빌리가 사이드라인으로 와서 공을 던졌다. 브리짓은 잽싸게 자 리를 비켜줬다. 빌리는 브리짓을 보고도 못 본 척했다.

브리짓은 빌리가 자신을 알아볼까봐 걱정하지 않았다. 원래는 금발에 날씬하고 쾌활한 소녀지만, 지금은 살이 찌고 짙은 색 머리카락에 소심한 여자애가 되어버렸기 때문이다. 다른 사람이나 매한가지다.

그 사실이 한편으론 위로가 됐다. 눈에 띄지 않는다는 건 때론 사람을 안심시킨다.

티비는 영화 수업 시간에 아이들과 떨어져 앉았다. 짙은 색 옷에 투박한 신발, 햇볕에 비칠 때마다 번쩍대는 무서운 피어싱을 한 아이들이 꽤나 많았다. 영화 세미나에 들어가기 전 점심시간에 그 아이들이 티비에게 다가와 같이 앉자고 했다. 코의 피어싱을 보고 그런다는 걸 티비도 잘 알 수 있었다. 그런 대접은 피어싱 때문에 상대해주지 않는 것만큼이나 신경에 거슬렸다.

티비가 파스타 샐러드를 대충대충 씹어 삼키는 동안 케이티라는 여자애가 와서 자기 룸메이트에 대해 불평을 늘어놓았다. 티비는 그 얘기를 듣는 내내 옷소매 맛이 나는 파스타를 씹으면서 이따금 머리만 한 번씩 끄덕여줬다. 친구 사귀는 재주도 없는 자기가 브리짓, 카르멘, 레나와 함께 태어난 것이 얼마나 큰 행운인지 새삼 깨달았다.

몇 분 후, 티비는 학생들을 따라 예술대학 건물 위층 교실로 들어갔다. 중간 몇 자리를 비워두고 가장자리에 가서 앉았다. 무리에 섞이고 싶지 않아서였다. 대신 알렉스를 기다렸다.

알렉스가 모라와 함께 들어와 티비 옆에 앉자, 티비의 심장박동이 점점 빨라졌다. 모라는 알렉스를 사이에 두고 티비 반대편에 앉았다. 사실 교실에서 두 자리가 비어 있는 곳은 티비 옆자리뿐이었다.

러셀 교수가 들어와 서류들을 정리하며 말했다. "좋아요, 학생 여러분." 그가 양손을 들어올렸다. "아시다시피, 이 수업에서는 프로젝트를 진행할 겁니다. 강의가 아닌 실습 위주의 수업이에요."

알렉스가 바인더 노트에 필기를 했다. 티비는 그걸 훔쳐보지 않을 수 없었다.

실습 위주의 수업

장난하나? 알렉스가 티비를 힐끗 쳐다보았다. 그렇다, 그는 장난을 하고 있었다.

"여러분은 이번 여름 동안 각자 영화 한 편씩을 만들게 될 겁니다. 여름 내내 영화를 찍는 거죠. 그리고 대부분의 시간을 이 교실이 아니라 저 바깥세상에서 보내게 될 겁니다."

알렉스는 이어서 그림을 그렸다. 러셀 교수였는데, 머리는 작고 손만 엄청 크게 그렸다. 꽤 잘 그린 그림이었다. 알렉스는 티비가 그 낙서를 힐끔거리는 걸 눈치챘을까? 신경쓰고 있는 걸까?

"과제는 누군가의 일대기를 담은 영화를 만드는 겁니다. 여러분의 인생에 매우 중요한 역할을 하고 있는 사람에게 초점을 맞춰 준비하세요. 극영화를 찍어도 되고, 다큐멘터리도 상관없어요. 그건 여러분 좋을 대로 하도록." 러셀 교수가 말했다.

주제로 삼고 싶은 사람은 바로 머리에 떠올랐다. 베일리였다. 지난여름, 베일리는 티비의 방 창가에 앉아 나무 블라인드 사이로 스며드는 햇빛을 맞으며 열두 살 생애의 마지막 여름을 보냈다. 그 생각을 하니 눈이 아려왔다. 티비는 왼쪽으로 고개를 돌렸다.

좋을 대로 하도록. 알렉스는 러셀 교수 그림 밑에 꽃장식이 들어간 서체로 그렇게 적어넣었다.

티비는 눈물을 훔쳤다. 아니다. 이걸로 영화를 만들고 싶진 않다. 그럴 수 없었다. 그 생각이 머릿속에 남아 있는 것조차 허용하고 싶지 않았다. 티비는 머릿속 생각을 고스란히 접어넣었다.

생각 자체는 사라졌지만, 티비는 나머지 수업 내내 그 감정을 떨쳐버릴 수 없었다. 알렉스와 낙서에 대해서도 까맣게 잊어버렸다. 눈은 한 치 앞만 겨우 보고 있었다.

그래서 티비는 알렉스가 자기 오른쪽 귀에 대고 귓속말을 할 때까지 그의 존재를 완전히 잊고 있었다. 그가 귓속말을 한다는 걸 깨닫기까지도 얼마간의 시간이 걸렸다. 좀더 정확히 말하면,

알렉스는 그녀에게 말을 걸고 있었다.

"커피나 한잔 할래?" 그가 물어보는 것 같았다.

모라 역시 기대에 차서 티비를 보고 있었다.

"어……" 알렉스의 말이 정리되어 제대로 나열되자 티비는 자신이 기뻐하고 있음을 깨달았다. "지금?"

"응." 모라가 미리 계획을 짜놓은 것처럼 나섰다. "다른 수업 있니?"

티비는 어깨를 으쓱했다. 수업이 있었나? 그게 뭐 대수람? 티비는 일어나서 가방을 어깨에 걸쳤다.

셋은 학생회관에 있는 카페 뒤편에 가서 앉았다. 티비가 예상한 대로 알렉스와 모라는 뉴욕에서 왔다고 했다. 모라는 티비네 기숙사 7층에 방을 배정받았다고 하고, RA 바네사에게 특별히 관심을 보였다.

"바네사 방에 가봤니?"

모라는 계속 알렉스에게로 쏠리는 티비의 관심을 자기 쪽으로 붙들어두려고 했다.

"진짜로 안 가봤어?"

"안 가봤는데." 티비가 대답했다.

"장난감이랑 봉제인형 천지야. 장담하는데, 걔 정상 아니다."

티비는 고개를 끄덕였다. 모라의 말을 의심하는 건 아니지만, 그보다는 알렉스가 이번 프로젝트에 대해 하는 얘기에 더 관심이

갔다. "이건 니힐리즘 그 자체지. 카프카를 생각해봐. 수차례의 좌절을 겪은 카프카 말이야." 그가 설명했다.

니힐리즘의 뜻도 모르고 카프카의 작품 제목도 하나 댈 수 없었지만, 티비는 알아듣고 웃는 척했다. 뭐, 카프카라면 소설가 아닌가?

알렉스는 얼굴을 일그러뜨리며 미소지었다. "카프카가 활동 초기의 슈워제네거를 만나는 거야. 그 장소는 피자헛이고."

애 똑똑하구나. 티비는 생각했다. "그런데 그게 무슨 일대기라는 거야?"

알렉스는 어깨를 으쓱하며 저급한 웃음을 지어 보이고는 상관없다는 듯이 대답했다. "몰라."

"너는 과제로 뭐 할 건데? 아직 안 정했어?" 모라가 물었다.

한 가지 생각이 머리 위에 그림자를 드리웠지만, 티비는 제일 먼저 떠올랐던 그 아이디어가 다시 수면 위로 떠오르는 걸 막으려고 애썼다. "모르겠어…… 내 생각에는 아마도……"

티비는 말을 어떻게 끝맺어야 할지 몰랐다. 알렉스의 퓨마 운동화를 내려다보았다. 티비는 자기 영화가 웃기길 바랐다. 그래서 베이글리 선생님 수업 시간에 그랬던 것처럼 알렉스가 자기를 보고 웃어줬으면 했다.

이번 여름 전에 찍은 영화에 대해 생각해보았다. 니키의 막대 사탕이 뒤통수에 붙은 줄도 모르고 부엌에서 열심히 일하는 엄마의 모습을 담은 작품이었다. 뭐, 멍청하긴 해도 웃긴 작품이다.

"지금 생각으로는 아마 코미디 영화가 될 것 같은데…… 엄마가 나오는."

카르멘은 모건 씨네 집으로 가는 길이 좀더 멀길 바랐다. 아직 불평할 거리가 더 남았기 때문이다. 물론 레나는 충분히 멀다고 생각하는 것 같았지만.

"널 이해해. 정말로." 레나는 부드럽게 말했다. 하지만 하얗고 커다란 목조주택 앞에 주차할 때쯤 되자 인내심이 바닥을 드러냈다. "내 말은 단지 너희 엄마가 정말 오랫동안 데이트 한번 안 했다는 거. 그러니까 이번 데이트가 신날 수도 있다는 거야."

하지만 표정을 보니 카르멘은 이미 단단히 마음이 상한 것 같았다. "다시 생각해보니까, 우리 엄마가 아니라서 내가 그렇게 말했나봐. 만약 우리 엄마였다면 나도 똑같이 느꼈을 거야."

카르멘은 레나를 의심의 눈초리로 바라보았다. "아니, 넌 안 그랬을 거야."

레나가 어깨를 으쓱했다. "글쎄, 일단 엄마가 아빠가 아닌 누군가와 키스할 수 있다는 생각조차 못해봤는걸. 쉽게 상상이 안 돼." 레나는 수완을 발휘해 설득하기 시작했다. "하지만 만약 그런 일이 일어난다면……"

"그래도 넌 뭐라고 하지 않을 거야." 카르멘은 이 한마디로 모든 걸 정리해버렸다.

"엄마한테는 다들 못되게 굴어." 레나가 반박했다.

"너는 안 그래." 카르멘이 꼬집어 말했다.

"아니야, 나도 진짜 못됐다니까." 레나가 진심으로 말했다.

"가끔 짜증내거나 욱하긴 하겠지만, 그렇다고 대놓고 대들진
않겠지."

"짜증내고 욱하는 게 대드는 것보다 나쁠 때도 있어." 레나가
우겼다.

번들거리는 빨간 대문이 열리고, 제시 모건이 계단 맨 위에 서
서 손을 흔들었다.

"가봐야겠다." 카르멘이 말했다. "또 데리러 와줄래? 내일은
내가 운전할게."

"됐어. 그러면 나 내일 또 지각해." 레나가 말했다.

"아니야, 안 그래. 진짜로. 일찍 일어날 거야. 약속."

카르멘은 종종 이런 약속을 하지만 제대로 지킨 적은 한 번도
없다.

"알았어." 그래도 레나는 또 기회를 준다. 이것이 레나와 카르
멘 사이의 줄다리기였다.

"안녕, 제시." 카르멘이 서둘러 걸어들어가면서 인사했다. 카
르멘은 제시에게 헤드록을 한 번 걸고 안으로 들어갔다. 네 살배
기 꼬마 제시는 퀸시 가를 오가는 사람들을 관찰하는 것이 취미

였다. 그리고 2층 침실 창문에서 지나가는 사람들한테 말도 안 되는 소리를 지껄이는 걸 좋아했다.

카르멘은 곧바로 부엌으로 갔다. 모건 부인이 한 손에 생후 9개월 된 조를 안고 다른 한 손으로는 바닥에 떨어진 라이스 크리스피 시리얼을 치우고 있었다.

카르멘은 아이들에겐 라이스 크리스피를 주면 안 된다는 걸 이미 터득했다. 킥스를 치우는 것보다 라이스 크리스피를 치우는 게 훨씬 더 어렵다는 걸 알기 때문이다. 이처럼 제3자도 하루면 알 만한 것들을 엄마들은 생각도 못하는 경우가 허다하다. 바닥에 축축하게 눌어붙은 라이스 크리스피를 치우는 건 모건 부인이 당연히 해야 할 일 중 하나일 뿐이다.

"모두 안녕하세요." 카르멘이 인사했다. 부인이 카르멘에게 조를 내밀었지만 그애는 계속 엄마에게 매달려 있었다. 조는 카르멘을 정말 좋아하긴 하나 그건 엄마가 집에 없을 때의 얘기다.

"안녕, 카르멘?" 모건 부인은 냉장고에서 랩으로 꽁꽁 싸맨 물건을 꺼내 쓰레기통에 버렸다. "난 볼일이 있어서 지금 나가봐야 해. 아마 열두시쯤 돌아올 거야. 무슨 일 있으면 전화하고."

어쩔 수 없는 상황이 되자 조는 조금이라도 시간을 끌려고 엄마 어깨에 머리를 기댄 채 카르멘의 눈치를 살폈다. 카르멘은 레나가 자기도 엄마에게는 친절하지 않다고 말한 것이 생각났다. 조는 엄마에게 착하게 군다. 녀석은 엄마밖에 모른다. 카르멘도 아기였을 땐 엄마에게 그랬을까? 사람은 아주 어리거나 늙었을 때에만 엄마 앞에서 착한 아이가 되는 건지도 모른다.

카르멘은 버둥대며 몸부림치는 조를 모건 부인에게서 받아들었다.

유아용 의자에 앉혀 내려놓자마자 조는 양말을 벗어서 씹기 시작했다. 양말 바닥에는 OX 모양의 조그만 고무들이 붙어 있었다. 미끄러지지 말라고 붙여놓은 모양이다.

"조, 안 돼. 양말은 먹는 거 아니야."

제시는 제 키만한 높이에 난 현관 옆 유리창 너머로 지나가는 차들을 보고 있었다. "제시야, 뭐가 보이니?"

제시는 대답하지 않았다. 어른들은 불필요한 말과 질문을 하면서 뭔가를 알아내려고 들지만, 아이들은 정작 그 말에 대꾸할 필요를 못 느낀다. 카르멘은 그게 마음에 들었다.

"오줌 마려워." 얼마 있다 제시가 말했다. 카르멘은 조를 안고 제시를 따라 위층으로 갔다. 이유는 몰라도 제시는 유독 위층 화장실을 쓰고 싶어했다. 카르멘은 위층에 온 김에 조의 기저귀를 갈기로 했다. 기저귀대 위에 조를 눕히고, 연고가 든 튜브를 질경질경 씹도록 내버려두었다. 산화아연을 먹으면 몸에 해로울까?

카르멘은 조의 서랍 맨 위 칸을 열었다. 발바닥에 OX 모양 고무가 붙은 양말이 종류별, 색깔별로 세심하게 정리된 모습에 감탄하지 않을 수 없었다. 양말 정리에 이렇게까지 에너지를 쏟는 걸 보면 모건 부인은 정말 똑똑한 것 같다. 로스쿨을 나왔다고 하지 않았던가? 집에서 양말이나 정리하기엔 공부를 너무 많이 한 거 아니야?

반들반들한 레나네 집 바닥에서 미끄러질까봐, 엄마가 옛날 집 부엌 테이블에 앉아 카르멘의 생일파티용 신발 바닥을 포크로 긁어주던 것이 생각났다.

카르멘은 아래층으로 내려가 일하는 중인 엄마에게 전화를 걸었다. "안녕." 엄마가 전화를 받자 카르멘은 딱 이 한마디만 했다. 하고 싶은 말은 그게 전부였다.

"우리 딸 마침 전화 잘했네." 크리스티나는 숨도 안 쉬고 말했다. "오늘 저녁에 데이비드랑 저녁 먹을 거야, 너만 괜찮다고 하면. 어, 냉동실에 라자니아 넣어뒀다." 그녀는 정신이 없는 것 같았다. 스테이플러를 찾느라 그런 게 아니라, 정말로 정신이 없는 분위기다.

"뭐? 또?" 카르멘은 엄마가 자기 기분을 눈치채길 기대하면서 잠시 침묵했다.

"늦진 않을 거야." 엄마가 약속했다. "이번주는 정말 바쁘네."

"응, 알겠어." 카르멘이 부드러운 목소리로 말했다. "끊어."

며칠 전까지만 해도 집에서 혼자 밤을 보낸다면 얼마나 좋을까 생각했다. 하지만 지금은 아니다.

한 시간쯤 지나 카르멘은 음성메시지를 확인했다. 폴의 답 메시지가 하나 들어와 있었다. 포터도 메시지를 남겼다. 그 악명 높은 애프터 데이트 메시지 말이다. 삼 일 안에 남자에게 전화가 오면, 그 남자는 당신을 좋아하는 거다. 일주일 안에 전화가 오면, 별다른 선택의 여지가 없어서 그냥 한번 전화해보는 것일 수 있다. 연락이 없으면, 그건 뭐 말할 필요도 없다.

포터는 딱 삼 일 만에 전화했다. 만약 한 시간 전이었다면 카르멘에게 매우 중요한 사건이 됐을 텐데.

티비,

음, 바지 보낸다. 눈부신 성공을 거두지 못했다는 거 자백할게. 우리 매장 매니저한테 혼나는 바람에 벗어놨다가, 어떤 트렌디한 오십대 손님이 바지를 입어보고 사가려는 꼴까지 봐야 했다니까. 너라도 잘되길 빌어.

그리고 카르멘이 너한테 뭐라고 전했는지 모르지만, 난 코스토스가 새 여자친구를 사귄 게 정말 아무렇지도 않아. 헤어지자고 한 건 나니까, 기억하지?

너는 마법의 바지랑 좀더 즐거운 시간을 보내면 좋겠어. 보고 싶어. 새로 사귄 쿨하고 세련된 영화감독 친구들이랑 쿨하고 세련된 외출을 할 예정이 없으시다면 오늘밤에 전화 주기다.

사랑을 담아
레나

헤드라이트가 비추는 데까지만

볼 수 있어도

끝까지 여행을 해낼 수 있다.

_E. L. 닥터로

레나는 카르멘네 집 부엌을 좋아했다. 번쩍이는 흰색과 은색 금속, 과하게 밝은 할로겐 전구로 마구잡이 리모델링을 한 레나네 집 부엌과 달리, 안전하고 침착한 느낌이 들었다. 그리고 음식도 마음에 들었다. 아보카도와 저지방 칩, 허브티 같은 소녀 취향의 음식들이 가득했다. 거대한 열두 개들이 맥주팩이나 셀 수 없이 많은 폭찹으로 꽉 찬 레나네 집 냉장고와는 달랐다. 둘이 사는 아파트에서는 넷이 사는 집에 비해 타협할 점이 많지 않았다.

"레나, 아이스티 한잔 줄까?"

레나는 카르멘의 엄마를 바라보았다. 그녀는 찬장 아래 칸에 있는 그릇을 정리하고 있었다. 하나로 묶은 머리가 갓 스무 살

정도 된 사람처럼 보였다. 늘 예뻤지만, 오늘처럼 생기 넘치고 행복해 보이는 건 처음이었다.

"네, 좋아요." 레나가 대답했다.

신문의 영화 섹션을 훑고 있던 카르멘이 "나도 한 잔" 하고 고개도 들지 않고 말했다.

"엄마는 잘 지내니?" 싱크대 소리 너머로 질문이 날아왔다. 크리스티나는 레나에게 이 질문을 할 때마다 세탁소 보관증도 없이 드라이클리닝한 옷을 찾는 것처럼 조심스러워했다.

"잘 지내요."

"네 남자친구는? 이름이 뭐더라?"

"코스토스요." 자기 연애 얘기는 하고 싶지 않았던 레나는 내키지 않는 투로 대답했다. "그런데 이젠 남자친구 아니에요. 헤어졌거든요."

"오, 이런. 정말 안됐구나. 장거리 연애는 너무 힘들지?"

레나는 크리스티나의 해석이 마음에 들었다. 정말 간결하면서도 미친 소리 같지는 않은 설명이었다. "네, 정말 그렇더라고요."

크리스티나가 냉장고에서 아이스티 주전자를 꺼냈다. "네 엄마 때가 생각나는구나. 이런 상황에서 어떻게 해야 할지 잘 알 텐데."

레나는 어리둥절했다. "엄마하고는 이런 얘길 해본 적이 없어서요."

크리스티나는 모든 엄마가 딸과 모든 것을 얘기하진 않는다는 사실을 모르는 것 같았다.

"어쨌든 엄마가 장거리 연애에 대해 뭔가 알고 있을 것 같진 않네요." 레나가 말했다.

크리스티나는 유리잔 세 개를 일렬로 놓았다. "왜 몰라. 유진이랑 적어도 사오 년은 사귀었을 텐데."

레나는 의심의 눈초리로 그녀를 바라보았다.

크리스티나와 레나의 엄마는 오랫동안 소원하게 지냈다. 아무래도 막 시작한 연애 때문에 기억이 뒤죽박죽된 것 같았다.

"유진이 누군데요?"

카르멘이 신문에서 눈을 들어 레나와 크리스티나를 번갈아 쳐다보았다.

"유진이 누구냐고?" 크리스티나가 되물었다. 그녀의 표정이 놀라움에서 불확실함으로, 종국엔 걱정스러움으로 천천히 바뀌어갔다.

"어……" 그녀는 레나와 카르멘에게 등을 돌리고 아이스티를 따랐다.

"엄마? 엄마? 내 말 들려요?"

크리스티나는 차에 설탕을 넣고 아주 오랫동안 저었다. 다시 뒤돌았을 때는 표정이 더이상 솔직해 보이지 않았다. "신경쓰지 마. 내가 헷갈렸나보네. 워낙 오래전 일이라."

크리스티나는 사랑스럽고 마음이 넓고 따뜻한 사람이지만, 배우로선 최악이고 끔찍한 거짓말쟁이였다. 조금 전이라면 그 말을 믿었을지 몰라도 지금은 아니다. 레나는 단순히 헷갈려서 한 말이 아니라고 확신했다.

카르멘은 가자미눈을 하고 엄마 얼굴에 레이저 빔을 쐈다. "신경쓰지 말라니? 신경쓰지 말라니? 지금 장난해?"

크리스티나가 간절한 눈빛으로 문 쪽을 바라보았다. "밈미한테 전화해야 해. 벌써 오후가 됐네."

"우리한테 말 안 해줄 거야?" 카르멘은 당장이라도 폭발할 기세였다.

크리스티나의 눈빛이 불안하게 흔들렸다 "할 얘기가 없는걸. 내가 착각한 거야. 다른 사람 얘기였어. 별로 중요한 일도 아니고." 그러고는 입을 다물고 황급히 부엌에서 나가버렸다. 그녀는 카르멘이 이럴 때 쉽게 놓아주지 않는다는 걸 누구보다도 잘 알고 있었다.

"중요하지 않다고?" 레나가 희미하게 웅얼거렸다.

카르멘은 알겠다는 듯 레나를 바라보았다. "그 말이야말로 엄청 중요한 일이라는 뜻이지."

"유진이 누구야?"

저녁식사를 마치고 디저트를 먹기 전이었다. 식탁을 닦던 레나는 엄마가 식기세척기에 접시를 집어넣는 틈을 타 아무렇지도 않게 물어보았다. 부엌에는 둘밖에 없었다. 에피는 친구 집에 갔고, 아빠는 거실에서 신문을 읽고 있었다.

"뭐?" 애리가 돌아서서 물었다.

"유진이란 사람이 누구야?"

레나는 단번에 자신이 상황을 껄끄럽게 만들었음을 알아차렸다.

"그걸 왜 나한테 물어보니?" 엄마는 양손에 접시를 들고 있었다.

"그냥…… 좀 알고 싶어서."

"누가 그 사람 얘길 했는데?"

"아무도 안 했어." 레나가 대답했다. 엄마가 아무 말도 해주지 않는 이상 레나 역시 입을 다물 작정이었다. 카르멘 엄마까지 곤란하게 만들고 싶지 않았다.

애리의 얼굴에 점잖지 못하게 짜증난 기색이 스쳤다. 그녀는 재빨리 머리를 굴리는 것 같았다. "글쎄, 네가 무슨 말을 하는지 모르겠구나."

"그럼 왜 이렇게 목소리를 낮추는데?"

엄마를 고문할 의도는 아니었지만, 상황이 그렇게 흘러가버렸다.

"목소리 안 낮췄어." 엄마는 계속 작게 소곤거렸다.

레나는 그쯤에서 멈췄다. 감정이 슬슬 통제불능 모드로 전환

되기 시작했다. 그 얘기가 너무나 듣고 싶었다. 얻어내기 힘든 것일수록 더 중요해 보이는 법이다. 하지만 한편으론 엄마의 얼굴에 살짝 겁을 먹기도 했다.

아빠가 어슬렁거리며 부엌으로 들어와 밝은 목소리로 물었다. "치즈케이크 어때?"

엄마가 레나에게 입만 뻥긋해봐, 평생 외출금지일 테니까, 라는 눈빛을 보냈다.

"전 올라갈게요." 레나가 화강암으로 된 조리대를 향해 말했다.

"디저트 안 먹어?" 아빠가 물었다. 레나 가족은 늘 디저트를 즐겨 먹었다.

"오늘은 안 먹고 싶어요." 레나가 대답했다.

얼마 후 레나는 자기 방에 온 에피에게 물었다. "넌 엄마가 아빠 만나기 전에 남자친구가 있었을 거라고 생각하니?"

"아니. 중요한 사람은 없었을 것 같은데."

"어째서 그렇게 확신해?" 레나가 물었다.

"엄마가 우리한테 얘기해준 적이 없으니까." 에피가 이유를 댔다.

"어쩌면 아닐지도 몰라. 엄마가 우리한테 모든 걸 다 얘기하진 않잖아."

에피가 눈을 굴렸다. "엄마가 좀 지루하게 살잖아. 별로 말할 건더기가 없나보지."

레나는 잠시 생각했다. "아무래도 엄마한테 유진이라는 남자 친구가 있었던 것 같아. 엄마는 여기, 그 남자는 그리스에 살았던 것 같고. 진심으로 사랑했던 사이였을 거야."

에피가 눈썹을 치켜세웠다. "뭐야, 진짜 그렇게 생각한다는 거야?"

레나가 고개를 끄덕였다.

"언니의 비극적 러브스토리나 걱정하셔."

"데이비드가 다같이 저녁식사 했으면 하더라." 엄마가 에드 맥마흔*이 거액의 수표라도 갖고 나타난 것처럼 말했다.

"왜?"

"카르멘!" 엄마는 얼마나 행복한지 화도 내지 않았다. "널 만나고 싶으니까!"

엄마는 『웨이트 워처스』 요리책을 조리대에 펼쳐둔 채 프라이팬에 양파를 지글지글 볶는 중이었다.

"언제?"

"내일 저녁 어떠니?" 엄마가 말했다.

"레나랑 영화 보러 갈 거야."

"목요일은?"

---

* 미국의 배우이자 코미디언. 복권 추첨 프로그램을 진행하기도 했다.

"베이비시터 아르바이트하는 날이잖아."

"그럼 금요일은?"

카르멘은 못마땅하다는 듯 엄마를 쳐다봤다. 대부분의 사람들은 세 번 정도 거절당하면 눈치를 채게 마련이다. "나…… 포터랑 데이트 있어." 비록 거짓말이었지만 카르멘은 그 대답이 매우 만족스러웠다. 엄마만 남자친구가 있는 게 아니다.

엄마의 눈빛이 실망에서 기쁨으로 바뀌었다. "걔도 데려와! 다같이 만나는 거야. 넷이서!"

"데이비드가 같이 저녁 먹재." 한 시간 뒤 카르멘은 전화기에 대고 중대발표를 했다. 엄마가 같은 말을 했을 때와는 영 다른 톤이었다.

티비가 흥분해서 말했다. "이거 점점 심각해지는 것 같은데. 부모님한테 남자친구 소개하는 거나 마찬가지네. 물론 경우는 반대지만."

"포터 만난다고 하니까 걔까지 데려오라는 거 있지."

"엄마랑 더블데이트를 한다고?" 티비는 이 말도 안 되는 상황을 조금은 즐기고 있는 듯했다.

"나도 알아." 카르멘이 신음했다. "하지만 그게 더 나을 것 같기도 해. 각자 따로 신경쓸 게 있잖아. 남자들끼리 타이어 잭 같은 얘기를 할 수도 있고."

"그럴지도 모르지." 티비는 확신 없는 투로 말했다.

"그런데 문제는, 사실 그날 포터랑 데이트 약속이 없다는 거야. 그냥 둘러댔거든."

"오, 카르멘."

"그래. 그래서 이제 포터한테 부탁해보려고."

티비가 웃었다. 카르멘은 이런 상황에서도 웃어주는 티비가 무척 고마웠다. "너, 걔 좋아하니?" 티비가 물었다.

"누구?"

"포터!"

"허, 음. 그런 것 같은데."

"그런 것 같다니?"

"정말 잘생겼잖아. 네가 볼 땐 아닌 것 같아?"

"괜찮게 생겼지." 티비가 대뜸 말했다. "근데 카르멘, 만약 네가 걔를 좋아하는 게 아니라면, 그런 부탁은 안 하는 게 좋을걸. 잘못 받아들일 수도 있으니까."

"누가 안 좋아한대? 좋아하는 것 같다니까." 카르멘이 급히 말했다.

"이런, 너무 로맨틱하다."

카르멘이 웃었다. 카르멘은 엄지손톱 옆 거스러미를 물어뜯었다. "엄마가 다이어트에 나까지 끌어들였다고 말했나?"

"아니."

"다이어트 시작이야."

"안됐다."

"자이언트까지 걸어가서 세 가지 맛 아이스크림을 사먹는 건 예외야."

티비가 또 웃었다. "잘한다."

안녕 비비,

나 왕뚱땡이다. 뭐 새로운 소식 없냐고? 엄마와의 더블데이트가 내 스케줄 다이어리에 주요 이벤트로 올라 있어. 장난 아니야.

어떻게 그런 일이 있을 수 있냐고? 일주일 전까지만 해도 엄마는 치과 약속밖에 없는 사람이었는데, 지금은 이틀에 한 번씩 데이비드랑 만나거든.

잘됐다고 얘기하지 마라. 저번에 그렇게 말했잖아. 냉동 피자나 씹고 있어야 하는 신세는 너뿐만이 아니니까.

어젯밤에는 크롭 셔츠를 입고 나가더라니까. 네가 그 배꼽을 봤어야 해. 아, 정말 흉하더라.

오늘 아침에 사무실로 전화해서 열시 영화를 보러 가도 되냐고 물었더니, '알아서 하렴'이라고 하지 뭐니!!!! 데이비드가 나타나기 전엔 내가 알아서 하지 못해서 안 보내준 건가?

내 행동이 이기적인 꼬맹이처럼 보여? 솔직하게 말해줘.

그렇다고 완전 솔직하게는 말고.

우리 길다 탐코 양 소식도 빨리 전해줘. 너무 보고 싶어.

"우리랑 같이 아침 먹을래?" 그날 저녁 엘리베이터 문이 닫히는 순간 모라가 말했다. "고속도로를 따라 IHOP*까지 걸어갈 거야."

"좋아." 티비는 엘리베이터 문 너머로 말했다. 뉴요커인 모라와 알렉스는 왜 다른 지역엔 보도는 없고 도로만 있는 거냐는 식의 농담을 즐겨했다. 그러면 티비는 마치 자신이 촌뜨기가 아니라 뉴요커라도 되는 양 고개를 끄덕였다.

아이북의 깜빡이는 대기모드 불빛이 티비에게 인사를 건넸다. "안녕." 티비도 컴퓨터에게 인사했다.

"안녕." 컴퓨터가 대꾸했다.

티비는 깜짝 놀랐다. 피가 거꾸로 솟는 느낌이었다.

컴퓨터가 웃었다. 브라이언 목소리다. 티비는 머리맡 조명을 켰다.

"세상에! 브라이언!! 완전 놀랐잖아."

브라이언이 티비에게 다가와 팔을 붙들며 활짝 웃어 보였다.

티비 역시 자동으로 미소지었다. 브라이언이 보고 싶던 참이

---

* International House of Pancakes, 미국의 레스토랑 체인.

었다. "여기서 뭐하는 거야?"

"보고 싶었어."

"나도 보고 싶었어." 티비는 생각하지도 않고 대답했다.

"그리고 널 집에 데려다주려고."

"주말에 말이야?"

"응." 브라이언이 대답했다.

"삼 일도 안 됐잖아."

"그렇지." 브라이언이 어깨를 으쓱했다. "보고 싶었다니까."

"여긴 어떻게 들어온 거야?"

"아래층에서 어떤 사람이 들여보내줬어." 그가 방문을 가리켰다. "그리고 저 방문은 쉽게 따지던데."

"그래? 거참 안심되네." 자물쇠 따는 얘기를 하니 브리짓이 보고 싶어졌다.

"괜찮을까? 내가……" 브라이언이 바닥에 놓인 청록색 슬리핑백 꾸러미를 가리켰다.

"여기서 자도 되냐고?" 티비가 물었다.

그가 고개를 끄덕였다.

"어, 물론이지. 내 말은, 어차피 여기 말고 갈 데도 없잖아?"

브라이언은 확신이 없어 보였다. "정말 괜찮겠어?"

잠깐 생각해본 결과, 티비는 자기 방에 남자를 재운다는 게 꽤나 심오한 의미일 수 있다는 걸 깨달았다. 정말이지 대학생들이

나 할 수 있는 일이었다.

하지만 브라이언은 남자가 아니었다. 물론 생물학적으로는 남자가 맞다. 하지만 브라이언을 대할 때는 자신이 아는 다른 남자애들과 다른 느낌이었고, 행동도 달랐다. 브라이언을 좋아하기는 했지만, 조금도 섹시하게 느껴지지 않았다.

티비는 브라이언을 찬찬히 살펴보았다. 처음 만난 날을 생각하면 바뀐 모습에 웃음이 날 지경이다. 키도 엄청 커졌다(일주일에 두세 번 티비네 집에서 저녁을 먹은 게 많은 도움이 되었다). 종종 머리도 감는다(티비는 항상 샤워를 하는데, 브라이언은 아마도 티비를 만나고 나서야 샤워하는 법을 배웠지 싶다). 허리띠도 찼다(그렇다, 티비가 사준 것이다). 하지만 여전히 브라이언이었다.

"문제가 생길 수도 있겠는데. RA나 다른 사람이 본다면 말이야." 티비가 말했다.

브라이언도 진지하게 고개를 끄덕였다. "그 생각은 나도 했어. 아무한테도 걸리지 않도록 할게."

"좋아." 부모님은 별로 상관하지 않을 거다. 그건 문제도 아니었다.

브라이언이 사이드 테이블에 앉아 말했다. "나 어제 니키랑 캐서린 만났어."

"그랬어?"

"캐서린이 계단에서 넘어졌어. 네가 와주면 좋겠대."

"내가?"

"응."

얼굴이 화끈거렸다. 티비는 그 두 생명체가 자신에게 접근하지 못하도록 늘 적극 방어해왔다. 부모님이 동생들과 친하게 지내기를 얼마나 바라는지는 알고 있었다. 캐서린이 무릎에 기어 올라와도 티비가 짜증내지 않을 때마다 엄마는 이제 공짜 베이비시터가 생기지 않을까 하는 희망에 부푼다. 정말 기회를 놓치지 않는 기회주의자다. 만화 〈루니 툰〉에 나오는 벅스 버니가 사막에서 대피 덕을 만났을 때 대피를 살아 있는 오리로 보지 않고 커다랗고 맛있는 오리구이로 봤던 것처럼, 엄마 역시 티비를 베이비시터로 손색없는 십대 소녀로만 생각했다.

"니키랑 드래건 스팟 게임도 해줬어."

"완전 좋아했겠다." 비디오 게임에 대한 니키의 때 이른 사랑은 브라이언이 전담 마크하고 있었다.

자기가 없을 때도 브라이언이 집에 들락거린다는 사실이 조금 불편하게 느껴졌다. 브라이언이 정말 좋아하는 건 티비일까, 아니면 롤린스네 코흘리개들일까?

"여기는 어때?" 브라이언이 책상에 흩어진 스케치와 노트들을 바라보며 물었다.

"꽤 좋아."

"영화는 어떻게 돼가? 뭘 찍을지 결정했어?"

영화 관련 일을 하기로 결심하고 작업을 시작한 뒤로 티비는 브라이언과 많은 대화를 나눠왔다. 하지만 이번 작품에 대해서는 무슨 이유에선지 아무 얘기도 하지 않았다. 티비는 스케치들을 정리했다. "그런 것 같아."

"뭔데?"

"엄마에 대한 영화를 찍으려고." 자세히 말할 기분은 아니었다.

브라이언의 얼굴이 밝아졌다. "정말? 좋은 생각이다."

짜증나게도 브라이언은 티비의 엄마를 좋아했다.

"그래."

"친구들은 어때?" 브라이언이 물었다. "여기서 만난 새로운 친구들 말이야." 그는 언제나처럼 진심 어린 표정으로 눈썹을 들어올렸다.

"걔들은……" 좋다고 말하려고 했지만, 그건 적당한 말 같지 않았다. 대단하다는 말도 역시 의미가 잘못 전달될 것 같았다. "……괜찮아."

"내일 나도 만나보면 좋겠다." 브라이언이 슬리핑백을 펴기 시작했다.

"물론이지." 말과 달리 티비의 마음은 꼭 그렇지는 않았다.

브라이언이 구깃구깃한 플라스틱 쇼핑백에서 칫솔과 치약을 꺼냈다. 티비의 목욕 가방은 지퍼가 달린 두꺼운 파란색 비닐가

방이었다. "너부터 씻어." 티비가 양보했다. 문밖을 살폈다. 욕실은 복도를 따라 몇 미터 내려가야 했다. "빨리 가."

기다리는 동안 티비는 옷장에서 여분의 담요를 꺼내기로 했다. 브라이언이 바닥에서 좀더 폭신하게 잘 수 있도록. 담요를 꺼내자 레나의 글씨가 적힌 커다란 우편 봉투도 함께 떨어졌다.

봉투가 티비를 째려보는 듯했다. 바지가 그 안에 들어 있다는 걸 알면서도 티비는 아직 봉투를 뜯지도 않았다. 왜 그랬을까?

사실은 그 이유를 알고 있었다. 봉투를 열면 분명 작년 여름과 베일리, 미미, 그 밖의 모든 것이 전부 떠오를 것이다. 티비가 바지 왼쪽 무릎에 수놓은 꼬깃꼬깃한 붉은색 심장과도 마주해야 할 것이다. 베일리의 장례식이 끝나고 홀로 앉아 들쑥날쑥 바느질을 해댄, 그 기나긴 이상한 날들과 마주해야 할 것이다. 지금 당장은 그럴 준비가 되어 있지 않았다.

몇 분 후, 티비와 브라이언은 방의 불을 끄고 천장을 보고 똑바로 누웠다. 남자와 자는 첫 경험이다.

"트래블 존은 그만둔 거야?" 티비가 물었다.

"응."

브라이언은 여러 일자리를 전전했다. 그는 숙련된 웹마스터이자 전방위 기술자였다. 한 시간에 20달러만 주면 무슨 일이든 해냈다.

둘은 아무 말도 없었다. 티비는 브라이언의 숨소리에 귀를 기울렸다. 아직 잠들지 않은 것 같았다. 목구멍이 조여오면서 아팠다.

처음 친해진 이후 몇 달간, 둘만 있는 조용한 침묵의 시간이 오면 브라이언은 베일리 얘기를 꺼냈다. 그럴 때마다 티비는 힘들었다. 얼마 후 티비는 브라이언에게 그 얘기는 하지 말아달라고 부탁했다. 둘 다 말이 없을 때 자신들이 누구를 생각하는지는 이미 잘 알고 있으니까.

낯선 지역의 이 작은 기숙사 방에서 보내는 오늘밤도 둘은 알고 있었다. 지금 둘이 누구를 생각하는지를.

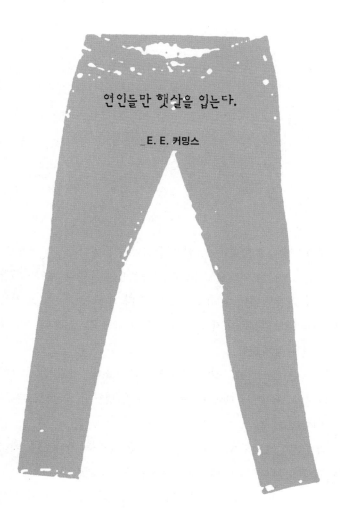

연인들만 햇살을 입는다.

_E. E. 커밍스

데이비드에게 눈에 띄는 신체적 결함은 없었다. 이가 빠진 데도 없고, 심지어 머리숱도 많았다. 카르멘은 재빨리 데이비드가 걸친 옷을 훑어봤다. 수용 가능한 정도다. 〈스타트렉〉 셔츠 같은 건 입지 않았다. 혹시 자세 교정용 신발 같은 걸 신고 다니진 않는지 발도 살펴봤다.

"이쪽은 포터예요." 카르멘이 말했다. "포터, 우리 엄마 크리스티나야." 이어서 데이비드를 돌아보며 말했다. "그리고 이쪽은 데이비드."

카르멘은 포터와 데이비드가 악수하는 모습을 바라보며, 이것이 그들 평생 가장 요상한 데이트라는 사실을 외면하려 애썼다.

"포터는 내년에 12학년이 돼요." 크리스티나는 두 사람이 오래되고 각별한 친구라도 된다는 듯이 설명했다. "얘네 둘은 학교 친구예요." 카르멘은 내심 움찔했다. 엄마는 데이비드를 위해서 라면 속이라도 다 뒤집어서 보여줄 심산인 듯했다.

종업원이 자리로 안내했다. 부스석이었다. 부스석만은 아니길 바랐는데. 엄마와 데이비드가 나란히 앉고, 카르멘과 포터가 반대편에 앉았다. 데이비드가 크리스티나 쪽으로 붙어앉아 허리에 살짝 손을 둘렀다. 카르멘의 뒷골이 뻣뻣해졌다.

카르멘은 엄마를 뚫어져라 쳐다봤다. 대체 이 멀쩡한 남자가 엄마의 어떤 점을 좋아하는 걸까. 엄마 나이를 알고는 있나? 삼각팬티가 아니라 사각팬티를 입는다는 것도? 음정도 다 틀리면서 카펜터스 노래를 따라 부른다는 것도? 이 아저씨, 설마 라틴계 법무비서에 도착증이 있는 변태는 아니겠지?

하지만 이목구비가 뚜렷한 엄마의 얼굴을 쳐다보고 카르멘은 새삼 엄마가 예쁜 축에 속한다는 사실을 깨달았다. 멋지게 컬이 져서 어깨까지 내려온 숱 많은 머리카락은 염색할 필요도 없었다. 슈퍼모델 같지는 않지만 그렇다고 뚱뚱하지도 않았다. 엄마는 예쁘게 웃을 줄도 안다. 자연스럽게, 맑은 소리를 내면서 말이다. 게다가 그 웃음을 잘 이용한다. 특히 데이비드가 입을 열기만 하면.

"카르멘?"

포터는 질문해놓고 대답을 기다리는 표정이었다. 아마도 한

번 이상 불렀을 것이다.

카르멘이 입을 열었다. "어어."

"싫어?" 포터가 조심스럽게 재촉했다.

"어어?"

이젠 세 사람 모두 같은 표정으로 카르멘을 바라봤다.

카르멘은 목을 가다듬고 말했다. "미안, 뭐라고?"

"애피타이저로 참깨 국수 시켜서 나눠먹으면 어때?" 포터가 물었다. 아마도 지금쯤 여러 번 물은 것을 후회하고 있을 것이다.

"음, 좋아." 카르멘이 어색하게 대답했다. 그걸 먹는 모습은 아마도 만화에 나오는, 여럿이 음식 한 그릇을 나눠먹는 더블데이트 장면과도 같을 것이다. 하지만 벌써 여러 번 무시해놓고 싫다고 대답하면 너무하겠지?

"앞접시 좀 주실래요?" 그들이 주문하는 동안 카르멘은 여든한 살이신 티비네 로이스 할머니만큼이나 깐깐한 어조로 종업원에게 부탁했다.

참깨 국수를 각각의 접시에 나눠 담으면서 카르멘은 딱 로이스 할머니만큼 로맨틱해졌다.

엄마는 무엇 하나 로이스 할머니처럼 보이지 않았다. 데이비드에게 몸을 기대고는 그가 하는 말에 웃어댔다. 두 뺨이 발갛게 달아올라 있었다. 데이비드 접시의 만두를 아무렇지도 않게 집어먹었다.

"봐, 맛있지, 응?" 데이비드가 엄마에게 물었다. 그 눈빛과 목소리는 크리스티나를, 오직 크리스티나만을 향하고 있었다. 엄마에게 자신을 사랑하는지 벌써 물어봤는지도 모른다. 그리고 엄마가 벌써 그렇다고 대답했는지도 모른다. 그들은 당황스럽다면 당황스럽다고도 할 수 있는 눈빛으로 서로를 바라보고 있었다.

카르멘은 그 모습에 당신은 행복하시군요라는 독백이 곁들여진 만화의 한 장면 같다는 야박한 평가를 내렸다.

"카르멘?"

포터가 또 아까 같은 표정을 지었다. 카르멘이 말했다. "미안. 뭐라고?"

포터는 카르멘이 멍하게 있는 걸 지적하거나 나무랄 정도로 편한 사이가 아니었다. 그는 당황스러워하고 있었다. 로이스 할머니 남편처럼. 돌아가신 로이스 할머니 남편처럼 말이다.

"아니, 아무것도 아니야. 신경쓰지 마."

카르멘은 국수를 좀더 잘게 잘랐다. 마치 이 자리에 없는 듯이 상황을 지켜보고 있는 미묘한 기분이었다.

어느 순간 귓가에 웅얼거리던 대화가 그친 것을 깨달았다. 데이비드가 그녀를 바라보고 있었다.

"여름방학 동안 모건 씨 댁에서 베이비시터로 일하고 있다고 엄마가 말씀하시더라."

데이비드는 카르멘의 눈을 똑바로 들여다보았다. 흔들림 없이,

'나는 너랑 친하게 지내고 싶어서 여기 왔어'라고 단도직입적으로 말하는 눈빛이었다. 카르멘은 그 눈길을 피하며 레스토랑 여기저기를 훑어보았다. "아, 네. 그분들하고 아세요?"

"모건 씨가 우리 로펌 파트너야. 그 집 아이들 귀엽지? 그 남자애, 이름이 뭐더라?"

카르멘은 어깨를 으쓱거리며 말했다. "제시요?"

"그래, 제시. 물건이지." 데이비드가 웃었다. "회사 야유회에 왔는데, 거기 있는 얼음을 전부 세고 있더라니까."

크리스티나와 포터가 웃었다. 카르멘은 웃을 생각도 못 했다.

"어제 카르멘을 데리러 갔더니, 자기 방 창문으로 내다보면서 나보고 영양이라고 하는 거야." 크리스티나가 말하며 매우 사랑스럽게 웃었다. 카르멘은 영양이라는 호칭에 대해 생각해봤다. 자기라면 데이트 상대 앞에서 그런 말이 나오는 것을 용납할지 확신할 수 없었다.

데이비드가 엄마 머리에 키스하는 걸 봤을 때 카르멘은 반쯤 정신이 나갔다. 포터가 무슨 말을 했지만 들리지도 않았다.

마침내 종업원이 계산서를 가져오자, 데이비드는 당당하게, 그러나 젠체하지 않으면서 계산을 마쳤다. 포터가 자기 지갑을 만지며 꼼지락대자 그가 점잖게 말했다. "다음에."

데이비드는 정중하게 일어서서 옷걸이에 걸려 있던 크리스티나의 재킷을 가져왔다. 카르멘은 그의 다리가 짧은지 흘깃 살펴보았다. 짧진 않았다.

레나는 침대에서 일어나 코스토스가 지난 1월에 보내준 루신
다 윌리엄스의 CD를 틀었다. 티비와 브리짓은 멀리 떠났고, 카
르멘은 말도 안 되는 더블데이트에 나갔다. 음악은 산토리니에
서 생겼다가 사라져버린 감정을 다시 불러일으켰다. 사실 그 감
정을 제대로 느꼈다고 할 수도 없다. 그냥 잠시 스쳤다고 해야
맞을 것이다. 이름을 붙일 수도 없다. 거칠고 너덜너덜하고 위험
했지만, 동시에 경이롭고 날아오를 듯 느껴지기도 했다.

레나는 자신이 매사에 불안해하며 소극적으로 대처한다는 걸
잘 알고 있었다. 뭔가 나쁜 일이 일어나기만을 기다리면서. 그
렇게 살면 조금만 안심되는 일이 생겨도 행복 비슷한 걸 느끼게
된다.

레나는 자신의 두려움에 대해 생각해봤다. 그건 어디서 온 걸
까? 도대체 뭘 무서워하는 걸까? 끔찍한 일을 겪은 적도 없었다.
혹시 전생에 무슨 일이 있었던 건 아닐까? 그렇지 않고서야 별로
오래 살지도 않았는데 이런 두려움을 느낄 수 있을까? 도그 이어*
로 살았다면 또 모를까. 진짜 도그 이어로 산 건 아닐까? 도대체

---

* dog year. 정보화 사회의 빠름을 개의 수명에 비유한 말. 도그 이어로 1년은
52일이다. 레나는 현재 열여섯 살이니 도그 이어로는 112년을 산 셈이다.

살고 있기나 한 건가?

레나는 옷장으로 가서 낡은 신발주머니를 꺼냈다. 주머니에 든 편지를 침대 위에 쏟아냈다. 이런 짓은 자주 하지 않으려고 했다. 특히 코스토스의 여자친구에 대해 알게 된 이후로는 더욱. 하지만 오늘밤은 어쩔 수가 없었다.

레나는 곧잘 코스토스의 편지를 읽으며 가능한 한 모든 뉘앙스와 의미, 그리고 감정들을 방울방울 뽑아내려 했다. 그토록 쥐어짰는데 바싹 말라 가루가 되지 않은 것이 놀라울 정도였다. 레나는 무수한 가능성이 담긴, 읽지 않은 새 편지가 도착했을 때의 기쁨을 떠올렸다. 한 번도 느껴보지 못한 신선한 감정으로 손에 쥔 편지가 묵직하게 느껴진 적도 있었다.

레나는 다리를 꼬고 앉아 최면에 걸린 듯 편지들을 하나하나 펼쳐보았다. 처음에는 너무 격식을 차린 코스토스의 문체 때문에 놀라곤 했다. 그의 편지는 그가 미국인도 아니고 십대도 아니라는 사실을 꾸준히 환기시켰다. 하지만 곧 의식하지 않게 됐다. 코스토스는 코스토스일 뿐이었다.

첫번째 편지는 레나가 코스토스와 산토리니를 떠나 집으로 돌아온 작년 9월 초에 받은 것이었다.

추억이 너무도 생생해서 어디서나 네가 느껴져. 선명히 떠오른 미래를 보면 우리의 추억이 사라져버릴 언젠가가 떠올라 슬퍼지곤 해. 아마도 그때가 되면 나는 아무디의 평평한 바위 위에 흩어진 너의 그림이나 발리아 할머니네 정원 벽에서 햇볕을 쬐던 너의 맨발을 기억하지 못하게 되겠지. 지금은 눈에 선하지만, 곧 그냥 기억하는 정도가 될 거야. 그리고 한참 후엔 그걸 기억했다는 사실만 기억하게 될 거고. 네가 내 곁에 없는데도 시간이 흘러가버리는 게 정말 싫다. 우리가 함께였던 이곳을 떠나는 게 너무 싫지만, 오늘밤엔 런던으로 가기 위한 짐을 싸려고 해.

그다음 편지는 그달 말에 영국 소인이 찍혀서 왔다. 코스토스는 런던 정치경제대학교에 들어갔다.

방 세 개짜리 아파트에서 다섯 명이 함께 살고 있어. 노르웨이에서 온 칼, 요르단에서 온 요셉, 겨우겨우 들어온 영국 북부 출신 두 명이랑 나야. 런던은 시끄럽고 빛나는 곳이야. 정말 신나는 곳이지. 그토록 여기 오길 바랐는데 막상 오니 실감이 안 난다. 수업은 화요일에 시작이야. 어젯밤엔 집 근처 술집에서 요셉과 맥주 두어 잔을 마셨어(사실 말이 두어 잔이지 몇 잔인지는 모르겠어). 걔한테 네 얘기를 했더니 내 맘을 이해해주더라. 요셉도 고향에 여자친구를 두고 왔대.

다음 편지는 10월에 왔다. 편지에 그리스 소인이 찍힌 걸 보고 놀랐던 기억이 났다. 코스토스의 할아버지가 심장마비를 일으킨 직후에 쓴 것이었다. 코스토스는 열 일 제쳐두고 고향 산토리니로 돌아갔고, 세계 유명 석학들과 함께 거시경제를 공부하는 대신 집안 대대로 운영하는 구식 대장간에서 배에 쓰이는 부품을 만들었다. 코스토스는 그런 사람이다.

레나, 내 걱정은 하지 마. 돌아오는 건 내 선택이었어. 정말이야. 런던
대학이 어디 가겠니. 벌써 휴학도 했고. 아파트에 새로 들어올 사람을 구
하는 것도 어렵지 않았어. 난 전혀 섭섭하지 않아. 할아버지는 요즘 회복
이 빨라지셨어. 오늘은 대장간에서 일하는 내 옆에 앉아 계셨다니까. 크
리스마스쯤엔 완전히 회복하셔서 새해가 되면 날 학교로 돌려보내겠다
고 하시지만, 서두를 필요는 없어. 먼저 할아버지 일부터 도와드릴 거야.
돌아온 날 밤에 올리브나무 숲에 수영하러 갔었어. 너를 생각하니 몽
롱해지더라.

너와 함께 사랑을 나눴던 걸 생각하니, 라고 썼다가 수백 번 줄을 그어 지워버린 흔적이 보였다. 그러나 편지 뒤쪽에서 밝은 빛을 비추면 지워진 글씨가 보였다. 그 말은 아무리 읽어도 바래지 않았다. 몇 가지 단어가 레나의 머릿속에서 불꽃놀이 폭죽처럼 터졌다. 열망. 고통. 행복. 아픔.

새 여자친구와도 사랑을 나눴을까? 뜨거운 불덩이 같은 의문에 머릿속이 까맣게 타버렸다. 레나는 재빨리 그 생각을 떨쳐버렸다.

136

레나가 편지 더미에서 다음으로 집은 편지는 12월에 받은 것이었다. 이때의 편지들은 부끄러움으로 레나의 가슴을 욱신거리게 만들었다. 자신이 쓴 편지를 갖고 있지 않은 게 다행이었다.

이번에 너의 편지를 받고 네가 너무 멀게만 느껴졌어, 레나. 월요일에 전화했었는데, 메시지 들었니? 너 괜찮은 거야? 친구들은 잘 지내? 브리짓은?

나는 그냥 네가 편지 쓴 그날 기분이 좋지 않았다고 생각하기로 했어. 넌 아무렇지 않고, 우리 역시 괜찮을 거라고. 정말 그러길 바라.

그리고 운명의 1월이 왔다. 용기가 레나의 가슴에 피운 8월의 꽃은 추운 겨울이 되자 시들고 말았다. 레나는 다시 움츠러들어 자기 내면 깊숙이 파고들었다. 비겁한 편지를 보냈고, 답장이 왔다.

아무래도 우리가 너무 멀리 떨어져 있나보다. 9월엔 대서양도 그렇게 작아 보였는데, 지금은 칼데라조차 멀어서 건너지 못할 것 같아. 수영을 하고 또 하는데도 겨우 섬 반대편 해안에 닿는 꿈을 꿔. 아무래도 우린 너무 오래 떨어져 있었나봐.

그러고는 코스토스와 완전히 헤어졌다. 괜찮아질 거라 스스로에게 약속하면서. 하지만 레나는 괜찮아지지 않았다. 아직도 코스토스를 그리워하고 있었다.

> 물론 나도 이해해, 레나. 이런 일이 일어날 수 있다는 것도 알아. 내가 런던의 대학에서 열심히 공부하고 있었다면 좀 다르게 느껴질 수도 있겠지. 그런데 그냥 이 섬에서 다른 어딘가로 갈 수 있기만 바라는 처지라니…… 네가 그리울 거야.

몇 달에 걸친 긴긴 밤 동안, 레나는 코스토스가 자신을 그리워하고 있다고 상상했다. 장면들을 천천히 멈췄다 되감았다 멈췄다를 반복하면서, 오랫동안 서로를 너무도 그리워하던 두 사람이 결국 다시 만나는, 몽롱하고 격정적이며 때로는 미성년자 관람불가가 되는 시나리오를 상상했다. 비록 자신이 매번 자의식 강하고 철없는 아가씨로 나온다 해도 상관없었다. 꿈꾸는 건 자유니까.

그러나 이젠 코스토스에게 여자친구가 생겼다. 그는 그녀를 잊은 것이다. 둘은 절대 다시 만날 일이 없을 것이다.

이뤄질 가능성조차 없는 꿈은 그다지 즐겁지 않았다.

다음날 아침 티비가 일어나니 브라이언은 옷을 다 입고 티비의 책상에 묵묵히 앉아 있었다.

막 일어났을 때 자기 머리가 어떻게 뻗치는지 알고 있기에 티비는 양손으로 머리를 눌렀다.

"배고파?" 브라이언이 다정하게 물었다.

모라와 알렉스와 함께 아침 먹기로 약속했던 게 기억났다. 도로를 따라 IHOP로 걸어가기로 했던 것도. 약속이 있다며 브라이언에게 함께 가자고 할 작정이었다. 정말 그럴 작정이었다. 하지만 티비는 그러지 않았다.

"아침 일찍 수업이 있어."

"아." 브라이언은 실망을 굳이 감추지 않았다. 원래도 신경 안 쓰는 척 밀고 당기는 짓은 안 하는 애다.

"점심때 볼까?" 티비가 물었다. "매점에서 샌드위치 사올게. 연못에 가서 먹자."

브라이언은 그 계획을 마음에 들어했다. 티비가 옷을 갈아입는 동안 브라이언은 욕실에서 씻었다. 함께 내려가면서 티비는 도망칠 계획을 세워놓았다. 그다지 치밀한 계획은 아니었다. 어차피 브라이언은 티비가 그렇게 못되게 굴 거라고 생각조차 못할 테니까.

티비는 학생회관으로 향하는 길을 가리켰다. "지하에 가면 드래건 마스터 할 수 있어."

"그래?" 브라이언은 그 말에 비로소 대학이란 곳에 흥미가 생긴 듯 보였다.

"응, 점심때 거기로 갈게." 브라이언이라면 1달러만 가지고도 몇 시간이고 드래건 마스터를 할 수 있다는 걸 티비는 알고 있었다.

티비는 매스터스 홀 쪽으로 허둥지둥 달려갔다. 알렉스의 방은 1층이었다. 그들은 대개 거기서 만났다. 알렉스는 헤드폰을 쓰고 컴퓨터를 하고 있었고, 모라는 침대에 앉아 알렉스의 힙합 잡지를 읽고 있었다. 누구도 티비를 쳐다보거나 말을 걸지 않았다.

티비는 준비가 되면 일어나겠지 생각하고 문가를 어정거렸다. 둘의 코드에 맞춰가는 방식이 맘에 들었다.

알렉스는 사운드트랙을 믹싱중인 것 같았다. 책상 위에 CD 한 무더기가 쌓여 있었다. 대부분 집에서 구운 것이거나 티비는 들어보지도 못한 무명 레이블 것들이었다. 알렉스가 이어폰을 뽑자 작업하던 마지막 부분이 스피커를 통해 흘러나왔다. 에코 효과가 너무 강해 짜증날 정도인데다 뭔가를 긁는 소리가 깔려 있었다. 티비는 이걸 과연 음악이라고 할 수 있을지 확신할 수 없었다. 알렉스는 만족스러워하는 것 같았다. 티비는 그 음악을 이해할 수 있길 바라며 고개를 끄덕거렸다.

"안녕, 탐코. 난 카페인 좀 섭취해야겠어." 자리에서 일어나 함께 문밖으로 나서며 알렉스가 말했다. 티비는 알렉스가 밤을 꼬박 새운 건지 궁금했다.

캠퍼스 밖으로 나갈 때는 외출한다는 서명을 해야 했지만, 티비는 이제 더이상 그런 규칙을 따르지 않았다.

셋은 차와 트럭이 어깨를 스치고 쌩쌩 달리는 길 가장자리를 따라 1킬로미터 정도 걸어갔다.

챙 넓은 모자를 쓴 백발의 종업원이 커다란 팬케이크를 가져다주자 티비는 약간 슬퍼졌다. 다른 사람들처럼 브라이언도 팬케이크를 좋아했다.

알렉스는 종일 체스만 하는 옆방 여드름 소년 얘기를 했는데, 아무래도 그 아이가 알렉스의 주된 개그 소재 중 하나인 것 같았다.

티비는 드래건 마스터 티셔츠를 입고 두껍고 지저분한 금테 안경을 쓴 브라이언을 떠올렸다.

알렉스 말에 티비는 웃었다. 그 웃음이 스스로의 귀에도 가식처럼 들렸다.

티비는 생각해보았다. 내가 브라이언을 데려오지 않은 건 알렉스와 모라가 어떻게 생각할지 걱정돼서였을까? 아니면 브라이언이 나를 어떻게 볼지 걱정돼서였을까?

브리짓,

지금 당장은 이 바지가 소용이 없어. 그러니 바로 너한테 보내는 게 나을 것 같다.

어쨌든, 나는 항상 네 생각을 해. 어젯밤에 전화해줘서 좋았어. 가자마자 그레타 할머니를 찾았다니, 뭔가 잘돼가는 것 같군.

앨라배마에서 잘 지내, 브리짓. 우리가 널 얼마나 사랑하는지 알지?

티비

삶은 공평하지 않다.

단지 죽음보단 평등할 뿐.

딱 그 정도인 것이다.

_윌리엄 골드먼

할머니네 집 다락에서 보낸 첫 며칠은 거대한 선반에서 상자를 내리고 가구와 책 더미를 지하실로 옮기는 단순노동의 나날이었다.

닷새째 되는 날, 브리짓은 우체국에서 마법의 바지가 든 소포를 찾아왔다. 처음엔 너무 기뻤다. 이제부터 다락방 일이 어려운 단계로 접어들려는 참이어서 마법의 바지가 필요했다. 하지만 방으로 돌아오자 걱정이 밀려들었다.

브리짓은 포장을 뜯고 카펫 주변을 뱅뱅 돌았다. 숨을 멈추고 온몸에서 힘을 뺀 뒤 바지를 입었다. 바지가 허벅지에 걸려 더 이상 올라오지 않았다. 브리짓은 멈춰야만 했다. 입을 수가 없었다. 바지가 찢어지기라도 하면 어떡하나? 그렇게 되면 그 얼마나 끔찍한 일인가?

브리짓은 재빨리 바지를 벗고 자기 반바지로 갈아입었다. 숨이 거칠어졌다.

브리짓은 바지가 맞지 않는다는 데 큰 의미를 두지 않기로 했다. 무슨 의미가 있을 리 없다. 살을 몇 킬로그램 빼면 될 뿐이다. 침대에 앉아 벽에 머리를 기대고 울음을 애써 참았다.

다시 바지를 집어들었다. 그냥 놔둘 수만은 없다. 꼭 직접 입어야만 바지의 마법이 작용하는 게 아닐 수도 있다. 정말 그렇지 않을까? 아마도?

브리짓은 바지를 들고 아무렇지도 않게 방에서 성큼성큼 걸어 나갔다. 그레타 할머니 집으로 가는 내내 바지를 들고 있었다. 할머니가 일러준 대로 쪽문을 열고 안으로 들어가니 할머니는 부엌에서 손가락을 따고 있었다. 브리짓은 재빨리 못 본 척했다. 할머니가 당뇨라는 건 이미 눈치채고 있었다. 익숙한 장비가 여기저기서 눈에 띄었던 것이다. 엄마도 죽기 전 몇 해 동안 당뇨를 앓았기 때문에 브리짓은 당뇨에 대해 잘 알고 있었다.

"좋은 아침이에요." 브리짓은 눈을 내리깔고 인사했다.

"좋은 아침." 할머니가 대답했다. "아침 먹을래?"

"아뇨, 괜찮아요." 브리짓이 거절했다.

"오렌지주스는?"

"아니에요, 괜찮다면 그냥 물 한잔 가져가서 마실게요." 브리짓은 물을 따르러 냉장고로 다가갔다.

할머니는 눈을 가늘게 뜨고 바지를 주시하다가 물었다. "네 바지니?"

브리짓이 고개를 끄덕였다.

"빨아줄까? 표백제를 조금만 써도 때가 싹 빠질 텐데."

브리짓은 뜨악했다. "아니요! 아니에요. 괜찮아요." 브리짓은 바지를 보호하듯 부둥켜안았다. "전 그냥 이대로가 좋아요."

할머니는 혀를 차며 고개를 젓고는 중얼거렸다. "다들 제멋에 사는 거지 뭐."

할머니는 마법을 모르시잖아요. 브리짓은 생각했다.

집안이 안 그래도 더운데 다락은 적어도 15도는 더 더운 것 같았다. 계단을 오를 즈음엔 이미 땀범벅이 됐다.

브리짓은 검정 마커로 '마를리'라고 쓰인 상자들을 구석에 쌓아두었다. 여기가 바로 어려운 부분이다. 브리짓이 알고 싶어하는 것이자 동시에 두려워하는 것이기도 했다. 그녀는 바지를 책상에 걸쳐놓고 일을 시작했다. 첫번째 상자에 손을 갖다대고, 생각을 너무 많이 하지 않고 그냥 열어버렸다.

작문 노트 몇 권을 조심스럽게 꺼냈다. 모두 엄마가 초등학교에 다닐 때 쓴 것들이었다. 엄마가 정성 들여 쓴 글씨를 보고 있자니 가슴 한구석이 아파왔다. 사회, 영어, 수학. 노트 밑에는 사진이 가득 든 봉투가 있었다. 생일, 아이스크림 먹으러 나간 날,

학교 축제. 사진마다 엄마의 모습이 브리짓의 시선을 사로잡았다. 빛나는 머리카락에, 무표정한 얼굴은 어디서도 찾아볼 수 없었다. 브리짓은 자기 머리카락이 엄마가 물려준 것이라는 사실을 알고 있었다.

상자에는 그림들도 많이 들어 있었다. 대부분 종이접시나 마분지에 그린 것들이었다. 브리짓은 자기가 가질 것들만 챙기고, 나머지는 쓰레기봉투에 쓸어담았다.

다음 상자에는 고등학교 시절이 담겨 있었다. 브리짓은 사진 앨범을 보기 전에 교과서와 노트들을 대충 훑었다. 춤추는 마를리, 치어리딩을 하는 마를리, 목욕가운을 입고 섹시한 포즈를 취하는 마를리, 유혹하는 마를리, 우쭐해 보이는 남자친구들과 수많은 파티를 즐기는 마를리. 같은 종류의 사진끼리 분류해놓은 앨범이 네 권 있었다. 사진마다 엄마는 드라마틱하게 눈에 띄어 보였다. 엄마 사진이 실린 〈헌츠빌 타임스〉만도 열네 부였다. 지역 주간신문에 난 사진도 열두 장이나 있었다. 어느 사진에서나 엄마는 멋있었다. 마치 영화배우처럼 미소짓고, 웃고, 떠들고, 치장하고 있었다. 브리짓은 엄마가 너무도 자랑스러웠다. 엄마의 미모 때문이 아니라(물론 미모 역시 자랑스러울 정도로 훌륭했지만), 각각의 사진에 드러나는 강렬함 때문이었다.

브리짓은 이 소녀에게서 강렬한 인상을 받았지만, 개인적으로 그 소녀를 알고 있다는 느낌은 들지 않았다. 마를리라는 사진 속 소녀에게는 브리짓의 엄마로 알려진 여자와 연결 지을 만한 명확한 근거가 없었다. 어두운 방안에 몇 날 며칠 누워만 있던 엄마의 마지막 모습이 잠시 스쳐지나갔다.

"길다!"

열두시다. 할머니가 점심 먹으라며 브리짓을 불렀다.

브리짓은 아무 생각 없이 계단을 내려갔다. 할머니는 볼로냐 샌드위치와 감자칩을 준비해두었다. 관절염으로 고생하는 혹투성이 손 때문에 종이 냅킨을 접는 데만도 시간이 걸렸다.

어떻게 할머니한테서 엄마 같은 사람이 태어났을까? 브리짓은 갑자기 이런 의문이 들었다.

카르멘은 레나 집에서 구운 브라우니와 M&M 쿠키를 티비와 브리짓에게 보내기 위해 포장하며 오후를 보냈다. 저녁식사 시간이 되자 카르멘은 자신이 레나 집에 있다는 사실에 진심으로 감사했다. 솔직히 레나 아빠의 요리 솜씨나 테이블 위의 너무 밝은 할로겐 조명, 코를 찌르는 에피의 매니큐어 냄새가 좋지는 않았지만, 삼 일 연속으로 저녁에 빈집을 혼자 지키는 신세는 피했다.

오늘 저녁 엄마는 데이비드와 함께 야구 경기를 보러 갔다. 머리를 하나로 묶고 오리올스 모자까지 쓴 엄마가 카르멘은 솔직히 정말로 창피했다.

"칼리가리스 아저씨, 이거 맛있네요." 카르멘은 시금치 같은 것이 묻은 포크를 닦아내며 말했다.

"고맙다." 그가 고개를 끄덕이며 대답했다.

"저기, 카르멘 언니." 매니큐어가 망가지지 않도록 조심조심 포크를 들던 에피가 말했다. "언니네 엄마가 사랑에 심하게 빠지셨다던데."

카르멘은 힘들게 음식을 삼켰다. "뭐, 말하자면 그렇지." 카르멘은 배신의 증거를 색출해내기 위해 레나를 노려보았다.

"레나 언니한테 들은 거 아니야." 분위기를 눈치챈 에피가 말했다. "멜라니 포스터라는 애한테서 들었어. 걔 알아? 루비 그릴에서 일하는 앤데, 언니네 엄마랑 남자친구가 테이블에서 키스하는 걸 봤다더라고."

"우리가 지금 이 얘길 꼭 들어야 하는 거니?" 레나가 의문을 제기했다.

카르멘은 아까 먹은 시금치가 다시 올라올 것 같았다.

"언닌 그 아저씨 싫어?" 에피가 물었다.

"아저씨는 괜찮아." 카르멘이 짧게 대답했다.

"진정 사랑하는 사람을 만났다니, 엄마한테는 잘된 일이구나." 칼리가리스 부인은 재미있는 사람이지만 때때로 당황스럽거나 살짝 간담이 서늘해지는 말을 한다.

"그런 것 같아요." 카르멘이 짧은 침묵을 깨고 대답했다. 얼굴이 바로 굳어버렸다.

에피도 바보가 아니었기에 더는 그 주제를 언급하지 않았다.

"지금쯤 데리러 오겠다고 약속했는데……" 카르멘은 시계를 보고 말하고는 모두가 대충 식사를 마쳤는지 확인하려고 주위를 둘러보았다. "가서 가방 챙겨와야겠어요." 접시를 챙겨 싱크대에 갖다놨다. "저기…… 밥만 먹고 일어나서 죄송해요."

"상관없다, 얘야." 레나 엄마가 대답했다. "저녁을 이렇게 늦게 먹어서 우리가 더 미안하구나."

레나네 식구들은 항상 저녁을 늦게 먹는다. 아마도 그리스식이 아닐까 카르멘은 생각했다.

그뒤로 오십오 분 동안 카르멘은 레나와 함께 거실에 앉아 엄마를 기다렸다.

"적어도 전화는 해줘야 하는 거 아니야?" 카르멘이 말했다. 벌써 이 말만 몇번째인지 몰랐다. 갑자기 평소에 자기가 늦을 때 엄마가 이러지 않을까란 생각이 머리를 스쳤다.

레나가 하품을 했다. "경기장에서 빠져나오려면 백만 년은 걸릴 거야. 주차장 같은 데서 옴짝달싹 못하시는 거 아닐까."

"야구장 가기엔 이제 너무 늦은 거지." 카르멘이 중얼댔다.

목욕가운을 입은 레나 엄마가 뭔가를 가지러 부엌으로 내려왔다. 집안의 불은 거의 다 꺼져 있었다. "카르멘, 너만 괜찮다면 얼마든지 자고 가도 된단다."

카르멘은 고개를 끄덕였다. 눈물이 날 것 같은 기분이었다.

열시 사십사분이 되어서야 차 한 대가 밖에 도착했다. 데이비드의 차였다.

일찍 자고 일찍 일어나는 레나는 소파에서 반쯤 잠들어 있었다. 카르멘이 쿵쿵대며 문 쪽으로 가자 황급히 일어나 따라나와 팔을 붙잡았다. "괜찮을 거야." 레나가 부드럽게 말했다.

"딸, 거기 완전 지옥이었어." 카르멘이 차문을 열자마자 크리스티나가 말했다. "미안해."

하지만 크리스티나의 얼굴은 카르멘에게 미안해하거나 신경 쓴다기에는 너무 행복하고 신나 보였다.

"카르멘, 나도 정말 마음이 안 좋구나. 사과할게." 데이비드가 진심으로 말했다.

그런데 도대체 왜 그렇게 웃고 있는 건데요? 카르멘은 묻고 싶었다.

카르멘은 차문을 쾅 닫고 아무 말 없이 앉았다.

아파트 앞에 주차하고 나자 크리스티나와 데이비드가 서로에게 뭔가 속삭였다. 카르멘은 그들이 무슨 말을 하는지 들으려고도 하지 않았다. 굿바이 키스까지 하는 꼴을 보지 않으려고 차에서 내려버렸다.

카르멘이 엘리베이터 열림 버튼을 눌러주지 않아서 엄마는 뛰어와서 타야만 했다. 좁은 엘리베이터 안에 갇혀 있으려니 엄마가 숨쉴 때마다 풍기는 술냄새가 역겨웠다.

엄마가 말했다. "얘야, 나도 내가 너무 늦었다는 거 잘 알아. 하지만 네가 그 교통체증을 봤다면…… 경기가 매진됐으니까……
레나 집에서 좀더 기다렸다고 이렇게 화가 난 건 아니겠지……"

엄마의 눈이 술에 취해 번뜩였다. 엄마는 카르멘이 오늘 일을
아무렇지도 않게 넘기고 자신을 행복한 상태 그대로 내버려두길
간절히 바라고 있었다.

카르멘은 그렇게 해주지 않았다. 엄마를 앞질러서 자기 열쇠
로 현관문을 열었다.

쿵쿵대며 침대로 향하다가 카르멘은 결국 절망과 수치심을 가
득 담아 외쳤다. "엄마가 싫어!"

그날 밤, 티비는 브라이언과 함께 방안에만 있었다. 브라이언
을 데리고 몰래 학생식당에 갈 수도 있었지만 그러지 않았다. 대
신 방으로 피자를 배달시켰다.

그다음에 종이와 펜, 연필을 가지고 바닥에 누웠다. 브라이언
은 라디오를 클래식 채널에 맞췄다.

"그게 뭐야?" 티비가 큰 종이 두 장에 사각형을 줄줄이 그리는
걸 보고 브라이언이 물었다.

"스토리보드 같은 거……라고 할 수 있지."

브라이언은 흥미롭다는 듯 고개를 끄덕였다.

브라이언도 뭔가에 열중했다. 티비가 보기엔 만화를 그리는
것 같았다. 브라이언이 그린 사람들은 머리도 크고 눈도 컸다.

152

훌륭하다고는 할 수 없었다. 반짝이는 눈망울로 슬픔을 호소하는 아이들을 그려놓은 싸구려 그림이 떠올랐다. 브라이언은 집중할 때 뺨 안쪽을 잘근잘근 씹는 버릇이 있다. 연필로 색칠할 때는 입을 오물거렸다.

영화 장면을 구상하던 중 라디오의 음악이 티비 귀에 들어왔다. 아마도 교향곡 같았다. 브라이언이 부는 휘파람 소리도 들렸다. 말도 안 되지만, 그는 그 음악을 휘파람으로 따라 하고 있었다. 몇백 개나 되는 음표들을 하나하나 짚어갔다.

티비는 하던 일을 멈추고 브라이언을 살폈다. 브라이언은 티비가 보고 있다는 걸 전혀 눈치채지 못했다. 그저 색칠을 하며 휘파람을 불 뿐이었다.

무슨 음악인지는 모르지만 아름다웠다. 브라이언이 어떻게 이 음악을 이렇게 잘 알고 있는 거지? 어떻게 음정 하나하나 다 알고 있는 거냐고? 티비는 종이에서 손을 떼고 턱을 괴었다. 브라이언이 예전부터 휘파람을 이렇게 잘 불었나?

티비는 아무 말도 하고 싶지 않았다. 혹시나 말을 걸면 브라이언이 휘파람을 멈춰버릴 것 같아서였다. 그러기 싫었다.

티비는 바닥에 머리를 대고 누웠다. 눈을 감았다. 냉기가 두피를 파고들었다. 이유는 알 수 없지만 울고 싶어졌다. 작업하던 종이가 뺨에 깔려 구겨졌다.

브라이언은 색칠하면서 휘파람을 불었다. 바이올린이 끼긱대며 고음으로 치달았다. 첼로가 뱃속까지 빨아들이는 것 같았다. 피아노는 휘파람에 맞추어 잠시 독주를 선보였다.

마침내 음악이 끝났다. 설명할 수 없는 슬픔이 밀려왔다. 따뜻하고 환희로 가득한 음악의 세계에서 갑자기 쫓겨난 기분이었다. 쫓겨난 곳은 추위만 가득했다.

티비는 브라이언을 바라보았다. 브라이언은 조용히 그림을 그리고 있었다. "그거 뭐였어?" 결국 티비가 물었다.

"뭐가?"

"음악 말이야."

"어…… 베토벤 같은데."

"제목 알아?"

"피아노 협주곡. 아마 5번일걸."

"협주곡이 몇 개나 있는데?"

티비가 관심을 보이자 브라이언은 깜짝 놀라 티비를 쳐다보았다. "피아노 협주곡? 베토벤이 쓴 거? 음, 확실하진 않은데, 아마 다섯 개일 거야."

"너는 그걸 어떻게 아는데?"

브라이언이 어깨를 으쓱했다. "그냥 여러 번 들었으니까. 라디오에 종종 나오거든."

강요하듯 뚫어져라 들여다보는 티비의 시선에 브라이언은 그녀가 더 자세한 설명을 원한다는 걸 알아차렸다.

"그리고 우리 아빠가 이 곡을 연주하셨거든."

티비가 갑자기 침을 삼키며 시선을 피했지만, 브라이언은 그러지 않았다.

"우리 아빠는 음악가였어. 피아니스트. 알고 있었어? 지금은 돌아가셨지만."

티비는 입을 떡 벌리고 브라이언을 바라보았다. 아니, 티비는 그 사실을 몰랐다. 브라이언의 삶에 대해 아는 것이 없었다. 그런데 여기서 이런 얘기를 하는 건 왠지 적절치 않은 것 같았다. 티비는 연필 끝으로 손가락을 찌르며 다시금 침을 삼켰다. "돌아가셨다고? 피아니스트셨단 말이지?"

"응." 안경을 벗은 브라이언의 눈이 무척 깊어 보여서 티비는 깜짝 놀랐다. 티셔츠 끝으로 안경을 닦는 모습이 심히 고생스러워 보였다.

"아빠가 이 곡을 연주하셨다고?"

"그렇다니까."

"세상에."

티비는 볼 안쪽을 잘근잘근 씹어댔다. 이런 중요한 일조차 모르다니 나는 도대체 어떤 친구일까? 브라이언이 지금까지 슬프고 외로운 삶을 살아왔다는 것은 알고 있었다. 하지만 왜 그랬는지에 대해선 알려고 하지 않았다. 다른 수많은 일처럼 그것도 회피해왔다.

베일리가 이미 알고 있던 것들을 자신은 꼭 이런 방식으로 뒤늦게 알게 된다는 걸 티비는 깨달았다. 아마도 베일리는 브라이언의 아빠가 음악가였다는 것과 돌아가셨다는 사실을 알고 있었을 것이다. 어떻게 돌아가셨는지도 아마 알았을 것이다. 모르긴 해도 브라이언을 만난 지 한 시간 만에 알아냈을 것이다.

반면 티비는 브라이언과 함께 보낸 수백 시간 동안 그 사실들을 외면하려고 고군분투해왔다.

보기 전에 믿기부터 해야 하는

일들이 있다.

_랩프 호지슨

"러스티 쪽이 열렸잖아."

빌리 클라인이 돌아서더니 브리짓을 향해 두 걸음 다가왔다.
"뭐라고?"

"저기 러스티 말이야. 너희 팀 아니야? 니들이 생각하는 것보
다 빠른 애야." 브리짓은 축구장에서만은 도저히 입을 다물고 있
을 수 없었다.

빌리는 사이드라인에서 이상한 여자아이한테 지적이나 당하
는 현실에 고개를 절레절레 흔들었다.

브리짓은 어깨를 으쓱했다. 어렸을 때와 똑같은 장소에서 그
때와 똑같이 질겅질겅 풀을 뜯어 씹으면서 햇살 속에 앉아 있다.
자신이 축구 경기를 보는 걸 얼마나 좋아했었는지 잊고 있었다.

비록 아마추어 경기라 해도 말이다. "그냥 내 생각이야." 브리짓이 말했다.

노려보는 빌리의 모습이 꽤나 귀여웠다. "우리 서로 아는 사이던가?"

빌리의 억양과 성숙해진 목소리에 웃음을 참을 수가 없었다. 브리짓은 다시 어깨를 으쓱했다. "잘 모르겠는데, 아는 사이 같아?"

그는 브리짓의 태도에 조금 당황한 듯했다. "여기서 몇 번 본 적 있는 것 같은데."

"내가 팬이어서 그래." 브리짓이 대답했다.

빌리는 브리짓을 스토커로 이해했는지 고개를 끄덕이고는 경기장으로 돌아갔다.

만약 브리짓이 예전 모습 그대로였다면, 빌리는 그녀가 자신에게 작업을 거는 줄 알고 지금쯤 따로 만나자고 했을 것이다. 하지만 보다시피 그는 그러지 않았다.

연습경기가 끝날 때쯤 다시 러스티 쪽 공간이 열렸고, 빌리는 한 박자 쉬었다가 그에게 패스했다. 사실상 노마크였던 러스티는 그대로 점수를 따냈다.

브리짓은 사이드라인에서 환호했다. 그녀 쪽을 바라본 빌리는 웃지 않을 수 없었다.

Carmabelle: 레나, 안녕. 드디어 티비랑 통화했어. 우리 먼저

가 있을 테니까 일곱시쯤 오라고 했어. 브라이

언도 거기 있대. 같이 차 타고 올 거라더라.

LennyK162: 나도 통화했어. 진짜 웃겨. 브라이언이 자기를

좋아하는 걸 여태까지 몰라요.

Carmabelle: 브라이언이 티비를 이성으로 좋아하는 것 같아?

LennyK162: 친구로도 이성으로도 좋아한다고 생각해.

"티비, 그것 좀 제발 꺼줄래?"

"알았어. 다른 사람 찍지 뭐." 티비가 대답했다.

레나는 티비가 보고 싶었던 만큼이나 티비의 카메라가 보기

싫었다. 카메라 앞에만 서면 심히 불편했다.

"열두 개만 더 할래, 아니면 오늘은 그만할래?" 티비의 엄마

앨리스가 옥수수가 가득한 갈색 종이봉투를 들고서 물었다.

"엄마가 하라는 대로 할게요."

레나는 시간을 확인했다. 아르바이트 시간까지 아직 삼십 분

정도 남아 있었다. "제가 할게요." 레나가 나섰다. 사실 레나는

옥수수 껍질 벗기기를 좋아했다. 티비 엄마는 부엌의 둥근 탁자

에서 내일 독립기념일 파티에 쓸 샐러드를 만들고 있었다. 베이

비시터 로레타는 마당 풀밭에 있는 고무 풀장에서 물장구치는

니키와 캐서린을 지켜보고 있었다.

레나는 봉투에서 옥수수 하나를 꺼내 조심조심 껍질을 벗겼

다. 통통한 베이지색 애벌레가 언제 튀어나올지, 벌레로 가득한 징그러운 새까만 구멍이 어디서 나타날지 모르기 때문이다. 뭐, 이번 건 멀쩡해 보였다. 레나는 브리짓의 머리카락을 닮은 옥수수수염을 좋아했다. 어쨌든, 지금은 그것도 옛말이지만.

"그래, 레나. 남자친구는 잘 지내니?" 티비 엄마가 자기만 이 흥미로운 얘기를 모르고 있었던 건 아니라는 듯 눈썹을 꿈틀거리며 물었다.

레나는 움찔했지만 티내지 않으려고 애썼다. 실제로 남자친구가 있을 때도 남자친구라는 단어가 불편하게 느껴졌고, 남들이 자신의 사생활에 관심을 갖는 것도 너무 싫었다.

"헤어졌어요." 레나가 아무렇지도 않은 듯 말했다. "장거리 연애라는 게 그렇죠, 뭐."

"안됐구나." 앨리스가 위로했다.

"네." 레나가 대답했다. 엄마들은 마치 남자친구가 생겨야 인생이 진짜로 시작되기나 하는 것처럼 연애 문제에 열중한다. 레나는 그런 점이 억울했다. 이 화제가 가라앉길 조용히 기다렸다가 새로운 얘기를 꺼냈다.

"음…… 앨리스?" 티비 엄마는 아이들이 말을 할 수 있게 된 순간부터 자기를 이름으로 부르라고 했다.

"응?"

처음 이 생각이 떠오른 건 며칠 전이었다. 하지만 너무 사악하

다는 생각에 접어두려 했었다. 사실 레나답지 않은 생각이기도
했다. 하지만 완벽한 기회가 찾아온 지금, 그걸 물어본다고 해서
뭐가 잘못될 것 같지는 않았다.

레나는 숨을 깊이 들이마셨다. 아무것도 모르는 척, 아무렇지
도 않은 척 물었다. "혹시 우리 엄마가 유진이라는 사람 얘기를
한 적 있어요?"

감자를 손질하던 앨리스가 멈칫했다. 햇빛이 잘 드는 방이어
서 앨리스의 주근깨가 또렷이 보였다. 티비처럼 뺨 전체에 퍼져
있지만 앨리스 것이 조금 더 흐렸다. "유진?" 앨리스는 눈을 살
짝 빛내더니 이내 추억에 잠겼다. "물론이지. 네 엄마가 완전히
미쳤던 그리스 남자 얘기잖아?"

레나는 숨을 쉴 수가 없었다. 예상했던 것보다 더 빨리 원하던
대답을 들어버렸다. "네." 레나가 대답했다. 이미 알고 있는 척
하자니 거짓말하는 기분이 들었다.

앨리스는 여전히 먼 과거를 회상하는 듯했다. "그 남자가 엄마
마음을 좀 아프게 했어, 그렇지?"

레나는 옥수수를 바라보았다. 피가 머리로 쏠려서 얼굴이 벌
게졌다. 그런 말이 나올 거라곤 생각지도 못했다. "네, 그런 것
같더라고요."

앨리스는 칼을 내려놓고 천장을 올려다보았다. 추억의 길을
따라 산책을 즐기는 것처럼 보였다. "세상에, 네가 아기였을 때

그 사람이 찾아왔던 게 생각나는구나." 앨리스가 레나를 쳐다보았다. "엄마가 벌써 말해줬겠지만 말이야."

레나는 볼 안쪽을 잘근잘근 씹었다. "그…… 그랬던 것 같아요." 마음이 불편해지기 시작했다. 집에 가져가려고 대비했던 것보다 과한 수확을 얻었다. 수확이 너무 크면 귀하다는 마음이 들지 않게 마련이다.

레나는 앨리스를 노려보지 않을 수 없었다. 남의 비밀을 신중히 생각해보지도 않고 섣불리 다 말해버리다니.

"뭐, 언젠가는 너한테 전부 말해주겠지." 앨리스가 조용히 말했다. 현명하지 못하게 너무 많이 떠벌린 게 아닌지 뒤늦게 걱정하는 것 같았다. 앨리스는 다시 감자를 깎기 시작했다. "그런데 왜 그 사람에 대해 물어보는 거니?"

좋은 질문이다. 레나는 가급적 빨리 적당한 대답을 생각해내야 했다.

다행히 바로 그때 캐서린이 미닫이문을 열고 비틀거리며 들어왔다. 미끄러지더니 엉엉 울면서 니키와 양동이에 대해 뭐라고 말하려 애썼다. 깨끗한 부엌 바닥에 물과 흙과 잔디로 길이 생겼다. 레나는 니키와 캐서린에게 진심으로 감사했다. 앨리스가 아이들을 부엌 밖으로 내쫓고 바닥 청소를 시작함과 동시에, 엄마 마음을 산산조각 냈다는 유진이란 사람을 먼 기억 저편으로 보내버렸기 때문이다.

브리짓은 땀범벅이 돼서 일어났다. 날이 더워서 그랬겠지만, 꿈 때문이기도 했다. 낮에는 엄마 물건을 정리하며 찬찬히 살펴 봤고, 밤에는 물건들에 대한 꿈을 꿨다. 다락에 있는 상자들과 마찬가지로 엄마에 대한 단편적인 그림을 보여주는 꿈이었다. 수천 가지 에피소드가 있었지만 그것들을 하나로 묶는 엄마는 느껴지지 않았다.

예전엔 천천히 샤워하는 걸 좋아했는데, 중년의 일용직 노동자 두 명과 욕실을 나눠 써야 하는 이곳 로열 가 암스 하숙 3층에서는 재빨리 샤워를 해야 했다. 브리짓은 물에 섞인 갈색이 염색한 머리에서 빠진 거라고 스스로를 위로해보았지만, 여전히 샤워할 때 깨끗해진다기보다 더 더러워지는 듯한 유쾌하지 않은 느낌이 들었다.

그레타가 브리짓을 위한 아침식사를 준비해놓았다. 주스, 버터와 잼을 바른 통밀 토스트, 딱 브리짓이 좋아하는 것들이었다. 며칠 전 지나가면서 말했는데 바로 그 다음날 전부 준비해놓은 것이다.

브리짓은 재빨리 먹어치웠다. 그레타 할머니와 대화하고 싶은 기분이 아니었다. 어서 엄마에게 돌아가고 싶었다.

그날은 어느 박스에서 셰퍼즈 힐 입소 서류를 우연히 발견했다. 엄마가 고등학교를 졸업한 다음해에 작성된 것이었다. 아마

여름 학교나 치어리딩 캠프 같은 것이겠지 생각했지만, 아니었다. 그곳이 정신병원이라는 걸 안 순간 가슴이 쿵 내려앉았다. 서류에는 엄마가 그곳에 석 달 조금 안 되게 머물렀다는 사실이 기록되어 있었다. 리튬이라는 약을 처방받은 모양이었다. 의사는 엄마가 자살에 대해 언급했다고 기재해놓았다. 눈물이 차올라 깔끔한 검은색 글씨가 휘어지고 굽어졌다.

브리짓은 서류를 내려놓고 창가에 앉아 우체국 트럭이 길 아래로 내려가는 모습을 지켜보았다. 오늘은 더이상 아무것도 못할 것 같았다.

동네 최고의 미인이었던 젊은 마를리의 모습에 너무 상기되고 흥분한 나머지, 브리짓은 이야기가 결국 어떻게 끝났는지 잊어버릴 뻔했던 것이다.

할머니가 점심 먹으라고 부르자 브리짓은 안도했다. 며칠 전요즘 통 채소를 먹지 못했다고 말했는데, 접시 위에 정성스레 껍질을 깎은 당근이 놓여 있는 것을 보고 감동했다.

"할머니, 고맙습니다." 브리짓이 말했다.

"아이고, 아니다, 아가."

첫째 주가 다 가기 전부터 할머니는 브리짓을 길다라는 이름 대신 아가라고 부르기 시작했다.

둘은 조용히 샌드위치를 먹었다. 식사가 끝나도 할머니는 자리를 떠나지 않았다. 오늘은 왠지 일을 하기보다는 브리짓과 함께 시간을 보내고 싶은 것 같았다.

"나도 자식이 둘 있단다. 알고 있지? 위층에 있는 물건을 보았다면 알겠지."

브리짓은 고개를 끄덕였다. 지금 역시 브리짓이 원하기도 하고 두려워하기도 한 순간이었다.

"내 딸은 육 년 반 전에 세상을 떴어."

브리짓은 손을 내려다보며 고개를 끄덕였다. "안타까운 일이네요."

할머니도 몸을 숙이며 천천히 고개를 끄덕였다. "그애는 정말 예뻤어. 이름이 마를린이었는데, 다들 마를리라고 불렀지."

브리짓은 여전히 그레타를 쳐다볼 수 없었다.

"너만했을 때는 라임스톤 카운티에서 꽤나 유명했어. 사람들이 미스 앨라배마는 떼놓은 당상이라고 했다니까."

"정말요?" 이 말도 안 되는 이야기 덕분에 브리짓은 겨우 고개를 들 수 있었다.

"물론이지." 그레타가 미소를 지었다. "그런데 연애하기 바빠서, 미인대회 참가자들이 배워야 하는 지휘봉 돌리기 같은 걸 배우려 들지 않았어."

브리짓도 웃었다.

"11학년 때랑 12학년 때는 축제에서 여왕으로 뽑혔지. 두 번이나 뽑힌 사람은 그전에도 그후에도 없단다."

브리짓은 할머니의 자존심을 지켜주기 위해 감동한 척 고개를 끄덕거렸다.

"아이스티 더 마실래?" 할머니가 물었다.

"아뇨, 괜찮아요. 감사합니다." 브리짓은 일어섰다. "다시 가서 일해야죠."

그레타가 손사래를 쳤다. "거긴 불구덩이처럼 더운데, 여기 좀 더 앉아 있다 가지그러니?"

"네." 브리짓이 대답했다.

그레타는 두 잔에 아이스티를 더 따랐다. 브리짓은 괜찮다고 사양했지만, 곧 그게 얼마나 필요했는지 실감했다.

"아가?"

"네?"

"너희 부모님은 네가 여기 있는 거 아시니?"

브리짓의 얼굴이 달아올랐다. "네." 사실이었다. 비록 부모님 중 한 명이지만.

"필요하면 언제든지 우리집 전화를 쓰려무나."

"네. 감사합니다."

"부모님이 여행중이라고 했었나?"

브리짓은 아이스티를 들여다보며 고개를 끄덕였다. 그레타가 더이상 질문하지 않았으면 했다. 거짓말은 분명 쉬운 일이었지만, 이젠 그걸 즐길 수가 없었다. 거짓말을 하자마자 그 말이 증발해버리면 좋겠다고 생각했다.

브리짓은 목을 가다듬고 물었다. "마를리 씨는 이 근처에서 대학을 나왔나요?"

그레타는 딸 얘기 하는 걸 좋아하는 듯했다. "터스컬루사에서 다녔단다. 그애 아버지도 거길 나왔지."

"그곳 생활을 좋아했나요?"

"글쎄……" 그레타가 곰곰이 생각했다. 브리짓은 그레타가 다시 입을 열기도 전에 솔직한 대답이 나오리라고 눈치챘다. "거기서 좀 문제가 있었어."

브리짓은 아이스티를 홀짝거렸다.

"마를리는 감정기복이 무척 심했어. 일주일 동안 연처럼 방방 날아다니다가, 그 다음주는 침대 밖으로 나오지도 않았지."

브리짓은 다시 고개를 끄덕이며 발을 부엌 바닥에 가지런히 놓았다. 이런 말을 듣는 것이 쉬운 일은 아니었다. 너무나 익숙한 얘기였다.

"대학교 1학년 때 심하게 쓰러졌었어. 뭐, 나야 자세하게 다 알지는 못하지. 의사가 정신병이라는 진단을 내리고 그애를 몇 달 동안 병원에 입원시켰단다. 당시 마를리는 입원하는 걸 무척 싫어했지만, 나는 그게 도움이 됐다고 생각해."

브리짓은 그레타가 말하는 곳이 바로 셰퍼즈 힐이라고 알아챘다.

"다음해 그애는 대학에서 역사 강의를 하던 교수와 사랑에 빠졌어. 유럽 출신의 젊은 강사였어. 열아홉 살짜리 여자애에겐 미친 짓이었지만, 만약에 그 둘이 결혼하지 않았다면 내가 미쳤겠지."

브리짓은 깜짝 놀랐다. 아빠가 앨라배마에서 학생들을 가르쳤다는 것과 엄마 아빠가 거기서 처음 만났다는 건 알고 있었지만, 그런 식이었다는 건 몰랐다.

"정말 안된 일이지. 왜냐하면 프란츠―그 아이 남편의 이름이란다―가 그 일 때문에 교수직에서 파면당했거든."

브리짓은 고개를 끄덕였다. 아빠가 왜 대학을 그만두고 사립 고등학교로 가게 되었는지 충분히 이해가 됐다.

"프란츠는 워싱턴에 일자리를 구했고, 걔들은 그쪽으로 이사를 갔지."

"아."

그레타가 브리짓을 유심히 살펴보았다. "아가, 피곤해 보이는구나. 손님 욕실에서 천천히 샤워하고 잠깐 눈이라도 붙이지그러니?"

브리짓은 그레타의 머리에 키스라도 하고픈 감사한 마음으로 일어섰다. 지금 가장 필요한 것이 바로 낮잠과 샤워였기 때문이다.

브리짓,

너랑 통화할 수 있으면 소원이 없겠다. 이메일도 보낼 수 없고, 오십

번씩 전화할 수도 없다는 게 너무 싫어. 편지를 쓰기엔 인내심 부족이고. 하지만 어쨌든 편지를 쓴다. 어떻게든 너와 함께해야겠으니까.

할머니랑 빌리 얘기는 잘 들었어. 비록 아직 네 할머니가 네가 누구인지 모른다지만 말이야(이건 티비한테 들은 거야). 언제쯤 말하려고? 할머니가 모르고 있는 게 도움이 되긴 할까?

차마 지금 엄마를 향한 내 반항이나 흐지부지되어가는 연애에 대한 얘기를 지루하게 늘어놓을 수가 없네. 그 얘긴 다음에 할게.

이번주엔 전화 좀 해. 아니면 브라우니는 없을 거야, 알아들었어?

사랑을 담아

카르멘

시간은 모든 일이 한꺼번에

일어나지 않게 해준다.

_그라피티

이제는 레나 쪽에서 엄마와 시간을 보내려고 노력했다. 며칠 동안 레나는 엄마가 비디오테이프를 반납하거나 할 때 차를 지켜달라고 부탁하길 간절히 바랐다. 하지만 얼마 안 가 엄마가 자신을 피하고 있다는 걸 알아차렸다.

대체 뭐길래? 레나는 궁금했다. 유진이란 사람이 엄마에게 도대체 어떤 의미일까? 왜 이렇게까지 비밀로 하려는 걸까?

저녁에 일을 마치고 엄마에게 데리러 와달라고 전화한 것도 레나의 사악한 꿍꿍이였다. 사실은 정말로 차를 안 가지고 온데다 비가 왔다. 엄마가 보면 좋아할 만한 꽤 예쁜 블라우스(물론 베이지색이다)도 있었다.

집으로 돌아가는 길에 차에 둘만 남자 레나는 또다시 기습적으로 물었다.

"저기, 엄마?"

"응?"

"이유는 몰라도 엄마가 그 얘기를 불편해한다는 건 나도 알겠는데, 그 유진이란 사람이 누구인지 제발 말해주면 안 될까? 나한테만 말해줘. 내가 뭐 〈60분〉 같은 프로그램에 떠벌리려는 것도 아니잖아. 엄마가 원한다면 아무한테도 말하지 않을게. 아빠한테도."

엄마가 입을 굳게 다물었다. 좋은 조짐이 아니다.

"레나." 엄마가 애써 꾹꾹 참으며 운을 뗐다.

"응." 레나는 소심하게 대답했다.

"그 얘기라면 하고 싶지 않아. 이미 확실히 밝힌 것 같은데."

"대체 왜애애?" 이러는 게 엄마 귀에는 그저 징징대는 소리로 들리리라는 건 레나도 잘 알고 있었다. 레나 역시 엄마 앞에서 코스토스나 그의 새 여자친구에 관한 얘기는 일부러 꺼내지 않았었다.

"왜냐하면 내가 하고 싶지 않으니까. 그건 내 일이고 아무도 그걸 몰랐으면 하니까. 알겠니?"

"네." 레나가 풀이 죽어서 조용히 대답했다. 더이상 무슨 말을 할 수 있단 말인가?

"다시는 그 얘기를 꺼내지 않으면 좋겠구나."

"알았어요."

차창에 비가 쏟아붓기 시작했다. 번개가 하늘을 갈랐다. 여름 천둥과 번개가 엄청났다. 레나는 이런 날씨를 좋아했다.

"만약 나중에 내가 내 인생의 중요한 뭔가를 엄마한테 말하고 싶지 않다고 하면 어떻게 하실래요?" 레나가 물었다. 어쩔 수 없었다. 완전히 빈손으로 물러날 수는 없다.

엄마가 한숨을 내쉬었다. "무슨 문제냐에 따라 달라지겠지. 하지만 확실히 해두겠는데, 난 네 엄마고 넌 내 딸이야."

"그건 나도 알아요." 레나가 웅얼거렸다.

"즉 우리 사이가 항상 공평하진 않다는 뜻이지."

늘 불공평했어요, 라고 말하고 싶었지만, 이번만은 애써 입을 다물었다.

차고 앞에 차를 대고 시동을 끄고도 엄마는 내리려 하지 않았다.

"레나, 뭐 좀 물어봐도 되니?"

"응." 엄마가 갑자기 마음을 바꿨기를 바라고 또 바라며 레나가 대답했다.

"유진 얘기를 너한테 한 사람이 누구니?"

이건 바라던 바가 아니었다. 레나는 손을 주무르며 목청을 가다듬었다. "나도 그 얘기는 엄마한테 하고 싶지 않은데."

아기 조는 바닥에서 장난감 자동차를 갖고 놀고 있고, 제시는 중국어 억양으로 말하는 고양이가 나오는 텔레비전 프로그램을 보고 있었다. 카르멘은 돈을 받으면서 더 열심히 일하지 않는 것에 약간의 죄책감을 느꼈다. 하지만 제시는 이 프로그램을 무척 좋아했고, 또 13번* 채널이니 제시에게도 유익한 거 아닌가? 그렇지?

게다가 걱정거리가 태산이니, 애들이 조용할 때 생각하는 편이 나았다. 목소리를 들은 지 팔 일이나 된 브리짓에게 전화하고 싶었지만 그럴 수가 없어서 레나가 일하는 가게로 전화했다.

"난 너보다 훨씬 힘들게 일하고 있다고." 전화를 받은 레나가 비난하듯 말했다.

"그건 아니죠. 여보세요, 혹시 네 살 남자아이랑 같이 있어본 적 있으신가요?" 카르멘이 들이댔다. 둘 사이에 거듭되는 언쟁 중 하나다.

"그럼 어떻게 항상 네가 먼저 전화를 하는데? 그렇게 힘드시다면 말이야."

"왜냐하면 내가 널 많이 생각하니까."

레나가 웃었다. "거짓말 아니고, 지금 더퍼 씨가 날 말려죽이려고 째려보는 중이거든. 통화 못하겠다."

"혹시 브리짓한테 연락 온 거 있어?" 카르멘이 물었다.

---

* 미국의 교육방송 채널.

"아니."

갑자기 울음소리가 방안을 가득 채웠다. 뒤이어 더 큰 울음소리가 가세했다. 제시가 조의 장난감 자동차를 빼앗고 있었다. "들었지?" 전화를 끊기 전, 카르멘이 의기양양해서 말했다.

"제시!" 카르멘이 끼어들었다. "조도 차 가지고 놀게 해줘."

"싫어어어! 이건 다 내 꺼야."

"제발, 제시. 그냥 조한테 주라니까. 조가 조용히 해야 텔레비전 소리가 잘 들리지 않겠니?" 이렇게 말하니 마치 담배라도 권한 것처럼 부도덕해진 기분이었다.

"싫어!" 제시가 소리쳤다. 제시는 통통한 조의 손에서 기어이 장난감 자동차를 빼앗았다. 조는 소리도 못 내고 꺽꺽대며 울었다. 퍼렇게 변한 미간 주름만 빼면 얼굴이 온통 보라색이었다.

"제시, 조도 가지고 놀게 해주면 안 될까?" 카르멘이 애원했다.

조가 다시 지붕이 날아갈 기세로 소리 높여 울기 시작했다.

카르멘은 바닥에서 조를 안아들고 방안을 돌았다. "휴대전화 가지고 놀래?" 카르멘이 자포자기해서 물었다.

휴대전화는 조가 가장 좋아하지만 접근이 금지된 장난감이었다. 언젠가 일하고 있는 카르멘의 아빠에게 조가 전화한 적도 있다.

카르멘은 휴대전화를 조에게 떠안기고는, 조가 전화번호부를 켤 때마다 움찔거렸다. 조는 금세 평소의 낯빛을 되찾았다. "조

심해야지, 아가. 이달 무료통화 다 썼단 말이야." 카르멘은 조가
온갖 버튼을 누를 때마다 애원했다.

쿵쾅거리며 달려온 제시가 손을 내밀면서 말했다. "나도 휴대
전화."

카르멘은 한숨을 쉬었다. 이건 카르멘 능력 밖의 일이었다. 누
군가와 물건을 함께 쓰는 것. 카르멘은 외동딸이었고 누구와도
물건을 나눠 쓴 적이 없었다. 그런 것을 배울 기회가 없었다.

조가 너그럽게도 휴대전화를 제시에게 넘겨주었을 때, 카르
멘은 모든 희망을 포기할 준비를 했다. 하지만 조가 흥미를 잃은
물건은 사실 자기에게도 마찬가지였으므로, 제시는 곧 휴대전화
를 바닥에 던져버렸다. 그러고는 노란색 자동차를 조에게 주고
자기는 파란색 자동차를 갖고 놀았다.

오 분 뒤, 두 꼬맹이는 각자 자동차 한 대씩을 가지고 행복하
게 바닥을 기어다녔다. 카르멘은 소파에 앉아 그 모습을 지켜보
며 생각했다. 자신이 배우지 못한 그것에 실은 정말로 중요한 가
치가 있지 않은지.

"골키퍼 왼쪽이 약하다니까." 브리짓이 빌리에게 소리쳤다.

아직도 겁을 먹고 있긴 했지만, 빌리는 조금씩 브리짓에게 익
숙해지고 있었다.

브리짓이 보는 첫번째 경기이자 이번 시즌 세번째 경기에서 버

지스는 아직까지 승점이 없었다. 브리짓은 마치 월드컵이라도 관전하는 것처럼 열광적으로 경기를 지켜봤다.

빌리가 브리짓에게 조금 다가왔다. 청록색 운동복이 눈동자 색과 잘 어울렸다.

브리짓은 목소리를 낮추고 빌리 쪽으로 몸을 숙이며 말했다. "무어빌 골키퍼 말이야. 왼쪽이 약하다고."

브리짓은 빌리가 자신을 무시하고 싶어한다는 걸 알았다. 하지만 그는 철저히 그러지는 못했다.

두번째로 공을 잡은 빌리가 힘껏 차서 텅 빈 상대편 골키퍼의 왼쪽을 노렸다. 공은 아무 문제 없이 골네트에 꽂혔다.

사이드라인에 있던 모든 사람들이 환호했다. 빌리는 돌아서서 브리짓을 향해 엄지를 치켜세웠다. 멍청한 행동이긴 했지만, 브리짓은 어쨌거나 그에게 웃어주었다.

버지스는 1 대 0으로 승리했다. 팀 멤버들과 친구들, 같이 몰려다니는 예쁘장한 여자애들이 자축하기 위해 경기장을 빠져나갔고, 브리짓은 혼자 하숙으로 돌아왔다. 하지만 너무 흥분한 나머지 이대로 방안에 틀어박혀 있을 수가 없어서 가방 맨 밑에 있던 러닝화를 꺼냈다. 몇 달 동안이나 신어보지 않은 러닝화를 신고 밖으로 나갔다.

강을 따라 마켓 가를 달렸다. 그러다 강을 따라 아담하고 풀이 무성한 산책로가 있던 것을 기억해냈다. 화살촉 모양 돌을 주우러 다녔던 곳 말이다. 강 저편에는 오래된 떡갈나무가 쓰러져 있었다. 부러진 가지들은 잡초와 동물들의 보금자리가 된 듯했다.

꽤 긴 거리를 달리는 데 익숙해져 있던 몸이 운동을 자연스레 반겼다. 하지만 1.6킬로미터쯤 달리고 나자 7월의 더위에 몸이 불평하기 시작했다. 엉덩이와 어깨, 팔에 살이 붙은 것이 느껴졌다. 그 때문에 페이스가 무너지고, 호흡도 흐트러졌다.

브리짓은 마법의 바지를 떠올렸다. 바지를 보내버린 게 바로 오늘 아침이었다. 한번 입어보지도 못했다. 브리짓은 스스로에게 화가 나서 더 빠르게, 더 멀리 달렸다. 그럴수록 더해가는, 짐짝을 메고 달리는 듯한 기분을 벗어던지고 싶었다.

레나는 마지막으로 티비네 집에서 열린 독립기념일 바비큐 파티를 똑똑히 기억하고 있었다. 그날 토하는 바람에 성조기 테이블보를 엉망으로 만들었기 때문이다. 레나는 수박 탓을 했지만 확실치는 않다. 열 살 때의 일이었다.

바비큐 파티는 그들이 아기 때부터 연례행사처럼 해오다가 열한 살 되던 해부터 중단돼 오늘에 이르렀다. 아무도 얘기를 꺼내진 않았지만, 아마도 브리짓 엄마 때문이라는 걸 레나는 알고 있었다. 그후로 어른들 관계가 결코 쉽지만은 않아진 것 같다.

육 년이나 지난 지금 왜 이 파티를 재개하려는 건지 레나는 정확히 알 수 없었다. 혹시 브리짓이 없어서 그런 건가 하는 생각

이 들어 잠깐 불안했지만, 가만히 생각해보니 티비 엄마가 초대
장을 보낸 건 브리짓이 충동적으로 떠나기 전의 일이었다.

의문 하나 더. '혹시 이 파티 때문에 브리짓이 떠난 건 아닐까?'

하지만 레나는 그건 아닐 거라 생각했다. 브리짓은 이 모임보
다 더 힘든 일도 기꺼이, 의도적으로 참아냈다. 지난 5월, 나머지
세 명이 다른 약속을 잡으려고 만방으로 노력하던 것과 달리, 브
리짓은 무슨 이유인지 일 년에 딱 한 번 있는 모녀 동반 저녁 운
동회에 굳이 참석했다.

깔끔하게 단장하고 정원도 잘 꾸며놓은 티비네 집에 주차한
뒤, 칼리가리스 가족은 보기 드물게 가족적인 모습을 선보였다.
레나는 수박을 보고 쫄지 않기로 자신과 약속했다.

"자, 저 잘 차려진 옥수수는 누가 다듬은 걸까요?" 레나네 식
구들이 뒷마당으로 들어서자 티비 엄마가 인사 차원의 질문을
했다. 파란 접시 위에 피라미드처럼 쌓인 연노랑, 진노랑, 얼룩
빼기 옥수수들이 보였다.

"제가 했잖아요." 레나가 겸연쩍게 대답했다.

레나는 엄마들끼리 끌어안고 어깨를 부딪치며 양쪽 뺨에 키스
하는 모습을 지켜보았다. 특히나 엄마가 서먹해하는 것 같았다.
아빠들은 서로 악수를 하고, 집에서보다 더 낮은 톤으로 대화를
나눴다.

레나는 자기 엄마로부터 몇 미터 떨어져 서 있는 카르멘을 발

견했다. 청바지를 잘라 만든 미니스커트에 흰색 탱크톱을 입고 긴 머리를 빨간 스카프로 묶었다. 레나는 카르멘의 모습에 늘 감탄해 마지않았지만, 오늘은 섹시하면서 애국적으로 보이기까지 했다.

티비가 카메라를 들고 정원 주변을 몰래 서성이는 것이 보였다. 표백제가 튄 국방색 티셔츠에 지저분한 카키색 반바지를 입고 있다. 이쪽은 섹시하거나 애국적으로 보이지는 않았다.

잽싸게 서로를 알아챈 셋은 수은 덩어리들이 뭉치듯 뒷베란다에서 뭉쳤다. 그리고 크리스티나와 애리가 어색하게 포옹과 키스를 나누는 모습을 지켜봤다.

"엄마 별일 없으신 거지?" 카르멘이 물었다.

"상태가 좋아 보이진 않아, 그치?" 레나가 대답했다.

"유진인가 하는 사람 때문에 아직도 너한테 화나 계셔?" 카르멘이 물었다.

"그런 것 같아. 좀 이상해." 레나가 대답했다.

카르멘이 하늘을 올려다보았다. "브리짓 보고 싶다."

"나도." 티비가 덧붙였다.

레나는 슬펐다. 레나는 한쪽엔 티비의 손을, 다른 한쪽엔 카르멘의 손을 잡았다. 땀이 흥건해진 뒤에야 잡고 있던 손을 놓았다. 누구 한 명이 없을 땐 종종 이러곤 했다.

"바지는 아직 브리짓한테 있겠구나." 카르멘이 혼잣말처럼 말했다.

"별일 없으면 좋겠다." 레나가 말했다.

그들은 바지로 무장한 채 앨라배마에서 사고를 치고 다니는 브리짓을 조용히 떠올렸다.

"난 간다." 티비가 카메라를 들고 말했다. "이번 주말 동안 촬영해야 해."

"오늘밤엔 몰*에 가는 건가?"

"그래야지." 레나가 시큰둥하게 대답했다. 매년 독립기념일마다 고등학생들은 링컨 메모리얼의 인공 호수 앞에서 밴드 공연을 보거나 불꽃놀이를 구경한다. 레나 역시 십대로서 꼭 가야 한다고 생각했지만, 사람이 많은 것도 파티도 싫었다.

에피가 옥수수 두 개와 산더미 같은 감자 샐러드, 햄버거 두 개를 들고 나타났다.

"배고파?" 레나가 물었다.

에피는 레나의 말을 무시하고, "그 치마 탐나는걸" 하고 카르멘에게 말을 걸었다.

"빌려줄게." 카르멘이 통 크게 제안했다. 외동딸로 자라서 그런지, 카르멘은 에피의 이런 색다른 점이 싫지 않았다.

---

* 워싱턴 시내의 국립공원으로, 링컨 메모리얼에서 국회의사당에 이르는 워싱턴 중심부를 말한다.

레나는 파티장을 둘러보았다. 예전에는 분위기가 좀더 히피스러웠다. 티비네 부모님도 젊었을 때는 쿨한 사람들이었다. 기타를 꺼내 그리스 출신인 레나네 부모님은 절대 알 리 없는 레드제플린의 곡이나 이상한 포크 송을 연주하곤 했다. 나중에야 눈치챘지만 아이들이 잔디밭에서 뛰노는 동안 어른들끼리 지하실에서 대마초를 피우기도 했던 것 같다. 그리고 육 년이 지난 지금, 티비네 부모님이 부른 친구들은 예전보다 번듯해 보였다. 대부분이 막 걸음을 뗀 아이나 아기들을 데리고 온 사람들이었다.

레나는 이 파티가 왜 갑자기 다시 부활했는지 깨달았다. 티비네 부모님에게 9월생들과 그 부모들은 부모로서의 첫걸음을 기리는 흔적인 것이다. 그들은 그 추억을 기리기 위한 병풍으로 초대됐을 뿐, 사실 이건 새로 생긴 친구들을 위한 파티였다. 즉, 니키와 캐서린 친구들의 부모들을 위한 자리다. 사실 레나는 이 파티가 끝나기 전에 누군가 자기에게 베이비시터 자리를 제안하지 않을까 생각했다.

레나는 좀 슬퍼졌다. 이런 상황이 티비에게 어떻게 받아들여질지 충분히 이해가 갔다. 아직까지 코스토스와 편지를 주고받고 있다는 가정하에 지금의 이 감정을 그에게 어떻게 설명할지 생각해보았다. 아마도 이 느낌은 시간이 흐르고 있다는 사실에 대한 슬픔일 것이다. 일상적으로 겪게 되는 삶의 아픔 말이다.

레나와 에피, 카르멘은 잔디에 앉아 음식을 먹으면서 아이들이 뛰노는 모습을 바라보았다. 이윽고 디저트가 나왔고, 꼬마들은 먹음직스러운 빨간 수박을 잔뜩 먹어치웠다. 레나는 불길한 기분으로 그 모습을 지켜봤다.

레나 엄마가 불편한 기색을 내비치며 옆으로 다가왔을 땐 아직 해 질 기미조차 보이지 않을 때였다. "레나, 우린 지금 간다. 넌 태워다줄 사람 있으면 더 있다 오렴."

레나는 놀라서 고개를 들어 엄마를 쳐다보았다. "벌써 간다고? 아직 이른데."

애리는 '더 왈가왈부하지 마라'라는 얼굴을 해 보였다. 요즘 꽤 자주 보는 얼굴이다.

"나도 갈래." 레나가 말했다. 파티에 갈 때마다 레나는 자기 집, 자기 방에 빨리 돌아가고 싶어하는 편이었다. 심지어 에피까지도 따라나섰다. 이 자리에 데이트 상대라고는 네 살 이하 꼬마들밖에 없기 때문일 것이다.

저쪽을 흘끗 보니 크리스티나가 카르멘을 부르며 손짓하고 있었다. 크리스티나는 애리와 똑같은 옷을 자기 스타일로 입고 있었다. 도대체 무슨 일이 벌어지고 있는 거지?

엄마는 인사도 나누지 않은 채 곧장 차로 향했다. 레나는 카르멘을 스쳐지나가며 웅얼거렸다. "무슨 일이지?"

"모르겠는데." 카르멘도 똑같이 혼란스러워 보였다.

둘은 아무도 없는 부엌에 혼자 앉아 있는 티비한테로 달려갔다. "무슨 일이야?"

"글쎄, 나도 모르겠어." 티비는 전쟁이라도 겪은 듯 충격받은 얼굴을 하고 있었다. "셋이 식당에서 딱 붙어 있더라고. 아무래도 너희 엄마는 우리 엄마랑 카르멘 엄마가 너한테 유진에 대한 비밀을 말해줬다고 생각하시는 것 같아. 소리는 작았지만, 다들 엄청 열받아 있었다니까."

레나는 신음했다. 밖에서 자동차 시동 거는 소리가 들렸다. "나중에 전화할게. 우리 엄마 지금 출발해." 화가 나서 자리를 뜬 엄마들과 달리 세 친구는 재빨리 포옹을 나누며 사이좋게 헤어졌다.

레나는 집으로 오는 내내 뒷좌석에서 완전히 새로운 종류의 슬픔을 느꼈다. 레나는 헛된 희망을 갖고 있었다. 엄마들이 자신의 딸을 얼마나 사랑했는지, 또 서로를 얼마나 사랑했는지 깨닫고 어렵지 않게 우정을 되찾으리라는 환상 말이다.

이제야 부모님이 이혼할 때 카르멘이 어떤 기분이었는지 이해할 수 있었다. 자기가 사랑하는 사람들이 서로 사랑하길 바라는 건 인간의 기본적인 욕구였다.

레나는 백미러로 엄마의 굳은 얼굴을 바라보았다. 에피는 레나 쪽을 보며 무슨 일이냐는 표정을 지었다. 아빠는 아무것도 눈치채지 못한 듯 챙겨온 수박 조각을 먹고 있었다. 그나마 지난번처럼 토하진 않아서 다행이었다.

카르멘,

걱정 좀 그만해, 응? 어제 통화하면서 말은 안 했지만 완전 티났거든. 그러니까 걱정은 그만. 난 멀쩡해. 그저 여기 와야 했을 뿐이야. 그리고 머지않아 왜 그러고 싶었는지도 알게 될 것 같으니까 걱정하지 마. 내가 빌리 얘기 했나? 아, 했지. 열다섯 번도 더 했겠군.

어쨌든 바지 다시 보낼게. 이번 여름엔 좀 빨리 돌려 입는 것 같지 않니? 나만 그런가? 바지랑 어땠는지는 말 못해. 못하겠어. 이번 여름이 끝날 때쯤 돼서야 뭔가 얘기할 만한 일이 생길 것 같다. 그냥 그럴 것 같아.

어쨌든 티비네 파티에서 재밌게 놀아. 나 대신 니키랑 캐서린한테 간지럼 고문 좀 해주고. 그리고 레나한테도 수박 때문에 쫄지 말라고 전해줘.

사랑한다, 사랑한다, 사랑한다, 이쁜이 카르멘. 늘 그렇게.

브리짓

가끔은 뒤죽박죽으로

만들어버릴 필요도 있지.

_티비네 베이비시터 로레타

알렉스가 가까이 다가오자 몸에서 나오는 열기가 느껴졌다. 턱은 티비의 어깨에서 불과 15센티미터도 안 되는 곳까지 와 있었다.

"좋은데." 그가 말했다.

아니, 내가 좋지, 티비는 생각했다.

시간에 쫓기는 엄마를 촬영해 빠르게 돌린 화면이었다. 사실은 엄마랑 미리 짜고 찍은 거였다. 티비는 엄마한테 인터뷰 좀 해달라고 하고, 엄마는 주말 내내 그걸 나중으로 미루자고 한다. 처음엔 머리에 수건을 두르고 발톱에 바른 페디큐어를 말리면서 "얘, 그거 나중에 하면 안 되니?"라고 거절한다. 두번째는 화장실에서 머리를 쑥 내밀면서 "딸, 지금 당장은 시간이 없구나"라고 한다. 그다음엔 야외에서 먹을 햄버거를 만드느라 분홍색 쇠고기 반죽을 팔꿈치까지 묻힌 채 "이거 만드는 것만 기다려줄 수 없을까?"라고 불만스럽게 말한다.

화면이 시작되자 티비는 장면들을 더 짧고 빠르게 감았다. 서서히 속도를 높였다. 다큐멘터리가 진행될수록 엄마 목소리는 점점 더 높아지고 행동은 점점 더 분주해졌다.

"이 장면을 넣는 건 어때?" 알렉스가 물었다. 니키의 팔뚝에 빨간색 아이스바가 녹아서 흘러내리는 모습을 클로즈업한 장면이었다.

"왜?"

"멋지잖아, 너도 뻔한 걸 원하진 않을 테고."

티비는 알렉스를 더 잘 볼 수 있도록 고개를 살짝 틀었다. 그리고 감탄하는 동시에 자신이 틀렸다고 생각했다. 알렉스는 이 방면에 너무 뛰어났다. 반면 티비의 생각은 너무 뻔했다.

알렉스는 티비가 원래 의도했던 순수한 슬랩스틱 코미디에서 좀더 어둡고 혼란스러운 묘사 쪽으로 미묘하게 종용했다. 엄마에겐 더 큰 상처가 되겠지만, 더 도전적인 작품이 되리라는 건 티비도 알 수 있었다.

티비는 추가로 뒷마당의 푸른 잔디 곳곳에 박혀 있는 누런 풀을 찍은 샷을 무작위로 집어넣었다.

"훌륭해." 그가 고개를 끄덕이며 말했다.

알렉스는 훌륭한 선생님이었고, 티비는 훌륭한 학생이었다. 모라는 아직 촬영을 시작도 못하고 있는데 자기는 알렉스에게 이런 지대한 관심을 받고 있다는 사실에 약간 사악한 즐거움까지 느꼈다.

티비는 훌륭해라는 말을 되뇌며 기숙사로 쾌속 질주했다.

방에는 이미 브라이언이 터를 잡고 있었다.

"브라이언." 티비가 놀라며 말했다.

"또 왔어. 괜찮지?"

티비는 고개를 끄덕였다. 마음 한구석으로는 괜찮은지 확신할 수 없었다.

"영화가 어떻게 되어가는지 보고 싶어서."

"신경써줘서 고마워." 티비가 대답했다. 저번에 왔을 때는 인터넷이 고장난 동네 복사집에서 없어서는 안 될 존재로 자리를 굳혔다고 했다. 이번에도 어디선가 일자리를 잡겠지.

티비는 브라이언의 개념 없는 옷차림을 훑어보았다. 도대체 애네 집은 어떻길래 애가 잠시도 붙어 있지 않으려는 걸까? 티비는 궁금했지만 물어보진 않았다. 아니, 물어봤었나? 어쨌든, 몇년 동안 그의 인생은 세븐일레븐 앞 비디오 게임이 전부였다. 지금은 뭐, 보다시피 티비가 전부다.

"나 바쁜데. 일요일에 첫번째 편집본 시사가 있어. 어버이날에 작은 영화제를 하거든." 티비가 설명했다.

"괜찮아, 나도 할 거 가져왔어." 브라이언은 자기도 할 일이 있다는 걸 보여준답시고 공책과 연필을 꺼내 바닥에 앉았다.

티비는 책상 위에 노트북을 세팅했다. 오늘밤엔 배경음악을 입혀야 한다. 무슨 노래를 쓸지 다 정해놨는데, 알렉스의 작업을 보고 나니 선곡이 너무…… 뻔한 것 같아 걱정됐다. 알렉스가 갖고 있는 CD들이 떠올랐다. 가수들의 사인이 든 것들이었다. 아마도 그 가수들과 개인적으로 친한 사이일 것이다. 티비는 자신이 샘 구디*에서 CD를 사는 한심한 십대 여자애 같다는 생각이 들었다.

티비는 덜 알려진 밴드의 덜 알려진 노래를 검색했다. 원곡이 뭔지 전혀 알 수 없도록 노래를 뒤섞고 속도를 조절할 계획이었다.

티비는 알렉스와 함께 작업한 시퀀스를 틀었다. 틀고 또 틀었다. 마음에 드는 노래를 골라서 틀고, 발작적으로 움찔거리는 속도에 맞춰 빠르게 감았다. 너무 집중해서 브라이언이 뒤에서 쳐다보고 있는 것도 몰랐다. 티비는 뒤로 돌아 브라이언이 보지 못하도록 머리로 화면을 가렸다.

"왜?"

"그거 뭐야?"

"내 작업." 티비는 다소 방어적으로 대답했다.

---

* 미국과 영국에 있는 음악 CD · 비디오 · 비디오 게임 전문 상점.

브라이언의 눈빛이 불안해 보였다. "욕실에서 머리에 수건을 두르고 있는 자기 모습을 보면 엄마가 화내시지 않겠어?" 비난 하려는 게 아니라 정말 궁금해서 묻는 투였다.

티비는 멍청한 소리라는 듯 브라이언을 바라보았다. "이건 영화 야. 엄마가 어떻게 생각하는지가 중요한 게 아니라고. 이건…… 알다시피 예술작품이니까."

예술이든 뭐든 브라이언은 물러서지 않고 간단히 정리해버렸 다. "하지만 네 엄마가 보면 아마 슬퍼하실걸."

"일단, 엄마가 이걸 볼 일은 없어. 넌 정말 우리 엄마가 어버이 날 나타날 거라고 생각해? 내 성적표 볼 시간도 없을 거라고."

"그래도 엄마가 봐선 안 되는 영화를 만들어서 괜찮겠어?"

"엄마가 이걸 못 보게 할 거라고는 안 했어!" 티비가 말을 가 로챘다. "엄마가 봐도 전혀 문제없다니까. 신경 안 써. 내 말은, 엄마는 영화제에 나타날 일이 없고, 그러니까 미리부터 걱정할 필요가 없다는 거야."

브라이언은 더이상 아무 말도 하지 않았고, 영화를 계속 보지 도 않았다. 티비가 노래의 시끄러운 부분을 몇 번이고 다양한 속 도로 재생해보는 동안 조용히 그림을 그렸다. 그날 밤, 브라이언 은 휘파람을 불지 않았다.

"내 생각엔 아직도 화가 안 풀린 것 같아. 잘 모르겠다. 나랑은 말도 안 해." 어깨에 전화기를 낀 채 두 손으로 블라우스를 걸면서 레나가 말했다.

새로 걸어놔야 하는 옷이 늘 너무 많았다. 손님들은 대개 스무 벌 정도 입어보고 한 벌만 사간다. 그리고 레나가 조금이라도 간섭하면 아무것도 안 산다. 레나에게는 물건 파는 수완이 없었다.

"완전 이상한 파티였지. 어쨌든 많이 찍긴 했어." 티비가 말했다.

티비가 틀어둔 혼란스러운 음악이 레나는 거슬렸다. 편안함을 추구하는 음악을 좋아하기에 티비는 너무 혁신적 취향을 가졌다.

"싸우는 것도 찍었어?" 레나가 조심스럽게 물었다. 엄마들의 불협화음에 왜 이렇게 민감해지는 걸까. 그 일이 전부 자기 책임이라고 생각하지도 않는데. 사실 그런 면이 없지 않아 있었다.

"조금. 근데 엄마가 구두굽에 아기용 물티슈가 낀 것도 모르고 온 집안을 돌아다니는 걸 따라가면서 찍다가 끝부분이 좀 지워졌어."

레나가 힘없이 웃었다. "아."

"우리 엄마 진짜 짜증나. 학교로 오는 길에 내 뒤통수에 대고 너희 엄마가 너랑 더 터놓고 지내야 한다는 둥 뭐라는 둥 했다니까. 자기는 나랑 십 초 이상 얘기도 안 하면서."

레나는 팔로 옷걸이를 한아름 들어올리며 별생각 없이 대답했다. "그러게."

수화기 저편에서 침묵이 흘렀다.

레나는 불현듯 자신이 기본 규칙을 어겼다는 걸 깨달았다. 자기 엄마에 대해서는 뭐라고 할 수 있다. 그리고 친구가 자기 엄마에 대해 격분할 때 조용히 들어주는 것까지도 괜찮다. 하지만 친구의 엄마에 대해 격분하거나, 친구가 자기 엄마에 대해 격분해서 늘어놓는 말에 동조해선 안 된다.

그런 의도는 아니었지만, 이미 늦었다.

"우리 엄마만 짜증나는 건 아니지 않냐." 티비가 목소리를 깔고 말했다.

"그렇지, 아니지. 내 말은, 안 그렇다고." 레나는 자꾸 미끄러지는 블라우스를 옷걸이에 걸려고 노력중이었다. 두 가지 일을 한꺼번에 하려면 항상 잘 안 된다.

"그리고 넌 우리 엄마가 그 남자 얘기를 하도록 속이면 안 되는 거였고."

"티비, 속인 건 아니야." 레나는 이쯤에서 멈추기로 했다. 그렇다, 속인 거다. "내 말은, 미안. 내가 너희 엄마를 속이긴 했어, 그래도 너희 엄마가 그럴 필요까지는—" 실수로 그만 얼굴로 숫자판을 눌러버렸다. 삐.

"없었다고? 뭐가?" 티비가 본격적으로 따지고 들었다. "네가 듣고 싶어한 얘기를 죄다 해줄 필요는 없었다고?"

"아니, 내 말은……"

194

"실례합니다. 여기요?" 어떤 여자가 피팅룸에서 부르며 손을 흔드는 게 보였다.

레나는 우울해져서 블라우스를 그냥 바닥에 내팽개치고 싶은 걸 참고 여자 쪽으로 다가갔다. "티비. 있잖아, 난 말이야."

"안타까운 건, 우리 엄마는 너한테 잘해주려고 했다는 거지."

레나도 짜증이 나기 시작했다.

"티비! 내가 지금 너희 엄마를 비난하는 게 아니잖아! 구두에 아기용 물티슈를 달고 온 집안을 돌아다니는 꼴을 영화로 만들고 있는 건 너야!"

티비는 아무 말도 없었다. 참담한 기분이 들었다. "티비, 미안해." 레나는 조심스럽게 다시 말을 건넸다.

"끊는다. 안녕." 티비는 이렇게 말하고 전화를 끊어버렸다.

네 친구끼리는 아무리 열받아도 절대 전화를 먼저 끊지 않기로 약속했었다. 티비는 역대 최고로 열받은 것이다.

"저기요?" 손님이 다시 불렀다.

레나는 울고 싶은 심정으로 끌려가듯 피팅룸으로 향했다. "네, 뭘 도와드릴까요?"

"이 옷 한 치수 더 큰 거 있나요?" 손님이 바지 한 벌을 커튼 위로 흔들었다.

레나는 바지를 가지고 진열대로 갔다. 여자들은 항상 자기에게 맞는 사이즈가 아니라 원하는 사이즈를 들고 피팅룸에 들어

간다. 레나는 12사이즈 바지를 들고 다시 피팅룸으로 갔다.

"넣어드릴게요." 레나가 말했다.

일 분 뒤, 여자는 12사이즈 바지를 입고 밖으로 나왔다. 색이 바랜 빨간 머리에 피부가 창백한 여자였다. "어떤 것 같아요?" 그녀는 기대에 차서 레나에게 물었다.

하지만 레나의 마음은 완전 딴 데 가 있었다. 마치 전화기가 자기를 한 대 치기라도 한 것처럼 그쪽을 노려보고 있었다. "글쎄요, 좀 끼는 것 같은데요." 레나는 친절해지느니 그냥 진실을 말해버리기로 했다.

"어머, 진짜 그런 것 같네." 여자는 서둘러 거울에서 물러났다.

"14사이즈가 한 벌 있을 것 같긴 한데요." 레나가 말했다.

하지만 여자는 14사이즈를 살 생각은 전혀 없어 보였다. 그녀는 아무것도 사지 않은 채 일 분 뒤 가게를 나갔다. 자신을 10사이즈라고 믿고 있는데 14사이즈라는 현실을 받아들이느니, 아무것도 사지 않는 편이 나은 것이다.

그 손님이 가게에서 터벅터벅 걸어나갈 때까지 레나는 휴대전화를 손에 쥐고 있었다. 레나가 판매수당을 받지 못하는 이유는 딱히 미스터리가 아니다.

카르멘은 휴대전화에 엄마 번호를 눌렀다. 커피숍이 시끄러워서 한쪽 귀를 손가락으로 틀어막았다.

연결이 되지 않았다. 엄마가 전화를 꺼놓다니. 믿을 수 없다! 아니, 내가 사고라도 당하면 어쩌려고? 피를 흘리면서 길가에 쓰러져 있으면 어쩌려고? 카르멘은 정말 피를 흘리며 길가에 쓰러지기라도 했으면 하는 심정이었다.

"뭐 잘못됐어?" 포터가 물었다.

카르멘은 저도 모르게 피를 흘리며 길가에 널브러진 사람 같은 표정을 짓고 있었다는 걸 깨달았다.

"응." 카르멘은 표정을 수습했다. "엄마랑 연락이 안 돼서."

"급한 일이야? 아니면 우리……"

아니, 급한 일은 아니야. 카르멘은 그의 말을 자르고 싶었다. 사실 엄마한테 할말도 없어. 그냥 엄마를 괴롭혀서 데이트를 망쳐버리고 싶은 거지.

포터가 입술을 움직여 앞으로 뭘 할 건지 설명하는 것 같았지만, 카르멘은 듣고 있지 않았다.

카르멘은 손을 내저었다. "아니야, 아무것도 아니야." 눈앞의 분홍색 밀크셰이크를 단호하게 바라보았다.

"좋아, 그럼……" 포터는 자기 밀크셰이크 잔을 한쪽으로 치웠다. 훌륭하게도 그는 마지막 한 방울까지 먹어치우려고 바글바글 소리를 내며 빨대를 빨아대는 짓은 하지 않았다. 그가 지갑을 꺼냈다. "십오분 내로 영화가 시작하니까 지금쯤 가면 되겠다."

카르멘은 멍하니 고개를 끄덕였다. 정신이 다른 데 가 있었다.

엄마는 하루종일 각성제를 먹은 마사 스튜어트처럼 온 집안을 쌩쌩 휘젓고 다녔다. 부엌 선반을 새 종이로 다시 싸고, 거실 벽난로 위에 놓인 튤립도 정돈했다. 그저 자신의 행복과 아름다움으로 온 세상을 뒤덮으려나보다고 생각했는데, 이렇게 되니 뭔가 의심스러웠다. 데이비드를 몰래 집에 데려올 속셈으로 내가 밤 열시 이십분 영화를 보러 가는 걸 허락한 거면 어떡하지? 만약 둘이……

그래, 아닐 거야. 그런 생각까지 할 필요는 없다.

그렇지만 진짜로 엄마가 남자를 집에, 카르멘의 집에 끌어들여도 괜찮다고 생각할까? 거기다 — 또 —

카르멘은 이제 제정신이 아니었다. 더이상 괜찮지 않았다.

손바닥을 머리에 갖다댔다. "포터, 저기 있잖아."

계산서를 손에 든 포터가 불안하다는 듯 바라보았다. "왜?"

"나 아무래도 코감기 걸린 것 같아." 그냥 두통이라고 할 수도 있었지만, 이렇게 말하는 게 좀더 진짜처럼 들린다. "아무래도 오늘밤 영화는 못 볼 것 같은데."

"어, 어쩌지." 그는 실망한 듯 보였다. 그리고 비로소 자기가 바보 취급 당하고 있다고 확신한 것 같았다.

"미안해." 카르멘이 말했다. 정말 미안했다. 포터를 우습게 만드는 무개념 여자아이가 되고 싶진 않았는데.

"그럼, 집까지 태워다줄게." 포터가 일어서며 중얼거렸다.

"걸어갈 수 있어." 그녀도 중얼거리며 말했다.

"아프다는데 집까지 걸어가게 할 수는 없어." 그가 말했다. 정말 그러고 싶어하는 게 눈에 보였다. 카르멘은 왠지 이해받고 있는 느낌이 들었다.

몇 분 뒤, 카르멘은 일부러 엄청 큰 소리를 내며 집으로 들어갔다. 안은 조용했지만 경고 없이 들어갔다가 무슨 꼴을 보게 될지 알 수 없었다. 문을 쾅 하고 닫고, 열쇠도 짤랑거려보았다. 거실로 몇 발자국 더 걸어가선 또 한 번 짤랑댔다.

조용하다.

부엌에도 거실에도 아무도 없었다. 이제 남은 장소는 엄마의 침실뿐이다. 개중에 최악의 장소다. 카르멘은 들어가서 뭘 어떻게 하겠다는 생각도 없이 깊은 숨을 들이쉬고 침실로 향했다.

침실로 향하는 좁은 복도에 들어서자 가슴이 뛰었다. 한 발짝, 두 발짝.

카르멘은 멈춰 섰다. 문은 열려 있었고, 안이 들여다보였다. 엄마의 침대는 나갈 때 모습 그대로였다. 퇴짜 맞은 데이트 복장들이 쌓여 있었다.

"저기요?" 카르멘은 누가 있나 하고 불러보았다. 목소리가 갈라졌다. 한심했다.

아무도 없었다. 기뻐할 일이었지만, 이상하게 슬퍼졌다.

카르멘은 부엌으로 가서 털썩 주저앉았다. 그리고 한참 뒤에

야 알아차렸다. 자기가 그때까지도 가방과 열쇠를 움켜쥐고 있
다는 걸.

두려움은 나쁜 마음을

현상하는 작은 암실이다.

_ 마이클 프리처드

부엌 시계가 말 그대로 멈춰버렸다. 고장난 것이다. 틀림없다. 열두시 사십이분 이후로 바늘이 꼼짝도 하지 않는다. 아닌가······ 음, 사십삼분이 됐네.

누군가에게 전화를 걸기엔 너무 늦은 시간이다. 폴한테 이메일을 쓰고 싶지도 않았다. 자기 손끝에서 나오는 분노를 눈으로 확인하고 싶지 않기 때문이다. 지금 감정을 말로 바꿔 컴퓨터로 보낸다면, 폴은 그만의 조용한 방식으로 카르멘을 평가할지도 모른다. 그 메일을 하드에 저장했다가 실수로 주소록에 있는 모든 사람에게 보낼 수도 있다.

좋은 생각이 떠올랐다. 티비에게 보낼 마법의 바지를 포장하는 거다. 완벽하게 건전한 일이다. 오늘쯤 하려고 하루종일 생각만 하고 있었는데, 지금 해야겠다. 포장할 때 편지도 넣어서 같이 보내버려야지.

카르멘은 최면에 걸린 사람처럼 방으로 걸어가 쌓여 있는 옷가지들을 막연히 뒤적였다. 뭘 찾으러 온 건지도 생각나지 않았다. 카르멘은 더 열심히 뒤적거렸다. 얼마 동안 그러다가 겨우 정신이 들었다. 찾으려고 했던 것은 마법의 바지였다. 바지. 두려워졌다. 잃어버리면 안 되는데.

카르멘은 기계적으로 온 서랍장을 뒤졌다. 서랍장에는 없었다. 침대 발치에 있는 옷 무더기에도 없다.

퍼뜩 바지가 부엌에 있었던 기억이 떠올랐다. 그렇다. 전날 저녁 바지를 부엌에 가지고 갔었다. 카르멘은 부엌으로 천천히 걸어들어가 좁은 공간을 살펴보았다.

조리대 위에도 없다.

엄마에 대한 걱정은 바지 걱정에 묻혀 슬슬 자취를 감추었다. 세탁 관련 금지조항을 어기는 끔찍한 사고가 일어난 건 아닌지 확인하기 위해 세탁실도 체크했다. 온몸의 뼈와 살이 경직됐다. 욕실 바구니도 체크했다. 어느새 바지 걱정이 엄마 걱정을 완전히 몰아냈다.

절망한 카르멘이 이불장 쪽으로 걸어가는데, 현관문이 활짝 열리면서 두 가지 걱정거리가 한눈에 들어왔다.

엄마의 모습에 카르멘은 만화 캐릭터처럼 쭈욱 미끄러지며 멈춰 섰다. 입이 떡 벌어졌다.

"안녕, 우리 딸. 지금까지 안 자고 뭐하니?" 엄마는 여전히 상기되어 있고, 카르멘과 맞닥뜨릴 준비가 안 된 것처럼 보였다.

카르멘은 물고기처럼 숨을 할딱거렸다. 호흡이 가빴다. 겨우 손가락을 뻗어 가리켰다.

"왜 그래?" 엄마의 얼굴은 붉게 물들어 있었다. 아차 하고 부끄러워질 때 생기는 홍조다. 지금이 바로 아차에서 부끄러움으로 넘어가는 순간이었다.

카르멘은 자신의 분노를 표현할 수 있는 말은 한 마디도 하지 못한 채 허공에 대고 삿대질을 해댔다. "어-엄마……! 그……!"

엄마는 카르멘이 무슨 말을 하는지 정말 못 알아듣는 것 같았다. 그녀는 여전히 행복에 젖어 있었다. 그녀의 일부는 아직도 데이비드와 함께 그의 차에 머물고 있었다. 카르멘이라는 악몽이 기다리고 있는 집으로 아직 완전히 돌아오지 못한 상태였다.

"내 바지!" 카르멘이 야수처럼 울부짖었다. "내 바지를 훔쳐 입다니!"

엄마는 혼란스러워하며 바지를 내려다보았다. "훔친 거 아니야. 네가 부엌 조리대 위에 놔두고 나갔길래…… 나는―"

"뭐라고 생각했는데?" 카르멘이 다시 울부짖었다.

엄마는 움츠러든 것 같았다. 순간 굉장히 소심해 보였다. 카르멘이 바지를 가리키자 애원하는 표정을 지으며 마주보았다. "나는 네가 이걸 두고 간 게……"

카르멘은 엄마를 냉담하게 바라보았다.

"두고 간 게……" 엄마는 고통스러워 보였다. "화해의 뜻인 줄 알았어." 엄마가 조용히 말을 끝마쳤다.

만약 카르멘이 조금이라도 친절할 요량이었다면, 그쯤에서 한 발 물러났을 것이다. 이건 어디서나 일어날 수 있는 아주 작은 실수니까.

"그러니까 엄마는, 내가 이 마법의 바지를 엄마더러 입으라고 준 줄 알았다는 거지? 진짜 그렇게 생각했다는 거지?" 어쩌나 화 가 나는지 자기 자신도 겁이 날 정도였다. "지금 장난해? 티비한 테 보내려고 거기 둔 거라고. 나는 절대, 절대, 절대로—"

"카르멘, 됐다." 엄마가 두 손을 들었다. "무슨 말인지 알아들 었어. 내가 실수했다."

"지금 당장 벗어! 지금! 지금! 지금! 지금 당장!"

엄마가 뒤로 돌아섰다. 벌게진 얼굴로 눈물을 글썽였다.

카르멘은 더 민망해졌다.

정말 싫은 건 바지를 입은 엄마가 젊고, 아름답고, 호리호리해 보인다는 사실이었다. 바지는 엄마에게 잘 어울렸다. 마법의 바 지가 엄마를 믿고 따르는 것 같았다. 작년에 카르멘을 소중히 여 기고 사랑해주었던 것처럼 말이다. 이번 여름, 바지는 카르멘을 따돌리고 대신 엄마를 선택했다.

몇 분 전 엄마는 카르멘이 지금껏 본 적 없는 자유롭고 행복하고 낙천적인 모습으로 현관에 나타났다. 엄마는 카르멘이 찾지 못한 마법을 부리는 것처럼 보였다. 그리고 지금, 엄마가 미운 건 바로 그 사실 때문이었다.

엄마가 손을 내밀었지만 카르멘은 그 손을 잡지 않았다. 엄마는 대신 자기 손을 맞잡았다. "딸, 너 화난 거 잘 알아. 하지만…… 하지만……" 엄마 눈에는 이미 눈물이 출렁거리고 있었다. "이 관계…… 데이비드와의 관계로 바뀌는 건 아무것도 없을 거야."

카르멘은 어금니를 꽉 깨물었다. 예전에도 들어본 말이다. 부모님은 자신들의 이혼으로 카르멘의 삶을 망치려던 그 순간에도 그렇게 말했었다.

그 말은 엄마의 진심이었다. 심지어 정말 그렇게 될 거라고 믿고 있는 건지도 모른다. 하지만 현실은 그렇지 않다. 그 관계는 모든 걸 바꿔놓을 것이다. 이미 바꾸고 있었다.

티비,

정말 네가 나보다 더 못나진 않았을 거다. 내가 제일 못났어. 정말이야. 돌아오면 진짜 그런지 아닌지 확실히 판가름해볼 수 있겠지.

바지 같이 보낸다. 원래는 레나 차례지만, 우리 둘 다 네가 시사회에 입고 가는 게 더 낫다고 생각했어. 사람들을 뻑가게 만든 다음에 레나한테 보내줘.

더이상 행복이나 좋은 것들을 누릴 자격이 없는 너의 친구가 사랑을
담아서.

카르멘

　그레타의 집으로 가기 전, 브리짓은 화장대 거울에 비친 자기
모습을 들여다보았다. 얼굴만 보이는 작은 거울이라 다행이었
다. 정말이다. 고개를 숙여 정수리 쪽을 살폈다. 뿌리 쪽에 2센티
미터 정도 새로 자란 머리가 부조화를 이루고 있었다. 심지어 염
색한 부분까지 색이 바래버리는 바람에 스컹크처럼 요상했다.
　이 갈색 머리를 계속 고집하겠다는 건 아니지만, 아직은 방어
막을 걷어낼 생각이 없었다. 브리짓은 더러워진 옷가지 사이에
서 야구모자를 찾아내 머리에 썼다. 그래, 이거야. 패션으로 봐선
영 꽝이지만. 날 용서해라, 카르멘. 브리짓은 속으로 생각하며 문
쪽으로 향했다.
　다락방은 이제 서서히 모양을 갖춰가기 시작했다. 수많은 책
과 옷, 잡지들을 정리하고, 엄마 물건이 담긴 상자 두 개만 빼고
모두 지하실로 내려보냈다. 잡동사니를 대부분 처치하고 나니
방은 원래 모습을 되찾았다. 좁고 천장이 기울어진 전형적인 옛
날식 다락이지만 로맨틱하기도 했다. 천장은 가운데 부분이 높
고, 창문 근처로 오면서 1미터 20센티미터까지 낮아졌다. 네 면
중 세 면에 창문이 있어서 빛이 매우 잘 들었다.

브리짓은 방을 둘러보고는 꼭 페인트칠을 해야겠다고 결심했다.

그리고 지금은 엄마의 또다른 상자를 열어보기로 했다. 브리짓의 예상대로 아빠가 사진에 등장하기 시작한 시절이었다. 엄마가 아빠의 강의 시간에 쓴 리포트 두 장이 들어 있었다(하나는 A¯였고, 하나는 B⁺였다. '멋진 아이디어인걸. 마무리만 잘하면 되겠어.' 아빠는 두번째 리포트에 이렇게 적어놓았다). 사랑스럽고 발랄한 여대생 엄마가 친구들과 함께 찍은 사진도 많았다. 침대에 누워 있는 사진은 없었다. 셰퍼즈 힐에서의 모습을 담은 사진도 한 장도 없었다.

그리고 결혼사진. 시내에 있는 침례교회 계단에서 찍은 사진이었다. 브리짓은 이 결혼식이 왜 도둑결혼 같은 인상을 풍기는지 궁금해 사진을 자세히 들여다봤다. 아빠는 사랑에 취해 있었지만, 경직된 자세로 사진 가장자리를 배회했다. 아빠 쪽 가족은 보이지 않았다. 브리짓의 생각이 맞는다면 동료나 친구도 없었다. 분명 결혼식이긴 했다. 그런데 마음만 먹으면 미스 앨라배마도 될 수 있었다는 그 유명한 마를린 랜돌프에게 걸맞은 결혼식은 아니었다.

엄마가 임신중이 아닌 건 거의 확실해 보였다. 그럼에도 엄마는 남편 얼굴에 먹칠을 해버린 신부였던 것이다. 남편을 이 세상에서 실패한 사람으로 만든 셈이었다. 아빠는 엄마와 결혼하기 위해 모든 것을 희생했다. 브리짓은 그 사실 때문에 엄마가 아빠를 무시했던 건 아닌지 궁금해졌다. 브릴런드 교수님은 엄마가 갖지 못했을 때나 소중한 존재였을 테니까.

상자 바닥에는 웨딩드레스가 들어 있었다. 브리짓은 머리와 심장으로 피가 치솟는 것을 느끼며 드레스를 꺼냈다. 드레스는 빛이 바래고 꼬깃꼬깃해서 한때나마 아름다웠었다는 게 믿기지 않았다. 브리짓은 드레스를 얼굴로 가져갔다. 엄마 냄새가 아직 남아 있을까?

이제 아래층으로 내려갈 준비가 되었다. 모자를 쓰기엔 너무 더웠지만, 야구모자를 눌러썼다. 할머니가 점심을 차리는 모습이 보였다. 그 모습을 보니 마음이 진정되었다.

"일찍 내려오니 좀 좋니?" 그레타가 반겨주며 말했다.

브리짓은 부엌 의자에 털썩 주저앉았다. "내일부터 페인트칠 시작하려고요. 괜찮으시다면요."

"페인트칠을 하려고? 네가? 해본 적은 있니?"

브리짓은 고개를 저었다. "하지만 잘할 수 있어요. 걱정 마세요. 어려워봐야 얼마나 어렵겠어요."

그레타가 브리짓을 보며 미소를 지었다. "착한데다 어쩜 그렇게 일도 잘하니."

브리짓은 '감사해요, 할머니'라는 말이 나올 뻔해 스스로도 놀랐다.

브리짓은 점심을 차리는 그레타의 모습을 평화롭게 지켜보았다. 메뉴는 한여름이 될수록 좋아졌다. 매일 당근이 올라왔고, 샌드위치엔 종종 볼로냐소시지 대신 톡 쏘는 체더치즈나 칠면조 고기가 들어 있었다. 브리짓은 그레타가 자신을 매우 세심하게 지켜보면서 기분이나 취향을 마음속에 새겨두고 있음을 알 수 있었다. 메뉴는 바뀌지만 항상 똑같은 시간에, 똑같은 접시에, 똑같은 노란 냅킨과 함께 점심식사가 차려졌다. 그것을 통해 그레타가 그동안 어떻게 살아왔는지, 한때 이 집이 어땠는지 알 수 있었다.

"마를리에게는 아이가 둘 있었어, 알고 있니?" 할머니는 브리짓이 샌드위치를 다 먹어갈 때쯤 말을 꺼냈다.

브리짓은 샌드위치를 힘들게 삼켰다. "저번에 손녀딸이 있다고 말씀하셨어요."

"그래, 마를리 딸아이 말이다. 쌍둥이인데, 하나는 딸이고 하나는 아들이지."

브리짓은 이 사실에 놀라는 척하지 않고, 반바지 끄트머리에 삐져나온 실을 잡아당겼다.

"걔들이 결혼하고 나서 이 년 반 정도 후에 태어난 것 같아."

브리짓은 여전히 고개를 숙인 채 끄덕거렸다.

"임신으로 마를리는 건강해졌어. 그 아이에게는 행복한 순간이었단다. 하지만 세상에, 걔들이 태어나고 보니." 그레타는 옛일을 떠올리고는 고개를 저었다. "쌍둥이지 뭐냐. 상상이나 할 수 있니? 한 아이를 먹이고 있으면, 다른 아이는 재워달라고 하고. 한 아이가 안에 있으면, 다른 아이는 밖으로 나가려고 하고. 태어나고 육 개월이 될 때까진 내가 아예 그 집에 들어가 살았단다."

브리짓이 힐끗 고개를 들었다. "정말요?"

"그럼." 그레타가 대답했다. 생각에 잠긴 얼굴이었다. "지금 생각해보니, 내가 덜 도와주고 더 가르쳐야 했던 것 같아. 내가 돌아온 뒤에 마를리가 고생을 좀 했거든."

브리짓은 나중에 어찌되었건 할머니가 키워줬다는 생후 육 개월은 분명 포근한 나날이었을 거라 생각했다.

"아이들이 어찌나 예뻤던지." 그레타가 고개를 절레절레 흔들면서 말했다. 할머니 눈에 눈물이 맺히자 브리짓은 자기도 울게 될까봐 전전긍긍했다. "그 꼬마 숙녀는 말이야, 날 때부터 자기 색깔이 뚜렷한 아이였어."

가만히 앉아서 할머니가 자기 이야기를 하는 걸 듣자니 사기꾼이 된 기분이 들었다. 하지만 브리짓은 더 자세히 알고 싶었다. 기분도 좋았다.

"그애는 정말 죽도록 예뻤단다." 그레타는 말해놓고 그 표현을 후회하는 것 같았다. "성격도 참 거침없었어. 고집불통이고 아주 독립적이었지. 그리고 무슨 일이든 하는 족족 한 방에 해치웠단다. 세상에, 그애 할아버지는 그 아이가 세상의 중심이라고 생각했어."

브리짓은 고개를 끄덕이거나 눈을 마주치지 않아도 괜찮길 바라며 그저 듣고만 있었다. 이 이야기가 바로 브리짓이 원하던 것이자 여기 온 이유였다. 한 발짝 떨어진 관점에서 듣는 가족의 이야기. 이제는 그리 멀게 느껴지지 않았다.

"남자애가 간혹 다루기 힘들었지. 걔는 좀더 조용하고 조심스러운 편이었어. 힘센 브리짓이 마구 헤집고 다니면 겁이 나서 정신을 못 차렸다니까."

자기 이름이 나오자 브리짓은 움찔했다. 그리고 페리에게 미안해졌다. 페리가 지금까지 어떻게 살아왔는지 잘 알고 있었으니까.

그레타가 부엌 벽에 걸린 시계를 쳐다보았다. "아이고, 내 얘기만 주절주절 늘어놨구나. 이제 일하러 가야지?"

일하고 싶은 마음이 전혀 안 들었다. 그냥 거기 앉아 할머니가 해주는 이야기를 듣고 싶었다. 하지만 브리짓은 일어섰다. "네. 어머, 좀 늦었네, 그렇죠?"

브리짓은 나가려다 문간에 멈춰 섰다. 지금은 다락으로 올라가고 싶지 않았다. "가서 페인트부터 사오는 게 낫겠어요."

그레타의 눈이 반짝였다. "그래! 내가 차로 월마트에 데려다주면 어떻겠니?"

브리짓도 마다할 이유가 없었다. "좋아요."

티비는 기숙사 로비의 우편함에서 노란색 메모지 한 장을 발견했다. 소포가 두 개 와서 RA가 맡아두었다고 적혀 있었다. 인형들 때문인지 얼굴에 난 점 때문인지, 티비는 바네사를 찾아가는 게 달갑지 않았다. 바네사의 방은 모라의 경멸 대상 1호이기도 했다. 그러나 한편으로는 영화감독으로서의 호기심에 구경해보고 싶기도 했다.

"들어오세요." 티비가 노크하는 소리에 바네사가 대답했다.

티비는 천천히 문을 열었다. 바네사가 책상 의자에서 일어나문 쪽으로 걸어왔다.

"안녕, 음…… 티비 맞지? 소포 때문에 왔니?"

"응." 티비는 바네사 방을 흘끗거리며 대답했다.

바네사가 눈치를 챈 듯 "들어올래?" 하고 정중하게 물었다.

바네사는 학교 티셔츠에 할머니들 옷처럼 밑위가 긴 청바지를 입고 있었다. 티비가 방안으로 들어오자 바네사는 조금 불편해했다. 티비는 이렇게 소심하고 사회성 부족한 사람이 RA에 지원한 이유가 도대체 뭔지 궁금했다.

티비가 방을 둘러보는 동안 바네사는 소포를 찾았다. 방안이그다지 밝지 않아서 물건들을 알아보기까지 조금 시간이 걸렸다. 동물 봉제인형이 정말 많았다. 선반이며 침대며 온통 봉제인형천지였다. 하지만 좀더 자세히 살펴보니, 그것들은 건드 사社에서 만드는 평범한 곰인형이나 비니 베이비스와는 달랐다. 티비가 익히 보아온 봉제인형들과 달랐다. 티비는 저도 모르게 책장에 웅크리고 있는 아르마딜로에게 다가갔다.

"이거 좀 봐도 돼?"

"물론."

"우와, 이거…… 완전 섬세한데." 티비는 등껍질 구실을 하는 여러 겹의 두꺼운 자갈 무늬 천조각들을 잡아당기며 감탄했다.

"그치? 진짜 오래 걸렸어."

티비는 믿을 수 없다는 듯 돌아보았다. "이걸 직접 만들었다고?"

바네사가 고개를 끄덕였다. 발개진 얼굴로 티비에게 소포를 건넸다.

티비는 멍하니 소포를 건네받고는 침대에 내려놓았다. "직접 바느질해서?"

바네사가 다시 고개를 끄덕였다.

방에 있는 다른 생명체들을 둘러보면서 티비는 눈이 휘둥그레졌다. 색깔이 아름다운 큰부리새와 코알라, 발가락 두 개로 옷장 문에 매달린 나무늘보들. "이걸 다 직접 만들었다는 건 아니지?" 티비는 숨을 골랐다.

바네사가 고개를 끄덕거렸다.

"정말?"

바네사는 어깨를 으쓱했다. 티비가 감명을 받아서 이러는 건지, 자신을 사이코로 생각하는 건지 분간하려고 애쓰는 듯했다.

"이거 정말…… 믿을 수가 없는데." 티비는 진심으로 감탄했다. "내 말은, 정말 훌륭하다고. 진짜 예쁘다."

아직도 방어적인 태도로 팔짱을 끼고 있긴 했지만 바네사는 웃어 보였다.

티비는 노란 바탕에 검은 점이 있는 개구리를 집어들었다. "우리 남동생이 이거 좋아하겠다. 아마 환장할걸"이라고 말했을 땐 이미 정신을 놓고 있었다.

바네사가 팔짱을 풀고 조금 웃었다. "정말? 동생이 몇 살인데?"

"세 살 반 정도." 티비는 그제야 자신이 어디 있고, 왜 여기 왔는지 떠올리며 대답했다. 아르마딜로와 개구리를 제자리에 내려놓고 소포를 챙겼다.

"고마워." 문 쪽으로 가며 티비가 말했다. 뱃속이 불편하게 울렁댔다.

"어, 아니야." 바네사가 대답했다. 티비의 칭찬 덕분인지 태도가 조금 누그러졌다.

"아, 티비." 막 나가는 티비를 바네사가 다시 불렀다.

티비가 고개를 돌렸다. "응?"

"방에 들르지도 않고 아무것도 못해줘서 미안. 나…… 훌륭하지 못한 RA지."

티비는 완전히 뒤로 돌아섰다. 바네사가 입은 소박한 티셔츠와 진심 어린 표정을 보자 눈물이 날 것 같았다. 설사 그 말이 사실이라 할지라도 바네사가 스스로를 훌륭하지 못한 RA로 생각하는 건 참을 수 없었다. "아니, 그렇지 않아. 정말이야. 훌륭한 RA야." 티비는 거짓말을 하고는 궁색하게 덧붙였다. "물어볼 게 있으면 내가 여기 오면 되는걸."

뜻은 가상했지만, 바네사는 티비의 얼굴을 보고 거짓말이라는 걸 알아챘다. "이걸 하면 등록금 일부를 보조받거든." 바네사가 설명했다.

"네가 만든 동물들 정말 마음에 들어. 정말로." 문밖으로 나가며 티비가 말했다.

복도를 걸어가면서 티비는 모라가 바네사의 인형들에 대해 지껄여댔던 농담과 빈정거림을 다시 떠올렸다. 갈비뼈 아래가 공허해지는 느낌이었다. 못난이 바네사가 천쪼가리들로 세계를 창조하는 동안, 우리의 창의적인 아티스트 모라께서는 시나리오조차 완성하지 못하셨다. 그리고 내가 친해지지 못해 안달했던 사람은 누구였지?

방에 돌아와서야 티비는 소포의 존재를 깨달았다. 하나에는 마법의 바지가 들어 있었다. 지금은 그 바지를 똑바로 쳐다보기조차 부끄러웠다. 다른 하나는 집에서 온 것이었다. 티비는 상자를 열고 은박지로 싼 브라우니와 마분지에 그린 그림 세 장을 꺼냈다. 첫번째 그림에는 캐서린의 서명이 휘갈겨져 있고, 두번째 그림에는 니키의 서명이 있었다. 세번째 그림은 엄마가 크레파스로 그린 유치한 자화상이었다. 파란 눈물을 흘리는 엄마의 찌푸린 얼굴. 그 밑에는 보고 싶어!라고 적혀 있었다.

나도. 티비는 속으로 생각했다. 그리고 그림 속 얼굴처럼 눈물을 흘리며 입술을 파르르 떨었다.

폴은 주정뱅이와 술을 적당히 마시는 사람을 구별할 수 있다고 카르멘에게 말했었다. 왜냐하면 술을 적당히 마시는 사람들은 언제 그만 마실지 결정할 수 있지만, 주정뱅이들은 그러지 못하기 때문이다.

카르멘은 주정뱅이였다. 술이야 마시든 안 마시든 상관없지만 문제는 분노가 카르멘만의 자기파괴 방식이라는 것이다. 보통 사람들이 분노를 멈출 때 카르멘은 그러지 못했다.

전날 밤의 분노가 어찌나 컸던지, 카르멘은 아직도 거기서 헤어나오지 못하고 있었다. 그리고 다음날 아침 회한이라는 숙취에 시달리며 잠에서 깼다. 일요일 아침이면 언제나 그렇듯 엄마가 커피 내리는 소리가 침대에서도 들렸다. 이제 엄마는 〈뉴욕 타임스〉를 사러 집 밖으로 나갈 것이다. 엄마는 늘 그랬다.

문이 닫히는 소리가 난 뒤 전화벨이 울렸다. 카르멘은 팬티와 티셔츠 차림으로 부엌까지 휘청대며 걸어갔다. 벨이 끊겼다가 다시 울리고 자동응답기가 돌아갔다. 응답기에 녹음되는 목소리를 들은 순간, 카르멘은 수화기를 들려던 손을 멈췄다.

"크리스티나…… 거기 있으면 받아요……"

카르멘은 전화기에서 물러났다.

"크리스티나……? 좋아요. 집에 없나보군요. 저기, 한시쯤 데리러 갈게요. 마이크랑 킴네 집에 함께 가요. 그러고 나서 좀 걸을 기분이 나면 그레이트 폭포에 가도 되고요. 오늘 시간 되면 전화해줘요, 알았죠? 집에 오면 바로 전화해야 해요."

데이비드는 잠시 가만히 있었다. 그러다가 웃기는 콧소리를 내더니, 뒤이어 목소리를 낮춰 말했다.

"사랑해요. 어젯밤에도 그랬고요. 일 분에 한 번씩 당신을 생각해요, 크리스티나." 그러곤 혼자 웃는 것 같았다. "몇 시간째 말하지 못한 것 같아서." 그는 목소리를 가다듬고 덧붙였다. "그럼 전화해요. 끊어요."

갈비뼈 아래가 진공청소기가 된 듯 이상한 느낌이 들었다. 남아 있던 일말의 선의마저 다 빨아들이고 오로지 분노와 적대감만을 남기는 이상한 움직임이. 위험과 두려움으로 가득찬 데이비드의 메시지에 카르멘 안의 악마는 어디로 가야 할지 몰라 헤맸다.

마이크랑 킴? 커플 친구들이다. 행복한 한 쌍의 커플에게 늘 있는 커플 친구들. 지금까지 엄마에게 그런 친구들은 없었다. 이

모와 사촌, 외할머니와 싱글맘인 친구 한두 명이 전부였다. 그리고 대부분의 시간을 카르멘과 함께했다.

카르멘은 엄마의 삶에 아차상 같은 것이 주어질 거라고는 단한 번도 생각해본 적이 없었다. 하지만 갑자기 엄마의 인생이 그렇게 보였다. 이제는 엄마에게는 남자친구와 커플 친구들이 생겼다. 성공할 기회가 생긴 것이다.

카르멘은 지금까지 엄마가 자신의 삶을 스스로 선택한 줄 알았다. 엄마가 원한 삶인 줄 알았다. 실은 그게 아니라 지금까지 뭔가 다른 것을 소망해왔단 말인가? 한 번도 자신이 바라는 대로 살지 못했던 걸까? 엄마에게 카르멘은 그저 2순위에 지나지 않았던 걸까?

나는 우리가 함께여서 행복하다고 생각했단 말이야.

형제자매가 있거나 아빠가 가까이에 있다면 별것 아닌 일일지도 모른다. 하지만 카르멘과 엄마는 암암리에 매우 깊숙이 서로 의지해온 사이였다. 그것은 사랑과 신뢰에 기반하면서도 두려움과 외로움을 내포하고 있었다. 아니었나? 카르멘은 항상 집에서 저녁을 먹었다. 그게 편한 것처럼 굴었지만, 사실은 엄마 혼자 저녁 먹는 게 싫었기 때문이다. 카르멘에 대한 엄마의 진심은 무엇일까? 사랑? 의무감? 아니면 그냥 차선책 같은 것?

카르멘에겐 친구들이 있었고 그 친구들도 분명 의지가 됐지만, 친구들에게는 그들만의 진짜 형제자매가 있었다. 불이 나면 친구들이 먼저 구할 사람은 자기 형제자매일 거라는 사실에 마음속 깊은 곳에서는 항상 불안했다. 불구덩이에서 카르멘을 구해줄 사람은 엄마뿐이었다. 엄마를 구해줄 사람 역시 카르멘뿐이었고. 카르멘과 크리스티나는 세상은 크고 다양하다고 믿는 척했지만, 결국엔 둘뿐이라는 걸 잘 알고 있었다.

불과 한 달 전, 이 모든 문제들이 시작된 6월 말의 그날 밤을 돌이켜보았다. 포터와 첫 데이트를 했던 밤이다. 카르멘은 제 발에 걸려 넘어진 셈이었다. 있는지도 몰랐고 깰 의도도 없었던 모녀간의 합의를 먼저 깨려 든 건 카르멘이었다.

카르멘은 변화를 싫어했다. 물론 끝내는 것도 싫어했다. 꽃이 시들어서 끈적끈적해지고 꽃병에 이끼가 낄 때까지 버리지 않는 성격이었다.

난 남자친구 따위 필요 없어. 그냥 원래대로 돌려달란 말이야. 카르멘은 이렇게 말하고 싶었다.

미친듯이 깜빡이는 자동응답기 옆에 우두커니 서 있던 카르멘이 엄지로 재생 버튼을 눌렀다. 메시지에 담긴 그의 떨리는 고백이 삭제되는 동안 카르멘은 데이비드를 마음껏 혐오했다. 이 사람은 크리스티나가 딸과 함께 살고 있다는 걸 잊은 걸까? 미성년자 관람불가급의 이런 은밀한 메시지를 온 집안에 울리게 한 것이 실로 당황스럽고 부적절한 일이라는 걸 모르는 걸까? 그런 것을 까맣게 잊어버릴 정도로, 카르멘의 존재는 그 사람에겐 아무

것도 아닌 걸까? 엄마도 카르멘을 잊어버렸을까?

카르멘은 자기 방으로 터덜터덜 돌아가서는 흐트러진 침대에 얼굴을 파묻었다. 전화벨이 또 울렸다. 카르멘은 꼼짝도 하지 않았다. 딸깍 소리가 나면서 자동응답기로 넘어갔다. "어…… 크리스티나? 브루스 브래틀입니다. 오늘 출근했어요. 간단히 물어볼게 있어서 그러는데, 가능하면 전화 좀 주세요." 한참 정적이 흐르다가 삐 소리가 났다.

몇 분 뒤 엄마가 들어오는 소리가 들렸다. 크리스티나는 곧바로 응답기로 가서 재생 버튼을 눌렀다. 브루스 브래틀 씨의 메시지가 나왔다. 그 메시지뿐이었다. 가슴이 쿵쾅거렸다. 엄마한테 말하고 잘못을 돌이킬 수도 있었다. 그러나 카르멘은 그러는 대신 잠에 빠져들었다.

잠시 후 카르멘은 불가사의하다고만은 할 수 없는 꿈을 꾸었다. 아파트가 활활 불타고 있었다. 카르멘이 바싹 구워지는 동안, 데이비드는 용감하게 크리스티나를 구해냈다.

켄타우로스 일족도 초대했네.

그들이 비록 통제 불능의 무법자들이긴 하나,

어쨌든 먼 친척 아닌가.

_돌레르의 『그리스신화』에서

일요일 오후, 강당이 있는 아트센터로 가기 전 티비는 마법의 바지로 갈아입었다. 브라이언이 보이지 않아 안심했다. 영화 상영이 끝나면 모라와 알렉스와 나가서 뒤풀이를 할 계획이었다. 브라이언도 데려가야 할지, 아니면 떼어놓을 구실을 미리 마련해둬야 할지 고민됐다.

티비는 오래 들여다보거나 깊이 생각해보지 않고 일단 바지를 입었다. 이건 마법의 바지였다. 사람들에게 자신의 영화를 처음으로 선보이는 날 마법의 바지를 입게 되다니, 엄청, 엄청나게 운이 좋았다. 만약 앞으로 인생이 잘 풀릴 거라면 오늘이 그 시작이지 않을까. 티비는 바지에 적혀 있는 글귀는 무시하고 전신거울 앞에 서서 자신의 모습에 감탄했다. 어째서 이 바지를 입으면 머리 모양까지 더 나아 보이는 건지 정말 설명할 길이 없었다. 심지어 가슴도 좀더 커 보이는 것 같았다. 뭐, 최소한 더 작아 보이지는 않았다.

강당 앞에 몰려 있는 사람들을 보자 심장박동이 빨라졌다. 학생들은 대부분 부모님과 함께 앉아 있었다. 티비는 옆에 두 자리가 비어 있는 곳을 골라 혼자 앉았다. 알렉스와 모라가 통로에 나타나자, 브라이언 자리는 잡아놓지 않았다는 사실에 죄책감을 느끼며 손을 흔들었다. 그러고는 브라이언이 자신을 찾지 못하도록 머리를 숙였다.

영화제작 프로그램 책임자인 그레이브 교수가 인사말을 하고 바로 상영이 시작되었다. 처음 상영된 여섯 편은 가족 단편 드라마 두 편과 감독의 할머니를 인터뷰한 영화, 외부에서 찍은 것처럼 보이려고 연출했으나 캠퍼스 내에서 찍은 것이 틀림없는 어드벤처 무비 한 편, 그리고 어이없는 로맨스 영화였다.

알렉스는 한시도 가만있지 못하고 상영 내내 영화들을 씹어댔다. 처음에는 티비도 그 소리에 웃어줬지만, 곧 모라 역시 다른 쪽에 앉아서 웃고 있다는 걸 알아차리고 입을 다물었다. 모라가 예스걸이었다는 사실이 떠올랐다. 분홍색 안경이고 뭐고 따라쟁이에 하찮은 존재일 뿐인데, 자신 역시 그런 모라처럼 행동하고 있었던 것이다.

불이 꺼졌다. 티비의 영화는 총 3부 중 2부에 상영될 예정이었다.

"티비!" 조그맣게 속삭여 부르는 소리가 들려왔다.

티비는 필사적으로 주변을 둘러보았다.

"티비!"

강당 왼편 중간쯤에서 들려오는 그 소리는 엄마 목소리가 틀림없었다.

가슴이 철렁 내려앉았다. 숨쉬는 것마저 잊을 정도로.

엄마는 미친듯이 손을 흔들어댔다. 만면에 미소를 담뿍 머금고 있었다. 깜짝 놀래주려고 그곳에 숨어 있었던 것이 무척이나 신나고 즐거웠던 게 틀림없다.

얼마나 놀라운 일인가. 티비도 미소를 지어 보였다. 손을 흔들었다. "이제 내 영화……" 티비는 멍해졌다. 목소리가 점점 기어들어갔다. 엄마와 함께 앉으려고 일어섰지만, 그쪽엔 자리도 없었고 다음 영화 상영 때문에 벌써 조명이 어두워지고 있었다.

그때, 오른쪽으로 엄마와 비슷한 거리만큼 떨어져 앉아 있는 브라이언이 눈에 들어왔다. 브라이언은 티비가 어디 앉아 있는지 아까부터 알고 있었다는 눈빛을 보냈다. 엄마가 와 있는 것도 알고 있을까?

티비는 브라이언에게 엄마가 이 영화를 봐도 괜찮다고, 자기는 상관없다고 했다. 하지만 지금 속이 제멋대로 뒤집히는 걸 보니 아무래도 그렇지 않은 것 같다.

엄마는 티비를 깜짝 놀래주려고 이렇게 찾아온 것이다. 티비는 이어서 찾아올 파멸의 서프라이즈를 기다렸다.

티비의 작품 전에 다른 영화 두 편이 상영됐지만, 한 장면도 제대로 눈에 들어오지 않았다.

티비의 작품 차례가 점점 다가오고, 마침내 무고한 선홍색 막대사탕을 클로즈업한 화면이 보였다. 음악이 치고 나오고, 막대사탕은 악마로 변했다. 화면은 점점 넓어져 잘 손질된 갈색 머리의 뒤통수를 비추었다. 관객들은 티비가 예상했던 대로 웃음을 터뜨렸다. 하지만 그 웃음은 유리 조각이 되어 티비에게 쏟아졌다.

한 장면 한 장면 넘어갈수록, 영화는 모든 감독들이 꿈꾸는 대로 관객과 하나가 되어갔다. 카메라가 아기용 물티슈를 끌고 온 집안을 헤집고 다니는 뾰족구두를 따라다니자 웃음은 거의 히스테리에 가까운 정도가 되었다.

영화가 끝날 때까지 엄마 쪽으로 고개를 돌릴 수 없었다. 자기 작품이 끝나고 다른 영화가 나오고 있는데도, 티비는 분위기가 바뀌길 기도하며 가만히 앉아 있을 수밖에 없었다. 스크린만 보며 앉아 있는 자신이 너무 겁쟁이처럼 느껴졌다.

눈을 감을 순 있지만 소리까지 어떻게 할 순 없었다. 왼쪽에서 코 푸는 소리가 들려왔다. 티비는 그것이 상상의 소리이길 바라고 또 바랐다. 눈을 질끈 감아버렸다. 살면서 한 곳에서 다른 곳으로 순간이동을 할 수 있는 기회가 있다면, 지금 쓰고 싶었다.

티비는 고개를 아주 살짝 왼쪽으로 돌리고 나머지는 곁눈질로 해결했다. 엄마를 봐야 했지만, 이런 어둠 속에서조차 엄마와 마주할 수가 없었다. 눈알을 굴려 한껏 곁눈질해 쳐다보니 엄마가 고개를 떨구고 앉아 있는 것이 보였다.

티비는 손으로 얼굴을 감싸쥐었다. 난 대체 무슨 짓을 한 걸까?

알렉스는 그뒤로도 상영중인 영화를 보며 한참 비웃었다. 티비는 어찌할 줄을 몰랐다. 넋이 나가버렸다. 불이 다시 켜지고 사람들이 반 이상 나갈 때까지 고개를 들 수 없었다.

"티비?" 알렉스가 그녀를 보며 말했다.

"응?"

"안 가?" 알렉스의 얼굴을 보면서도 보는 것 같지가 않았다.

뒤로 돌자 브라이언이 티비가 앉아 있던 줄 맨 끝에서 기다리고 있었다. 다른 쪽을 보니 엄마는 이미 가고 없었다.

엄마는 전화기에서 반경 1.5미터 이상 떨어지지 않았다. 화장실 갈 때도 가져갔다. 그리고 두시가 되어서야 자존심을 접고, 아침에 잠깐 나갔을 때 전화 온 거 없었냐고 카르멘에게 물었다.

카르멘은 눈을 피한 채 어깨를 으쓱했다. "응답기가 받았겠지." 거짓말은 아니었다.

"브래틀 씨 메시지?" 엄마가 물었다.

카르멘은 다시 어깨를 으쓱했다.

엄마는 고개를 끄덕였다. 그나마 남아 있던 희망조차 멀리 달아나는 순간이었다.

이건 정말 한심한 여자들이나 하는 행동이었다. 분노가 속에서 다시 부글부글 끓어올라왔다. 카르멘이 물었다. "특별히 기다리는 전화라도 있어?"

엄마가 시선을 피하며 대답했다. "뭐, 혹시 데이비드가······" 목소리가 작아졌다. 나오던 말이 중간에 비명횡사라도 한 것 같았다.

잔인한 말이 카르멘의 입안을 가득 채웠다. 마음 한쪽에서 방으로 들어가 문을 닫아버리라는 말이 들려왔다. 하지만 카르멘은 입을 열었다.

"데이비드 없이는 하루도 못 견디는 거야?"

엄마는 얼굴을 붉혔다. "물론 아니지. 그런 게 아니라—"

"엄마 꼴 완전 끔찍해. 남자 때문에 자기 인생은 내팽개치고 있다고. 전화기 보면서 그 사람 전화만 기다리잖아."

"카르멘, 그건 억지야. 나는—"

"지금 엄마가 그렇다고!" 카르멘이 외쳤다. 감질나게 첫 모금만 들이켠 카르멘을 이젠 아무것도 막을 수 없었다. "요새 매일 밤 나가잖아. 옷도 애들처럼 입질 않나, 내 옷까지 빌려 입고! 레스토랑에서 이상한 짓거리나 하고! 정말 어이없어. 지금 얼마나 바보 같은지 알기나 해?"

요 며칠간의 행복 덕분에 크리스티나는 딸의 분노를 참고 이해해줄 수 있는 경지까지 올라가 있었다. 하지만 이제는 바닥으로 추락하고 있었다. 카르멘은 그 사실을 알아차리고 만족스러웠다.

엄마의 뺨은 더이상 사랑스러운 분홍빛이 아니었다. 대신 얼룩덜룩 벌게졌다. 그녀의 입가가 굳어졌다. "그런 말을 하다니 진짜 못됐다, 카르멘. 사실도 아닌 말을."

"사실이야! 멜라니 포스터가 루비 그릴 레스토랑에서 엄마가 그 짓거리 하는 걸 봤대! 동네방네 떠들고 다니더라! 그 얘길 듣고 내 기분이 어땠을 거 같아?"

"우린 그런 짓거리 한 적 없어." 엄마가 맹렬히 반박했다.

"그랬잖아! 엄마가 여기저기서 자고 돌아다니는 거 내가 모를 줄 알아? 그 짓거리 하기 전에 결혼부터 하라고 교회에서 안 가르쳐줬나보지? 이게 바로 엄마가 나한테 줄곧 가르친 그건가?"

이건 넘겨짚은 말이었는데, 엄마 얼굴이 굳어지는 걸 보니 사실인 모양이었다. 수소폭탄을 투하하는 것과 맞먹는 일을 카르멘은 아무 준비도 없이 저질러버렸다. 엄마의 얼굴을 보자 역겨움이 밀려왔다. 카르멘도 속으로는 엄마가 그 말을 부정해주길 바랐지만, 엄마는 그러지 않았다.

엄마는 손을 주무르며 바닥을 내려다보았다. "네가 상관할 일이 아니라고 생각해." 그녀는 나지막하고도 냉정하게 말했다.

"내가 상관할 일이지. 엄마는 내 엄마여야 하니까." 카르멘이
대답했다. 엄마는 이제 둘 다에게 화가 나 있었다.

"난 네 엄마야." 엄마가 맞받아쳤다.

카르멘의 눈에 눈물이 차올랐다. 아직 엄마에게 약한 모습을
보일 준비가 되어 있지 않았다. 대신 카르멘은 터질 것 같은 가슴
을 안고, 이게 대체 무슨 일인지 생각해보려고 방으로 들어갔다.

"티비." 브라이언은 티비가 서 있던 좌석 반대편 통로에서 티
비를 불렀다. 슬퍼 보였다. 눈을 마주치고 티비 상태를 살피려
했다.

그러나 티비는 시선을 떨어뜨렸다. 브라이언이 아무것도 알아
채지 못하길 바랐다.

브라이언은 계속 서 있었다. 물론 티비를 기다리는 것이었다.
알렉스와 모라가 〈스타 워즈〉 티셔츠를 입고 구린 안경을 낀 이
찌질이는 도대체 누구냐는 듯 브라이언을 쳐다봤다.

티비는 숨을 들이쉬었다. 무슨 말이든 해야만 했다.

"어, 얘는 브라이언이라고 해." 티비는 무뚝뚝하게 말했다. 자
기 입이 아닌 다른 데서 나오는 소리 같았다.

"얘는 알렉스고." 이어서 모라를 가리키며 "얘는 모라"라고
소개했다.

브라이언에게 알렉스나 모라는 아무 상관 없는 것 같았다. 그

저 암갈색 눈동자로 티비만 묵묵히 바라보고 있었다. 티비는 브라이언이 그냥 가버리면 좋겠다고 생각했다.

"안녕." 알렉스는 순식간에 인사를 건네고는 브라이언의 인사는 받지도 않고 돌아서버렸다. 그리고 티비를 바라보며 말했다. "가자."

티비는 멍하니 고개를 끄덕이고는 알렉스와 모라를 따라 강당을 나왔다. 아무 생각도 들지 않았다. 브라이언은 말없이 티비를 따라왔다.

어쩌다보니 넷이 함께 두 블록 떨어진 멕시칸 레스토랑에 들어왔다. 알렉스는 브라이언을 따돌리지 못한 것이 탐탁지 않아 보였다. 모라도 눈을 굴리며 마음에 안 든다는 티를 팍팍 냈다.

사실 이때야말로, 브라이언은 미친 스토커가 아니라 자신의 가장 친한 친구이며, 집에 가끔 놀러오는 정도를 넘어 지금은 티비의 기숙사 방에서 함께 지낸다는 사실을 털어놓을 기회였다. 그런데 티비는 그러지 않았다. 브라이언의 이름을 부르기는커녕 제대로 쳐다보지도 못했다.

그들은 시끄러운 바에 어색하게 서 있었다. 알렉스가 가짜 신분증으로 도스 에키스 세 병을 주문하는 데 성공했다. 그는 티비에게 기대어 함께 건배했다.

"음, 잘했어, 탐코. 관객들 반응이 장난 아니던데."

알렉스가 자기를 올리려는 게 아니라 축하해주려 한다는 건 티비도 알고 있었다.

"정말 멋졌어." 모라도 동조했다.

"아니야." 브라이언이 티비 쪽으로 다가서며 말했다. "관객석에 티비 엄마가 있었다고." 브라이언은 이들이 티비의 친구라면 이 사실을 알 필요가 있다고 생각한 듯했다. 그는 티비의 팔을 잡고 함께 괴로워했다.

하지만 자기 맥주를 거의 다 마신 알렉스는 엄마 얘기를 듣지 못한 듯했다. "너 지금 그 영화가 별로였다고 하는 거냐? 아니야, 끝내주게 웃겼다고."

브라이언은 고개를 저었다. "안 웃겼어." 정말이지 솔직한 애다.

알렉스가 눈살을 찌푸렸다. "뭐가 불만이야?"

브라이언은 알렉스를 쳐다보지도 않았다. "난 티비를 걱정하는 거야."

"네가 티비를 걱정한다고?" 알렉스의 비웃음이 정도를 지나쳤다. 티비조차 그걸 느낄 수 있었다. "세상에. 이봐, 티비 걱정은 딴 데 가서 해줄래?"

브라이언은 티비를 바라보았다. 티비, 가자. 나랑 같이 나가자. 우린 친구잖아, 아니야?라는 눈빛을 보내고 있었다.

하지만 티비는 누가 성대를 칼로 도려내버리기라도 한 듯 입을 반쯤 벌리고 그냥 서 있기만 했다.

알렉스가 가까이 다가섰다. 으스대며 싸움을 거는 기세였다.

"'꺼져'라는 말도 이해 못하는 건 아니지?"

브라이언이 마지막으로 괴로운 눈빛을 보냈다. 그러고는 정말 가버렸다.

티비는 눈물이 차오르는 걸 느꼈다. 도대체 무슨 짓을 한 거지? 허벅지를 짚었다. 작년 늦여름, 마법의 바지에 조심스레 수놓은 바늘땀이 손끝에 느껴졌다. 티비는 고개를 숙이고 빨간 실로 수놓은 심장의 테두리를 검지로 어루만졌다. 눈물이 차올라 그 밑에 수놓은 글자는 읽을 수도 없었다. 늦여름 더위에 뒷베란다에 앉아 꾸벅꾸벅 졸면서, 꼼꼼하지 못한 손으로 수백 번 바늘을 넣었다 뺐다 하면서 수를 놓은 그 시간을 지금 깔고 앉아 있는 기분이었다. 그렇게 만들어낸 결과물은 추레한 심장과 그 밑에 수놓인 구불구불한 단어 세 개였다. 베일리, 함께 있었다.

베일리가 함께 있기는 했던 걸까? 그랬나? 그걸 증명할 만한 것이 있기는 한가?

티비는 스스로를 모조리 잃어버린 기분이었다.

손을 양볼에 갖다댔다. 머리를 지탱해야 할 것 같았다.

알렉스는 아직도 브라이언의 뒤에 대고 투덜대고 있었다. 짜증난다는 얼굴로 티비를 바라보았다.

"그런데 티비." 목소리에서 비난조가 느껴졌다. "그 바지는 대체 뭐야?"

가시를 뿌렸다면,

맨발로 가지 마라.

_이탈리아 속담

티비는 애마 폰티액을 몰고 북쪽으로 향했다. 주유소에 들러 기름을 넣으면서 주소록을 확인했다. 브라이언네 집에 가본 적은 한 번도 없지만, 신기하게도 주소는 알고 있었다. 니키가 세살이 되었을 때 굳이 브라이언에게 로데오 콘셉트의 파티 초대장을 보내겠다며 고집부렸던 덕분이다.

베세즈다 근처에 도착했을 땐 거의 열시 반이었다. 티비네 집에서 1.6킬로미터도 떨어지지 않은 곳이지만 집들이 더 작고 새 건물들이었다. 동네를 몇 바퀴나 돌고 겨우 브라이언네 집을 찾았다. 1층짜리 빨간 벽돌집이었다. 티비는 평소 집 창가를 수놓은 화사한 화분과 깔끔하게 손질된 나무가 눈에 거슬린다고 생각했지만, 그렇다고 이렇게 추레하고 밋밋한 집이 더 좋아 보이진 않았다. 불빛이라곤 옆쪽에서 비어져나오는 푸르스름한 텔레비전 빛이 전부였다.

티비는 소심하게 문을 두드렸다. 한 번도 만난 적 없는 브라이언의 가족에게 인사하기엔 너무 늦은 시간이었다. 티비는 잠시 기다려보다가 다시 문을 두드렸다.

어떤 남자가 문을 열었다. 머리가 벗어지기 시작한 덩치 큰 남자였다. 반쯤 졸고 있는 얼굴이었다. "무슨 일이지?"

"저기, 음, 브라이언 있나요?"

남자가 짜증스럽다는 듯 대답했다. "없다."

"어디 있는지 아세요?"

"아니. 집에 안 들어온 지 며칠 됐다."

티비는 이 사람이 브라이언의 새아빠임을 눈치챘다. "저기, 혹시 엄마는 알고 계실까요?"

남자의 인내심이 바닥난 것 같았다. "아니. 어쨌든 걔 엄마도 여기 없어."

"알겠습니다. 밤늦게 죄송했어요."

티비는 차에 앉아 운전대에 머리를 기댔다. 뭐라 말할 길도 없지만, 여러 가지로 브라이언에게 미안했다.

브라이언이 예전에 자주 갔던 로저스 대로의 세븐일레븐으로 차를 몰았다. 곧 문 닫을 시간이었고, 브라이언은 역시 보이지 않았다. 티비는 브라이언이 드래건 마스터를 완파하면 곧잘 들르던 작은 공원 쪽으로 한 블록 더 내려갔다.

피크닉 테이블에 앉아 있는 브라이언의 어두운 형체가 보였다. 옆에는 배낭과 슬리핑백이 놓여 있었다.

티비는 좀더 다가갔다. 불행하게도 티비의 애마는 오늘따라 무지하게 시끄러웠다. 브라이언이 이쪽을 쳐다보더니, 차안의 티비를 보고는 배낭과 슬리핑백을 챙겨들고 다른 쪽으로 가버렸다.

티비는 집으로 갈 수도 없었다. 엄마와 마주할 자신이 없었다. 레나나 카르멘 집에 들이닥치기에는 너무 늦은 시간이었다. 게다가 자기 자신이 너무 싫은 나머지 친구들을 볼 수도 없었다.

바지에 수놓은 심장이 자신을 비난하는 것 같았다. 눈물이 났다. 더이상 그 심장도 마주할 수 없었다. 티비는 바지를 벗고 레나네 집으로 차를 몰았다. 너무 고요하고 어두웠다. 바지를 최대한 납작하게 접어 레나네 집 우체통에 쑤셔넣고, 팬티와 부끄러움만 걸친 채 뒤돌아서 윌리엄스턴으로 돌아갔다.

레나는 세상 모든 것과 사람들을 저주하고 스스로에게 실망하면서 방바닥에 누워 있었다.

할 수만 있다면 그림을 그리고 싶었다. 그림은 늘 레나를 침착하게 만들어줬다. 하지만 괴로운 기분을 극복해서 좀더 나아지고 싶을 때가 있고, 오히려 그 괴로운 기분에 한없이 빠져들고 싶을 때가 있다. 어쨌든 지금은 세상에 아름다운 것이라고는 하나도 없었다.

7월 말의 워싱턴은 푹푹 쪘다. 그리스 사람인 레나 아빠는 중앙냉방이 무용지물이라고 믿는 사람이었고, 엄마는 시끄럽다는 이유로 에어컨을 혐오했다. 레나는 카르멘이 준 푸시업 브래지어를 벗었다. 카르멘은 언제나 자기한테 작은 사이즈를 사서 레나에게 주곤 했다. 레나는 이내 하얀 반바지도 벗어버리고 선풍기 바람이 머리 쪽으로 오도록 조절했다.

레나는 엄마를 귀찮게 하고 짜증나게 하고 도발하는 걸 좋아했지만, 실제로 엄마와 싸우는 건 싫어했다. 티비에게 성질낸 것도 화가 났다. 엄마와 크리스티나, 앨리스 사이에 감돌던 긴장감도 마음에 들지 않았다. 코스토스와 새 여자친구도 미웠다. 그 사실을 알려준 에피도 증오스러웠다(할머니가 코스토스의 새 여자친구를 못마땅해한다는 얘기는 기뻤지만).

레나는 싸움을 싫어했다. 소리지르고 일방적으로 전화를 끊어버리는 것도 싫었다. 차라리 말하지 않고 가만있는 게 나았다. 하지만 그것도 삼 일 넘게 지속되는 건 싫었다.

레나는 천성적으로 규칙적인 아이였다. 지난 삼백칠 일 동안 점심으로 내내 통밀빵에 땅콩버터를 발라 먹었다. 좀처럼 충동적으로 무슨 일을 하지 않았다.

초인종 소리가 들렸다. 나가고 싶지 않았다. 에피가 나가겠지. 가만히 기다리며 귀를 기울였다. 물론 에피가 나갔다. 에피는 초인종이나 전화벨 울리는 것을 좋아했다. 잠시 후, 에피가 신나서 소리지르는 게 들렸다. 레나는 귀를 더 쫑긋 세웠다. 누가 왔을까. 장담할 수는 없지만, 에피는 UPS 택배기사가 왔다고 저렇게 소리를 지르진 않는다. 친구가 머리를 자르고 왔다거나 뭐 그럴 수는 있다. 그렇다면 소리를 지르고도 남겠지.

레나는 집중했다. 찾아온 사람의 목소리를 들으려고 노력했지만 누구인지 알 수 없었다. 이런 때 에피가 다른 사람들보다 다섯 배나 크게 말한다는 건 아무 도움도 안 됐다.

방문자가 위층으로 올라오고 있었다. 에피나 에피 친구들이 내는 호들갑스러운 발소리와는 달랐다. 좀더 느리고 무거웠다. 남자인가? 이 대낮에 남자를 위층으로 끌어들인다고?

목소리가 들렸다. 남자다! 에피라면 남자를 방으로 데려와 그 짓거리를 하고도 남을 테지.

하나 레나의 예상과 달리 발소리는 에피 방 쪽으로 가지 않았다. 그들은 레나 방 쪽으로 오고 있었다. 방문이 열려 있다는 사실이 머리를 스친 순간, 레나는 패닉에 빠졌다. 옷을 홀라당 벗고 있는데 남자가 자기 방 쪽으로 오고 있다니. 게다가 방문까지 열려 있다! 이건 완전 예상 밖의 일이었다. 남자가 위층으로 올라오는 건 정말 손으로 꼽을 수 있는 일이다. 부모님은 이런 쪽으론 아주 엄격했으니까.

레나는 방바닥에 그대로 굳어버렸다. 발소리가 점점 가까워지고 있었다. 문을 닫으려고 일어서면 그들은 레나를 보게 될 것이다. 지금 이대로 가만히 있어도 마찬가지다. 만약 일어나서 목욕 가운을 집는다면……

"레나?"

흥분과 히스테리의 경계에 선 동생의 목소리에 레나는 깜짝 놀라 일어났다.

"레나!"

에피가 와 있었다. 그리고 진짜로 남자도 있었다. 키가 크고 어딘지 익숙한, 지나치게 잘생긴 남자가.

에피는 레나가 뭘 입고 있고 뭘 입고 있지 않은지 그제야 파악하고는 손으로 입을 가렸다.

옆에 서 있는 남자는 얼떨떨해하면서도 즐거워 보였다. 적어도 잽싸게 눈을 돌리지는 않았다.

레나는 정신이 나가버릴 것 같았다. 가슴이 매치박스 경주를 하는 것처럼 붕붕 날아다녔다. 감정이 북받치고 목이 메어 고통스러웠다. 온몸에서 열이 나는 것 같았다.

"코스토스." 레나는 나직이 그의 이름을 불렀다. 그러고는 그의 면전에 대고 문을 쾅 닫아버렸다.

브리짓은 그레타의 스케줄을 꿰고 있었다. 월요일 밤은 교회에 가서 빙고 게임을 한다. 수요일은 길 건너 사는 동네 사람들과 브리지 게임을 한다. 오늘은 목요일, 일주일 치 장을 보러 세이프웨이에 가서 거금을 들여 스테이크용 고기를 사는 날이다. 매달 셋째 주 목요일에 헌츠빌에 사는 아들 퍼비스가 와서 함께 식사를 했고, 그때마다 그레타는 스테이크를 2인분 구웠다. 그날 브리짓은 장 보는 데 따라가겠다고 나섰다. 진짜 목적은 시원한 냉장 육류 코너에서 더위를 식히는 것이었지만. 브리짓은 어느새 별것 아닌 일에서 즐거움을 찾는 소녀가 됐다.

"아드님은 어떤 분이에요?" 주 경계에서 번쩍이는 표지판을 나른하게 바라보며 브리짓이 물었다.

"조용한 아이지. 그다지 사교적인 편도 아니고." 그레타가 대답했다.

"헌츠빌에서 뭘 하시는데요?"

"미국 우주로켓 센터에서 보호관리 업무를 담당하고 있어." 그녀는 자랑스러운 듯 브리짓을 바라보았다. "좋게 말해서 그렇지, 사실 건물 관리인이야. 바닥 닦고 광내고 뭐 그런 일."

"아." 브리짓은 늘 자기 방 창가에 앉아 망원경으로 밖을 내다보던 퍼비스 외삼촌을 떠올렸다. 브리짓이 조금 컸을 때 워싱턴에 와서 하룻밤 묵고 간 적도 있다. 브리짓 기억으로는 그때 딱한 번이었다. 외삼촌은 브리짓에게 망원경 사용법을 가르쳐주고 밤하늘을 보여주었다. 외삼촌은 하늘을 보며 익숙한 그림들을 찾아냈지만, 브리짓에게는 그저 뒤죽박죽으로 보일 뿐이었다.

"걔가 아홉 살 때, 저금한 돈을 털어 여름 우주 캠프에 보내줬어. 가고 싶다고 조르진 않았지만 무척 좋아했단다."

"결혼은 하셨어요?" 브리짓이 물었다.

"아니. 그 아이는 여자 앞에서 정말 숙맥이거든. 앞으로도 결혼할 것 같지는 않구나. 아마추어 무선통신 동호회 친구들이 몇 있는데, 딱 그만큼이 그 아이가 할 수 있는 최대한의 사회생활 같아."

브리짓은 고개를 끄덕였다. 외삼촌은 우주센터에서 일하고 싶다는 꿈을 이뤘지만, 하늘 대신 온종일 바닥만 내려다보며 일한다.

외삼촌 생각을 하자 페리가 떠올랐다. 페리는 이름도 그렇고, 무선통신만 빼고 모든 것이 외삼촌과 많이 닮았다. 브리짓은 어젯밤에야 비로소 페리와 잠깐 통화했다. 페리는 할머니를 궁금해했지만 여전히 방어적이었고, 엄마에 대해서도 듣고 싶어하지 않았다.

세이프웨이에서 그레타가 쿠폰을 쥐고 카트를 밀며 결의에 찬 쇼핑 행진을 하는 동안, 브리짓은 냉장·냉동 코너를 어슬렁거렸다. 마음이 그동안 한 번도 가본 적 없는 곳을 이리저리 떠돌았다.

브리짓은 페리와 아빠에 대해 생각했다. 비극은 가족을 똘똘 뭉치게 한다던데 브리짓네는 아니었다. 아빠는 무슨 일이 일어났는지 한 마디도 하지 않았다. 조금이라도 그와 관련된 얘기는 꺼내지 않았다. 할 수 없는 말이 너무 많이 쌓여버렸고. 그러다가 식구 모두 대화 자체를 포기해버렸다.

학교에 출근하지 않는 날이면 이어폰을 끼고 공영방송을 들으며 서재에 틀어박혔던 아빠의 모습을 떠올려보았다. 혼자 있을 때도 아빠는 절대로 라디오를 소리나게 틀어놓지 않았다.

페리는 대부분의 시간을 컴퓨터 앞에서 보냈다. 주로 인터넷으로 정교한 판타지 게임을 했다. 현실에서 아는 사람들 대신 낯선 사람들과 교류하는 데 더 많은 시간을 보냈다. 브리짓은 가끔 자기와 페리가 쌍둥이라는 사실은 물론 한집에 살고 있다는 사실조차 잊어버리곤 했다.

그건 슬픈 일이었다. 브리짓도 알고 있다. 자기가 아빠와 페리를 좀더 붙들어놓을 수도 있지 않았을까란 생각도 했다. 브리짓이 좀더 노력했다면 다들 가족을 가족답게, 집을 집답게 느꼈을지도 모른다. 하지만 그들은 집에서 성층권 밖으로, 그리고 더 멀리멀리 떠내려가 궤도를 잃은 채 부유하고 있었다.

레나는 얼굴이 한껏 달아오른 채 방안을 성큼성큼 걸어다녔다. 코스토스가 와 있다. 코스토스가 집에 와 있는 것이다. 3D 코스토스, 살아 숨쉬는 코스토스가 말이다.

이게 꿈이야 생시야? 머리가 어떻게 된 건가? 그렇게 덥진 않은 것 같은데.

이건 꿈이야. 그냥 꿈에서 본 거라고. 그렇게 생각하니 실망감에 다리가 후들거렸다. 얼마나 보고 싶었는데.

그는 정말 똑같았다. 아니, 훨씬 더 좋아 보였다.

코스토스는 작년 여름에도 속옷 바람의 레나를 본 적이 있다. 이런!

엄마와 에피, 그리고 단짝 친구들을 제외하고는 누구도 레나의 벗은 모습을 본 적이 없다. 레나는 정숙한 소녀였다. 그렇다! 심지어 옷을 사러 가서도 피팅룸에 문이 없으면 질색하는 아이다. 그런데 코스토스는 벌써 두 번이나 그런 꼴을 본 것이다!

코스토스가 이 집 아래층에 있다! 에피가 아래층으로 데리고 갔으니 지금은 부엌에 있겠지. 그가 정말 실제로 나타났고 지금 이게 꿈이 아니라면, 둘은 분명 지금 부엌에 있다.

코스토스가 나를 보러 온 것이다! 그 먼 길을! 이게 도대체 무슨 의미지?

하지만 잠깐! 코스토스에겐 여자친구가 있잖아! 이건 또 무슨 의미지?

레나는 어지러울 정도로 방안을 뱅뱅 돌았다. 그러고는 문밖으로 나서려 했다.

야! 옷 입어야지. 깜빡했다.

마법의 바지가 책상 의자에 가지런히 놓여 있었다. 바지도 지금 이 상황을 알고 있을까? 이런 일이 생길 거라고 알고 있었을까? 레나는 의심스러운 눈초리로 바지를 바라보다가 집어들고 입었다. 도대체 바지는 무슨 꿍꿍이일까? 행복하게 해주기 전에 먼저 골리려는 걸까? 아, 제발, 그러지는 말아줘.

레나는 흰색 티셔츠에 머리를 끼워넣었다. 얼른 거울을 들여다보았다. 얼굴이 땀으로 번들거렸다. 머리는 떡이 졌고 눈에 다래끼까지 나 있었다. 젠장.

만약 아름다운 레나의 모습을 기억하고 있던 코스토스가 이 몰골을 보고 세상에, 무슨 일이 있었던 거지? 내가 이 꼴을 보자고 여기까지 온 건가?라고 생각하면 어쩌지? 그래도 본전은 하던 얼굴이 환불돼서 돌아올 판이었다.

만약 부엌에서 기다리지 않고 가버렸으면 어쩌지? 이런, 너무 늦었나라고 생각하며 황급히 떠났으면? 어쩌면 지금쯤 프렌드십 역에서 버스를 기다리고 있을지도 몰라.

절박해진 레나는 립스틱을 발라보았다. 오렌지색이다. 하지만 손이 너무 심하게 떨려 입술 라인이 제대로 그려지지 않았다. 끔찍했다. 레나는 욕실로 달려가 립스틱을 지웠다. 얼굴이 번들거리지 않도록 세수를 하고 지저분해 보이는 머리를 하나로 틀어올렸다.

좋다. 설사 나를 못생기게 본다 해도 상관없다. 그의 생각이 그렇다면 하는 수 없다. 게다가 코스토스에게는 새 여자친구까지 있지 않나!

레나는 낙담해서 거울을 들여다보았다. 할머니는 코스토스의 새 여자친구보다 레나가 더 예쁘다고 했다. 그러나 할머니가 뭘 알겠는가? 소피아 로렌을 제일 핫한 배우로 아는 분인데 말 다 했지. 할머니 말씀은 중요하지 않았다. 지금 나는 코스토스의 새 여자친구보다 못생긴 게 틀림없다!

레나는 침착해지려고 노력했다. 심호흡을 했다. 십 분 만에 처음으로 하는 제대로 된 심호흡이었다.

진정. 또 진정해야 해. 마음을 가다듬었다. 조용히 좀 하시지! 레나는 그 마음에 대고 소리쳤다.

아. 알았어.

코스토스가 아래층에 있다. 이제 내려가봐야 한다. 그리고 인사를 건네야 한다. 그게 지금 해야 할 일이다.

심호흡. 좋아. 진정하고.

레나는 첫번째 계단부터 발을 헛디뎌 굴러떨어지기 직전에 겨우 난간을 붙잡았다. 심호흡. 부엌으로 들어갔다.

코스토스는 탁자에 앉아 있었다. 그가 레나를 바라보았다. 예전보다 훨씬 더……

"안녕." 코스토스가 인사를 건네며 왜 그러느냐는 듯 미소를 지어 보였다.

실제로 온몸이 떨리고 있는 걸까, 아니면 그냥 느낌일 뿐인 걸까? 발바닥이 다량의 땀을 배출하고 있었다. 자기가 흘린 땀에 미끄러져 자빠지면 얼마나 꼴사나울까!

그가 레나를 바라보았다. 레나도 그를 바라보았다. 레나는 사랑의 구름이 다가와 자신을 감싸고 빛을 내뿜으며 무슨 말을 해야 할지 일러주길 바랐다. 지금 당장.

제발! 코스토스는 남자고, 레나는 여자다. 그에게는 다른 여자 친구가 있다. 하지만 그래도 바로 지금이 운명이 나설 때가 아닐까?

레나는 가만히 서서 그냥 바라보기만 했다.

에피마저 언니가 걱정스러웠나보다.

"좀 앉아." 에피가 레나에게 자리를 권했다.

레나는 에피가 시키는 대로 했다. 서 있는 것보다 안전했다.

에피는 레나에게 물을 한 잔 건넸다. 코스토스는 이미 한 잔 마신 뒤였다.

레나는 혹시라도 손이 떨릴까봐 컵에 손도 대지 못했다.

"이번 여름 한 달 동안 뉴욕에서 일하기로 했대. 완전 대단하지?" 에피가 말했다.

레나는 동생이 고마웠다. 에피는 때로 언니를 어떻게 돌봐줘야 하는지 알고 있는 것 같았다.

레나는 에피가 준 정보를 처리하며 고개를 끄덕거렸다. 하지만 성대의 상태가 아직 미심쩍어서 아무 말도 할 수 없었다.

"돌아가신 아버지 동창분이 뉴욕에서 광고회사를 운영하고 계

시거든." 코스토스가 말했다. 에피의 말에 대꾸한 것이지만, 그
러는 동안에도 레나에게서 눈을 떼지 않았다. "아저씨가 몇 달
전에 인턴으로 일해보지 않겠느냐고 하셔서. 할아버지 건강도
많이 좋아지셨고, 그래서 한번 해보는 것도 좋겠다 싶었어."

머릿속에 담아두기엔 너무 많은 생각들이 떠올랐다. 레나는
각 생각별로 머리가 나뉘어 있으면 좋겠다고 생각했다. 우선 코
스토스의 아버지 얘기. 그는 아버지 얘기를 한 번도 한 적이 없
다. 코스토스가 지극히 솔직담백하고 아무렇지도 않게 말해서
오히려 가슴이 아팠다.

그리고 뉴욕에 머문다는 얘기. 왜 미리 말하지 않은 걸까? 그
들 사이가 깨지기 전부터 계획한 일이었을까? 아니면 그녀에 대
한 감정이 이 계획에 조금이나마 영향을 미친 걸까?

"예전부터 워싱턴에 와보고 싶기도 했고." 코스토스가 말을
이었다. "어릴 때 『스미스소니언』 잡지를 자주 봤거든." 그러고
는 꼭 누구에게랄 것 없이 웃었다. "할머니께선 이번 기회에 내
안에 흐르는 미국인의 피가 어떤 것인지 알아보면 좋겠다고 생
각하신 것 같고."

그가 레나를 보러 미국에 온 게 아님이 확실해졌다. 실망스러
웠다. 레나를 보러 워싱턴에 온 게 아니다. 하지만 그녀를 보러
집까지 찾아오긴 했다. 적어도 그 정도는 했다. 아니면 그냥 지
하철역에 가는 길에 우연히 들른 걸까? 이러다 갑자기 식품 저장

고 같은 데서 여자친구가 튀어나오는 건 아닐까?

"갑자기 찾아와도 괜찮겠지 했어." 코스토스가 말했다. "나도 이 근처에 묵고 있거든."

그럴 줄 알았어. 레나의 마음이 씁쓸했다.

"만약 좋지 않은 타이밍에 온 거라면…… 미안." 코스토스는 짓궂은 표정으로 레나를 바라보며 말했다. 코스토스가 더이상 자신을 좋아하지 않는다는 사실을 몰랐다면 아마 엄청 섹시하다고 생각했을 것이다.

"어디에 묵고 있는데?" 에피가 물었다.

"다른 지인분 집에 있어. 그리스 사람들이 어려울 때 얼마나 잘 뭉치는지 알잖아. 체비 체이스에 사는 시르티스 씨 알아?"

"그럼, 우리 부모님 친구셔." 에피가 대답했다.

"관광도 시켜주고, 워싱턴, 메릴랜드, 버지니아에 있는 그리스 사람들 전부한테 나를 소개하려고 단단히 작정하신 것 같아."

에피가 끄덕였다. "여기 언제까지 있을 거야?"

"응, 일요일까지." 코스토스가 대답했다.

레나는 코스토스 머리에 접시라도 집어던지고 싶었다. 울어버릴 것만 같았다. 왜 서로 모르는 사람처럼 행동하는 거야? 마치 친구 사이조차 아니었던 것처럼? 왜 오겠다는 전화 한 통 안 했는데? 난 어쩌다 이렇게 아무 의미도 없는 존재가 되어버린 걸까?

레나는 눈물이 차오르는 걸 느꼈다. 그들은 서로 키스를 나눴었다. 코스토스가 사랑한다고 고백했었다. 그녀는 누구에게도, 어느 누구에게도 코스토스에게 주었던 것과 같은 감정을 느껴본 적이 없었다.

넌 그 사람이랑 헤어졌잖아. 에피와 카르멘의 목소리가 머릿속에서 콤보로 울리며 레나를 일깨웠다.

하지만 레나는 헤어졌다고 무조건 나를 그만 좋아해야 하는 건 아니잖아, 라고 말하고 싶었다.

그에게 나는 정말 깨끗이 잊어버릴 수 있는 사람이었을까?

당장이라도 방으로 올라가 신발 주머니에 담긴 그의 편지들을 가져와서 얼굴에 뿌려주고 싶었다. 보여?라고 소리치고 싶었다. 난 아무 의미 없는 존재가 아니라고!

코스토스가 자리에서 일어났다. "이제 슬슬 가봐야겠는걸. 문 닫기 전에 내셔널 갤러리에 갈까 하거든."

레나는 자신이 지금껏 한 마디도 하지 않았다는 걸 깨달았다.

"응, 정말 반가웠어." 에피가 인사했다. 그리고 처량하다는 듯이 레나를 쳐다봤다. 지금 언니가 얼마나 바보 같은지 알아?라고 말하는 것 같았다.

둘은 코스토스를 현관까지 배웅했다. "잘 지내." 그가 인사했다. 여전히 레나를 바라보고 있었다.

레나는 고통스럽게 그를 마주보았다. 두 눈이 아주 깊은 곳에서부터 그를 향해 깜빡이는 것 같았다. 떨어져 있는 몇 달 동안 그토록 서로를 갈망하고, 편지 한 장, 전화 한 통, 사진 한 장이라도 받고 싶어 열렬하게 기다리던 그들이었다. 그런데 그가 이렇게 바로 앞에 와 있는데도, 키스할 수 있을 만큼 가까이 있는데도, 가슴 떨리도록 매력적인데도 그냥 이대로 떠나 다시는 만나지 못하게 돼야 하는 걸까?

그가 돌아서서 문밖으로 걸어나갔다. 길가로 내려갔다. 정말로 떠나고 있었다. 레나 쪽을 한 번 뒤돌아보았다.

레나는 속으로 그를 뒤쫓아갔다. 손을 내밀어 코스토스의 손을 잡았다. 눈물이 나도 그냥 내버려두었다. 그가 봐도 상관없었다. "가지 마." 그렇게 애원했다. "제발."

하지만 레나는 그러지 못했다. 대신 자기 방으로 뛰어올라가 펑펑 울었다.

제발 저에게 두번째 기회를

허락하소서.

_닉 드레이크

티비는 기숙사 방에서 한 시간도 더 버틸 수 없었다. 밤늦게 워싱턴에서 돌아온 후 고통의 스물네 시간이 흘렀다. 이 방을 증오했다. 이 안에서 생각하고 느끼고 행한 모든 것을 증오했다. 침대에 눕는 것도 싫었다. 편히 쉴 수 있는 곳이 없었다. 모든 것을 뒤엎어버린 자신의 마음 한구석에도. 티비는 스스로에게 고함을 질렀다. 그러나 마음은 장광설을 늘어놓으며, 아무리 독한 협박에도 끄떡하지 않을 기세였다.

절박해진 티비는 차에 올라 워싱턴으로 향했다. 맥아더 대로의 슈퍼마켓에 도착하기 전까진 스스로도 어딜 가려는 건지 몰랐다.

잠시 후 티비는 오밤중에 오렌지색 카네이션을 움켜쥐고 처절한 꼴로 계산대 줄에 서 있었다. 하지만 이내 이것도 아니라는 생각이 들었다. 꽃은 얼마 안 있어 시들 것이다. 게다가 둘 다 꽃에는 별 관심이 없었다. 순간 뭔가가 머리를 스쳤다. 둘 다 무척 좋아했던 바로 그것.

티비는 시리얼 코너로 가서 노란색 캡틴 크런치 딸기맛 상자를 찾아냈다.

공동묘지 아래에 차를 대고 슈퍼마켓 비닐봉지를 든 채 언덕과 오솔길을 허둥지둥 올라갔다. 땅이 푹신해서 신발이 흙 속으로 푹푹 빠져들었다. 이런 느낌이 싫었다. 티비는 멈춰 서서 신발을 벗어던졌다. 잔디 위로 살살, 맨발로 걷는 게 더 나았다.

베일리의 묘지에는 지난번에 왔을 때부터 비석이 세워져 있었다. 딱 비석처럼 생긴 비석이었다.

티비는 회색 대리석에 노란색 시리얼 상자를 기대놓았다. 이게 아니다. 묘지에 놓기에는 너무 튄다. 상자를 뜯어 안에 있는 봉지만 꺼냈다. 훨씬 나았다. 빈 상자는 비닐봉지에 도로 집어넣었다.

비석을 살펴보는데 뭔가가 떠올랐다. 티비는 가방에서 마커 펜을 꺼내 비석 뒤에 아주 작고 간결한 대문자로 '미미'라고 적어넣었다. 이곳에 베일리 혼자 있는 것도, 미미가 흔적도 남기지 않고 가버리는 것도 원치 않았다.

티비는 풀밭에 몸을 뉘었다. 옷이 축축해졌지만 상관없었다.

막 깎아놓은 잔디가 젖은 맨발을 감쌌다. 티비는 돌아누워서 땅에 뺨을 대고 속삭였다. "안녕."

눈물이 땅을 적셨다. 티비는 자기 자신도 그 눈물과 함께 땅속으로 스며들면 좋겠다고 생각했다.

거기 위는 좀 나은 것 같아? 티비는 묻고 싶었다.

어떻게 이토록 멀리 와버릴 때까지 스스로를 방관할 수 있었을까? 나는 어디 있었던 걸까? 베일리가 죽은 후의 생활이 온통 혼란과 망각으로 가득차 기억도 잃은 채 방황하는 느낌이었다.

티비는 팔을 뻗어 세 손가락으로 차가운 비석을 만져보았다.

다시 한번 알려줘. 티비는 물었다. 예전의 내가 어땠는지 기억나지 않아.

뺨을 바닥에 대고 귀를 갖다붙였다. 그리고 귀를 기울였다.

"레나, 넌 그 사람이랑 헤어졌잖아." 브리짓은 한밤중인데도 불구하고 레나에게 닥친 일련의 사태에 참을성 있게 귀를 기울인 뒤 친절하게 정리해주었다.

"하지만 난 아직 그를 못 잊었어." 레나가 전화기에 대고 끙끙댔다.

브리짓은 잠시 아무 말도 하지 않았다. "레나." 그리고 가능한 한 친절하게 말을 꺼냈다. "누군가와 헤어진다는 건 그 사람을 잊는다는 것과 같은 말이야. 더는 그와 함께하고 싶지 않다는 뜻이라고."

"그래도 난 그런 뜻이 아니었단 말이야." 레나가 울먹였다.

"하지만 그 사람한테는 그렇게 들렸을걸."

"그렇다고 헤어지고 금방 다른 여자를 만날 것까진 없잖아." 레나가 비난했다.

브리짓은 한숨이 나오는 걸 참았다. "그 사람이랑 헤어지자고 한 건 너야. 나도 네 편지를 봤잖아. 헤어진 뒤에 다른 사람을 사귀는 건 그 사람 자유야. 그래야 공평하지." 브리짓은 다시 목소리를 누그러뜨리고 말했다. "네가 정말 가슴 아파하고 있다는 건 알겠어. 나도 그래. 하지만 그 사람 눈에 네가 어떻게 보일지도 한번 생각해봐."

"이제 어떡하지?" 레나가 물었다. 뭐든 해야 했다. 너무나 절박했다. 지금 이 상태를 견딜 수가 없었다. 이 현실을 받아들이느니 차라리 접시물에 코 박고 죽어버리고 싶은 심정이었다.

이게 바로 그와 헤어진 이유였을까? 이별함으로써 이 모든 과정을 피하고 싶었던 건지도 모른다. 바라고 갈구하고 그와 함께 할 수 없어서 느끼는 고통 같은 거 말이다. 그게 어디서부터 잘못된 걸까?

"레나?"

"응."

"끊은 거 아니지?"

"응."

"뭘 해야 할지는 네가 더 잘 알잖아?"

"몰라." 거짓말이었다.

"잠깐이라도 생각을 해봐."

레나는 생각했다. 알고 있었다. 하지만 받아들일 수 없었다. 받아들이는 순간 정말로 그렇게 해야 할 테니까.

"그럴 수 없어." 레나는 비참한 심정으로 대답했다.

"알겠어." 브리짓이 대답했다.

"엄마." 티비가 엄마 어깨를 만지며 불렀다. "엄마?"

앨리스가 눈을 떴다. 어리둥절한 표정이었다. 새벽 세시였다. 앨리스는 곧 침대에서 일어나 앉았다.

혼란스러워하는 티비의 눈을 보고 그녀는 본능적으로 티비의 얼굴을 쓰다듬어주었다. 기숙사에 있어야 할 티비가 여기 와 있는 것이 걱정스러웠다. 앨리스는 자신이 티비에게 얼마나 화가 났는지 떠올리기 전에, 자신이 얼마나 딸을 사랑하는지를 기억해냈다.

티비는 거칠게 엄마를 껴안았다. 그리고 조용히 메마른 눈물을 흘렸다. 날 다시 받아줄 거지?라고 묻고 싶었다. 다시 엄마 딸로 받아줄 거지?

엄마와 싸운 날 밤, 카르멘은 어두운 방에 몇 시간이고 앉아 있었다. 그러다 우연히 엄마 방에서 들려오는 고통스러운 대화를 듣게 됐다. 엄마는 데이비드와 통화하고 있었다. 결국 엄마의 애정생활이 망가지도록 기름을 퍼붓고 불을 붙인 꼴이 되었다. 메시지를 지워버린 게 도화선이었다. 크리스티나는 지나치게 과열된 톤으로, 혼란스러워하며 저항하는 데이비드에게 말도 안 되는 이별의 이유를 납득시키고 있었다. 그리고 카르멘은 추하고 죄스러운 만족감 속에서 그 소리를 듣고 있었다. 정확히 무슨 말이 오갔는지는 알 수 없지만, 그들의 감정만은 매우 선명하게 느껴졌다.

그날 밤 늦게 카르멘은 오렌지주스를 마시러 나오면서 엄마 방을 힐끗거렸다. 이내 고개를 돌렸지만, 눈물범벅이 된 엄마의 얼굴과 퉁퉁 부은 눈이 보였다.

다음날 월요일, 엄마는 퇴근하고 곧바로 집으로 와 닭요리를 만들었다. 크리스티나와 카르멘은 침묵 속에서 그 요리를 먹었다.

화요일 밤, 엄마는 머리가 아프다며 방안에 틀어박혔다. 카르멘이 아이스크림을 먹으려고 부엌에 갔을 땐 이미 냉장고에 있던 한 통이 다 사라진 뒤였다.

수요일 밤, 카르멘은 엄마를 혼자 두고 외출하는 게 마음이 걸렸지만 티비네 집에 갔다. 집에 돌아오니 엄마 방에서 〈프렌즈〉 재방송의 웃음소리가 흘러나왔다.

데이비드는 다시 전화하지 않았고, 엄마 역시 다시 연락하지 않았다. 카르멘이 말할 수 있는 선에서 보자면, 그들은 완전히 끝났다.

그 관계를 부숴버리고 싶다는 카르멘의 소망이 이뤄진 셈이 었다.

브리짓,

지난여름 기억나? 내가 아빠와 리디아에게 화가 나서, 정말 너무 열받 아서 모든 걸 다 망쳐버리고 싶어했던 거 말이야. 기억나?

음, 세상에는 두 종류의 사람이 있어. 첫번째는 자신의 실수에서 뭔가 를 배우는 사람들이고, 다른 한 부류는 그러지 못하는 사람들이야. 나는 어떤 부류일까?

내가 얼마나 못되게 굴든지, 넌 항상 나를 사랑해주려 노력한다는 거 알아. 내게도 아직 기회가 있다면 좋을 텐데.

사랑과 고뇌를 담아
카르멘

토요일 아침, 축구 경기를 보러 가기 전 브리짓은 달리기를 하러 나갔다. 이제는 한 번에 6킬로미터를 달릴 수 있었다. 속도가 느려도 꾸준히 달렸다. 경기장에 도착했을 땐 땀범벅이 되어 온몸이 끈적끈적했다. 그래도 브리짓은 오로지 달리기가 줄 수 있는 행복감에 젖어 있었다.

브리짓은 사이드라인 쪽, 늘 앉던 자리로 갔다. 빌리가 그녀가 온 걸 확인하고 안심하는 것 같았다. 브리짓이 말을 걸어주길 기다리며 첫번째 쿼터 내내 사이드라인 쪽에서 얼쩡거리는 티가 났다. 브리짓은 그저 손만 흔들어주었다.

전반전 후반, 버지스는 1점 차로 지고 있었다. 빌리가 어슬렁거리며 다가와서 물었다. "어떤 것 같아?"

브리짓은 이 상황을 즐기고 있었다. "미드필드가 완전 개판이야."

빌리는 깜짝 놀랐다. "정말?"

"어, 정말."

"왜?"

"코리한테, 패스 안 할 거면 가서 테니스나 치라고 해."

빌리는 잠깐 자리를 뜨더니 코리를 데리고 왔다. 그리고 브리짓 쪽으로 떠밀고는 "가서 쟤 말 좀 들어봐"라고 했다.

"코리."

"어."

"패스해. 패스. 넌 공은 정말 잘 다루는데, 슛은 완전 꽝이야."

코리의 얼굴에 분한 기색이 역력했다.

빌리도 진지한 얼굴로 말했다. "쟤 말이 맞아."

휘슬이 울리자 빌리는 코리를 데리고 나가 다시 경기에 몰두했다. 브리짓은 코리가 공을 패스하기 시작했다는 걸 단번에 눈치챘다.

브리짓은 남자애들의 이런 점이 좋았다. 그들은 모욕도 잘 받아들인다.

버지스는 2 대 1로 이겼고, 종료 휘슬이 울리자 언제나처럼 환호성이 울렸다. 브리짓도 그들과 함께 소리를 질렀다. 고등학생들이 우르르 밖으로 몰려나갔다. 코리는 벌써 골대 옆에서 여자친구와 쪽쪽거리고 있었다. 빌리가 브리짓 쪽으로 다가와 말했다. "같이 갈래?"

브리짓은 이 말을 곱씹어보았다. 물어봐준 건 고맙지만 정말 같이 가자는 말 같지는 않았다. 그냥 감사인사 차원에서 한 소리다. 고마움과 호감은 완전히 별개다. 브리짓은 "고맙지만 괜찮아"라고 대답했다.

대신 65번 주 경계도로를 따라 걸었다. 고등학생 한 무리가 그녀를 지나쳐갔다. 그들이 오픈카를 타고 옆을 지나가는 동안 브리짓은 길 가장자리로 걸었다. 자신이 어떻게 보일지 알고 있었지만 상관하지 않았다. 어떤 여자애들은 혼자 있는 걸 견디지 못한다. 하지만 브리짓은 달랐다. 그녀는 영화관, 식당, 심지어 파티까지 혼자 다녔다. 세 친구들과 함께하는 걸 그 무엇보다 사랑했지만, 상관도 없는 아이들과 붙어다니는 것보다는 혼자 다니는 편이 낫다고 생각했다.

월마트에서 브리짓은 꼭 사고 싶었던 축구공을 사고 장을 한

보따리 봤다. 돌아올 때는 히치하이킹을 해서 법원 앞에 내렸다. 저도 모르게 발길이 다시 축구장으로 향했다. 해가 졌지만 축구장 군데군데 조명이 비추고 있었다.

북받치는 감정을 안고 상자에서 공을 꺼내 냄새를 맡았다. 눈물이 차올랐다. 브리짓은 땅 위로 눈물을 흘렸다. 깨끗하고 빛나는 공을 좋아했지만, 더러워진 공 역시 사랑했다.

더이상 사람들이 자신에게 의지하지 않길 바라는 마음에 브리짓은 지난 11월 축구를 그만뒀다. 그때는 그저 잠이나 자고 싶었다. 가을 겨울 내내 축구부원들과 다른 운동부 학생들은 로비에서 마주칠 때마다 브리짓을 쳐다봤다. 브리짓이 스스로 다리를 절단하기라도 한 것처럼, 어색한 눈빛으로.

하지만 브리짓은 축구를 사랑했다. 그녀의 근육 하나하나가 축구를 사랑하고 있었다. 지금은 너무도 절실히, 고통스러울 만큼 축구가 그리웠다. 몸이 움직이길 원했다. 브리짓은 열정적인 사람이었다.

그동안 다시 축구공에 발을 댈 수 있는 날만을 꿈꿔왔다. 툭. 이제 시작이다. 공은 잘 굴러갔다. 다시 한번 찼다. 땅에서 먼지가 일었다. 심장이 미친듯이 뛰었다. 브리짓은 공을 따라 뛰었다. 차고, 뛰고, 또 찼다. 육각형과 오각형 무늬의 이 물건이 자신의 혼을 쏙 빼버리도록 내버려두었다. 너무 좋았다. 바로 이거였다. 경기도, 코치들도, 관중의 함성도, 대학 스카우트도 필요 없었다. 그냥 이거면 충분했다.

"엄마가 사흘째 일어나지도 못하고 있어." 라테를 홀짝이며
카르멘이 말했다. "정말 끔찍해. 같이 있고 싶은데, 날 쳐다보려
고도 하지 않아."

티비는 얘기를 듣고 있었지만 카르멘이 원하는 반응은 보이지
않았다. 고개를 끄덕이지도, 편을 들어주지도 않았다. 그저 조용
히 앉아 손가락으로 크루아상을 찢어낼 뿐이었다.

마침내 티비가 고개를 들고 말했다. "카르멘?"

"응?"

"아직 엄마한테 말 안 했어?"

카르멘은 컵 뚜껑을 열었다. "말하다니, 뭘?"

"일요일에 데이비드 아저씨가 전화했던 거 말이야."

카르멘은 깜짝 놀랐다. 그 일에 대해서는 이미 죄책감을 느끼
고 있다고 털어놓은 터였다. "아니."

"앞으로…… 말할 생각은 있어?"

"엄마한테?"

"응."

카르멘은 화제를 바꾸려고 메뉴판으로 시선을 돌렸다.

티비가 그런 카르멘을 똑바로 바라보았다. "저기, 카르멘?"

"응, 응."

카르멘은 톨, 라지, 마그니피코 사이즈 간의 가격차에 대해 생각하고 있었다. 그런데 왜 어디서도 스몰이라고는 하지 않는 걸까? 라테를 주문하며 스몰 사이즈를 달라고 했더니 종업원은 좀 모자라는 손님 보듯 빤히 쳐다보며 "톨 사이즈 말씀이시죠?"라고 되물었다. 잘난 척하면서 말이다. 사이즈는 상대적인 거야!라고 종업원에게 소리치고 싶었다.

"카르멘?"

"응."

티비의 얼굴이 난데없이 진지해져서 카르멘은 긴장했다. "아무래도 말해야 하지 않을까. 그런다고 뭐가 바뀌진 않겠지만, 엄마 기분이 나아질 수도 있잖아."

"누구 기분이 나아진다고?" 카르멘이 의심스럽다는 듯 말을 가로챘다.

"엄마, 그리고 너. 둘 다." 티비가 조심스럽게 대답했다.

카르멘은 참을 새도 없이 바로 쏘아붙였다. "모녀관계 전문가인 것처럼 얘기하시네."

티비는 한때 크루아상이었던 지저분한 부스러기를 내려다보았다. 얼굴이 점점 더 무표정해졌다. "그래. 아니야. 전혀."

"티비, 미안해." 카르멘은 얼굴을 감싸쥐며 반사적으로 사과했다. 그러나 티비는 이미 무너지고 있었다. 사과하는 말도, 주근깨 난 얼굴에 드러난 표정도 너무 허술하고 약했다. 카르멘은 티비를 더 슬프게 만들어버린 자신이 싫었다.

"괜찮아." 티비가 일어섰다. "네 말이 맞아." 그러고는 탁자 위 쓰레기들을 치웠다. "그만 가야겠다. 수영장에 니키 데리러 가겠다고 엄마랑 약속했거든."

카르멘도 일어났다. 이 대화가 좀 다른 방향으로 흘러가길 바랐다. "윌리엄스턴엔 언제 다시 가는 거야?"

티비는 어깨를 으쓱했다. "이틀 정도 있다가."

"나중에 전화해, 알았지?"

티비가 고개를 끄덕였다.

"나한테 화내지 마." 카르멘이 애원하듯 말했다.

"화 안 났어." 티비가 웃어 보였다. 흐릿한 웃음이긴 했지만, 가식은 아니었다. "진짜야. 화 안 났다니깐."

카르멘은 안심하며 고개를 끄덕거렸다.

"근데 카르멘?"

"어."

"엄마한테 꼭 말하긴 해야 할 것 같아."

티비가 문밖으로 나가 주차장을 가로지르는 모습을 보고 있자니 눈물이 날 것 같았다. 아무도 이렇게 따끔한 말을 해주지 않으리라는 걸 카르멘은 잘 알고 있었다.

권력은 부패하기 마련이다.

절대권력은 일종의

순결함인 것이다.

_존 리먼

카르멘은 엉망이었다. 티비도 엉망이었다. 레나는 훨씬 더 엉
망이었다. 위스콘신 애비뉴의 버거킹으로 걸어들어가면서 카르
멘은 생각했다. 지금 엉망이 아닌 사람은 늘 최악의 엉망 자리를
석권하던 브리짓뿐이라고. 이상한 여름이 되어가고 있었다.

카르멘은 하루 휴가를 내고 레나가 일하는 가게에 가서 뒤편
주차장에 함께 앉아 무더위 속에서 점심시간을 보냈다. 더위가
기승을 부렸다. 점심 내내 카르멘은 앉아만 있었고, 레나는 강박
증에 사로잡힌 듯 서성거렸다.

카르멘은 문을 열어 시원한 공기를 만끽했다. 눈이 적응될 때
쯤 실눈을 뜨고 계산대 앞에 서 있는 금발 소녀를 쳐다보았다.
코스토스가 여기 있다는 걸 알고 있어서인지 몰라도 자꾸 아는

사람들의 환영이 보이는 듯한 느낌을 떨칠 수 없었다. 보도에서도, 아파트 로비에서도, 레나네 가게 밖에서도.

카르멘은 소녀의 뒷모습을 주시하며 계산대 쪽으로 다가갔다. 짧은 금발 파마머리를 한 그 아이는 거스름돈을 세고 있었다. 말도 안 돼. 카르멘은 혼자 중얼댔다. 있을 수 없는 일이다.

하지만 카르멘은 프렌치프라이를 주문하면서도 계속 그 소녀를 흘끔거렸다. 설마 아니겠지. 카르멘이 혹시나 하며 떠올리고 있는 아이는 파마를 하지 않았고 저렇게 짧은 반바지를 입지도 않는다. 게다가 사우스캐롤라이나에 살고 있다.

카르멘은 그 소녀가 뒤를 돌아보길 초조하게 기다렸다. 거스름돈 세는 데 무척 오래 걸렸다. 카르멘은 그동안 혹시 자기 생각이 맞으면 어쩌나 전전긍긍했다.

마침내 소녀가 뒤로 돌아서더니 카르멘을 뚫어져라 바라보았다. 순간 깜짝 놀라더니, 금세 얼굴을 활짝 폈다.

"세상에, 이럴 수가." 카르멘이 중얼거렸다.

소녀는 한 손에 음료수를 들고 어깨엔 더플백을 멘 채 카르멘에게로 달려왔다. "카르멘!"

카르멘은 그 자리에 얼어붙었다. 이번 여름 다시 돌아온 망령은 비단 코스토스만이 아니었다. "크리스타?"

크리스타는 쭈뼛거리면서도 신나 보였다. "이렇게 마주치다니, 믿을 수가 없어."

"너 여기서 뭐하는 거니?"

"널 찾아왔지." 크리스타가 대답했다. 그리고 바지 앞주머니를 뒤적거리더니 꼬깃꼬깃한 종이 한 장을 힘들게 끄집어냈다. "몇 분 전에 네 집에 전화했는데, 아무도 안 받더라고."

종이에는 카르멘의 주소와 전화번호가 적혀 있었다.

"우와…… 정말? 음……" 카르멘은 그녀의 기분을 상하게 하지 않는 선에서 왜?라고 묻고 싶었다. "여긴…… 친구들이랑…… 온 거야?" 카르멘은 크리스타의 아이라인과 반바지, 짧은 빨간색 탱크톱에 넋이 나갔다. 크리스타가 분명했지만 당최 그 사실을 믿을 수가 없었다.

"아니, 나 혼자 왔어."

"아." 카르멘이 대답했다. 이 아이가 사기꾼이 아니라 진짜 크리스타라는 걸 확인시켜주는 것은 펜던트를 추가로 달 수 있는 금목걸이뿐이었다.

카르멘은 바로 프렌치프라이 값을 계산했다. 그리고 먼저 자리로 향하며 "저기…… 일단 좀 앉을래?" 하고 물었다.

가출했건 아니건, 크리스타의 예의는 여전했다. 카르멘이 앉을 때까지 의자 옆에 서 있었다.

"음, 엄마도 같이 왔어?" 카르멘이 물었다. 만약 리디아와 아빠가 아무 연락 없이 들이닥쳤다면 그건 다른 차원의 문제다.

크리스타의 얼굴이 조금 어두워졌다. "아니." 그러더니 목청을 가다듬고 덧붙여 말했다. "나 엄마한테서 도망쳤어."

카르멘의 눈썹이 치켜올라갔다. "네가? 왜?"

크리스타는 누가 들을까봐 주변을 살피고는 대답했다. "엄마가 화를 내잖아."

카르멘은 놀란 기색을 숨기려 하지 않았다.

"엄마가, 너, 여기 온 거, 알고 있어?" 카르멘은 제시 모건한테 말하듯 아주 천천히 물어보았다.

"아니." 크리스타는 두렵긴 하지만 당당하다는 얼굴이었다.

"크리스타." 카르멘은 심각한 얼굴로 크리스타를 바라보았다. "정말 괜찮은 거야? 너, 너무…… 달라진 것 같아."

크리스타가 빨대 포장지를 만지작거렸다. "올해부터 내가 하고 싶은 대로 해보려고 했는데, 엄마는 사사건건 화만 냈어."

카르멘은 아무 말 없이 고개만 끄덕였다.

"작년에 네가 아무한테도 말하지 않고 워싱턴으로 가버렸던 게 생각났어. 그래서 나도 한번 해본 거야."

카르멘은 엄지손톱 거스러미 뜯는 버릇을 크리스타가 눈치채지 못하도록 손을 무릎 위에 올려놓았다. "난 워싱턴에 사니까 그런 거잖아."

크리스타가 고개를 끄덕였다. 눈빛에서 회의가 차오르는 게 보였다. "그래서 여기로 온 거야. 얼마 동안 너랑 지낼 수 있지 않을까 해서."

카르멘은 폭발할 것 같았다. "우리 엄마와 나랑 지내겠다고?" 이 아이는 크리스티나가 자기 새아빠의 전부인이라는 걸 깜빡하기라도 한 걸까?

크리스타는 고개를 끄덕였다. "만약 괜찮다면 말이야. 먼저 연락 못한 건 미안해." 크리스타가 고개를 살짝 숙였다. "먼저 전화할 걸 그랬네."

"아니, 아니야. 괜찮아. 그건 걱정하지 마." 카르멘은 어느새 크리스타의 손목을 잡고 안심시키고 있는 스스로에게 놀랐다. "며칠 동안 같이 지내도 되지 뭐."

크리스타가 자기 귓불을 가리켰다. 벌겋게 부어올라 있었다. "귀를 두 군데 뚫었더니, 엄마가 기겁하지 뭐야. 그것 때문에 싸운 것도 있어."

카르멘은 무심코 자기 귀에 뚫린 구멍 두 개를 만져보았다. "크리스타, 폴한테는 말했니?"

아이라인 속의 파란 눈이 동그래졌다. 크리스타는 고개를 저었다.

"네가 여기 온 걸 아무도 모른다고?"

"아무도 몰라. 그러니까 연락하지 마, 응?" 크리스타는 심각하게 대답했다. 여전히 공손한 말투 때문에 반항의 효과가 반감됐다.

카르멘은 침을 삼켰다. 어떻게 폴에게 연락하지 않을 수 있단

272

말인가? "이제 그만 가자." 카르멘은 자리에서 일어나 엄마 주려고 산 프렌치프라이 한 봉지를 들고 크리스타에게 따라오라고 손짓했다.

카르멘네 집까지는 겨우 두 블록 거리였다. 크리스타와 함께 엘리베이터를 타고 올라가는 내내 머리가 복잡했다. 전남편이 새로 얻은 부인의 딸이라고 크리스타를 소개하고 얼마 동안 함께 지내게 됐다고 말하면, 안 그래도 속상한 엄마가 뭐라고 할까?

> 카르멘,
>
> 결코 결코 결코 절대 절대 절대 너에게 더이상 기회가 없을 일은 없을 거야. 그걸 모른단 말이야?
>
> 네 말이 맞아. 세상 사람들은 두 종류로 나눌 수 있어. 세상을 두 부류의 사람으로 나누는 사람과 그러지 않는 사람으로.
>
> 언제나, 무슨 일이 일어나든 널 사랑하는
> 브리짓

열한 살이 되던 해 브리짓 엄마가 돌아가시자, 티비는 브리짓을 자기네 집으로 입양시키려는 비밀 계획을 세웠다. 열한 살 아이의 눈에도 브리짓의 아빠는 딸을 돌보기엔 너무 폐쇄적인 사람으로 보였다. 게다가 쌍둥이 페리는 컴퓨터게임에 빠져서 방 밖으로 거의 나오지도 않았다. 브리짓은 무척 열정적이고 가만

있질 못하는 성격인데, 그애 집은 너무 조용하고 텅 빈 느낌이었다. 티비는 그런 친구를 보고 마음이 아팠다.

열한 살 티비의 가슴속에선 레나와 카르멘, 브리짓 모두 자매나 다름없었지만, 그래도 진짜 자매가 있었으면 했다. 카르멘네는 아빠가 없고 레나에겐 이미 여동생이 있으니 자기 집이 브리짓에게 딱이라며 자신의 주장을 합리화했다. 그러고는 자기 방에 침대, 옷장, 책상이 두 개씩 놓여 있는 그림을 공들여 그리기도 했다.

티비는 상상력이 엄청나게 앞서 달려나간 그때를 회상했다. 용돈도 나눠 쓸 계획이었다. 넓은 마음으로 한 해 동안 허드렛일 당번도 빼줄 생각이었다. 티비는 부모님, 특히 아빠가 브리짓의 축구 경기를 응원하는 모습을 상상했다. 브리짓의 이름이 브리짓 롤린스로 바뀌면 어떨까, 레스토랑에서 부모님과 함께 식사하고 있으면 모르는 사람들이 브리짓과 자신이 닮았다고 생각할까, 뭐 그런 상상도 했다.

티비가 열세 살이 되었을 때 엄마가 임신을 했고, 진짜 여동생이 생겼다. 그리고 열다섯 살이 되던 해 동생을 또 한 명 갖게 됐다. 하느님은 티비의 기도를 들어주셨다. 그것도 정말이지 글자 그대로 말이다.

티비는 그 오래된 방 그림을 윌리엄스턴으로 가지고 왔다. 6B4호실 문을 열자마자 보이는, 거울 앞에 있는 옷장 위에 그림을 올려놓았다. 그리고 미미가 살던 우리를 표시한 조그만 사각형을 실눈을 뜨고 들여다보았다. 그 사각형은 정확히 두 침대 사이에 그려져 있었다. 브리짓이 질투를 느끼지 않고 미미와 잘 어울릴 수 있기 위한 배치였다.

알렉스가 이 그림을 보고 어떻게 생각할지 궁금해졌다. 자기가 열여섯 살 때까지, 기니피그가 죽을 때까지 녀석을 끔찍이 아꼈다는 걸 털어놓으면 어떻게 생각할까?

그리고 베일리는 알렉스를 어떻게 생각할까?

티비는 베일리의 생각을 알 수 있었다. 노력하면 베일리의 눈을 통해 그 아이의 생각을 볼 수 있었다. 그건 마치 세상을 거울에 비춰보는 것과 같았다. 베일리는 알렉스를 그저 허세나 부리는 남자애로 생각하고, 뭘 하든 크게 상관하지 않을 것이다. 베일리의 탐구심을 자극하는 캐릭터는 그 외에도 너무나 많기 때문이다.

그런 생각을 하다보니 바네사가 떠올랐다. 티비는 집에서 가져온 물건들을 가방에서 꺼냈다. 속이 훤히 들여다보이는 가방에 고무로 만든 동물 인형이 가득했다. 뱀, 원숭이, 도롱뇽, 거북이, 물고기 인형들. 모두 니키가 티비에게 선물한 것들이다. 모라가 바네사에게 했던 잔인한 말을 중화해줄 귀여운 동물도 하나쯤은 있어야 할 것 같았다. 하나도 웃기지 않았지만 의무적으로 웃어줘야 했던 잔인한 말들.

티비는 초록색 리본으로 가방 윗부분을 조심스럽게 묶었다. 책상 위에서 가위를 가져와 날로 리본 끝을 말았다. 그리고 짧은 메모를 붙였다. RA로서 너무 잘해줘서 고마워. 튀지 않는 깔끔한 필기체로. 그걸 바네사 방문 앞에 내려놓고 문을 두드리고는 바네사가 나오기 전에 잽싸게 도망쳤다.

얼간이들이나 할 법한 짓이었지만, 자신만 좋다면야 얼마든지 얼간이가 될 수 있었다.

"폴, 전화 좀 받아." 카르멘은 방문까지 닫고 숨어서 말했다. 아빠와 새엄마가 사는 찰스턴 집으로 전화했다면 자동응답기에 대고 이렇게 소리치진 않았을 것이다. 하지만 폴은 유펜에서 계절학기를 듣고 축구를 하며 이번 여름을 보내고 있었다. "그럼 어이, 룸메이트. 너라도 좀 받아라. 제발."

아무 대답이 없었다. 이놈의 대학 기숙사는 왜 늘 텅텅 비어 있는 거야?

카르멘은 전화를 끊고 인터넷에 접속했다.

폴, 안녕! 지금 당장 전화 좀 해주라. 당장!

보내기 버튼을 눌렀다.

발끝으로 살금살금 걸어가 방문을 조용히 열었다. 크리스타는

276

여전히 잠들어 있었다.

크리스타는 가출이 체질에 맞는 것 같았다. 카르멘은 가출했을 때 제대로 자지 못하고 잠을 설치곤 했다. 속도 계속 안 좋았다. 반면 크리스타는 식욕이 왕성했다. 엄마 주려고 산 프렌치프라이 한 봉지를 줬더니 고마워하면서 싹 해치웠다. 그런 다음 접이식 소파에 눕더니 오 분도 안 돼 잠이 들었고, 두 시간째 뒤척이지도 않고 자고 있다.

카르멘이 『코스모걸!』을 반 넘게 읽었을 때 마침내 벨이 울렸다. 카르멘은 전화벨이 채 한 번 울리기도 전에 전화기로 달려들었다.

"여보세요?"

"카르멘?" 응급상황에서도 폴의 목소리는 느긋했다.

"폴, 폴!" 카르멘은 목소리를 낮췄다. "지금 우리집 소파에 누가 자고 있는지 알아?"

폴은 아무 말이 없었다. 스무고개 같은 데는 취미가 없는 것이다.

"모르겠는데." 마침내 폴이 대답했다.

애태우지도 않고 그냥 말해버리기에는 아까울 정도로 말도 안 되는 일이었지만, 별수 있나? "크리스타가 와 있어!"

폴이 말을 알아듣는 데는 시간이 좀 걸렸다. "왜?"

"가출했대!"

"왜?" 폴은 생각보다 담담했다.

"엄마랑 사이가 안 좋다고 하던걸. 싸웠대. 나도 잘 모르겠지만, 귀를 뚫었다나." 카르멘은 잠시 가만히 있었다. "너…… 요즘 네 동생 본 적 있니?"

"4월에 봤어."

"정말이지…… 지난여름하고는 너무 다르던데. 안 그래?"

"어떻게 다른데?"

"어, 잘은 모르겠지만…… 화장이랑 머리 모양도 다르고, 옷 입는 것도 달라. 무슨 말인지 알겠지?"

"크리스타는 너처럼 되고 싶어서 그러는 거야."

카르멘은 갑자기 가슴이 오그라드는 것 같았다. 공기가 부족해 말을 할 수가 없었다.

폴이 옳았다. 카르멘이 백 마디 하는 동안 폴은 딱 한 마디 정답을 말했다.

카르멘은 어떻게 반응해야 할지 난감했다. 숨을 들이마신 뒤 말뜻을 물었다. "그러니까 지금 넌, 내 옷차림이 조신하지 못하다고 말하는 거야?"

"아니." 카르멘이 자기 말을 희한하게 받아들일 때마다 폴은 당황스러워했다.

"으, 음." 카르멘은 말까지 더듬었다. 아무래도 다른 방향으로 물어보는 게 나을 것 같았다. "크리스타가 왜 나처럼 되려고 하는데?"

"걔는 너를 동경해."

"말도 안 돼! 크리스타가?" 카르멘은 의도했던 것보다 더 크게 소리를 질러버렸다. 거실에서 뒤척이는 소리가 들렸다.

"그래."

"왜?" 폴한테서 칭찬을 들으려고 해봤자 소용없다는 걸 알면서도 묻지 않을 수 없었다.

폴은 한참 있다가 대답했다. "나도 모르겠어."

황송해라, 고맙기도 하지. "음, 그럼 내가 뭘 어떻게 해야 하는 거니?" 카르멘이 나직이 물었다. 발소리가 들렸다. 끊어야 했다. 기회가 생기자마자 크리스타를 배신한 사실을 숨겨야 했다.

"너한테 말한 건 비밀이다. 아무한테도 말하지 않기로 약속했거든." 카르멘이 덧붙였다.

"잠시만 데리고 있어줘. 금방 데리러 갈게." 폴이 말했다.

"크리스타가 깼나봐. 그만 끊는다. 안녕." 크리스타가 노크하는 순간 카르멘은 전화를 끊었다.

"뭐해?" 크리스타가 조용히 물었다. 뺨에 이불 자국이 나 있었다. 가출까지 하게 만든 객기의 흔적이 하나하나 벗겨지고 있었다.

갑자기 크리스타에게 잘해줘야겠다는 생각이 들었다. 아마 자신이 아부라면 사족을 못 쓰는 뚱뚱이라서 이러는 거겠지만.

이제 와서 훑어보니, 크리스타의 새로운 머리는 카르멘의 타고난 곱슬머리를 흉내낸 구슬픈 작품이었다. 카르멘은 숱이 많은 흑발인 반면 크리스타는 숱이 적은 금발이었다. 크리스타의 원래 머리는 예쁘지만, 지금 이 파마머리는 진짜 웃겼다. 청반바지는 작년 여름 카르멘이 찰스턴에서 입었던 스타일과 흡사했다. 하지만 크리스타의 깡마르고 창백한 다리에 걸쳐진 바지는 카르멘이 입은 모습과 완전 달랐다. 카르멘이 짙은 속눈썹에 살짝살짝 바르곤 했던 검정 아이라이너는 크리스타를 어딘가 약물중독자처럼 보이게 했다.

"들어가도 돼?" 크리스타가 문간에서 주저하며 물었다.

아주 예의바른 약물중독자다.

"물론이지. 들어와." 카르멘은 손짓했다. "잘 잤어?"

크리스타는 고개를 끄덕였다. "고마워. 지금 몇시나 됐어?"

카르멘은 고개를 돌려 라디오 시계를 확인했다. "다섯시 반. 좀 있으면 우리 엄마가 오실 거야."

고개를 끄덕이는 크리스타는 낮잠에서 덜 깼는지 왠지 자신이 없어 보였다. "너네 엄마가 이걸 괜찮다고 하실까?"

"'이거'라니, 네가 여기 있는 거 말이야?"

고개를 끄덕이는 크리스타의 눈이 커졌다. 작년에 카르멘이 욕설을 퍼부을 때마다 그랬듯이.

"괜찮을 거야. 걱정하지 마." 카르멘은 크리스타를 부엌으로 데려가 오렌지주스를 한 잔 따라주었다. "그래…… 크리스타. 엄마한테 연락할 생각이…… 들어?"

"안 하는 게 나을 것 같아." 크리스타가 고개를 저었다. "미친 듯이 화를 낼 거야."

"벌써 화가 풀렸을지도 몰라. 아마 정말로 걱정하고 계실걸. 무슨 말인지 알지? 그냥 네가 안전하게 잘 있다고만 말씀드려."

크리스타는 어느 정도 납득하는 눈치였다. 카르멘은 이 아이가 줏대 없는 성격이라는 걸 잘 알고 있었다. "내일쯤…… 연락할까?"

카르멘은 고개를 끄덕였다. 그 마음을 이해할 수 있었다. 두려운 일에 맞서기 전엔 최소한 스물네 시간 정도 마음의 준비가 필요하다.

크리스타는 한동안 조용히 주스만 마셨다.

"너 엄마랑 정말 크게 싸운 거야?" 카르멘이 여전히 상냥한 목소리로 물었다.

크리스타가 고개를 끄덕였다. "요즘 엄청 많이 싸웠어. 엄마는 내가 예의가 없대. 내가 옷 입는 스타일도 싫어해. 뭐라고 말대답하면 난리난다니까." 크리스타는 완전히 상해버린 금발 한 가닥을 귀 뒤로 넘겼다. 목소리에서 가시가 느껴져 카르멘은 꽤나 놀랐다. "엄만 자기 집에선 모든 것이 조용하고 완벽해야 된대. 난 이제 그러기 싫은데 말이야."

카르멘은 지난여름 자신이 잘 정돈된 리디아의 작은 세계에 독을 풀었다는 걸 알고 있었지만, 그게 크리스타마저 물들인 줄은 까맣게 몰랐다. "넌 잘못한 거 없어."

크리스타가 오렌지주스 컵 테두리를 어루만졌다. 카르멘에게 비밀을 털어놓으려는 것이다. "엄마가 시키는 대로 하면 난 투명 인간이 돼버릴 거야." 그렇게 말하는 목소리가 무척 슬펐다. "내가 원하는 대로 하면 엄만 분명 인생을 망치는 길이라고 뭐라 하겠지."

크리스타는 무슨 지혜라도 구하듯 카르멘의 얼굴을 보았다. "너라면 어떻게 하겠어?"

오랫동안 밀쳐내기만 했던 책임감을 발휘해야 한다는 걸 카르멘은 알아차렸다.

나라면 어떻게 했을까? 나, 카르멘은 과연 어떻게 행동했을까?

징징대고, 반항하고, 불평했겠지. 아빠와 새엄마가 사는 집 창문에 돌이나 던졌겠지 뭐. 그러고는 겁쟁이처럼 도망쳤을 테고. 엄마를 괴롭히고, 이기적인 싸가지처럼 굴 게 뻔해. 그렇게 엄마의 행복을 다 망쳐버리겠지.

카르멘은 무슨 조언이라도 해주려고 입을 열었다가 곧바로 다물어버렸다.

이런 경우를 이르는 단어가 있다. 'h'으로 시작하는 단어. 인간쓰레기라는 뜻이기도 하고, 어떨 땐 뚱뚱하다는 뜻이기도 한 단어.

무슨 단어일까?

맞아. 위선자hypocrite지.

짝사랑만큼 땅콩버터 맛을

떨어뜨리는 것도 없을걸.

_ 찰리 브라운

"이것들 중엔 없었어요." 티비는 계산대에 CD를 한 무더기 올려놓으며 말했다. "제가 찾는 건 그냥 피아노 독주가 아닌데. 다른 악기도 있었다고요."

아저씨가 고개를 끄덕였다. 사십대 정도로 보였다. 허시퍼피 신발을 신었고, 머리 모양은 되는대로 놔둔 것 같았다.

"피아노랑 다른 악기가 같이 나온다고?" 그가 물었다.

"네."

"그럼 협주곡인데."

티비의 눈이 빛났다. "네, 맞는 것 같아요."

"베토벤인 건 확실하고?"

"그럴걸요."

"그럴걸요, 라니." 아저씨는 커피가 필요할 듯한 얼굴이었다.

"정말로 아주 완전 확실해요." 티비는 재빨리 덧붙였다.

"좋아, 베토벤의 협주곡은 다섯 곡이지. 가장 널리 알려진 건 아마도 5번 〈황제〉일 거야." 아저씨가 침착하게 설명했다.

티비는 너무도 감사했다. 아저씨는 이미 티비의 문제에 꽤나 많은 시간을 할애한 터였다. 다행히도 오전 열시 사십오분의 클래식 코너는 한가했다.

"들어봐도 돼요?"

"어디 감상용 복사본을 둔 것 같은데. 찾으려면 시간이 좀 걸릴 게다. 나중에 다시 올래?"

아저씨는 그러길 바라는 것처럼 보였지만 티비는 아니었다. 그 CD가 지금 당장 필요했다. "그냥 기다려도 돼요? 정말 꼭 필요한 거라서 그래요." 마감이 앞으로 구 일밖에 남지 않아서 할 일이 태산이었다.

티비는 아저씨가 느릿느릿 찾는 것을 지켜봤다. "저도 같이 찾을까요?"

아저씨는 어쩔 수 없이 티비를 계산대 뒤쪽으로 들여 상자 안을 뒤지도록 해주었다.

"여기 있다." 마침내 아저씨가 CD를 의기양양하게 치켜들고 말했다.

"야호!" 티비는 소리쳤다. CD를 움켜쥐고는 청취 코너로 내

달렸다.

몇 초 만에 바로 알아차렸다. "이거예요!" 티비는 아저씨한테 소리를 지르다시피 말했다.

"잘됐구나!" 아저씨도 티비만큼이나 신이 나서 대꾸했다.

정말 아저씨를 얼싸안기라도 하고 싶은 심정이었다. "감사합니다. 정말, 정말 감사합니다."

"천만에." 그는 만족한 투로 말했다. "이 일을 하면서 이런 긴급상황은 흔치 않지."

기숙사로 돌아온 티비는 컴퓨터 앞에 앉았다. 한 손에는 집에서 온갖 소중한 영상을 복사해온 DVD가, 다른 한 손에는 베토벤 피아노 협주곡 〈황제〉가 들려 있었다.

CD를 넣고 빈 화면을 바라보았다. 음악이 흐르도록 내버려두었다. 미동도 하지 않았다. 아직은 그럴 수 없었다. 티비는 한 손으로 DVD를 다시 밀어냈다.

정말 힘든 일이었다. 지난여름 이후 그 영상들을 보지 않았다. 아직 준비가 되지 않았다고 스스로에게 변명했다. 하지만 마음의 준비가 될 때란 결코 오지 않을지도 모른다. 그냥 스스로 맞닥뜨려야 하는 것이다.

티비는 케이스에서 DVD를 꺼냈다. 그리고 책상 위에 케이스를 내려놨다. 음악이 고조되고, 심장이 빠르게 뛰었다.

노크 소리가 들렸다. 티비는 고개를 들고 음악을 낮췄다. 목소리를 가다듬고 말했다. "누구세요?" 쉰 소리가 나왔다.

문이 열렸다. 알렉스였다.

"티비." 알렉스가 말했다. 평소보다 머뭇거리는 표정이다. "돌아왔네. 어디 갔었어?"

티비는 책상 밑 벽을 발로 툭툭 찼다. "집에 잠깐 갔다 왔어. 처리해야 할 일이 있었거든."

알렉스는 고개를 끄덕이고는 컴퓨터 쪽을 가리키며 물었다. "영화 작업이야?"

티비는 알렉스를 유심히 바라보았다. "네가 생각하는 건 아니야. 엄마 나오는 그 영화."

"아니라니?"

"이제 안 하려고." 티비는 그 영화를 하수구에 처박아버리고 싶었지만, 자신에 대한 벌로 고이 모셔두었다.

"그럼 과제로 뭘 내려고?"

"새 영화를 찍을 거야."

"새 작품을 시작한다고? 지금?"

"응."

"흠. 며칠 내로 그게 가능할까?"

"해봐야지 뭐."

알렉스는 늘 초연한 척했지만 이번 일은 좀 심각하게 받아들이는 것 같았다. 이제야 알렉스가 어떤 아이인지 똑바로 보이기 시작했다. 그는 자신이 좋아하는 모든 걸 비웃을 수 있지만, 역시 브라운 대학에 들어가고 싶어하는 부류였다. 위험을 감수할 깜냥이 못 되는 엉터리 반항아다. 이런 생각을 하는 티비도 마찬가지긴 하지만.

"무슨 영화인데?"

티비는 그 DVD를 조심스레 바라보았다. 알렉스를 끌어들이고 싶지 않았다. 이건 엄마를 소재로 못된 싸구려 영화를 찍는 것보다 훨씬 더 어렵고 위험한 일이었다.

"아직 생각 안 해봤어."

티비가 다시 책상 쪽으로 돌아앉았다. 알렉스도 나가려고 몸을 돌렸다.

"무슨 음악 듣고 있었던 거야?"

티비는 한 시간 넘게 고생해서 찾은 이 음악을 부정해야 할지 잠시나마 진지하게 고민했다. 그냥 라디오 돌리다가 주파수를 잘못 맞춘 척할까.

대신 그녀는 이렇게 대답했다. "베토벤. 피아노 협주곡 〈황제〉야."

알렉스는 티비를 미심쩍은 눈으로 바라보았다. 그러더니 다시 나가려고 했다. 티비의 심장이 빠르게 뛰었다. "저기, 알렉스?"

"어?"

"브라이언 기억나? 내 영화 보고 뭐라 했던 애 말이야."

알렉스는 고개를 끄덕였다.

"그애는 세상에 둘도 없는 내 친구야. 사실 내 방에서 같이 지냈어."

알렉스는 혼란스러워 보였다. 그리고 불편해 보였다. "그럼 처음부터 그렇게 말해줬어야지."

티비도 고개를 끄덕였다. "맞아. 그래야 했어." 무모한 충동이 사다리 타듯 갈비뼈를 기어올라와 입으로 향했다. "이것도 알아?"

알렉스는 고개를 살짝 저었다. 자신이 모르는 게 또 뭔지 알고 싶지 않은 눈치였다.

"내가 만든 그 영화, 정말 구렸어. 비열하고 깊이도 없고."

알렉스는 그만 이 방에서 나가고 싶어했다. 그는 이렇게 논쟁하는 걸 잘 참지 못하는 성격이었다.

"이것도 알고 있어?"

알렉스는 문 쪽으로 걸어갔다. 티비가 미친 줄 알았을 것이다.

"RA 바네사, 그애가 너나 나나 모라보다 훨씬 훌륭한 아티스트야!" 티비는 알렉스 뒤꽁무니에 대고 소리쳤다. 끝까지 다 들었는지 모르지만 상관없었다. 알렉스 좋으라고 한 말이 아니니까.

레나는 손가락을 전기 소켓에 넣은 채로 걸어다니는 느낌이었다. 끊임없는 충격과 전율에 이어 건조기 안에 들어앉은 듯한 흥분이 계속됐다. 그가 여기 왔어. 여기 왔다고! 그를 다시 못 봤다면 어쩔 뻔했을까?

온통 정신이 팔린 나머지, 오늘 아침 먹을 땐 유진이라는 사람의 존재를 안 이후 냉전중이라는 사실조차 잊고 엄마 빵에 버터를 발라주기까지 했다.

아르바이트할 땐 틈만 나면 창밖을 주시했다. 코스토스가 이 근처에 있다. 아무 때고 근처를 지나갈 수 있는 것이다. 워싱턴 시내 어디서든 그를 만날 가능성이 있었다. 오 분 내에 마주칠지도 모르고, 혹은 영원히 볼 수 없을지도 몰랐다. 레나는 동시에 두 가지 걱정에 휩싸여 있었다.

아르바이트하는 가게에서 집까지 거의 혼수상태로 걸었다. 버스가 옆을 지날 때마다 거기 코스토스가 타고 있고, 창문으로 자신을 바라본다고 상상하면서.

집으로 돌아오니 뭔가 이상한 기운이 느껴졌다. 에피가 테이블을 세팅하는 중인데 접시가 너무 많았다.

레나를 본 에피가 흥분한 기세로 거의 숨도 쉬지 않고 말했다. "코스토스가 저녁 먹으러 온대."

충격과 전율, 그리고 건조기. 레나는 손으로 머리를 감쌌다. 머리가 목 위에 제대로 붙어 있는 것 같지도 않았다. "뭐라고?"

"그렇대. 엄마가 코스토스를 초대했어."

"어떻게? 왜?"

"시르티스 아줌마랑 얘기하다가, 아줌마가 코스토스가 워싱턴에 와 있다고 말한 거지. 엄마는 그것도 모르고 초대 한번 안 했다며 놀랐고. 할머니 할아버지가 손자처럼 여기니까 거의 우리 가족이나 다름없다고 생각하는데 말이야."

레나는 눈을 깜빡거리며 서 있었다. 레나를 완전히 무시한 결정이었다. 아무도 레나의 입장을 고려하지 않았다. 코스토스는 레나를 제외한 모든 이들의 친구였다.

이제는 코스토스의 새 여자친구만 질투하고 미운 게 아니었다. 칼리가리스란 성을 가진 자기 가족 전부가 미웠고, 시르티스 집안사람들도 미웠고, 심지어 지금껏 한 번도 만난 적 없는 사람들까지 미웠다.

"엄마는 날 괴롭히려는 걸까?" 레나가 물었다.

"솔직히 대답해줘? 내 생각에 언니는 안중에도 없는 것 같은데."

그래. 참 도움이 되는구나.

에피는 레나가 자기 말에 충격을 받았음을 눈치챘다. "내 말은, 엄마는 언니랑 코스토스가 작년 여름부터 쭉 사귀는 줄 알고 있다고. 서로 편지하던 것도 알고. 그냥 소식이 끊긴 거라고만 생각하는 거야. 혹시 엄마한테 코스토스 얘기 한 적 있어?"

"아니."

"그럼 딱 그거네." 에피가 말했다.

레나는 노발대발했다. 도대체 언제부터 엄마한테 전부 다 얘기하면서 살았다고?

"언제 온대?" 레나가 물었다.

"일곱시 반." 에피가 불쌍하다는 듯 대답했다. 실제로도 좀 불쌍하긴 했다.

레나는 동생이 자기를 불쌍히 여긴다는 사실에 스스로가 불쌍해졌다. 시계를 보았다. 오십 분 남았다. 지금 위층으로 올라가 샤워를 하고 옷을 차려입은 다음 딴사람이 되어 아래층으로 내려올 수도 있다.

아니면 침대에 드러누워 아침까지 내리 자든가. 아마 저녁식사 자리에 없어도 아무도 눈치채지 못할 거다.

카르멘은 그날 저녁 퇴근하는 엄마를 보고 슬퍼졌다. 엄마는 마치 밤 열두시를 넘긴 신데렐라 같았다. 마법은 사라졌다. 삼주 전 엄마는 같은 장소에서 마법의 바지를 입고 있었다. 그날 엄마는 돋보였고, 사랑받는 여자처럼 빛이 났다.

그런데 오늘 엄마는 누가 봐도 사랑받지 못하는 여자의 모습이었다. 더이상 누군가를 위해 머리를 하고, 구두를 신고, 자신을 가꾸지 않았다. 몸 전체가 바닥으로 가라앉고 있는 것 같았다.

"안녕, 엄마." 카르멘은 부엌에서 나오며 인사하고는 같이 나온 크리스타를 가리켰다. 잠자면서 아이라인이 번져서 더 괴상해 보였다. "얘는 크리스타야, 엄마. 어, 아빠의 의붓딸." 카르멘은 별일 아니라는 듯 말했다.

엄마는 고개를 들고 눈을 깜빡거렸다. 며칠 전만 해도 너무 행복해서 이런 일에는 눈 하나 깜짝하지 않았을 것이다. 하지만 지금 엄마는 너무나 불행했다. 엄마가 고개를 끄덕이고는 말했다. "안녕, 크리스타." 그래도 카르멘 앞이라 혼란스러운 마음을 최대한 감추려고 노력하는 것 같았다.

"크리스타는, 음, 집을 떠나서 잠깐 여행중이래. 그래서 우리집에서 하루이틀 묵으면 어떨까 하는데." 카르멘은 이상한 소리인 줄은 알지만 나중에 얘기하자는 표정으로 엄마를 바라보았다. 그리고 벌써부터 거실 풍경을 바꿀 정도로 엉망이 된 소파를 가리켰다. "그냥, 소파에서 자도 되니까, 그치?"

"글쎄. 뭐 상관은 없지." 엄마는 당황스러워서 더이상 뭐라 하지는 않을 눈치였다. "크리스타 엄마만 허락한다면야."

"감사합니다." 크리스타가 웅얼거렸다. "정말 감사드려요, 로······" 갑자기 말이 끊겼다. 크리스타는 카르멘에게 도움을 요청하는 절박한 눈빛을 보냈다.

"로웰 부인이라고 하렴." 엄마가 도와주었다.

지금에야 깨달은 모양이다. 생각해보니 자기 엄마 역시 로웰 부인인 것이다. 크리스타의 목덜미부터 머리끝까지 빨개졌다. "죄송합니다."

그날의 저녁식사는 카르멘 인생에서 최고로 불편한 시간이었다. 크리스타는 예의바르게도 유쾌한 대화를 이어가려 애썼지만, 결국에는 다 아빠 얘기로 흘러갔다. 엄마도 유쾌한 대화를 이끄는 데는 일가견이 있었지만, 지금은 그냥 빨리 들어가서 자고 싶어하는 기색이 역력했다.

설거지하는 동안 카르멘이 엄마에게 물었다. "엄마, 아이스크림 먹으러 갈까? 하겐다즈에 갈까 하는데."

엄마는 한숨을 내쉬었다 "둘이 가. 난 피곤해서." 함께 못 가서 미안해하는 엄마를 보고 카르멘은 갑자기 기분이 상했다. 엄마는 지난 며칠 동안 출근할 때 빼고는 집 밖으로 나간 적이 없었다. 그렇다고 카르멘에게 화가 난 것 같지도 않았다. 그냥 슬퍼할 뿐이었다. 자신은 행복과 무관한 팔자라는 듯 그냥 운명에 순응해버렸다.

왜 내가 모든 걸 망치도록 그냥 내버려둔 거야? 카르멘은 엄마에게 묻고 싶었다. 자신이 저지른 짓의 추악한 결과가 몇 시간 만에 말끔히 없어지길 바랐던 것이다. 프라이팬으로 뒤통수를 얻어맞아도 벌떡 일어나는 만화 캐릭터처럼 엄마가 옛 모습을 찾길 바랐다. 자기 때문에 생긴 희생자가 곧바로 회복하길 바랐다. 그런데 그 여파는 카르멘의 분노보다 더 오래 계속되고 있었다.

크리스타가 더플백을 뒤지더니 카르멘의 옷장에 있는 슬리퍼와 정확히 똑같은 파란색 플라스틱 슬리퍼를 꺼내 신고 걸어왔다. 그러고는 기대에 가득찬 눈빛으로 카르멘의 평가를 기다렸다. 슬프도록 구불구불한 웨이브 머리 사이로 한쪽 귀가 보였다.

카르멘은 파괴자라도 된 것 같은 기분이었다.

도대체 왜 나처럼 되고 싶어하는 거니? 카르멘은 크리스타에게 묻고 싶었다.

늘 중요한 사람이 되고 싶었다. 하지만 이런 식으로는 아니었다.

레나는 깨끗이 씻었다. 머리도 감았다. 향긋한 냄새가 나도록.

코스토스가 집에 오자 고개를 숙이지 않으려고 최선을 다했다.

코스토스가 아빠와 인사를 나눌 때, 레나는 꿈에서 그랬듯 코스토스를 바라보았다. 엄마 뺨에 키스하며 인사하는 모습도 지켜보았다. 코스토스는 에피와도 포옹을 했다. 그리고 레나와는 포옹 대신 악수를 했다. 그와 손을 잡자 레나의 손은 급속냉동된 것처럼 굳어버렸다.

코스토스가 부모님과 그리스어로 대화하는 것도 지켜보았다. 부모님이 그가 슈퍼 히어로와 코미디언의 결합체라도 된다는 양 유쾌하게 웃는 걸 보니 농담까지 주고받은 모양이었다.

나도 그리스어를 할 수 있으면 좋을 텐데. 레나는 수영 못하는 돌고래처럼 처량했다.

거실에 들어와 앉았다. 아빠가 코스토스에게 와인을 권했다. 그렇다, 코스토스는 남자였다. 실로 번듯한 것이 부모님이 사윗감으로 점찍을 만했다.

아빠는 레나에게는 사과주스를 건넸다. 레나는 상대적으로 자신이 5학년 말라깽이가 된 기분이었다. 심지어 사춘기도 오지 않은. 그래, 코스토스한테 어울리는 상대가 아니라는 사실을 깨달으며 매일 괴로워하느니, 애초에 헤어지길 잘한 거야. 음, 그렇다고 지금 괴롭지 않은 건 아니지만.

레나는 자기의 매력을 생각해보았다. 그리고 왜 코스토스가 자신을 사랑한다고 했는지 떠올리려고 노력했다. 하지만 아무것도 생각나지 않았다. 그냥 이대로 방에나 들어가야 할까보다.

저녁식사 시간, 레나는 코스토스 옆자리에 앉았다.

그는 레나 할아버지의 재미있는 에피소드들을 늘어놓았다. 할아버지가 아끼는 뱀피 백구두를 할머니가 사왔을 때의 얘기였다. "아주 좋아, 정직한 신발이야!" 코스토스가 큰 소리로 할아버지 목소리를 흉내내는데 정말 똑같았다. "날 멋쟁이로 만들어버릴 작정인가?" 아빠는 신이 나서 향수에 젖어들었다. 갑자기 눈물이라도 흘릴 것 같았다.

코스토스는 모든 면에서 레나가 기억하던 그대로였다. 왜 그에게 그토록 신뢰가 없었을까? 왜 둘의 추억에 대한 믿음이 없었을까? 왜 그렇게 조바심만 냈던 걸까?

양갈비를 먹는데 갑자기 누군가의 신발이 레나의 맨발을 스치는 게 느껴졌다. 사레가 들 뻔했다. 다리 끝에서 머리끝까지 찌르르한 느낌이 일었다. 온몸이 경계태세에 돌입했다. 모든 신경세포가 마구 뒤엉킨 채 레나의 머리를 향해 끄트머리를 곤두세

298

웠다. 코스토스가 일부러 그런 걸까? 심장이 튀어나올 것만 같았다. 나에게 뭔가 말하고 싶어서 그러는 걸까? 티나지 않게 메시지를 보내는 건가?

레나는 차마 코스토스 쪽으로 고개를 돌릴 수 없었다. 입안의 음식도 마저 씹지 못했다. 내가 좌절했다는 걸 아는 걸까? 그래서 일말의 희망이나마 주려는 걸까?

넌 그 사람이랑 헤어졌어. 카르멘, 에피, 브리짓의 삼단 콤보가 다시 한번 일깨워주었다.

하지만 내 사랑을 그만둔 건 아니라고!

좋다.

끝났다. 이제야 알겠다. 레나는 최종적으로 답을 골랐다. B였다. 레나는 음식을 마저 씹기 시작했다. 레나는 코스토스를 사랑했다. 하지만 그는 더이상 그렇지 않다. 이것이 혹독하고 냉혹한 현실이었다. 이 현실을 인정하느니 알래스카로 도망가버리고 싶지만 그럴 수 없다. 이제 끝이다. 할 만큼 했다. 현실은 끔찍했지만, 솔직해지고 나니 한결 편했다.

발바닥의 신경세포들이 그를 향해 달려갔다. 살짝 건드리는 것만으로도 세상의 전부를 얻은 듯했다. 응답이 왔다. 발이 레나의 다리를 부드럽게 쓰다듬었다. 레나는 아래를 내려다보았다.

그건 코스토스가 아니었다. 에피의 발이었다.

인생에는 두 가지 비극이 있다.

그중 하나는 심장이

꿈꾸지 못하도록 하는 것이다.

그리고 나머지 하나는

꿈꾸도록 하는 것이다.

_조지 버나드 쇼

레나가 잠이 들기까지는 몇 시간이나 걸렸다. 겨우 잠들었지
만 꿈이 다시 방해를 했다.

그 꿈은 오래되고 구질구질한 싸구려 공상과학 영화 같았다.
영사기로 필름이 돌아가고, 냉각팬 소리가 들렸다. 대충 그려진
인체해부도 안에서 크게 확대된 두 개의 세포가 꼼지락거리고
있었다. 세포 하나는 머리에서 나오고 다른 하나는 심장에서 나
오더니 쇄골 근처에서 서로 만났다. 그리고 세포막이 사라질 때
까지 통통통 뛰다가, 마침내 하나로 합쳐졌다.

꿈속에서 레나는 9학년 때 생물을 가르치던 브리그스 선생님
에게 손을 들고 물었다. "저건 있을 수 없는 일이잖아요, 안 그래
요?"

그러고는 잠에서 깼다.

일어나자마자 소변이 너무 마려워서 곧바로 화장실로 갔다. 소변을 보는데 자기 자신한테 신물이 났다. 원하는 말을 하지도, 원하는 행동을 하지도, 심지어 원하는 것을 원하지도 못하는 자신한테 지쳤다. 그렇다, 지쳤다. 잠이 오지 않았다.

레나는 창가에 앉아 하늘에 뜬 초승달을 오랫동안 바라보았다. 저 달은 브리짓과 카르멘, 티비, 코스토스, 할아버지를 비롯해 내가 사랑하는 모든 사람들을 가까이 있든 멀리 있든 똑같이 비춰주겠지.

안 되겠다. 오늘밤엔 자지 말자. 레나는 아래에 마법의 바지를 입고 잠옷 위에 청재킷을 걸쳤다. 다시 생각해보기도 전에 아래층으로 내려가 문을 열고 밖으로 나갔다. 그리고 아주 조심스럽게 문을 닫았다.

시르티스 아저씨네 집까지는 1.6킬로미터 정도였다. 가슴에 밀려드는 무모한 감정만으로도 걸어가기 충분했다. 이미 일어날 수 있는 최악의 상황까지 와 있었다. 더 나빠질 것도 없었다.

하지만 더 나아질 가능성이 없는지 스스로 증명할 필요는 있었다.

시르티스 아저씨 집에는 손님방이 어디인지 알 만큼 여러 번 가보았지만, 막상 옆쪽으로 몰래 들어가려니 경보장치가 걱정됐다. 사이렌이 울리고 개들이 짖는 와중에 잠옷 바람으로 수갑을

차고 경찰한테 끌려가는 자신의 모습을 코스토스가 본다고 상상
해보았다. 최악이라는 게 있다면 바로 그것일 테지.

손님방이 1층인 건 정말 다행이었다. 레나는 벽타기에 소질이
없을뿐더러 표적을 맞히는 데도 젬병이었다.

불은 꺼져 있었다. 당연했다. 새벽 세시가 다 되었으니까. 레
나는 집 둘레 수풀을 넘어 안쪽으로 들어갔다. 멍청한 짓이라고
생각했지만, 조심스레 창문을 두드렸다. 다시 두드렸다. 가족들
이 깨면 어쩌지? 지금 내 행동을 뭐라고 설명해야 할까? 동네 그
리스 사람들이 변태라고 수군거릴지 모른다.

코스토스가 아직 나타나진 않았지만 레나는 그가 일어난 기척
을 느꼈다. 길도 들지 않은 AK-47 자동소총이 갈비뼈 아래 모든
것을 날려버리고 있는 심정이었다. 코스토스가 그녀를 보고 창
문을 열었다.

잠옷에 청바지 차림으로 새벽 세시에 창문을 두드리는 레나의
모습이 불쾌했다면, 코스토스는 문을 열지도 않았을 것이다. 하
지만 조금 놀란 것처럼 보이긴 했다.

"나올 수 있어?" 코스토스가 워싱턴에 온 이후 처음으로 건네
는 말이었다. 코스토스 귀에 들릴 정도로 크게 말하다니, 스스로
가 대견했다.

코스토스는 고개를 끄덕였다. "잠깐만. 금방 나갈게."

수풀에서 나오다 잠옷이 가시에 걸려 조금 찢어졌다.

그가 입은 하얀 셔츠가 달빛을 받아 푸르스름해 보였다. 코스토스도 사각 팬티 위에 청바지를 입고 나왔다. "따라와." 그가 말했다.

그를 따라 뒤뜰 구석 크고 오래된 나무 쪽으로 갔다. 코스토스가 먼저 앉고 레나도 따라 앉았다. 걸어온 탓에 너무 덥게 느껴져서 청재킷을 벗었다. 처음엔 무릎을 덮었다가, 나중엔 축축한 잔디에 깔고 그 위에 책상다리로 앉았다.

올려다본 여름 밤하늘은 신비로웠다. 이젠 거칠 것이 없었다. 두렵지 않았다.

코스토스는 레나의 얼굴을 유심히 들여다보았다. 레나가 무슨 말이든 하길 기다렸다. 한밤중에 그를 깨워서 불러낸 건 레나니까.

"그냥 얘기 좀 하고 싶어서." 레나가 속삭임보다 살짝 큰 소리로 운을 뗐다.

"그랬구나." 그가 대답했다.

말을 꺼내는 데 한참이 걸렸다. "보고 싶었어." 레나는 그의 눈을 들여다보며 말했다. 그냥 그에게 솔직하고 싶었다.

코스토스도 레나의 눈을 바라보았다. 레나의 눈길을 피하지 않았다.

"편지를 끊는 게 아니었어." 그녀가 말했다. "항상 너를 기다리고 그리워해야 하는 게 두려웠나봐. 너무 멀리 가버린 것 같기도 했고. 내 인생을 다시 찾고 싶다고 생각했던 거야."

코스토스가 고개를 끄덕였다. "그래, 이해할 수 있어."

레나는 용기를 내서 말했다. "이제 내게 예전 같은 감정이 없다는 건 알아. 새 여자친구가 생겼다는 것도 알고. 다 알고 있어." 레나는 풀잎 하나를 뽑아 손가락으로 문질렀다. "뭘 기대해서 이러는 건 아니야. 그냥 솔직해지고 싶었어. 전엔 그러지 못했으니까."

"오, 레나." 코스토스는 긴장한 표정이었다. 바닥에 드러누워 손으로 얼굴을 가렸다.

레나는 자신이 코스토스의 눈이 아니라 손만 보고 있다는 걸 깨달았다. 풀밭을 내려다보았다. 아마 그는 더이상 레나와 얘기하고 싶지 않은 건지도 모른다.

마침내 그가 얼굴에서 손을 떼고 말했다. "정말 모르겠어?" 마치 신음하는 것 같았다.

레나의 얼굴이 달아올랐다. 어느새 울먹거리고 있었다. 다른 건 안 돼도 적어도 코스토스가 자신을 불쌍히 여겨주길 바랐다. 배짱이 조금씩 사라지는 것이 느껴졌다. "모르겠어." 레나는 고개를 숙이며 소심하게 대답했다. 목소리에 눈물이 맺혀 있었다.

코스토스는 일어나서 레나 쪽으로 돌아앉았다. 30센티미터도 안 되는 거리에서 그녀를 마주보았다. 그리고 놀랍게도 양손으로 레나의 한 손을 잡았다. 수심이 가득한 레나의 얼굴을 보고 그는 고통스러워했다. "레나, 제발 슬퍼하지 마. 내가 널 사랑하지 않는다고 생각하고 슬퍼하면 안 돼." 그리고 레나를 오랫동안 응시했다.

아직도 눈물이 맺혀 있었다. 레나는 그의 말뜻을 알 수 없었다.

그가 말했다. "난 한 번도 그만둔 적 없어. 모르겠니?"

"이제 편지도 안 쓰고, 여자친구도 생겼잖아."

그는 레나의 손을 놓았다. 레나는 그가 계속 손을 잡아주었으면 했다. "여자친구 없어! 무슨 말을 하는 거야? 널 생각하다 힘들 때 몇 번 만난 것뿐이야."

"그리스에서 여기까지 오면서 연락 한번 없었잖아."

그는 레나가 아니라 자기 자신에게 빙긋 웃었다. "내가 왜 여기 온 것 같아?"

레나는 두려워서 대답할 수 없었다. 눈물이 뺨으로 줄줄 흘러내렸다. "모르겠어."

그가 다가왔다. 레나의 손을 잡고 들어올려 레나의 눈물을 닦아주었다. "난 광고회사에서 경력이나 쌓으려고 온 게 아니야."

레나의 마음 한쪽은 미친듯이 뱅뱅 돌고, 다른 한쪽은 너무나 평온하게 몰입해 있었다. 짓고 있는 미소도 언제라도 뭉개질 수 있었다. "『스미스소니언』 때문에 온 거 아니었어?"

코스토스가 웃었다. 레나는 그가 자신을 다시 어루만져주길 간절히 원했다. 머리카락이든 귀든 발톱이든, 어디든 말이다.

"그것 때문에 온 게 아니야."

"그럼 왜 아무 말도 안 한 거야?"

"뭐라고 했어야 하는데?"

"만나서 반갑다든지, 여전히 날 좋아한다든지, 뭐 그런 말." 레나가 친히 예를 들어주었다.

코스토스는 다시 한번 가련한 웃음을 지을 수밖에 없었다. "레나, 난 네가 어떤지 알아."

레나 역시 자신이 어떤지 알면 좋겠다고 생각했다. "내가 어떤데?"

"내가 다가가면 넌 멀리 도망치잖아. 내가 가만히 있으면 천천히 다가오고."

내가 정말 그랬나?

"그리고 레나."

"응?"

"다시 보게 돼서 정말 기뻐. 여전히 널 좋아해." 그가 고백했다.

장난스러운 말투였지만, 레나는 그 말을 진심으로 받아들였다. "난 완전 절망했었는데."

코스토스가 레나의 손을 잡고 자기 가슴에 가져다대며 말했다. "앞으로는 그러지 마."

레나는 바닥에 무릎을 대고 일어나 천천히 코스토스에게 다가가서는 그의 입술을 찾았다. 그리고 부드럽게 키스했다. 그가 나지막한 신음소리를 냈다. 레나를 껴안고 더 진하게 키스하고는,

바닥에 등을 대고 드러누워 레나를 자기 쪽으로 끌어당겼다.

레나가 웃었고, 그들은 더 오래 키스했다. 잔디밭을 구르며 키스하고 키스하고 또 키스했다. 자전거를 탄 신문배달원이 보도 위에 신문을 던지는 소리에 놀라 몸을 뗄 때까지 그러고 있었다.

코스토스가 레나를 잔디에서 일으켜세웠을 땐 이미 저쪽 하늘 지평선 근처에서 해가 빛나고 있었다. "걸어서 바래다줄게." 코스토스가 말했다.

그는 맨발이었고 셔츠는 잔디로 뒤범벅되어 있었다. 머리도 한쪽으로 뻗쳐 있었다. 레나는 지금 자기 꼴이 어떨지 상상하면서 집으로 돌아오는 내내 키득거렸다. 코스토스가 레나의 손을 잡았다.

집에 도착하기 전, 코스토스는 멈춰 서서 레나에게 또 키스했다. 들어가라고 했지만 속으론 그러고 싶지 않았다.

코스토스가 레나의 쇄골을 매만지며 말했다. "아름다운 레나. 내일 보러 올게."

레나가 용기를 내서 말했다. "사랑해."

"사랑해." 그가 말했다. "한 번도 사랑하지 않은 적이 없어."

그리고 그녀를 문 쪽으로 살며시 밀었다.

레나는 들어가고 싶지 않았다. 코스토스 없이는 어디도 가고 싶지 않았다. 집으로 걸어들어가는 것이 지금은 너무 괴로웠다.

레나는 마지막으로 한 번 뒤돌아보았다.

"앞으로도 계속 사랑할 거야." 코스토스가 약속했다.

한 걸음 물러서서 다락을 둘러보자 성취감이 차올랐다. 크림색 페인트를 두 번이나 칠했다. 천장은 무광 흰색으로, 테두리는 유광 크림색으로 칠했다. 넓은 판자 바닥은 작년 여름의 비하칼리포르니아 만을 닮은 아름다운 초록색으로 칠했다.

브리짓은 그레타를 좀더 놀래줄 요량으로 창고에 있던 예쁜 흰색 철제 침대를 가져와 조립했다. 딱 맞는 매트리스도 찾았다. 오래된 서랍장은 사포질을 해서 다락방 테두리와 같은 크림색으로 칠했다. 월마트에 가서 저렴하지만 질 좋은 흰색 아일릿 면 침대보와 깔끔한 레이스 커튼도 사왔다.

그리고 그레타가 외출하고 없을 때 뒤뜰에서 몰래 보라색 수국을 한아름 꺾어 마지막 장식을 했다. 예쁜 유리 주전자를 찾아 꽃을 꽂고 파란색 천을 깐 서랍장 위에 올려놓았다.

방 한구석에 놓여 있는 상자 하나만 빼고 모든 것이 완벽했다.

브리짓은 아래층으로 뛰어내려갔다. "그레타 할머니!"

청소기를 돌리던 그레타가 전원 버튼을 발로 눌러 껐다. "왜 그러니, 얘야?"

"준비됐어요?" 브리짓은 흥분을 감추려고도 하지 않고 신나서 물었다.

"뭘 말이냐?" 그레타가 수줍어하며 말했다.

"다락방 보실래요?"

"벌써 다 정리한 거니?" 그레타는 브리짓이 세상에서 제일 똑똑하다는 것처럼 감탄조로 말했다.

"먼저 올라가세요." 거의 명령이었다.

할머니가 천천히 두 계단을 올라갔다. 코티지 치즈처럼 멍울진 살결과 종아리 전체에 퍼진 핏줄이 브리짓의 눈에 들어왔다.

"짜잔." 브리짓은 계단 꼭대기로 앞질러가 자랑스레 문을 열었다.

할머니는 감격했다. 영화에서처럼 입을 다물지 못하고 손으로 가렸다. 오랫동안 방 구석구석을 찬찬히 둘러보았다. "세상에, 아가." 돌아선 할머니의 눈에 눈물이 맺힌 것이 보였다. "정말 너무 아름답구나."

자신이 이토록 자랑스러웠던 때가 또 있었던가. "괜찮죠, 그렇죠?"

"이 위에다 작은 집을 지어놨네, 그렇지?"

브리짓은 고개를 끄덕였다. 그렇게 생각해본 적은 없지만, 이제 보니 정말 그랬다.

그레타가 미소지어 보였다. "집안일을 잘할 것처럼 보이지 않았는데, 인정해주마."

"저도 이럴 줄 몰랐다니까요!" 브리짓은 눈썹을 치켜세우며 대답했다. "제 방을 보셔야 해요"라고 하다가 입을 다물었다. 집 얘기를 할 생각은 아니었는데.

할머니는 그 얘기를 더 언급하지 않았다. "이렇게까지 열심히 해주다니, 정말 고맙다, 얘야."

브리짓은 겸손하게 대꾸했다. "별거 아닌데요, 뭘."

"여기 누가 들어와서 지내야 할지는 벌써 생각해뒀지."

브리짓의 얼굴에 실망하는 빛이 역력했다. 사실 누군가 이 방에 들어오게 돼서 자신이 나가야 하는 상황이 벌어질 거라고는 한 번도 생각해보지 못했다. 그 사람과 벌써 얘기가 끝난 걸까? 이제 여기서 할 수 있는 일이 없는 걸까? 이게 끝인가?

"그래요?" 브리짓은 울음을 참고 말했다.

"응, 너 말이야."

"저요?"

할머니가 웃었다. "그럼. 로열 가의 그 다 쓰러져가는 하숙집 보단 여기가 낫지 않겠니?"

"그럼요." 브리짓이 대답했다. 마음이 날아갈 것 같았다.

"그럼 됐다. 가서 짐 챙겨오렴."

다음날 아침, 카르멘은 부엌에서 이상한 광경을 목격했다. 아빠의 의붓딸과 엄마가 둥그런 탁자에 마주보고 앉아 사이좋게 수란을 먹고 있었다.

"좋은 아침." 카르멘은 잠이 덜 깬 채로 인사했다. 크리스타

사건이 어느 정도는 꿈이길 바라며.

"수란 먹을래?" 엄마가 물었다.

카르멘은 고개를 저었다. "나 수란 싫어하는 거 알잖아."

크리스타가 갑자기 그 말을 자기가 하고 싶었다는 얼굴을 했다.

카르멘은 재빨리 덧붙였다. "싫진 않아. 정말이야. 사실 좋아해. 머리에 좋잖아. 그냥 지금은 먹고 싶지 않아서 그래." 누군가의 본보기가 된다는 건 방심할 수 없는 일이다. 거기엔 중압감이 따른다. 특히 아침엔 더욱.

"오늘 베이비시터 아르바이트하는 날이니?" 엄마가 물었다.

카르멘은 달짝지근한 치리오 시리얼과 그릇을 꺼냈다. "아니, 그 집 식구들이 어제 오후 레호보트로 놀러갔거든. 다음주 화요일까지 쉬어."

엄마가 멍하니 고개를 끄덕였다. 카르멘의 대답은 고사하고 자기가 한 질문도 듣지 않은 것 같았다.

엄마가 커피를 더 따르려고 일어나자 입고 있는 치마가 눈에 들어왔다. 카르멘이 유치원에 들어가기 전부터 집에 있던 회색과 흰색이 섞인 주름치마였다. 옷에도 1군과 2군이 있다면, 영원히 벤치에나 앉아 있을 법한 옷이었다.

"지금 그거 입고 출근하려고?" 카르멘이 믿을 수 없다는 듯 물어보았다. 도대체 얼마나 오랫동안 빨래를 안 한 거지?

요 근래 엄마가 너무나 쉽게 상처를 받았기에, 카르멘은 엄마가 방으로 들어가버리는 걸 보고도 놀라지 않았다.

몇 분 뒤 카르멘은 시리얼을 먹다가 고개를 들었다. 크리스타는 먹다 만 수란을 멍하니 바라보고 있었고, 엄마는 어제 입은 바지를 다시 입고 나왔다.

한심하고 끔찍했다. 자기 자신이 미웠고, 자기 말을 듣는 두 사람에게도 화가 났다.

카르멘은 큰 소리로 두 사람에게 말했다. "저기, 부탁할 게 있는데, 앞으로 내가 무슨 말을 하든 그대로 따르지 말아줘."

레나는 다음날 대낮까지 누워 있었다. 그녀의 심장은 지금까지 있었던 모든 일들을 떠올렸다. 예전에 그랬던 것처럼 다른 사람들과는 딱히 어울리고 싶지 않았다. 하지만 동시에 이 뉴스를 공유하고 싶은 마음도 있었던 터라, 전화벨이 울리고 상대가 브리짓인 걸 확인한 순간 너무나 반가웠다.

"무슨 일이 있었는지 맞혀볼래?" 레나는 곧바로 질문을 던졌다.

"뭔데?"

"난 알고 있었어."

"뭘 말이야?"

"내가 뭘 해야 할지 알고 있었다고."

"코스토스 얘기야?"

"응. 무슨 일이 있었는지 알아?"

"무슨 일이 있었는데?"

"할 일을 해냈지."

브리짓은 소리를 질렀다. "네가?"

"내가."

"얘기 좀 해봐."

레나는 브리짓에게 모든 걸 말해주었다. 사적이고 본능적인 경험을 말로 전하는 게 쉬운 일은 아니었지만, 브리짓은 비밀을 잘 지키는 편이었기 때문에 안심했다.

레나의 이야기가 끝나자 브리짓은 다시 소리를 질렀다.

"레나, 네가 정말 자랑스럽다!"

레나는 미소를 지었다. "나도 내가 자랑스러워."

Tibberon: 카르멘, 레나랑 얘기했어? 하도 키득거려서 난 에피랑 통화하는 줄 알았어. 정말 잘됐지 뭐야. 물론 좀 무섭기도 하지만. 난 레나가 그냥 레나면 좋겠는데. 에피는 한 명으로 충분하니까.

Carmabelle: 나도 들었어. 정말 놀랐다니까. 사랑의 바지의 힘인 거지. 나한테는 안 그러더니. 티비, 혹시 나한테 무슨 문제가 있는 게 아닐까? 원래 있던 문제 말고.

당신의 눈빛은 무엇을 말하고 있는가?

나에게 그건 평생 읽은

모든 말 이상의 그 무엇이다.

_월트 휘트먼

때론 그냥 부딪혀야 한다. 고통의 한가운데로 걸어들어가야한다. 티비는 다짐했다. 그러지 못하면 평생 역경 앞에 무릎 꿇고 언저리나 얼쩡거리며 살게 될 것이다.

　티비는 이 다짐이 바뀌지 않았음을 확인하며 컴퓨터에 디스크를 집어넣었다.

　파일을 열어보았다. 뭐가 뭔지 기억나지 않았다. 정리정돈을 잘하는 편인 티비와 달리 베일리는 그렇지 못했다. 그런데도 열두 살의 그녀는 정리정돈의 달인이나 되는 양 티비의 조수로 나섰던 것이다. 티비는 파일 하나를 골라 클릭했다. 어디서부터든 시작해야 했다.

　모니터에 영상이 켜졌다. 지난여름의 첫 촬영, 테스트 삼아 세븐일레븐 편의점을 찍은 영상이었다. 티비는 그날을 또렷이 기억하고 있었다. 그날은 브라이언을 처음 만난 날이기도 했다.

화면이 계산대에 전시된 육포에 이어 직원을 비추었다. 티비의 기억 그대로, 그는 손으로 얼굴을 가리며 외쳤다. "카메라 치워! 카메라 치우라니까!" 티비의 얼굴에 미소가 번졌다.

화면이 바뀌자 숨이 턱 하고 막혔다. 이제부터다. 마치 온몸의 세포가 일어나는 것 같았다. 베일리의 얼굴을 클로즈업한 화면이었다. 샌드백으로 머리를 얻어맞기라도 한 듯 감정의 해일이 티비를 뒤덮었다. 눈에 굵은 눈물이 차올랐다. 티비는 생각할 것 없이 일시정지 버튼을 눌렀다. 해상도가 흐려졌지만 이미지는 더 강렬해졌다. 티비는 코끝이 모니터에 닿을 만큼 가까이 다가갔다. 그리고 물러났다. 얼굴이 사라져버릴까봐 두려웠지만, 그런 일은 일어나지 않았다.

베일리는 어깨 너머로 티비를 엿보고 있었다. 웃고 있었다. 베일리가 거기에 있었다. 바로 거기에.

그애 인생의 마지막 밤 이후로 베일리를 본 적이 없었다.

그후로 지금까지 티비는 백만 번도 넘게 베일리의 얼굴을 떠올렸다. 하지만 베일리의 실물에서 멀어질수록 그 기억은 점점 흐릿해졌다. 그 얼굴과 눈을 다시 보니 반가웠다.

베토벤의 음악이 낭랑하게 흘렀다. 베일리는 웃고 있었다.

티비는 감정이 자신을 씻어내리도록 가만히 있었다. 여기 앉아 원하는 만큼 울 수도 있다. 책상 밑으로 기어들어갈 수도 있고, 주차장을 뛰어다닐 수도 있다. 어른이 될 수도 있다. 힘든 일을 극복해낼 수도 있다. 그녀는 뭐든 할 수 있었다.

한 방 정통으로 먹고 나니 모든 것이 한층 선명하게 보였다.

엄마는 출근했고, 크리스타는 자고 있었다. 모건 가족은 바닷가에 놀러갔고, 브리짓은 앨라배마에, 레나는 가게에, 티비는 버지니아에 있다. 그리고 카르멘은 제 방 벽장 안에 앉아 있었다.

말이 벽장이지 잡동사니로 꽉 차 있어서 창고나 다름없었다. 카르멘은 쇼핑을 좋아했지만 물건을 버리는 건 싫어했다. 시작하는 건 좋아했지만 끝내는 건 싫어했다. 정리는 좋아했지만 청소는 싫어했다.

그중 카르멘이 제일 좋아하는 건 인형이었다. 죄책감에 시달리는 부모를 둔 외동딸들이 으레 그렇듯 그녀에겐 인형 컬렉션이 가득했다.

카르멘은 인형을 사랑했지만, 돌보는 것엔 서툴렀다. 벽장에 걸린 옷들 아래 살고 있는 그것들을 세 박스만 꺼내보기로 결심했다. 어렸을 때 인형들은 너무나도 착한 친구가 되어주었다. 인형놀이를 할 나이가 한참 지난 후에도 카르멘은 인형을 가지고 놀았다. 하지만 씻기고, 가꾸고, 입히고, 더 예쁘게 꾸미려는 의욕이 지나친 탓에 인형들은 길고 고된 전쟁에서 돌아온 참전용

사 꼴이 되었다.

점이 있는 갈색 머리 안젤리카는 고데기로 머리카락을 구불 구불하게 말아버린 탓에 짧은 스포츠 머리로 바뀌었다. 빨간 머리 로즈마리는 샤피 마카로 눈화장을 시도한 결과 양쪽 눈에 멍이 들었다. 가장 좋아했던 로제트는 로사 숙모를 따라 바느질을 배우기 시작한 카르멘이 만들다 만 흉측한 누더기를 걸치고 있었다. 그렇다. 카르멘은 인형들을 사랑했다. 하지만 지금 몰골은 일부러 망가뜨려놓은 인형보다 더 심했다.

"카르멘?"

부르는 소리에 놀라서 일어서다가 로제트를 떨어뜨렸다. 방이 어두워서 실눈을 뜨고 바라봤다.

"놀라게 해서 미안."

카르멘은 로제트를 주워들고 일어섰다. "세상에, 폴. 안녕?"

"안녕." 폴은 커다란 등산용 배낭을 어깨에 지고 있었다.

"어떻게 들어온 거야?"

"크리스타가 열어줬어."

카르멘은 움찔했다. 엄지를 잘근잘근 씹으며 폴에게 물었다. "크리스타 깼어? 아무 일도 없었어? 나한테 화난 건 아니겠지?"

"프로스트 플레이크 먹고 있어."

폴은 카르멘의 질문에 그렇게만 답했다. 카르멘은 여전히 들고 있던 인형을 들어 보이며 소개했다. "인사해, 로제트야."

"그래."

"벽장을 정리하고 있었어."

폴은 고개를 끄덕였다.

"나 이래봬도 사교계의 아이돌이야. 할 일도 많고, 만날 사람도 많다고."

이 농담을 폴이 알아차리기까지는 꽤 시간이 걸렸다.

"엄마한테 말했어?" 카르멘이 물었다.

"응, 알고 있어."

"정말 아무 일 없는 거야? 크리스타는 괜찮아 보여?"

폴이 고개를 끄덕였다. 걱정하는 것 같진 않았다.

"그래…… 학교는 어때?"

"좋아."

카르멘은 대학에 들어가면 폴이 좀 느긋해지고 자유분방해질 줄 알았다. 하지만 지금 카르멘의 방 문간에 서 있는 모습을 보니 딱히 그런 것 같지는 않았다. 카르멘은 델타 카파 엡실론*에 가입해 홀로 냉철한 서약을 하는 폴의 모습을 그려보았다.

"계절학기는 재미있어? 축구는? 잘돼가?"

폴은 고개를 끄덕였다. 이제 카르멘이 자제력을 발휘할 얘기가 나올 차례. 적막이 내려앉았다.

---

* 북미 지역에서 가장 역사가 깊은 남자 대학생들의 사교 모임.

"너는?" 폴이 물었다.

카르멘은 한숨을 쉬고는 대답에 앞서 크게 숨을 들이마셨다. "어, 완전 개판이야." 카르멘을 손을 내저었다. "내가 엄마 인생을 망쳐놨어."

폴은 종종 그러듯, 마치 디스커버리 채널 스페셜 프로그램의 주인공을 보는 듯한 눈빛으로 카르멘을 바라보았다.

크리스타가 폴 뒤쪽으로 나타났다. 카르멘이 보던 『코스모걸!』 잡지를 들고서 몇 번 펄럭거렸다. 폴이 여기 온 것에 화가 나진 않은 듯했다. "나 밀크셰이크 사러 가려고."

"그래." 카르멘이 손을 흔들었다. "돈 있니?"

"응, 있어."

폴은 크리스타가 카르멘의 말투를 독학으로 배워가는 지금 상황이 흥미로운 듯했다.

카르멘은 폴에게 침대를 가리키며 "앉아"라고 말하곤 자기는 책상에 걸터앉아 다리를 흔들었다.

폴은 시키는 대로 하면서 쌓여 있는 옷더미를 살짝 밀어냈다. 다른 남자들처럼 여자 침대에 편하게 앉지 못하고, 두 발을 땅에 붙이고 어깨를 똑바로 폈다. 카르멘은 잘생기고, 키 크고, 힘이 세고, 감청색 눈을 덮은 길고 짙은 속눈썹을 가진 폴을 무척 자랑스럽게 여겼다. 하지만 폴은 절대 잘생긴 남자애들처럼 굴지 않았다.

카르멘은 폴이 다시 입을 열 때까지 기다리지 않았다. 그러려면 아마 다음주까지 걸릴 테니까. "내가 이메일로 이야기한 데이비드 씨 기억나? 우리 엄마를 좋아한다던?"

폴이 고개를 끄덕였다.

"음, 그 아저씨 정말 우리 엄마를 좋아했어. 사랑했던 것 같아. 엄마도 그랬던 것 같고." 카르멘은 폴을 바라보았다. "놀랍지 않니?"

폴은 어깨를 으쓱했다.

"그래, 음." 카르멘은 책상 위로 발을 올려 무릎을 끌어안았다. "바로 거기서 내 잘못이 시작됐어."

폴은 참을성 있게 들어주었다. 그는 이미 비슷한 이야기를 여럿 알고 있었다.

"난 너무 화가 났어. 설명할 순 없지만. 엄마가 계속 밖으로만 나돌았거든. 옷도 열네 살 애들처럼 입었어. 심지어 내 옷을…… 이건 신경쓰지 마. 어쨌든 엄마만 행복해 보였어…… 난 전혀 행복하지 않은데."

폴은 더 열심히 고개를 끄덕였다.

"그래서…… 그냥 막 소리를 질렀어. 엄마가 싫다고 말이야. 별의별 나쁜 말은 다 한 것 같아. 내가 다 망쳐버렸어. 엄마는 결국 그 아저씨와 헤어졌고."

폴의 표정은 진지했다. 집중하느라 눈을 가늘게 떴다. 불가해

한 카르멘을 이해해보려고 노력하는 것처럼.

폴 같은 친구가 있다니, 정말 다행이었다. 작년 여름 완전히 최악이었던 카르멘을 보고도 그는 꿋꿋이 곁에 있어주었다. 그 렇다. 말이 많진 않지만 그는 지난 한 해 동안 카르멘의 진실되고 헌신적인 친구가 되어주었다. 이메일을 보내면 무시하는 법이 없었고, 메시지를 남기면 전화 거는 것을 잊지 않았다. 정말로 걱정해야 할 현실적인 문제가 있음에도. 폴의 아버지는 폴이 여덟 살일 때부터 재활원에 들락거릴 정도로 심각한 알코올중독자였다. 카르멘의 아빠가 작년 여름 자기 엄마와 재혼하기 전까진 그는 가장으로서 엄마와 동생을 돌봐왔다. 그런데도 카르멘이 아무리 말이 안 되는 소리를 늘어놓아도 무척 중요한 문제처럼 들어주었다. 절대로 지루해하거나 놀라지 않았고, 닥치라고도 하지 않았다.

마침내 폴이 입을 열었다. "질투한 거네."

"그랬나봐. 질투했나봐. 이기적이고 철이 없었어."

카르멘의 눈에서 굵은 눈물이 흘렀다. 눈물은 가련한 로제트의 얼굴을 적시고 바닥으로 떨어졌다. 카르멘은 사랑에 능숙하지 못했다. 항상 너무 힘들게 사랑을 했다.

"엄마가 나 없이도 행복한 게 싫었어." 카르멘의 목소리가 떨렸다.

폴은 조용히 다가와 카르멘 옆에 올라앉았다. "네 엄마는 너

없이 행복하길 바라지 않을걸."

카르멘은 자기가 행복해지지 않는 한 엄마도 행복해지지 않으면 좋겠다고 말하고 싶었다. 하지만 폴의 말을 듣고 보니, 폴은 자신이 이해 못하는 뭔가를 알고 있을지도 모른다는 생각이 들었다.

나는 엄마에게 질투가 났던 걸까? 아니면 데이비드에게 질투가 났던 걸까?

폴이 팔짱을 껴왔다. 카르멘은 울었다. 대단한 일도 아닌데 굉장히 크게 느껴졌다.

코스토스는 정말로 레나를 보러 왔다. 레나를 한참 기다리게 만들고 나서야. 아침, 점심, 저녁을 먹는 내내 코스토스가 오길 기다렸지만 그는 레나가 잠자리에 들 때까지 나타나지 않았다. 마침내 누군가 창문에 도토리를 던지는 소리가 났다.

심장이 가슴 밖으로 튀어나올 것 같았다. 창가로 가니 코스토스가 보였다. 레나는 손을 흔들고 아래층으로 달려내려가 최대한 빨리 뒷문으로 나갔다. 그리고 온몸을 던지며 코스토스에게 안겼다. 코스토스는 뒤로 넘어지는 척했다. 몇 발짝 비틀거리며 뒷걸음치다가 레나를 내려놓았다.

레나가 웃자 코스토스가 "쉿" 하고 주의를 주었다.

둘은 마당에서 가장 으슥한 곳을 찾아냈다. 집 옆에 서 있는,

잎이 우거진 목련나무 밑이었다. 만약 이 장면을 부모님께 들키면 제아무리 코스토스라도 레나를 구해주진 못할 터였다.

레나는 잠옷 바람이었고, 코스토스는 좀더 갖춰입고 있었다.

"하루종일 네 생각만 했어." 레나가 말했다.

"난 일 년 내내 네 생각만 했는데." 코스토스가 속삭였다.

그들은 아주 천천히 입을 맞추었다. 레나가 코스토스의 셔츠 안으로 손을 집어넣을 때까지. 이러기를 무척 오랫동안 원해왔다. 코스토스는 레나가 자기 가슴과 팔과 등을 더듬도록 가만히 있었지만, 결국 그 손길을 밀어냈다. 그리고 괴로운 듯 "이제 가야 해" 하고 말했다.

"왜?"

그가 레나에게 키스했다. "왜냐하면 난 신사니까. 더 있다간 나도 날 못 믿게 될지도 몰라."

"난 못 믿게 되는 게 더 좋은데." 레나는 호르몬이 시키는 대로 대담하게 말했다.

"오, 레나." 코스토스가 숨이 넘어갈 것처럼 말했다. 어디로든 도망치고 싶은 듯 눈길을 피했다.

그는 몇 번 더 입을 맞춘 후 몸을 뗐다. "너랑 하고 싶은 게 몇 가지 있어. 정말 미치도록 말이야."

레나가 고개를 끄덕였다.

"너…… 전에 해본 적 있어?" 코스토스가 물었다.

레나는 고개를 저었다. 혹시나 코스토스가 자신을 너무 서툴다고 생각하진 않을지 걱정이 됐다.

"그렇다면 더욱 천천히 갈 필요가 있어. 이건 중요한 일이잖아." 코스토스가 말했다.

레나는 코스토스의 배려에 감동받았다. 코스토스의 말이 맞았다. "나도 그럴 수 있길 바라. 언젠가는."

코스토스가 부서져라 세게 껴안는 바람에 레나는 소리를 지를 뻔했다. "시간은 많아. 우리에겐 아마 수백만 번은 더 기회가 있을 테고, 나는 세상에서 가장 행복한 남자가 되겠지."

레나가 코스토스를 놓아줄 때까지 그들은 계속 키스를 나눴다. 레나는 지금 이 순간 이후의 시간을 모조리 집어삼켜버리고 싶었다.

"나 내일 아침에 떠나." 코스토스가 말했다.

레나의 눈에 순식간에 눈물이 차올랐다.

"그래도 돌아올 거야. 걱정하지 마. 내가 어떻게 너를 두고 떠나버릴 수 있겠어? 다음 주말에 다시 올게. 괜찮지?"

"그때까지 기다릴 수 있을까." 레나는 목이 메었다.

코스토스는 웃으며 마지막으로 레나를 안아주었다. "언제나, 어디서나, 네가 날 생각할 때면 나도 널 생각하고 있을 거야."

빌리가 철물점까지 브리짓을 바래다주었다. 할머니네 냉장고

문을 수리할 부품을 사러 가는 길이었다. 브리짓은 주당 75달러를 내면서 그레타 집에 묵고 있었고, 말 안 듣는 집안 살림들, 즉 마당에 난 잡초와 덜컹거리는 커피 테이블, 페인트칠 벗겨진 건물 뒤쪽 등을 처리하느라 바쁘게 지냈다. 러닝복을 입고 머리에는 두건을 쓴 브리짓은 레나 생각에 무척 들떠 있었다.

"목요일 연습 때 안 나왔더라." 빌리가 말했다.

브리짓은 빌리를 보며 물었다. "그래서?"

"보통은 오잖아."

"나도 여러모로 바쁜 사람이라고." 브리짓이 대꾸했다.

빌리는 기분이 상한 것 같았다. "뭐하느라?"

브리짓은 곧바로 자기도 삐친 척하려 했지만, 그에 앞서 빌리가 웃어버렸다. 그는 일곱 살 때처럼 숨이 끊어질 듯 열심히 웃었다. 그 웃음소리가 좋아서 브리짓도 같이 웃었다.

"저기, 밀크셰이크 같은 거 마시러 갈까?" 빌리가 제안했다.

꼬드기려는 것 같진 않고, 순전히 우호적으로 하는 말이었다. "그러자."

둘은 길을 건너 그늘진 가게 야외 테이블에 앉았다. 빌리는 민트 칩이 들어간 셰이크를 시켰고, 브리짓은 레모네이드를 주문했다.

"너 그거 알아?"

"뭐?" 브리짓이 되물었다.

"난 네가 낯이 익어."

"어, 그래?"

"응. 너 어디서 왔어?"

"워싱턴." 브리짓이 대답했다.

"여긴 왜 온 거야?"

"어렸을 때 종종 왔었어." 브리짓은 빌리가 더 파고들어주길 바라며 대답했다.

하지만 빌리는 더 묻지 않았다. 심지어 브리짓의 마지막 대답은 아예 듣지도 않았다. 바로 그때, 인도를 따라 내려오던 여자애 둘이 그들 앞에 멈춰 섰기 때문이다. 가슴이 큰 갈색 머리 여자애와, 엄청나게 짧고 꽉 끼는 바지를 입은 금발 여자애였다. 브리짓은 경기장에서 본 얼굴이라는 걸 알아챘다. 여자애들이 빌리와 웃으며 노닥거리는 동안 브리짓은 신발끈을 고쳐 묶었다.

"미안." 여자애들이 간 뒤 빌리가 사과했다. "내가 일 년째 따라다니는 애야."

브리짓은 슬퍼졌다. 자기 역시 남자애들이 좋아하는 여자애 얘기나 들어주는 상대가 아니라, 남자애들이 따라다니던 여자애였던 시절을 떠올렸다. "둘 중에 누구?"

"리사. 금발." 빌리가 대답했다. "난 금발이라면 사족을 못 쓰거든."

브리짓은 반사적으로 두건 아래 감춰둔 스컹크 같은 머리를 만졌다. 음료가 나왔다.

"넌 어떻게 축구를 그렇게 잘 알아?" 빌리가 물었다.

"한때 선수였어." 브리짓이 빨대를 물고 대답했다.

"잘했었어?" 빌리가 물었다.

"괜찮았지." 브리짓이 빨대에 대고 대답했다.

빌리는 고개를 끄덕였다. "토요일 경기에 올 거지?"

브리짓은 빌리를 약 올릴 셈으로 어깨만 으쓱했다.

"올 거면서!" 빌리는 걱정하는 눈치였다. "네가 안 오면 우리 팀 애들 전부 기겁할 거라고!"

브리짓은 웃으며 상황을 즐겼다. 빌리가 브리짓에게 반한 건 아니지만, 이것도 나쁘진 않았다. "응, 알았어."

"크리스타는 자기 엄마랑 록시즈에 브런치 먹으러 갔어." 카르멘이 와플 너머로 엄마에게 설명했다. 어제저녁 크리스타와 화해하고 집으로 데려가려고 앨과 리디아가 찾아왔다.

엄마가 웃었다. 허깨비 같은 웃음이었지만, 지난 몇 주 동안의 감정 상태로 볼 때는 꽤 그럴듯한 웃음이었다. 록시즈는 애덤스 모건 끝자락에 있는, 여장 남자 손님들로 유명한 식당이었다. 크리스타는 티비한테 그 말을 듣고는 눈을 휘둥그레 뜨며 놀랐다. 사실 카르멘은 자신의 수제자가 꽤나 만족스러웠다. 크리스타는 그녀와 곧잘 어울렸다. 물론 싸움이 없었던 건 아니지만.

"앨도 같이 갔니?"

"아니, 오늘은 모녀끼리만. 내일 엄마 아빠랑 같이 집으로 돌아간대."

엄마는 생각에 잠겨 고개를 끄덕였다. "난 크리스타가 맘에 들어."

"착하지. 참 괜찮은 애야." 카르멘은 와플을 반으로 잘라 입에 욱여넣었다. 그리고 씹어 삼킨 뒤 질문했다. "오늘 저녁에 올 거야?"

엄마는 오래전 같은 자상한 표정으로 되돌아갔다. "아마도."

모든 부부들은 결혼생활에서 나름의 동질감을 갖는데, 엄마아빠는 이혼할 때 그랬다. 카르멘의 부모는 '원만한 이혼생활'을 위해 연습까지 했다. '원만한 이혼생활'이란 곧 아빠와 리디아가카르멘과 함께 레스토랑에서 저녁을 먹을 경우, 아빠는 엄마를초대해 새 아내를 소개해야 하고, 엄마 역시 그 초대를 받아들여야 한다는 뜻이었다.

"크리스타네 엄마 만나는 거 괜찮겠어?"

엄마는 빈 포크를 빨며 고민했다. "응."

"괜찮다고?" 엄마는 정말 참을성이 많은 사람이다. 게다가 용감하다. 아마 카르멘은 입양아인지도 모른다.

엄마는 뭔가 더 말하려다가 그쳤다. "괜찮아."

이번주 내내 둘은 얼핏 보면 함께 붙어 있는 것 같았다. 카르멘은 엄마한테 바라는 게 많았지만, 혹시 강요하는 꼴이 될까봐 두려웠다. 카르멘은 아무것도 누릴 자격이 없었다.

뭘 먹었고 언제 잤는지는 기억나지 않지만, 분명 먹고 자긴 했다.

티비는 어디서 어떻게 시간을 보내고 있는지 잊어버렸고, 심지어 화장실 가는 것도 까먹었다. 안 그래도 봐야 할 영상이 많았는데 베일리의 엄마에게서 테이프를 몇 개 받아오곤 더 많아졌다. 원본이 손상되지 않도록 조심스레 다루고, 편집할 때도 엄청나게 집중했다.

작업을 시작하자 티비는 곧 작년 여름에 다큐멘터리를 찍겠답시고 촬영한 분량들이 하나같이 쓸모없다는 사실을 깨달았다. 중요한 장면은 꼭 애매하게 찍혀 있었다. 베일리가 찍힌 것은 대부분 촬영 후 잘라내거나 남은 부분들이었다. 현장을 세팅하고 치우는 모습, 또는 붐마이크를 손보는 모습 같은 것.

오히려 베일리가 촬영한 부분이 맘에 들었다. 베일리는 놀라운 인내심을 가진 타입이었다. 티비와 달리 이야기를 짜맞추는 데 급급하지 않았다. 자기가 듣고 싶은 말이 나오도록 출연자를 들볶지도 않았다.

티비가 의도적으로 촬영한 부분 중 괜찮은 건 베일리의 인터뷰밖에 없었다. 창가 의자에 앉은 베일리는 천사처럼 빛났다. 마법의 바지가 담긴 봉투가 그애의 발치에 놓여 있었다. 잠자는 통

통한 미미를 촬영한 컷도 끼어 있었다. 티비는 베일리의 용감하
고 단정한 얼굴과 거기 드러난 영혼에 넋을 잃었다. 몇 번을 봐
도 마찬가지였다.

　오늘은 음악 작업을 하려 했다. 실은 쉬운 작업이었다. 내내
베토벤을 틀 생각이었으니까. 하지만 막상 들어보니 그 음악은
티비가 원했던 효과에 딱 들어맞진 못했다.

　티비는 머리를 뒤로 젖혔다. 어지러웠다. 잠을 영 못 자서 그
런 것 같았다. 여름학교 종강 축제가 이제 나흘 앞으로 다가와
있었다.

　티비가 원하는 음악에는 브라이언의 휘파람 소리가 필요했다.
이유는 알 수 없지만 잠까지 반납하며 불태우는 티비의 열정이
그렇게 말하고 있었다. 그녀를 일깨운 것은 카프카도 피자헛 폭
발도 아닌, 능숙하게 오르내리는 브라이언의 휘파람 소리였다.

그가 세상이 풀길이 되게

하였구나.

그녀의 방황하는 발길이

시작되기도 전에.

_W. B. 예이츠

어색한 식사가 이어지는 여름이었다. 카르멘은 리디아와 크리스타 사이에, 엄마는 아빠와 폴 사이에 앉았다.

사실 카르멘은 모두가 견뎌내야 할 길고도 끔찍한 침묵이 두려워 얘깃거리를 몇 개 준비했다.

여름 영화에 대하여

속편—좋은 생각인가, 아니면 시작부터 문제가 많을 수밖에 없는가?

팝콘—저 기름투성이 물질은 대체 무엇인가?(엄마가 팝콘의 무시무시한 칼로리에 대해 읊을 기회를 준다.)

자외선 차단제에 대하여(엄마들을 위한 화제.)

SPF — 이 단어의 뜻은 정확히 무엇인가?

최악으로 햇볕에 탔던 경험은?(누구나 말할 수 있는 주제일 듯. 아빠의 단골 화제인 바하마에서의 항해 이야기에 1등을 줘야겠지만.)

오존층(좋아하는 정도를 넘어 모든 사람이 한뜻을 모을 수 있다. 구멍난 오존층을 좋아한다는 건 아니고.)

비행기 — 비행기 타기가 갈수록 힘들어지진 않는가? (필요하다면 어른들끼리 계속 이야기하게 할 수도 있음.)

(상황이 악화될 경우엔) 이스라엘과 팔레스타인 이야기를 한다.

하지만 이상하게도 이 쪽지는 카르멘의 주머니에서 나올 일이 없었다. 카르멘은 과감하게 시작해 흘러가는 대화를 조용히 듣고만 있었다. 리디아는 록시즈 이야기를 하며 웃기까지 했다. 카르멘은 놀라웠다. 아무튼 리디아가 웃자 엄마도 따라 웃었다. 작지만 장밋빛 기적이었다.

그다음엔 크리스타가 워싱턴 지하철에서 길을 잃고 세 시간 이십 분 동안 헤맨 얘기를 했다. 이 얘기는 곧 워싱턴 대중교통

시스템의 다양한 색깔과 호선, 환승에 대한 아빠의 길고도 교육적인 요약으로 이어졌다. 심지어 그림으로 설명하기 위해 지도까지 급히 꺼냈다.

그러다가 엉뚱하게도 엄마 아빠가 갓 낳은 카르멘을 병원에서 데리고 돌아오다가 길을 잃은 이야기가 나왔다. 카르멘은 이 이야기를 익히 알고 있었고, 다시 듣는 걸 무지하게 싫어했다. 결국에는 카르멘이 토했다거나 울었다는 말로 끝나기 때문이다. 하지만 오늘밤만은 완전히 몰입해서 들었다. 엄마와 아빠는 주거니 받거니 하며 즐겁고 친근하게 이야기했고, 리디아는 웃기도 하고 깜짝 놀라기도 하며 열심히 들어주었다. 아빠는 테이블 위에서 리디아의 손을 잡고, 지금 잘하고 있다는, 사랑이 더 깊어졌다는 마음을 전했다.

아빠가 웃긴 이탈리아 억양으로 와인을 주문했다. 크리스타는 목걸이를 만지작거리다 리디아에게 다정하게 뭐라고 속삭였다. 리디아는 자기가 시킨 옥수수와 바닷가재가 든 '훌륭한' 샐러드를 먹어보라고 엄마에게 권했다.

모두의 활기찬 모습을 둘러보자 카르멘의 얼굴은 즐거움에 붉게 달아올랐다. 이상하면 이상한 대로, 이것이 카르멘의 가족이었다. 문제를 지닌 세 명에서 얽히고설킨 여섯 명이 된 것이다.

폴이 카르멘을 바라보았다. 정말 훌륭한데. 그렇게 말하는 것 같았다.

카르멘도 웃었다. 진짜 수확은 아마도 지금껏 알아온 사람들 중에 가장 친절하고 인내심 많은, 폴이라는 사람을 알게 된 것일 터이다.

카르멘은 리디아와 크리스타, 폴을 처음 만난 지난여름의 나날을 돌이켜보았다. 그날 카르멘은 아빠에게 미친듯이 화를 냈다. 이제 끝이라고 생각했다. 하지만 그건 또하나의 시작이었다.

카르멘은 우아하게도 꿋꿋함을 지켜나가고 있는 엄마를 바라보았다. 아빠와 리디아는 부부고, 엄마는 혼자였다. 엄마는 언제나 우아하게 견뎌왔다. 직장을 가진 싱글맘으로서, 찢어진 가슴을 안고 사는 사람으로서.

엄마 역시 새로운 시작을 누릴 자격이 있었다.

아홉시 십오분, 전화가 울렸다. 레나는 곧장 전화기로 돌진했다. 전화는 적이 되기도 하고 가장 친한 친구가 되기도 하지만, 그건 받기 전까진 모르는 일이다.

"여보세요?" 레나는 간절함을 감추며 전화를 받았다.

"안녕."

이 전화는 친구였다.

"코스토스." 이 이름을 얼마나 사랑하는지. 부르는 것만으로도 좋았다. "어디야?"

"지하철역."

뱃속이 요동치기 시작했다. 레나는 한 호흡 멈추고 천천히 물었다. "어느…… 도시에…… 있는데?"

"너희 도시에."

"말도 안 돼." 제발, 제발. "정말?" 꺅 하는 소리가 나왔다.

"맞아. 나 좀 데리러 올래?"

"응, 응. 지금 바로 갈게. 잠깐만…… 엄마 아빠한테 거짓말 좀 하고."

코스토스가 웃었다. "위스콘신 애비뉴 쪽이야."

"알았어."

아직 마법의 바지를 갖고 있는 게 정말 다행이었다. 레나는 얼른 바지를 입고 엄마에게 카르멘과 아이스크림 먹으러 간다고 급히 둘러댔다. 필요할 땐 언제고 차를 써도 된다고 허락해준 부모님에게 감사하면서 밖으로 날아갔다.

코스토스는 그곳에서 레나를 기다리고 있었다. 두 발로 꿋꿋이 서 있는 그의 검은 형체가 보였다. 그 모습은 꿈도 거짓도 아니었다. 레나는 코스토스가 자신을 알아볼 수 있도록 조수석 쪽 유리창을 내렸다. 코스토스는 차에 타자마자 손으로 레나의 머리를 감싸고 그녀의 입술에 진하고 열정적인 키스를 퍼부었다. "너와 떨어져 있는 걸 견딜 수 없었어." 그가 헐떡거리며 말했다. "그래서 일 끝나고 바로 기차를 탔지."

그는 키스하고 또 키스했다. 레나는 차가 도로 한복판에 서 있다는 걸 가까스로 알아차렸다. 기뻐서 정신이 혼미해진 와중에 뻗어나오는 가로등 불빛에 집중하려고 애썼다. "이제 어디 가지?"

레나를 뚫어져라 바라보는 코스토스의 얼굴이 너무도 강렬했다. 그는 어디든 상관없었다.

"키스 말고 다른 걸 꼭 해야 할까?" 레나가 물었다. "내 말은, 그냥 데이트 같은 걸 해야 하나고. 혹시 배고파?" 레나의 몸은 다른 무엇보다 그를 원하고 있었다.

코스토스가 웃었다. "배고파. 그리고 널 어딘가로 데려가고 싶어. 아니다. 싫어. 일 분 이상 너를 만지지 못하는 곳은 안 되겠어."

사랑이 레나에게 영감을 주었다. "좋은 생각이 있어."

레나는 A&P 슈퍼마켓으로 차를 몰았다. 쿠키와 저지방 우유 1리터, 분홍색 설탕을 입힌 딸기 팝 타르트 한 상자를 샀다. 둘은 서로를 애무하는 여러 가지 방법을 알아냈다. 코스토스가 레나의 허리를 안거나, 레나가 엉덩이를 코스토스 옆에 바짝 붙이거나, 코스토스가 레나의 목에 짧게 입술을 갖다대거나 하는 방법이었다. 환한 야채 코너 조명 아래서도 말이다.

코스토스가 레나의 팔꿈치에 키스하고 머리를 어루만지는 동안, 레나는 록크릭 파크웨이를 따라 최대한 조심하며 숲속으로 차를 몰았다. 차는 포토맥 강을 따라 달렸다. 대리석 조각상 얼굴들이 주변에서 빛나 마치 고대도시 같았다. 도로에 다른 차는 한 대도 없었다. 반짝이는 강물과 흐릿하게 보이는 아치형 다리가 너무 아름다워서 숨이 멎을 것 같았다.

이번만은 주차도 식은 죽 먹기였다. 두 사람은 음식이 가득한 갈색 종이봉투를 들고 넓고 하얀 돌계단을 올라가, 대리석 권좌에 앉아 조명을 받고 있는 링컨 대통령을 경외하는 눈빛으로 바라보았다.

"지금이 기념비가 가장 아름다워 보이는 시간이야. 하지만 아무도 오지 않지." 텅 빈 주변을 가리키며 레나가 설명했다.

어떤 사람들은 위대한 대통령의 근엄한 표정이 혹시라도 열정을 식혀버리지 않을까 걱정하겠지만, 레나는 아니었다. 둘은 먹고 키스하며, 그때마다 서로에게 더 몰입했다. 레나는 쿠키를 조금씩 떼어 먹었고, 코스토스는 초록색 탱크톱을 입은 그녀를 바라보았다. 그는 레나의 어깨와 목과 입술을 바라보며 황홀해했다. 레나는 코스토스의 눈에 비친 자신의 아름다움을 보았다. 그것이 전에 느껴본 적 없는 커다란 쾌락을 그녀에게 선사했다.

코스토스가 자기를 행복하게 해주는 만큼 나도 코스토스를 행복하게 해주고 있을까? 그런 일이 가능하기는 할까? 하지만 코스토스에게 그런 감정이 조금이라도 없다면, 이토록 친밀하고 만족스럽게 느껴질 리 없었다.

위대한 해방자 링컨이 발하는 빛이 두 사람이라는 별로 고스란히 흘러들어갔다. 하지만 빛에 너무 가까우면 서로를 볼 수 없는 법. 그들은 공원 오솔길을 따라 서로의 팔다리를 뒤섞으며 몸을 누일 수 있는 으슥한 곳으로 향했다. 이렇게 둘만 남겨주다니, 세상은 참 사려 깊다.

오늘밤은 공기마저 따뜻하고 달콤했다. 울창하게 우거진 여름의 숲이 향기롭기만 했다. 쓰레기통에서 흘러넘친 음료수 캔마저도 황홀하게 느껴졌다.

어떤 날엔 별들이 멀리서 차갑게 반짝이며 애태운다. 하지만 어떤 날엔 자취를 감춘 채 은밀한 격려를 보내기도 한다. 오늘밤이 그런 밤이다. 레나는 지금이 여름인 것에 감사했다. 함께하는 이 밤, 별들이 가져다주는 이런 감정을 가로막는 지붕이 없다는 것에.

그들은 서로의 발목부터 매만지기 시작했다. 그러고는 팔과 손을 어루만졌다. 잠시 후, 레나는 코스토스 위로 올라가 그의 몸 구석구석으로 파고들었다. "너무 빠른 것 같아?" 그녀가 물었다.

"아니." 레나가 그쯤에서 멈춰버릴까 두려웠던 코스토스는 강하게 부인했다. "그럴 수도 있고 아닐 수도 있지. 너무 빠르기도 하고, 너무 느리기도 하고." 코스토스는 가슴까지 들썩이며 웃었다. "그래도 제발 멈추지는 말아줘."

레나는 손으로 코스토스의 배를 훑어내려갔다. "오늘 하루만 점잖은 신사를 그만두고, 내일 다시 신사가 되면 안 될까?"

코스토스는 레나를 부드럽게 굴려 그녀의 몸 위에 올라탔다. 그리고 레나가 눌리지 않도록 자기 팔로 지탱하고 레나의 목에 얼굴을 파묻었다. "그래. 조금은 이래도 되겠지." 그가 귀에 대고 속삭였다. 짜릿한 전율이 등을 타고 흘러내렸다.

레나는 지금 이 시간과 잠시 후 이어질 시간에 행복해하며 배 위로 몸을 숙여 자신의 비밀스러운 곳에 키스하고 있는 코스토스를 바라보았다. 코스토스는 한 번 키스할 때마다 조금씩 셔츠를 말아올리며 그녀의 배꼽에서 갈비뼈까지 입맞춤을 퍼부었다. 상상도 못했던 이런 쾌락이 가능하다는 것이 정말 믿어지지 않았다. 그가 브래지어에 이어 면 셔츠를 머리 위로 올려 벗기는 것이 느껴졌다. 그는 작년 여름 올리브나무 숲에서 레나를 처음 보았을 때 느꼈던 숭배의 감정을 담아 레나를 바라보았다. 그때 레나는 레나 자신만의 것이었고, 손으로 황급히 몸을 가렸었다. 그러나 오늘밤 그녀는 코스토스의 것이었고, 코스토스가 자신의 몸을 봐주기만을 기다리고 있었다.

레나 역시 주저하지 않고 코스토스의 셔츠를 벗겼다. 그리고 알몸으로 코스토스의 알몸을 꽉 껴안았다.

기억은 우습고 거짓되기 마련이지만, 오늘밤 달빛 아래 드러난 코스토스의 나신은 레나가 지난여름 산토리니 연못가에서 본 후로 줄곧 떠올려온 모습과 똑같이 아름다웠다. 레나는 머리에서 발끝까지 충만함을 느꼈다. 자신이 좋아하는 노래 한 소절을 떠올렸다.

평생 너는 자유로워질 바로 이 순간만을 기다려왔지.

카르멘은 제시, 조와 함께 쿠키를 굽기로 한 아이디어가 마음에 들었다. 일하러 가는 길에 식료품점에 들러 버터 스카치 칩과 무지개색 설탕을 사면서, 이건 진정 최고의 베이비시터만이 떠올릴 수 있는 대단한 아이디어라고 생각했다.

하지만 실제 상황에 돌입하고 보니 조금도 재미가 없었다.

"오, 제시, 살살. 가볍게 톡톡 쳐야지." 카르멘이 제시에게 애원하다시피 말했다.

제시는 알았다고 고개를 끄덕이더니, 금속 그릇 가장자리에 대고 계란을 후려쳤다. 계란 껍데기 수십 조각이 반죽에 섞여들어갔다. 제시는 인정을 바라듯 카르멘을 쳐다보았다.

"음, 조금만 더 살살 하면 좋았을 텐데. 그럼 이번엔 내가—"

하지만 너무 늦었다. 제시는 이미 두번째 계란을 그릇에 깨부수고 있었다.

"아아아아아아아!" 조가 설탕을 향해 손을 뻗으며 울부짖었다.

"조, 설탕 더 뿌리고 싶니? 근데 내 생각에는 엄마가—"

대체로 아기들은 마구 움직이고 제대로 할 줄 아는 것이 없다. 하지만 아주 가끔씩 직격탄을 날려 사람을 한 방에 보내버리곤 한다. 조가 몸을 앞으로 숙여 팔을 뻗더니 50센티미터나 떨어져 있는 설탕통을 건드려서 설탕이 조리대에 마구 흩날렸다. 카르멘은 그 극적인 광경을 망연자실하게 바라보았다.

"세상에, 이럴 수가." 카르멘이 중얼거렸다.

"저어야 되는 거지?" 완전히 부서진 계란이 반죽 속으로 자취를 감추자 제시가 신이 나서 물었다.

"음, 아무래도 우리 다시─"

카르멘은 부스러진 계란 껍데기를 반죽에서 꺼내려고 조를 바닥에 내려놓았다. 하지만 조는 의자를 잡고 일어나려 안간힘을 썼다. 발밑에서 쇠구슬처럼 굴러다니는 설탕에 미끄러져 순식간에 큰 소리를 내며 넘어졌다.

"세상에, 조!" 신음이 터져나왔다. 카르멘은 조를 들쳐안고 설탕을 피해 방안을 요리조리 뛰어다녔다. "내 휴대전화 갖고 놀래?" 카르멘이 제안했다. 지금은 조가 싱가포르에 전화를 건다해도 상관없었다.

"여기." 카르멘은 조를 유아용 의자에 앉히고, 빗자루를 가져와 설탕을 쓸어담기 시작했다.

"저어야 되는 거지?" 제시가 조리대 위에 떡하니 앉아 다시 물었다.

"음…… 그래." 카르멘은 지쳐서 대꾸했다. 아이들은 정말 사람을 순식간에 초토화시킨다. 카르멘이 이 집에 온 지 채 십오분도 되지 않았는데 말이다.

모건 부인이 아래층으로 내려오는 소리가 들리자, 카르멘은 재빨리 조에게 달려가 입 주변과 손에 묻은 설탕의 흔적을 지우려고 노력했다.

모건 부인은 정장 차림으로 부엌문 앞에 나타났다. "우와……" 카르멘은 너무나도 우아한 그 모습에 감탄하며 말했다. "정말 환상적이에요."

"고맙다. 오늘 은행에서 미팅이 있거든." 부인이 말했다.

"엄마, 엄마!" 조가 소리를 질렀다. 조는 카르멘의 휴대전화를 방 저편으로 던져버리고 엄마에게로 팔을 뻗었다.

안 돼. 카르멘은 속으로 울부짖었다. 그러나 역시나 우주의 이치는 모건 부인을 아기에게로 끌어당겼다. 그녀가 조를 안아들었다.

"엄마! 이것 좀 봐!" 제시가 외쳤다.

"너희들 쿠키 만들고 있었니?" 모건 부인은 제시가 노벨상이라도 타온 양 흥분해서 물었다.

"응!" 제시가 흥에 겨워 대답했다. "먹어봐! 먹어보라고!"

부인은 반죽을 유심히 들여다보았다.

"응, 엄마? 내가 만든 거야."

모건 부인이 망설이는 동안, 카르멘은 조가 엄마의 겨드랑이에 머리를 들이미는 모습을 보았다. 카르멘이 두려워하던 순간이 오고 말았다. 가늘고 긴 콧물 한 줄기가 검은색 정장의 옷깃 위로 죽 늘어난 것이다. 마치 민달팽이 한 마리가 옷에 붙어 기어가는 것 같았다. 부인은 눈치채지 못했고, 카르멘은 차마 말할 용기가 나지 않았다.

갑자기 머릿속에 엄마의 정장이 떠올랐다. 카르멘이 코피를 묻혔던 개버딘 스커트와, 파란색 매니큐어를 쏟았던 트위드 재킷.

"엄마, 맛있다니까!" 제시가 엄마 입에 숟가락을 들이밀고 재촉했다.

부인은 노른자 사이를 비집고 나온 계란 껍데기 조각을 보며 웃는 얼굴을 유지하려 애썼다. "구우면 훨씬 더 맛있어질 것 같구나." 그녀가 말했다.

"제발, 응?" 제시가 계속 졸라댔다. "내가 만들었잖아!"

부인은 몸을 앞으로 숙여 최대한 조금 반죽을 맛보았다. 그러고는 열성적으로 고개를 끄덕였다. "제시, 너무 맛있다. 구운 것도 빨리 먹어보고 싶어."

카르멘은 믿을 수 없다는 얼굴로 모건 부인을 바라보았다. 나라면 저 끔찍한 걸 먹으려고 시도나 했을까? 만약 우리 엄마라면? 질문이 카르멘의 머릿속을 스치자마자 답이 나왔다. 그랬을 것이다. 크리스티나는 아마도 그 반죽을 먹었을 것이다. 아마 그랬을 것이고, 실제로도 그랬다.

그 순간 카르멘은 그게 엄마들에게 어떤 의미인지 깨달았다. 모건 부인은 스스로 원해서 그 반죽을 맛본 것이 아니었다. 아들을 사랑하기 때문에 그런 것이다. 이런 생각이 들자, 왠지 모르게 굉장히 편안한 기분이 들었다.

Lennyk162: 카르멘! 어디 있는 거야! 전화기는 도대체 어떻게 된 거니? 하루종일 너한테 전화했어! 할말이 '너무' 많단 말이야.

Carmabelle: 휴대전화 고장났어. 금방 고칠 거야.

티비는 브라이언네 집으로 전화했다. 지금껏 그런 적은 거의 없었다. 자동응답기가 전화를 받았다. 녹음한 음성이 아니라, 처음부터 전화기에 설정되어 있던 컴퓨터 기계음이었다. 마치 가게에서 산 액자에 자기 사진을 끼우지 않고 원래 들어 있던 사진을 그대로 넣어둔 것과 마찬가지였다.

티비는 목청을 가다듬었다. "어, 이 번호가 맞으면 좋겠는데…… 브라이언, 나 티비야. 윌리엄스턴으로 전화 좀 해줄래? 너랑 꼭 해야 할 얘기가 있어."

전화를 끊고 엄지손가락으로 책상 모서리를 톡톡 쳤다. 티비에게 그런 취급을 받고도 브라이언이 전화할 이유가 있을까? 만약 티비라면 절대 전화하지 않을 것 같았다. 한다 해도, 아마 욕이나 해줄 작정일 것이다.

티비는 같은 번호로 다시 전화했다. 같은 메시지가 흘러나왔다. "브라이언? 또 티비인데, 어…… 한 가지…… 그러니까 내가 진짜 하고 싶은 말은, 정말 미안하다는 거야. 미안함 그 이상이야. 나 너무 부끄러워. 난……" 티비는 창밖을 바라보다가 갑자기 자신이 인사말조차 녹음해두지 않은 자동응답기에 대고 심경을 토로하고 있다는 사실을 깨달았다. 완전 미친 짓이었다. 게다가 만약 잘못 걸었으면 어쩔 것인가? 그렇지 않다 해도 브라이언의 엄마나 새아빠가 이 메시지를 듣는다면? 티비는 수화기를 탁 내려놓았다.

하지만 잠깐. 내가 무슨 생각을 하는 거지? 브라이언을 그렇게 취급해놓고 사과하기를 겁내는 건가? 중간에 그냥 끊어버리고? 스스로 소중한 친구가 되기보다, 그애의 엄마나 새아빠가 어떻게 생각할지가 더 신경쓰인단 말인가?

티비는 발치를 내려다보았다. 코끼리 슬리퍼가 보였다. 깨끗한 옷이 바닥나서 체크무늬 잠옷 바지와 목욕가운 차림이었다. 게다가 기숙사 냉방이 너무 심해 수건까지 뒤집어쓰고 있었다. 며칠 동안 방 밖으로 나가지도 씻지도 않았다. 이런 상황에서 대체 무슨 자존심을 지키려는 걸까?

티비는 같은 번호로 다시 전화를 걸었다. "브라이언? 어, 또 나야. 미안하다고 말하고 싶었어. 무슨 말로 표현해야 할지 모를 만큼 미안하게 생각해. 만나서 사과할 기회라도 있으면 좋겠어. 그리고 또 할말은, 어, 나 영화 상영회 해. 저번 영화 말고, 새 영화로 말이야. 토요일 세시, 여기 강당에서. 오고 싶지 않을 거라는 건 알아." 티비는 말을 멈추고 숨을 골랐다. 미친 사람처럼 입

350

이 계속 움직이려 했다. "내가 너라도 안 내킬 거야. 하지만 만약에 네가 와준다면, 정말 큰 힘이 될 거야." 티비는 전화를 끊었다. 너무 이상했나? 온 식구가 나서서 가지 말라고 말릴 만한 소리를 한 건 아닐까?

다시 같은 번호로 전화를 걸었다. "너무 여러 번 전화해서 미안." 티비는 서둘러 이렇게 말하고는 재빨리 수화기를 내려놓았다.

사랑의 치료약은

더 사랑하는 것밖에 없다.

_헨리 데이비드 소로

금요일 밤, 브리짓은 빌리네 예전 집이 있었던 강굽이까지 거의 11킬로미터를 달렸다. 아마 빌리는 지금도 그곳에 살 것이다.

　몸이 달라지는 것이 느껴졌다. 옛날 몸매로 완전히 돌아온 건 아니지만 거의 가까워졌다. 다리와 배에 다시 단단한 근육이 잡히기 시작했다. 머리도 원래 색을 되찾아갔다. 혼자 달릴 땐 야구모자를 벗어던졌다. 따뜻한 저녁 공기 속에서 머리가 숨을 쉬니 살 것 같았다.

　브리짓은 할머니 집에 들러 공을 들고 나와 곧장 축구장으로 향했다. 밤이 되면 삼면에서 어둠을 밝히는 축구장 조명 아래 홀로 공을 차는 것이 이제는 하루 일과가 되었다.

　"길다!"

돌아서자 이쪽으로 다가오는 빌리가 보였다. 아마도 남자들의 시선을 즐기는 여자애들로 가득한 파티에 가는 중인 듯했다.

"안녕." 브리짓은 가쁘게 숨을 쉬며 인사를 건넸다. 다행히 야구모자도 제때 다시 썼다.

"축구는 더이상 안 하는 줄 알았어."

"다시 하려고."

"오." 빌리는 브리짓을 한 번 보고 공을 바라봤다. 브리짓만큼이나 그도 축구를 사랑했다. "시합할까?"

브리짓이 웃으며 대답했다. "좋아."

잘생긴 적수만큼 브리짓의 아드레날린 분출을 자극하는 것도 없었다. 브리짓은 공을 몰면서 조금씩 페이스를 찾아갔다. 왼쪽으로 꺾고, 공을 한 번 건드렸다가 슛을 날렸다. 빌리가 믿을 수 없다는 듯 신음하는 소리가 뒤쪽에서 들렸다. "행운의 슛인데." 빌리의 말과 함께 둘은 다시 시합을 시작했다.

꿀벌 팀 시절로 다시 돌아간 것 같았다. 자신이 원하는 일에는 언제나 폭발적인 능력을 발휘하는 브리짓은 오늘도 역시 빌리를 연속으로 다섯 번이나 따돌렸다.

빌리가 숨을 헐떡거리며 경기장 한가운데 주저앉았다. 그리고 손으로 얼굴을 감싸고는 밤하늘에다 고함을 질렀다. "이게 뭐야!"

브리짓은 우쭐함을 드러내지 않으려고 애쓰며 빌리 옆에 가

앉았다. "넌 청바지를 입었잖아. 너무 심각하게 받아들이지 마."

빌리가 손을 내리고 브리짓을 뚫어져라 바라보았다. 몇 주 전처럼 잔뜩 조바심이 난 표정이었다. 실눈을 뜨고 브리짓을 바라보았다. "너 누구야?"

브리짓은 어깨를 으쓱하며 되물었다. "무슨 뜻이야?"

"변장한 미아 햄*이나, 뭐 그런 거 아니야?"

브리짓은 고개를 저으며 웃었다.

"내가 우리 팀 에이스인데!" 빌리가 좌절하며 브리짓에게 외쳤다.

브리짓은 또다시 어깨를 으쓱했다. 여기서 무슨 말을 더 하랴? 지금껏 축구장에서 남자애들의 자존심을 뭉갠 적이 한두 번도 아니었다.

"널 보면 예전에 알던 여자애가 생각나." 빌리는 브리짓을 향해 말한다기보다 잔디에 대고 혼잣말처럼 말했다.

"응?"

"걔 이름은 브리짓이었어. 일곱 살 때까지 내 베스트 프렌드였어. 걔도 날 항상 혼쭐내줬지. 그러니까 이런 상황에도 멀쩡해야 하는데 말이야."

빌리의 눈은 생기 있고 사랑스러웠다. 자존심은 강하지만 좋

---

* FIFA 올해의 여자 선수 상을 두 번이나 수상한 미국의 전설적인 여자 축구선수.

은 녀석이라는 게 마음에 들었다. 브리짓은 자기가 누구인지 말해주고 싶었다. 이제 이 모든 게임이 지겨웠다. 머리카락을 야구 모자 속에 쑤셔넣는 것도 지긋지긋했다.

브리짓은 빌리가 자신의 다리를 보고 있음을 눈치챘다. 아름답진 않을지 몰라도 괜찮은 편이었다. 축구 연습은 말할 것도 없고, 5주 내내 꾸준히 달리기를 한 덕에 탄력 있고 매끈해 보였다. 빌리는 그 다리를 보고 겁에 질리지도, 감탄하지도 않는 것 같았다. 실은 살짝 어색해하는 듯 보였다. 빌리가 목소리를 가다듬고 말했다. "난, 어, 이만 가보는 게 좋겠다. 내일 다섯시에 올 거지? 토너먼트까지 이제 두 경기밖에 안 남았어. 알지?"

브리짓은 빌리의 어깨를 친구처럼 툭 치려고 했지만 마음먹은 대로 되지 않았다. 대신 거의 어깨를 스친 꼴이 되어버렸다. 그의 어깨에 닿은 손가락이 아렸다. 빌리는 자기 어깨를 보고 다시 브리짓을 보았다. 조금 혼란스러워 보였다.

"내일 보러 갈게." 브리짓이 약속했다.

문을 열고 조용히 집으로 들어가니 파랗게 깜빡이는 거실 텔레비전 빛이 보였다. 안녕히 주무시라는 인사를 하려고 살금살금 들어갔지만 그레타 할머니는 이미 안락의자에서 머리를 푹 숙이고 잠들어 있었다. 탁자 위 쟁반에 먹다 남은 저녁식사가 놓여 있었다. 금요일 밤은 할머니가 텔레비전을 보는 날이다. 그런 할머니의 모습이 브리짓은 슬펐다. 할머니의 삶은 너무나 소소하고, 단순하고, 눈에 띄지 않았다. 브리짓은 이렇게 소소한 삶에 자신이 적응할 수 있을까 생각했다.

엄마 생각도 하지 않을 수 없었다. 엄마의 인생은 소소하거나 간단한 것과는 거리가 멀었다. 엄마와 함께 살 땐 매일 다른 세계에서 잠을 깨야 했다. 좋든 나쁘든 매시간 놀라움의 연속이었다. 특별한 인생을 보낸다는 건 엄마 같은 마지막을 맞는다는 뜻일까?

브리짓은 거실에 서 있었다. 엄마가 수천 번의 데이트에 앞서 꽃단장을 했던 거실, 그리고 할머니가 텔레비전 앞에서 코를 골고 있는 거실. 브리짓은 궁금해졌다. 아름답게 죽는 것과 추하게 사는 것 중 하나를 선택해야 하는 막다른 갈림길에 다다른 건 아닌지.

Tibberon: 레나, 너랑 코스토스 일은 잘됐다. 설마 벌써 해 버린 건 아니겠지. 난 아직 받아들일 준비가 안 돼 있어.

Lennyk162: 안 했어, 티비. 겁내지 마. 그런데 거짓말은 못 하겠다. 나 하고 싶어. 아마 조만간 할 거야.

늦었다. 카르멘은 오후부터 저녁이 될 때까지 레나네 집에서 시간을 보냈다. 머릿속이 사랑과 열정으로 가득했다. 그러니까 레나의 사랑과 열정으로 말이다. 그건 신나는 일이지만 두려운 일이기도 했다. 어린 시절로부터 멀어지는 또하나의 요소였으니까.

집에 도착할 즈음에는 생각이 앞뒤로 종횡무진 뻗어나가 무척 감상적이 되었다. 바로 옆방에 누워 있는데도 엄마가 몹시 그리워졌다.

카르멘은 잘 때 입는 티셔츠를 입고 양치를 했다. 그러고는 엄마 침대로 기어들어갔다. 아무리 냉전중이라 해도 엄마의 침대는 여전히 세상에서 가장 편안한 곳이었다. 엄마가 팔을 베고 돌아누웠다. 보통 이런 날에는 엄마가 카르멘의 등을 쓰다듬어주지만, 오늘은 그럴 만큼 가까이 붙지 않았다. 카르멘에겐 그럴 자격이 없었다.

"엄마?"

"응?"

카르멘은 코를 살짝 훌쩍거렸다. "나 고백할 게 있어."

"해봐." 엄마는 어쩌면 이런 일을 예상하고 있었는지도 모른다.

"엄마가 데이비드 아저씨랑 사귈 때, 하루종일 전화가 안 왔던 일요일 있었잖아. 기억나?"

엄마가 잠시 생각을 더듬고는 대답했다. "응."

"음. 그날 데이비드 아저씨한테 전화 왔었어. 내가 실수로 음성메시지를 되감았는데 그 위에 다음 메시지가 녹음돼버렸어.

그때 사실대로 얘기해야 했는데 안 했어."

엄마 표정은 화난 듯 보였지만, 가까이서 보니 꼭 그런 것도 아니었다. "그거 정말 치사했다, 카르멘."

"나도 알아. 정말 미안해. 그 일도 미안하고, 내가 했던 끔찍한 말들도 다 미안해. 내가 엄마를 불행하게 만든 것도 미안해."

엄마는 고개를 끄덕였다.

"내가 엄마랑 데이비드 아저씨 사이를 망쳐버린 것도 정말 미안해. 그러지 말았어야 했는데." 카르멘의 눈에 눈물이 글썽거렸다. "내가 왜 그랬는지 모르겠어."

엄마는 아무 말도 하지 않았다. 카르멘의 거짓말을 실토시키는 그녀만의 무기는 기다림이었다.

"알아, 내가 왜 그랬는지는 나도 알아. 엄마와 나 사이가 끝날까봐 겁이 났어."

엄마는 카르멘에게 다가와 머리를 쓰다듬어주었다. "넌 실수한 거야. 하지만 너만 실수하는 게 아니란다." 엄마는 천천히 이야기를 이어나갔다. "나도 실수했어. 일이 진행되는 대로, 그냥 그렇게 휩쓸려가기만 했어." 그리고 흔들림 없는 진지한 눈빛으로 카르멘의 얼굴을 바라보았다. "카르멘, 엄마 말 잘 들어. 우리 사이에 끝이란 없어."

눈물이 팔꿈치를 타고 흘러내려 침대로 스며드는 것이 느껴졌다. "뭐 하나 물어봐도 돼?"

"물론이지."

"데이비드 씨와 예전부터 만나고 싶었어? 우리 둘만 살게 된 뒤로 혼자 외로웠던 거야?"

"오, 아니야. 안 그랬어." 엄마는 어렸을 때처럼 카르멘의 얼굴을 토닥거려주었다. "나는 네 엄마라는 사실이 행복하거든."

카르멘의 턱이 덜덜 떨렸다. "정말?"

"다른 그 어떤 것보다 더."

"오." 카르멘의 미소가 떨렸다. "나도 엄마 딸인 게 행복해."

두 사람은 나란히 침대에 누워 천장을 바라보았다.

"엄마는 뭘 원해?"

엄마는 잠시 생각했다. "사랑에 빠진다는 건 황홀한 일이야. 하지만 그 때문에 내 모습이 두려워. 내가 그것까지 원하는지는 잘 모르겠어."

"흐음……" 카르멘은 금이 간 석고 몰딩을 자세히 관찰했다.

"너는 어때, 아가? 넌 뭘 원하니?"

"글쎄." 카르멘은 팔을 쭉 뻗어 자기 손을 유심히 보았다. "글쎄. 엄마가 날 그냥 내버려두면 좋겠어. 그렇다고 관심 끄라는 건 아니고. 내가 대학에 진학해서 떠나게 되면 엄마가 나를 그리워하면 좋겠어. 그치만 슬퍼하지는 말고. 엄마가 지금 이대로 있어주면 좋겠어. 근데 혼자는 아니면 좋겠고, 외롭지도 않으면 좋겠어. 나는 떠나도 되지만, 엄마는 절대 나를 떠나지 않는 거야.

너무 불공평하다, 그치?"

엄마는 어깨를 으쓱했다. "너는 딸이야, 나는 엄마고. 절대 공평할 수 없다는 얘기지." 엄마가 소리내 웃었다. "아기한테 기저귀를 직접 갈라고 하진 않잖아."

카르멘도 웃었다.

"아. 그리고 한 가지 더." 카르멘은 다시 옆으로 누워 엄마를 마주보며 말했다. "엄마가 행복하면 좋겠어."

카르멘은 그 말이 그들 위로 내려앉도록 가만히 있었다. 그리고 잠시 후, 엄마가 등을 쓰다듬어줄 수 있도록 가까이 몸을 붙였다.

브리짓,

너에게 사랑과 기묘함으로 가득찬 청바지를 보내. 나는 또다른 세상에 살고 있어. 이 말이 무슨 뜻인지 너는 알 거야. 왜냐하면 너 역시 나와 같은 세상에 있으니까. 남자들 얘기만은 아니야. 물론 예전에 비해 그 부분을 훨씬 많이 알게 되었지만. 내 말은, 가슴 벅찬 행복을 향해 내달리면서, 한편으로는 두려움을 향해서도 내달리고 있다는 걸 알고 있다는 거야. 나 이렇게 행복해도 되는 건지 모르겠어. 이렇게 격한 행복을 느낀다는 게 무서워.

그치만 내 곁에는 네가 있으니까, 브리짓. 난 언제나 너만큼만 용기가 있기를 바라왔어.

사랑을 담아

레나

전에는 그리움과 간절함에 힘겨워하는 정도였다면, 이제는 거의 견딜 수 없는 지경이었다. 코스토스에 대한 수많은 생각과 꿈과 환상이 시간을 짓눌러 극도로 느리게 흘러가는 것 같았다.

레나는 자기 자신으로 사는 것이 아니라 코스토스와 함께할 수 있는 시간을 위해 살고 있었다. 지금껏 그토록 피하고 싶어한 일이었다. 하지만 이제는 깨달았다. 어쩌면 이게 바로 사랑을 위해 치러야 할 대가일지도 모른다는 것을.

월요일에 코스토스가 전화를 걸었을 때, 레나는 말 그대로 전화기를 어루만졌다. 한 시간 동안 코스토스의 숨소리만 들어도 좋으니 전화를 끊고 싶지 않았다.

화요일에 코스토스와 통화하면서는 한 시간 반이나 킥킥댔고, 문득 진짜 나는 테이프로 입이 틀어막힌 채 옷장에 갇혀 있는 게 아닐까란 생각을 했다.

수요일에 코스토스는 전화하지 않았고, 금요일에 통화할 땐 목소리가 어딘가 이상했다. 너무 낮아서 알아듣기 힘들었다. "나 이번 주말에 못 갈 것 같아."

레나는 갑자기 어지러워졌다. "왜?"

"나…… 돌아가야 할 것 같아서."

"어디로 돌아간다는 거야?"

"그리스로." 그가 대답했다.

레나는 숨을 들이마셨다. "할아버지는 괜찮으신 거지?"

그는 잠시 침묵했다. "응, 할아버지는 괜찮으셔."

"그럼 왜? 무슨 일인데?" 레나는 감정이 격해졌다. 고양이가 바퀴벌레를 위협하듯 코스토스를 쏘아붙였다. 침착하고 싶었지만 불가능했다.

"집안에 다른 일이 좀 생겼어." 코스토스가 천천히 말했다. "나중에 자세히 알게 되면 설명해줄게." 더이상의 질문을 원치 않는 눈치였다.

"많이 안 좋은 일이야? 잘 해결될 수 있는 거야?"

"그래야지."

레나의 머릿속은 비탄에 빠지지 않을 이유를 지어내기 위해 바쁘게 돌아갔다.

"이만 끊어야겠다." 코스토스는 그러고는 "나도 가지 않을 수 있으면 좋겠어"라고 덧붙였다.

가지 마! 레나는 외치고 싶었다.

"사랑해, 레나."

"안녕." 레나는 어쩔 수 없이 작별인사를 했다.

코스토스가 그리스에 돌아가면 안 된다! 그러면 나는 죽을지도 모른다! 그를 다시 보는 날이 오기는 할까? 레나가 지금까지 버틸 수 있었던 건 금요일까지만 기다리면 된다는 생각 덕분이었다.

레나는 싫었다. 불확실성, 무력함 같은 것이. 마치 잘 짜인 인생에 코스토스가 큰 구멍을 내버린 기분이었다. 길은 이제 몇 미터 앞에서 끊어져버렸다.

러닝화를 신은 에피가 레나의 방문 앞에서 물었다. "괜찮아?"

레나는 고개를 저었다. 눈물이 나지 않게 눈을 꼭 감았다.

에피가 옆으로 다가와서 다시 물었다. "무슨 일이야?"

레나는 어깨를 으쓱해 보이고는, 발목 언저리부터 목소리를 긁어모았다. "코스토스에게 사랑받지 못할 때보다 사랑받을 때가 더 힘든 것 같아."

"예전에는 손주들이 놀러왔었죠?"

아침식사 시간, 브리짓은 모자로 얼굴을 가린 채 할머니에게 물었다.

할머니는 토스트를 우물우물 씹었다. "그럼. 그애들이 일곱 살이 될 때까지 매년 여름 놀러왔지. 나 역시 그 아이들이 다섯 살이 될 때까지는 매년 겨울 육 주 동안 워싱턴에 가 있었고."

브리짓은 망설이며 물었다. "그런데 왜 안 가게 되셨어요?"

"마를리가 오지 말라고 했거든."

"왜요?"

그레타는 한숨을 쉬었다. "그즈음부터 마를리의 상황이 나빠졌어. 내 생각에 당시 마를리는 누가 자기 생활을 가까이서 들여 다보는 걸 원치 않았던 것 같아. 특히 나는 더더욱. 난 손주들에 대해 참견을 많이 했고, 마를리와 프란츠는 잔소리를 듣는 걸 싫어했지."

브리짓은 고개를 끄덕였다. "정말 슬프네요."

"오, 애야." 그레타는 자리에서 몸을 좌우로 흔들었다. "너는 그 슬픔을 상상하지 못할 거야. 마를리는 아이들을 사랑했지만, 그땐 너무 힘든 시간을 보내고 있었어. 아이들에게 점심을 차려준 뒤 낮잠을 자곤 했는데, 아이들이 여덟아홉 살이 된 무렵부터는 아침식사만 하고 계속 자기만 했던 것 같아. 빨래를 반 정도 개다보면 너무 힘들어져서 나머지는 그대로 세탁기에 두고 결국 며칠 후에 프란츠가 마무리해야 했지."

브리짓은 뺨에 손을 갖다댔다. 창밖 하늘에 걸린 흐린 구름 때문에 부엌까지 어두워졌다. 오후부터 저녁 내내 침대에 누워 있던 엄마 모습이 떠올랐다. 브리짓의 머리가 엉키거나 샌들 버클을 채워줘야 할 때면 엄마는 화를 내고 좌절했다. 어린 브리짓은 옷이 세탁돼서 다시 입을 수 있게 될 때까지 오랜 시간이 걸린다는 걸 알게 됐고, 그뒤로는 옷을 더럽히지 않고 며칠간 돌려가며 입는 방법을 터득했다.

"왜…… 놀러오지 않은 걸까요? 손주들 말이에요."

할머니는 팔꿈치를 식탁 위에 무겁게 올려놓았다. "솔직히 애기하자면, 나와 프란츠의 의견이 맞지 않았기 때문일 거야. 나는 마를리에게 문제가 있다는 걸 알고 언제나 그애를 걱정했단다. 하지만 프란츠는 그렇게 생각하고 싶어하지 않았지. 의사의 도움을 받아야 한다는 내 말에도 동의하지 않았어. 마를리에게 약을 먹여보는 게 어떻겠냐고 말했는데, 그것도 듣지 않았어. 아마 나한테 화가 났던 모양이야. 그래서 애들을 데려가서는 나에게 전화도 하지 말라고 했지. 마를리를 내버려두라고. 하지만 난 그럴 수 없었단다."

그레타의 입술이 떨렸다. 브리짓은 할머니의 두 손을 잡고 토닥여주었다.

"그리고 내 걱정이 맞았어. 내가 옳았어. 왜냐하면—"

브리짓이 황급하게 자리에서 일어나는 바람에 의자가 뒤로 쓰러질 뻔했다. "위층에서 할 일이 있어요. 죄송해요, 할머니. 이제야 생각이 났어요. 그만 올라가볼게요."

브리짓은 뒤도 돌아보지 않고 계단을 올라갔다. 다락방에서 처음 눈에 들어온 것이 그 상자였다. 계속 열어보길 미뤄둔 상자. 꿈속에서 브리짓은 판도라였다. 그 상자가 지금과 어린 시절 사이에 블랙홀처럼 커다랗게 입을 벌리고 있고, 뚜껑을 열면 그 안으로 빨려들어가 죽을지도 모른다는 상상을 했다.

브리짓은 침대에 누워 밖에서 폭풍우가 몰아치는 소리를 들었다. 그러다 깜빡 잠이 들었다 깨서는 다시 그 상자를 바라보았다. 하늘이 어두워지고 있었다. 기압이 급속도로 내려가는 게 느껴지는 듯했다.

브리짓은 아일릿 커튼이 바람에 날리는 모습을 지켜보았다. 회색 하늘이 방바닥을 어둡게 물들였다. 브리짓은 이 방을 사랑했다. 여태껏 머물렀던 어느 곳보다 진짜 집 같은 편안함을 느꼈다. 하지만 여기엔 그 상자가 있다. 브리짓은 창문 너머 불안해 보이는 경치를 바라보았다.

상자에 다가가 조심스럽게 열어보았다. 지금이라면 극복할 수 있을 것 같았다. 그다지 두려워할 만한 일이 아니라는 것을 스스로에게 증명해 보이고 싶었다. 또, 지금 하지 않으면 언제 할 수 있을지도 알 수 없었다. 브리짓은 이 이야기를 끝맺고 싶었다.

상자 윗부분에는 행복한 젊은 가족의 사진이 대부분이었다. 마를리와 프란츠, 그리고 금발의 두 아이들. 차안에서, 동물원에서 찍은 사진들. 평범한 사진들이었다. 할머니 할아버지와 찍은 사진들은 좀더 흥미로웠다. 브리짓이 할아버지 목말을 타고 햇빛 때문에 눈을 찡그린 모습, 할머니 옆에서 크게 웃는 모습, 아이스바 때문에 온통 오렌지색이 되어 끈적거리는 입, 꿀벌 팀 단체사진에서 웃고 있는 모습. 브리짓은 사내아이처럼 짧은 머리를 하고는 빌리 클라인의 목에 헤드록을 걸고 있었다. 상자 중간쯤엔 브리짓과 페리의 미술 숙제들과 페리의 너덜너덜해진 만화책 꾸러미가 있었다. 그중 많은 것은 이미 내다버렸다.

그 아래쪽에는 앨라배마에 발길을 끊은 뒤로 마를리가 그레타에게 보낸 사진들이 있었다. 브리짓과 페리가 3학년부터 5학년 때까지 경직된 모습으로 학교에서 찍은 사진들, 그리고 4학년 여름방학 9월에 찍은 엄청나게 우스꽝스러운 사진. 티비는 여전히 이가 몇 개 빠져 있고, 브리짓은 고무줄이 좍 걸린 무시무시한 치아 교정기를 자랑스럽게 드러내 보이고 있었다. 카르멘은 흉하게 축 늘어진 버전의 제니퍼 애니스턴 머리 모양을 하고 있었다. 레나는 정상적으로 보였다. 그게 바로 레나다운 부분이었다.

마지막은 우울한 사진이었다. 사진 뒷면에 적힌 날짜를 보고 브리짓은 이때가 엄마가 돌아가시기 넉 달 전이라는 사실을 알았다. 아마도 잘 지내고 있다는 것을 보여주려고 할머니께 이 사진을 보냈을 테지만, 사진을 일 분만 자세히 들여다보면 그런 환상은 가슴 아프도록 산산조각 나버린다. 마를리의 팔다리는 너무 가늘었고, 피부는 한참 동안 햇빛을 보지 못한 것처럼 창백했다. 공원 벤치에 앉은 포즈도 너무 인위적으로 보여 꼭 시어스 사진관에 있는 것 같았다. 미소 역시 마치 몇 달 동안 웃어본 적이 없는 사람처럼 힘없고 위축되어 보였다.

브리짓은 빛나고 잔뜩 멋을 부린 엄마를 사랑했지만, 그녀가 기억하는 건 바로 이런 모습이었다.

브리짓은 자리에서 일어났다. 가만히 있을 수가 없었다. 어디론가 가야 했다. 하늘은 밤처럼 어두웠다. 불을 켜보았지만 켜지지 않았다. 폭풍 때문에 정전이 된 것이다.

브리짓은 할머니가 어떤지 보려고 아래층으로 내려갔다. 손전등을 든 채 부엌 구석에서 어쩔 줄 몰라하는 할머니를 발견한 순간 브리짓은 깜짝 놀랐다.

"괜찮아요?" 브리짓이 물었다.

그레타의 얼굴은 땀범벅이 되어 번들거리고 있었다. "혈당이 떨어졌어. 그런데 어두운 데서 주사를 놓으려니까 잘 안 되는구나."

생각할 필요도 없이 브리짓은 할머니에게 성큼 다가갔다. "제가 손전등을 들고 있을게요."

브리짓은 손전등을 들고 서서 그레타가 피부에 바늘을 찔러넣는 모습을 숨죽이고 지켜봤다. 들고 있던 손전등 불빛이 기우뚱하더니 온 방안을 어지럽게 비췄다. 손이 심하게 떨리고, 급기야 손전등이 떨어져 바닥에 내동댕이쳐졌다. 브리짓은 온몸을 떨고 있었다. "죄송해요. 제가 주울게요." 브리짓이 외쳤다. 말은 그렇게 했지만 브리짓은 중심을 잃고 부엌 한가운데에 무릎을 꿇고 앉아버렸다.

"얘야, 괜찮아. 내가 주웠단다." 그레타가 달래듯 말하는 목소리는 너무도 먼 곳에서 들리는 것 같았다.

브리짓은 일어나려고 했지만, 머리가 완전히 이상해지고 눈도 이상했다. 어디에도 초점을 맞출 수가 없었다. 너무 당황스러운 나머지 쪽문을 박차고 뒷마당으로 나가버렸다. 할머니가 뒤에서 부르는 소리가 들렸지만 그 소리에도 집중할 수 없었다. 브리짓은 무작정 걸었다.

거센 빗줄기를 맞으며 몇 블록을 지나 강가에 다다랐다. 거기부터는 익숙한 산책로를 따라 걸었다. 걷는 것만으로는 충분치 않아서 이내 뛰기 시작했다. 어느새 강 하구에 이르렀는지, 강물이 강둑에 철썩 부딪치고 있었다. 눈물이 흘러내리다 빗줄기에 섞여 사라지는 것이 느껴졌다. 비가 꽤 세차게 내리고 있었다. 갑자기 고속버스에 두고 내린 우비가 생각났다. 그 우비는 버스 좌석 아래서 전국을 돌고 있겠지. 나만 여기 홀로 남겨둔 채.

브리짓은 달리고 또 달렸다. 힘에 부쳐 더이상 달리지 못하게 되자 땅바닥에 널브러져 멍하니 있었다. 축축한 진흙투성이 강둑에 누워 과거의 기억들이 덮쳐오도록 내버려두었다. 다른 도리가 없었다.

엄마의 희고 시퍼런 살갗을 찌르던 주삿바늘, 바닥에 흐트러진 긴 금빛 머리카락. 비명 속에서도 움직이지 않던 엄마의 얼굴. 그건 브리짓의 비명이었다. 브리짓은 소리를 지르고 또 질렀다. 아무리 세게 흔들어도 엄마 얼굴에는 움직임이 없었다. 브리짓은 악을 쓰며 소리를 질렀다. 누군가가 브리짓을 데리고 나갈 때까지.

바로 이런 이야기였다. 그리고 이야기는 이렇게 끝났다.

재비둘기와 백비둘기가

같은 거래.

넌 알고 있었어?

_브리짓 브릴런드

브리짓은 해가 뜨기 전에 일어나 집으로 돌아갔다. 쪽문으로 들어가 위층 욕실에서 멍하니 뜨겁고 강한 물줄기를 맞으며 긴 샤워를 마치고, 수건으로 몸을 감싼 후 선반에서 빗을 꺼내어 아래층 부엌으로 내려갔다. 어둠이 가시지 않은 부엌에서 큰 유리잔 가득 물을 따라 식탁에 앉았다.

브리짓은 피곤했다. 여전히 멍했다. 마치 죽어 있는 것 같았다.

계단을 따라 발소리가 나더니 곧 뒤쪽에서 할머니가 부엌으로 들어왔다. 할머니는 식탁 맞은편에 앉았다. 그러고는 아무 말도 하지 않았다.

잠시 후 할머니는 식탁 위에 있는 빗을 집어들고 자리에서 일어났다. 그리고 브리짓 뒤에 서서 젖은 머리카락을 천천히 조심스럽게 빗어 엉킨 끄트머리를 풀어주었다. 브리짓도 할머니의 가슴에 머리를 대고 편안히 기댔다. 예전에도 할머니가 이렇게 천천히 조심스럽게 빗질을 해주던 것이 떠올랐다.

브리짓은 눈을 감고 이 부엌과 연결된 다른 기억들을 떠올렸다. 자고 있어야 할 시간에 할머니가 시리얼을 만들어주던 일, 기관지염에 걸렸을 때 시럽으로 된 기침약을 떠먹여주던 일, 카드게임을 가르쳐주고 속임수를 쓸 때는 다른 곳을 바라보던 일.

빗질을 마쳤을 즈음엔 해가 떠올라 곱게 단장된 부드러운 금빛 머리카락을 비추었다. 할머니가 브리짓의 머리에 입을 맞추었다.

"내가 누군지 알고 계신 거죠, 그렇죠?" 브리짓이 떨리는 목소리로 물었다.

할머니가 머리에 대고 고개를 끄덕이는 것이 느껴졌다.

"전부터 알고 계셨어요?"

다시 끄덕인다.

"처음부터요?"

"첫날만 빼고." 그레타는 브리짓이 자신의 연극이 완전히 실패작이었다는 사실에 실망할까봐 조심스럽게 대답해주었다.

브리짓은 고개를 끄덕였다.

"넌 나의 꿀벌이잖니, 어떻게 몰라볼 수 있겠어?"

브리짓은 곰곰이 생각했다. 일리 있는 말이었다. "머리색이 다른데도요?"

"머리색이 어떻든 너는 그대로란다."

"그런데 아무 말도 하지 않았잖아요."

할머니는 어깨를 으쓱해 보였다. "그냥 네가 하는 대로 따라가는 게 좋을 것 같았거든."

브리짓은 다시 한번 고개를 끄덕였다. 정말이지 놀라운 일이었다. 할머니는 브리짓에게 뭐가 필요한지 알고 있었다. 언제나 그랬듯이.

부드럽게 손질된 머리를 하고 옷을 벗고 침대에 기어들어가자 비로소 브리짓의 마음은 편하게 가라앉았다. 자기를 사랑해주지 못했던 엄마에 대한 기억과 동시에, 자기를 사랑해주었던 엄마의 모습도 기억났다.

8월 중순이 지날 무렵, 레나는 아침에 일어나고 저녁에 잠드는 일상을 보내고 있었다. 일하러 나가고, 식사도 했다. 카르멘을 만나 수다를 떨기도 하고, 티비와도 몇 번인가 메신저로 대화를 나눴다. 브리짓에게서 전화가 왔을 때는 집에 없어서 받지 못했다. 레나는 좋은 소식은 알리고 싶어하지만 나쁜 소식은 혼자 삭이는 편이었다.

코스토스는 그리스로 돌아갔다. 아무 설명도 없었다. 레나가 내가 뭐 잘못했느냐고 묻자 무척 속상해했다. 며칠 만에 처음으로 그의 목소리가 침착함을 잃었다.

"아니야, 레나. 당연히 없어. 무슨 일이 일어나도 절대 네 잘못은 없어." 감정이 격해져 목소리가 잠겼다. "너는 내 인생 최고의 행운이야. 네가 뭔가 잘못했을 거라는 생각은 절대 하지 마."

그러나 그 말은 위안이 되지 못했다.

코스토스는 시간 날 때마다 연락하겠다고 약속했다. 레나는 그가 그리 자주 연락할 수 없으리라는 걸 알고 있었다. 비싼 전화비가 할아버지께 부담이 될 것이고, 이아에 있는 집에서는 이메일을 쓸 수도 없다.

또다시 편지로밖에 연락할 방법이 없게 되었다. 희열이 늦어지는 것은 카프카조차 상상하지 못할 만큼의 고통이었다.

내가 잘할 수 있을까? 레나는 많은 경우의 수를 생각해보았다. 하지만 다른 대안이 있나? 그를 사랑하지 않는 것? 불가능하다. 신경을 끄는 것? 그와 다시 함께하기를 바라지 않는 것? 이건 이미 시도해보았다. 또 그러기엔 너무 멀리 와버렸다.

"레나, 괜찮니?" 어느 날 아침을 먹다가 엄마가 물었다.

아니! 나 안 괜찮아! "응. 괜찮아." 레나가 대답했다.

"너 너무 마른 것 같아. 무슨 일인지 얘기해주면 좋겠구나."

레나도 그러고 싶었다. 하지만 그럴 수 없었다. 오랫동안, 특히 유진 사건이 대실패한 이후로 엄마와 레나는 꽤 먼 거리를 두고 서로의 주위를 맴돌고 있었다. 이건 엄마가 안아주기만 하면 해결되는 그런 일이 아니었다.

Carmabelle: 티비, 오늘 브라이언이 자전거 타고 지나가는
거 잠깐 스치면서 봤어. 멋지더라. 잘생겼어.
장난 아냐.
Tibberon: 장난하냐? 잘못 봤겠지.
Carmabelle: 장난 아니라니까.
Tibberon: 나도 장난 아니야.

브리짓은 달리고 싶었다. 빠르게, 오래도록. 며칠 동안 브리짓
은 집 근처를 맴돌거나 할머니의 슬리퍼를 신고 돌아다니다가
할머니가 만들어준 레모네이드를 마시고, 등을 쓰다듬어주면 가
만히 앉아 있었다. 오랫동안 엄마의 따뜻한 손길을 필요로 했던
것이다.

브리짓이 열두 시간 넘게 잔다는 건 위험 신호였지만, 지난 며
칠간은 아니었다. 평온한 꿈을 꾸면서 마치 자신을 재생시키는
느낌, 산산조각 난 자신을 도로 주워모으는 느낌이었다.

브리짓은 연달아 네 번이나 박박 머리를 감았다. 끝까지 남아
있던 연갈색 물이 하수구로 흘러내려가는 것을 바라보았다. 그
러고는 러닝화를 신었다.

바깥 공기가 평소보다 살짝 쌀쌀해서 입김이 나오자마자 리듬

을 타며 공중으로 흩어졌다. 그동안 덮고 있던 무겁고 칙칙한 담요를 벗어던진 것처럼 몸이 가볍고 상쾌했다.

밤낮으로 퍼부어댄 몇 차례의 폭풍 때문에 강은 여전히 불어 있었다. 길바닥의 진흙에 살짝 미끄러지면서도 브리짓은 약간 속도를 줄일 뿐 계속 달려나갔다. 몇만 킬로미터라도 뛸 수 있을 듯한 기분이었지만, 8킬로미터쯤 뛰고 나서 되돌아가야겠다고 마음먹었다. 싱그러운 잎이 무성하게 우거진 나무들이 무거운 짐을 진 듯 강가 쪽으로 축 늘어져 있었다. 잎이 커다란 목련 나무가 하늘을 향해 우뚝 솟아 있고, 바위와 돌은 두꺼운 이끼로 뒤덮여 있었다.

"어이!"

누가 부르고 있다는 것을 알아채기도 전에 다시 한번 "어이!" 하고 부르는 소리가 들렸다.

브리짓은 속도를 늦추고 고개를 반쯤 돌렸다.

빌리였다. 풀이 우거진 강둑 위쪽에서 손을 흔들고 있었다. 그럴 만도 했다. 까치발을 하면 빌리의 집이 보이는 거리다.

빌리가 이쪽으로 다가왔다. 가까이서 브리짓을 보더니 약간 당황하는 기색이었다.

머리를 만진 순간 브리짓은 모자를 쓰지 않았다는 것을 깨달았다. 하지만 이제 와서 무슨 상관이람?

"너 뭔가…… 달라진 것 같은데?" 빌리는 찬찬히 브리짓을 살폈다. "머리 염색했어?"

"아니. 음…… 염색이 빠진 거야."

빌리는 놀란 눈치였다.

"그러니까, 이게 내 원래 머리색이야."

빌리의 눈동자가 흔들렸다. 뭔가 생각해내려는 듯이.

"우리 원래 아는 사이야, 빌리." 브리짓이 말했다.

"그래, 그렇지?"

"내 이름은 길다가 아니고."

"아니지."

"아니야."

빌리가 머리를 쥐어짜는 것이 보였다.

"미아 햄도 아니야."

빌리가 소리내어 웃었다. 그러고는 브리짓을 조금 더 살피더니 마침내 알아맞혔다. "너 브리짓이구나."

"맞아."

빌리는 미소를 지었다가, 놀라워했다가, 기뻐했다가, 당황했다. "오, 신이시여, 버지스에서 축구로 저를 쓰러뜨린 여자가 둘이 아니라니, 감사합니다."

"딱 한 명뿐이지." 브리짓이 받아쳤다.

빌리가 자기 이마를 가리키며 말했다. "난 내가 너를 안다는 걸 알고 있었어."

"나도 내가 너를 안다는 걸 알고 있었어."

"뭐, 그야 나는 가명을 안 썼으니까, 안 그래?"

"그렇지. 게다가 넌 하나도 안 변했어."

"너는……" 빌리는 브리짓을 가만히 바라보았다. 그리고 결심한 듯 말했다. "너도 그대로야."

"이렇게 되다니 정말 재밌어." 브리짓이 들뜬 목소리로 말했다.

둘은 강을 따라 걷기 시작했다.

걷는 중간중간 빌리는 브리짓을 유심히 바라보았다. 그러고는 물었다. "그런데 왜 가짜 이름을 썼어?"

당연한 질문이었지만, 브리짓은 확실한 답을 하기가 어려웠다. "우리 엄마 돌아가셨어. 들었어?" 답은 아니었지만, 브리짓은 빌리가 그 사실 정도는 알고 있기를 바랐다.

빌리는 고개를 끄덕였다. "여기서도 너희 어머니 추도식이 열렸어. 그때 네가 올지도 모른다고 생각했는데."

"추도식을 하는지도 몰랐어. 알았다면 왔을 텐데."

빌리는 또다시 고개를 끄덕였다. 대답 대신 궁금증만 더 키운 셈이었지만, 사람들은 보통 엄마가 돌아가신 것을 알면 더이상 질문 같은 건 하지 않는다.

"네 생각 많이 했어." 빌리의 눈에 진심이 담겨 있었다. "많이 안쓰러웠어. 내 말은, 너희 엄마 일 말이야."

"알아." 브리짓은 짧게 대답했다.

걷는 동안 빌리의 손이 브리짓의 손에 가볍게 닿았다. 예전에는 둘이서 하는 얘기라곤 축구뿐이었지만, 이제 빌리는 브리짓을 진지하게 대할 줄 알았다.

잠깐의 정적 후 브리짓이 말했다. "그냥 여기 다시 와보고 싶었어. 할머니도 보고, 엄마 일도 더 알고 싶고…… 그런데…… 아무 일도 생기지 않길 바랐던 것 같기도 해."

확신할 순 없어도, 빌리는 브리짓의 말을 이해한 것 같았다.

"근데 이제는 아니야." 브리짓이 덧붙였다.

자기를 찬찬히 바라보는 빌리의 눈빛이 좋았지만 브리짓은 화제를 돌려야겠다고 생각했다.

"디케이터 팀 경기는 어떻게 됐어?" 브리짓이 물었다. 이제는 완전히 원래로 돌아왔다. 어릴 때 쓰던 남부 사투리로 말해도 전혀 어색하지 않다는 게 왠지 재미있었다.

"졌어."

"오. 안됐다. 토요일에 비가 많이 와서 경기가 연기됐을 줄 알았는데."

"일요일에 했어." 빌리가 말했다. "3 대 1. 애들이 네가 없어서 진 거라고 하더라."

브리짓은 미소지었다. 그렇게 생각해준다는 건 기분좋은 일이었다.

"내가 애들한테 너에게 우리 팀 코치가 되어달라고 부탁해보겠다고 했어. 공식 코치 말이야."

"비공식 코치는 어때?"

빌리는 그것에 만족했다. "더이상 지는 게임은 없어, 코치." 그러고는 "너도 연습 때마다 와야 해. 다음주에 최종 토너먼트 게임이 있어"라고 덧붙였다.

"그럴게." 브리짓이 대답했다.

둘은 길 끝에서 각자 다른 방향으로 헤어졌다. 멀어져가던 브리짓의 손을 빌리가 붙잡았다. 그리고 살며시 쥐었다가 놓아주었다.

"네가 돌아와서 기쁘다, 브리짓."

티비는 기숙사 밖으로 나가야 했다. 마지막으로 햇빛을 본 지도, 아르바이트하는 카페에서 조금씩 빼돌린 증정용 미니 시리얼로 연명한 지도(우유가 떨어진 뒤에는 시리얼만 먹었다) 사흘이 됐다. 샤워나 빗질, 빨래 같은 건 안 해도 그만이지만, 밥은 먹어야 했다.

기숙사 로비를 서성거리며 몇 가지 편집 아이디어에 골몰하던 중 브라이언과 마주쳤다.

"브라이언!" 못된 술수를 부리는 상상이 아니라 진짜 브라이언이라는 걸 깨달은 순간 티비는 그렇게 외쳤다.

브라이언이 미소를 지었다. 티비와 포옹하기 위해 가까이 다가

왔지만 왠지 겁을 먹은 듯했다. 결국 티비가 다가가 브라이언을 끌어안았다.

"다시 봐서 정말정말 기뻐." 티비가 말했다.

"네가 남긴 메시지 받았어."

티비는 약간 움찔했다.

"남긴 메시지 전부 다." 브라이언이 덧붙였다.

"미안."

"괜찮아."

티비는 기쁜 마음으로 그의 얼굴을 바라보았다. "브라이언, 너 안경은 어쨌어?" 질문을 내뱉자마자 카르멘이 지난번에 왜 그런 말을 했는지 알 것 같았다. 객관적으로 봐도 브라이언의 외모는 괜찮은 편이었다. 그러자 끔찍한 생각이 떠올랐다. "너 렌즈 안 꼈잖아, 렌즈 꼈어?" 만약 다른 사람도 아니고 브라이언이 갑자기 허세에 찌든 인간이 되었다면? 그렇다면 이 세상에 어떤 파장이 일까?

브라이언은 얘가 머리가 이상해졌나란 눈으로 티비를 바라보며 "아니, 안경이 깨졌어"라고 대답하고는 어깨를 으쓱해 보였다. "나 지금 뵈는 게 없다."

티비는 소리내 웃었다. 브라이언이 다시 친구로 돌아왔다는 사실에 굉장한 안도감을 느꼈다.

"같이 카페 갈래? 내가 몰래 들어가게 해줄게."

"물론이지." 브라이언이 대답했다.

건물 입구에서 모라를 발견했다. 티비 안의 겁쟁이는 숨어버리거나 못 본 척하고 지나가고 싶어했다. 티비와 모라는 일주일이 넘도록 얘기도 하지 않았다. 알렉스에게 장황하게 늘어놓은 말이 전해진 게 틀림없었다.

모라가 가죽치마로 한껏 멋을 낸 반면 티비는 여전히 체크무늬 잠옷바지를 입고 있었고 탱크톱에는 잉크가 잔뜩 묻어 있었다. 브라이언이 티비를 유심히 바라봤다. 모라는 시선을 바닥에 고정했다. 모라 역시 못 본 척하고 싶은 게 분명했다.

티비는 자기 안의 겁쟁이에게 한 방 날리고는 "저기, 모라" 하고 불렀다. "브라이언을 정식으로 소개 못해줬지? 인사해, 여기는 내 친구 브라이언. 얘가 내 친구라고 얘기했던가?"

모라는 난감한 듯 보였다. 불안한 눈빛으로 주위를 지나가는 사람들을 살폈다. 잠옷 차림인 애와 얘기하는 모습을 보이기 싫은 것이다. 심술궂게도 티비는 브라이언이 완벽하게 멋져 보이기보다는 자기와 비슷한 얼간이로 보였으면 했다.

모라는 개운치 않은 뻣뻣한 미소를 지어 보이며 티비가 엘리베이터에 타도록 옆으로 비켜섰다.

티비는 카페에서 자기가 아는 모든 사람들에게 브라이언을 소개하고 싶었다. 그런데 공교롭게도 그 상대는 바네사가 되었다. 바네사는 같은 테이블에 와 앉더니 급기야 기숙사 방에 돌아가면 자기 동물들을 보여주겠다고 브라이언에게 약속까지 했다.

"쟤 귀여운데?" 브라이언이 오렌지주스를 가지러 간 사이 바네사가 티비에게 속삭였다.

첫번째 편지가 도착하기까지는 팔 일이 걸렸다. 레나는 직감적으로 편지 내용이 좋지 않을 거라고 예감했다. 편지는 얇고 가벼웠다. 코스토스의 글씨체는 보통 대범한 편이었는데, 이번에는 이상하게도 꾹꾹 눌러쓴 것처럼 보였다.

> 세상에서 가장 사랑하는 레나에게,
>
> 너에게 이런 얘기를 하는 게 너무 어려워. 여기 상황이 나를 너무 힘들게 하고 있어. 그러니 해결 방법을 찾고 나서 너에게 설명하고 싶어. 이렇게 불안하게 만들어서 미안해. 너도 힘들 거란 걸 알아.
>
> 조금만 더 참고 기다려줘.
>
> 코스토스

끝맺는 말 아래 나중에 덧붙인 것처럼 보이는 내용이 있었다. 잉크 상태가 조금 다른데다, 왠지 술에 취해 갈겨쓴 것 같았다.

그 내용은 이랬다. 사랑해, 레나. 아무리 노력해도 멈출 수가 없어.

레나는 이 문구를 곰곰이 생각해봤다. 앞뒤가 맞지 않는 듯 이상한 느낌을 지울 수 없었다. 대체 뭐지? 몇 시간이나 따져보고 추측해봤지만, 그럴듯한 가설을 단 하나도 세울 수 없었다.

그는 그녀를 사랑한다고 했다. 평소 레나는 그런 말을 잘 믿지 않지만, 어쨌든 그의 말을 믿는다. 그렇다면 노력해도 멈출 수 없다는 얘기는 대체 뭘까? 레나를 그만 사랑하기 위해 노력하고 있다는 뜻이다. 어째서? 대체 어떤 일이 생겼기에 그가 레나를 사랑하지 않도록 노력까지 하는 걸까?

할아버지가 다시 편찮으신 걸까? 그건 정말 가슴 아픈 일이지만, 그렇다고 그와 레나가 헤어져야 되는 것은 아니다. 그가 이 아를 떠날 수 없다 해도 괜찮다. 내년 여름에 레나가 갈 수도 있는 일이다. 어쩌면 더 일찍 갈 수도 있다. 크리스마스 연휴가 있으니까.

레나는 우물로 떨어지는 조약돌이 된 기분이었다. 붙잡아주는 것 없이 공중에서 속수무책으로 떨어지고 있었다. 언젠가 끝이 온다면 고통스러우리라는 걸 알고 있었지만, 불안감이 너무 오래 계속되면 그마저도 단조로워질 것 같았다.

레나는 기다리고 또 기다렸다. 계속 추락하면서.

다음 편지는 더 심했다.

레나에게,

　난 더이상 너한테 충실할 수 없을 것 같아. 너 역시 나에게 충실하지 않길 바라고. 미안해. 언젠가 너에게 모든 걸 설명할 수 있는 날이 올 거야, 그때 네가 날 용서해주면 좋겠어.

코스토스

결국 바닥으로 떨어졌다. 레나는 바닥에 부딪히고 말았다. 하지만 아직도 끝난 기분이 들지 않고 납득이 되지 않았다. 레나는 바닥에 누워 하늘을 올려다보았다. 하늘 어딘가에 분명 자그마하고 동그란 빛이 있을 테지만, 지금은 보이지 않았다.

슬픔의 연못, 기쁨의 바다.

_존 레논과 폴 매카트니

"여보세요, 데이비드 씨 전화 맞나요?"

"네. 그런데 누구시죠?"

"전 카르멘 로웰이라고, 크리스티나 씨의 딸인데, 기억해요?"

잠시 대답이 없었다. "그래, 안녕, 카르멘. 어쩐 일이니?"

그의 말투는 매우 방어적이고 사무적으로 들렸다. 그는 카르멘이 자신과 크리스티나의 큐피드는 아니었다는 사실을 기억하고 있었다.

"저기, 정말 큰 부탁 하나 하려고요."

"그래……"

'그래'라는 말이 '꿈 깨'라는 말처럼 들렸다.

"오늘 저녁 일곱시에 우리집으로 와서 엄마를 데리고 토스카나 레스토랑에 저녁 드시러 가면 좋겠어요. 예약은 엄마 이름으로 되어 있어요."

"네가 크리스티나의 매니저라도 되니?" 데이비드가 물었다. 약간 비꼬는 듯한 말투였지만 괜찮았다. 솔직히 카르멘은 데이비드가 자신을 그렇게까진 함부로 대하지 않는다는 사실에 감사한 마음마저 들었다.

카르멘이 말을 받았다. "그건 아니고요. 그냥 제가 끼어들어서 두 분 사이를 망친 책임을 지고 싶어서요. 만약 할 수 있다면 원래대로 돌려놓고 싶어요."

다시 대답이 없었다. "진심이니?" 믿기 힘들어하는 말투였다.

"진심이에요."

"너희 엄마도 날 보고 싶어하니?" 마지막 단어를 내뱉는 목소리가 높고 애달팠다. 더이상 사무적으로 들리지 않았다.

"미쳤어요? 당연히 만나고 싶어하죠." 아직 그 부분을 엄마에게 확인해보지는 않았다. "아저씨도 엄마 보고 싶잖아요?"

데이비드가 숨을 내쉬며 대답했다. "그럼, 그렇고말고."

"엄마는 아저씨를 보고 싶어해요." 카르멘은 지금 자기가 무슨 말을 지껄이고 있는 건지 믿을 수 없었지만, 어쨌든 연애를 부추기는 것은 훼방 놓는 것보다 훨씬 재미있었다.

"나도 크리스티나가 보고 싶단다."

"잘됐네요. 그럼 두 분이서 잘해보세요."

"그래."

"그리고 아저씨?"

"어?"

"죄송해요."

"괜찮다, 카르멘."

Tibberon: 레나랑 얘기해봤어? 걱정돼 죽겠네.

Carmabelle: 이틀 동안 계속 전화해보고 이메일도 보냈어.
　　　　　　　　나도 걱정된다.

레나는 가게 뒤편 블라우스가 걸려 있는 행거 아래 혼자 앉아
있었다. 부지런히 돌아다녀야 한다는 걸 알고 있지만 오늘은 그
럴 수가 없었다. 무릎을 껴안고 앉았다. 점차 정신을 놓아가는
느낌이었다. 첫번째 단계에선 이상한 짓을 하고 다니더니, 두번
째 단계에선 더이상 아무것도 신경쓰지 않게 되었다.

오늘은 카르멘, 티비와 각각 두 번씩 통화했다. 친구들이 해주
는 말도 전혀 위로가 되지 않아 짜증이 났다. 하지만 한편으로는
지금 자기 기분을 나아지게 해줄 것은 아무것도 없다는 사실을
조금씩 깨달아갔다.

종아리에 까슬까슬한 것이 느껴졌다. 새끼발톱이었다. 레나는
새끼발톱의 거스러미가 뽑힐 만큼 세게 잡아당겼다. 이 고통이

야말로 지금의 레나에게 유일하게 어울리는 것이었다.

어떤 여자가 옷 한 무더기를 팔에 걸친 채 지나갔다. 피팅룸으로 들어가는 여자의 뒷모습을 바라보았다. 당신은 쇼핑이나 하세요. 난 그냥 이러고 있을 테니.

커튼도 완전히 닫히지 않은 코딱지만한 방에서 꼼지락거리는 소리가 들려왔다. 듣고 있기엔 그만한 소리가 없었다. 레나는 두 눈을 감고 고개를 숙였다.

목소리를 가다듬고 말하는 소리가 들렸다. "저기요?" 소심한 말투였다. "이거 괜찮아 보여요?"

레나는 고개를 들었다. 잠깐 움직임을 놓친 사이 손님은 카펫 가운데 서 있었다. 맨발이었다. 깡마르고 작은 몸에 걸친 회색 실크 드레스가 힘없이 나부꼈다. 그늘진 얼굴에, 피부는 셀로판지처럼 얇아 보였다. 목과 손에 드러난 핏줄만 선명했다. 하지만 옷 색깔은 그녀의 크고 사랑스러운 눈동자와 너무나 잘 어울렸다. 썩 훌륭한 옷은 아니지만, 가게에 있는 다른 어느 옷보다 훨씬 잘 어울렸다.

레나는 드레스를 살피고 그녀의 얼굴을 바라보았다. 지금까지 레나는 가게에서 쇼핑하는 여자들에 대해 콕 집어 뭐라고 말해 줄 수가 없었다. 사실 그러려고 노력해보지도 않았다. 하지만 지금 상황은 너무나 분명했다. 그것은 간절함이었다. 한 가닥 희망이었다. 자기가 여전히 가치 있는 사람이라는 미미한 신호를 보내달라는 청원과도 같았다.

여자의 간절함이 그대로 드러나 보였다. 문득 레나는 여자가 누구인지 깨달았다. 그녀는 그래프먼 부인이었다. 베일리의 엄마. 부인은 레나를 모르지만, 레나는 그녀를 알고 있었다. 하나뿐인 딸을 잃은 여자. 더이상 누구에게도 엄마일 수 없는 여자. 레나는 그 무엇도 그녀의 상실감과 대적할 수 없다는 걸 잘 알고 있었다.

레나는 부인의 얼굴을 바라보았다. 뭔가 필요하다며 애원하는 그 얼굴을 외면하지 않았다. 레나는 일어서서 말했다. "그 드레스…… 제 생각엔…… 정말 잘 어울려요. 아름다워요." 지금까지 해본 그 어떤 거짓말보다 진실되고 쉽게 나온 말이었다.

어느 날 오후, 조깅을 하고 돌아오자 소포가 와 있었다. 브리짓은 부엌 탁자 옆에 서서 바로 포장을 뜯었다.

마법의 바지였다! 바지가 브리짓에게 돌아온 것이다. 브리짓은 떨리는 가슴으로 곧장 계단을 뛰어올라가 운동복을 벗고 샤워를 했다. 바지를 세탁하는 건 있을 수 없는 일이다. 8월의 앨라배마에서 16킬로미터를 뛰고 돌아와 바로 그 바지를 입어볼 만큼 정신이 없진 않았다.

물기를 닦고 속옷을 입은 뒤 바지를 입었다. 제발 들어가라. 브리짓은 애원했다. 그리고 매끄러운 동작으로 바지를 올리고 단추를 채웠다. 아아아. 바지는 딱 맞았다. 브리짓은 다락을 뱅뱅 돌며 승리의 세리머니를 했다. 그러고는 아래층으로 내려와 밖으로 나가서 집을 돌며 다시 한번 세리머니를 했다. "아싸!" 이 느낌을 다시 느낄 수 있다니. 행복에 겨워 소리를 질렀다.

카르멘과 레나, 티비의 흔적을 느끼며 바지를 어루만졌다. 친구들이 너무나 사랑스러웠다. "이제 됐어!" 브리짓은 그 셋에게 들릴 만큼 큰 소리로 외치고 싶었다. "이제 괜찮아질 거야!"

소리를 지르며 3층으로 뛰어가는 브리짓의 모습을 할머니가 어안이 벙벙해 쳐다보았다.

마지막 상자에 들어 있던 물건들이 아직도 방 한구석에 쌓여 있었다. 이제 그것들을 날려버리고 끝맺음을 할 준비가 된 것 같았다. 상자를 들여다본 순간, 브리짓은 멈칫했다. 있는지도 몰랐던 노란 종이 한 장이 바닥에 놓여 있었다. 브리짓의 도취감은 그 종이를 만지면서 사라지고 말았다. 손가락이 닿는 순간 그것이 사진임을 알 수 있었다. 브리짓은 이게 무엇이든 괜찮을 거라고 스스로에게 다짐했다.

사진 속에서는 열여섯 살쯤 된 소녀가 버지스 고등학교 계단에 앉아 있었다. 함박웃음을 짓고 있는 아름다운 금발 소녀였다. 처음에 브리짓은 그게 엄마일 거라고 생각했다. 그냥 그렇게 생각했다. 하지만 점점 더 자세히 들여다볼수록 뭔가 아리송해졌다. 엄마 사진이라고 하기엔 너무 오래된 사진이었다. 게다가 얼굴 느낌이 조금 달랐다……

브리짓은 아래층으로 뛰어내려갔다.

"할머니! 할머니!"

"여기 밖에 있다." 할머니가 뒷뜰에서 대답했다. 뒷마당의 자그마한 텃밭을 손보는 중이었다.

브리짓은 할머니 얼굴 앞에 사진을 들이밀었다. "이게 누구예요?"

할머니는 사진을 들여다보며 대꾸했다. "나야."

"이게 할머니라고요?"

"그래."

브리짓은 사진을 다시 찬찬히 훑어보았다. "굉장히 예쁘셨네요, 할머니."

"그게 그렇게 놀랄 일이냐?" 할머니는 섭섭한 티를 내지 않으면서도 살짝 삐친 표정을 지어 보였다.

"아니요. 뭐, 조금은요."

할머니가 브리짓의 발에 물을 뿌렸다. 브리짓은 웃으며 폴짝폴짝 뛰었다.

잠잠해진 뒤에 브리짓은 다시 사진에 열중했다. "할머니도 이런 머리색이었네요."

할머니가 고개를 들고 신난다는 듯이 물었다. "그럼 그 머리가 어디서 나왔다고 생각했나요, 아가씨?"

브리짓은 진지하게 대답했다. "엄마한테서 물려받았다고 생각했어요. 그래서 늘 제가 엄마랑 닮았다고 생각했고요."

할머니는 곧 브리짓의 기분을 알아차렸다. "어떤 면에선 엄마를 닮았지. 아주 좋은 점은 말이다."

"예를 들면요?"

"넌 너희 엄마가 그랬던 것처럼 열정적이고 용감하지. 그리고 의심의 여지 없이 엄마를 닮아 이렇게 예쁘잖니."

"정말 그렇게 생각하세요?" 이 점에 대해서만은 다른 어느 때보다 확실히 하고 싶었다.

"당연히 그렇지. 네가 무슨 색으로 머리를 염색하건 말이야."

브리짓은 그 대답이 무척 만족스러웠다.

할머니는 물을 잠그고 호스를 화단에다 던져놓았다. "뭐, 굉장히 다른 면도 있지만."

"어떻게요?"

할머니는 곰곰이 생각했다. "예를 들어서, 네가 이 집에 와서 다락에서 일하던 모습 말이다. 몇 날 며칠 동안 일만 하면서 이것저것 다 뜯어냈다 붙였다 했잖아. 그래서 네가 참 끈기 있고 성실한 아이라고 생각했단다. 지금 하늘에서 편히 쉬고 있는 네 엄마는 어떤 일도 한두 시간 이상 끈덕지게 하질 못했지."

브리짓은 엄마가 얼마나 싫증을 잘 냈었는지 떠올렸다. 엄마는 책에도, 라디오에도, 자기 아이들에게도 금방 싫증을 냈다.

"엄마는 너무 쉽게 포기해버렸어요. 그렇죠?" 브리짓이 물었다.

할머니는 금방이라도 울음을 터뜨릴 듯한 얼굴로 브리짓을 바라보았다. "그랬지, 아가. 하지만 넌 절대 그래선 안 된다."

"할머니, 저 이 사진 가져도 돼요?" 브리짓이 물었다. 다락에서 건진 수백 가지 물건 중 희망을 주는 건 오로지 이 사진 한 장뿐이었다. 브리짓이 간직하고 싶은 유일한 물건이었다.

Carmabelle: 레나, 전화 좀 받아줄래? 응? 나 정말 쳐들어
간다.
Lennyk162: 지금은 안 돼. 나중에 전화할게. 알았지?

레나는 저멀리 우물 밑바닥에서 노크 소리를 들었다. 그 소리가 실제로 누군가가 방문을 두드리는 소리고, 자신이 대꾸해야한다는 사실을 미처 깨닫기도 전에 다시 노크 소리가 울렸다.

레나는 목소리를 짜내어 대답했다. "누구세요?"

"레나, 나야. 들어가도 돼?"

카르멘의 목소리는 무척 사랑스럽고 친근했지만, 너무 먼 저위 세상에 속해 있었다.

"아니…… 지금은…… 안 돼." 레나가 겨우겨우 대답했다.

"레나, 응? 정말 너한테 할말이 있어서 그래."

레나는 눈을 감았다. "나중에."

어쨌든 문이 열렸다. 카르멘이 레나가 웅크린 침대 쪽으로 다가왔다.

"오, 레나."

뼈가 으스러지고 무너져내리는 느낌으로 레나는 일어나 앉았다. 손으로 눈을 가려봤지만 카르멘은 벌써 바로 앞에 와 있었다. 숨을 곳은 없었다. 카르멘은 두 팔을 벌려 레나를 껴안아주었다.

레나는 카르멘의 따뜻한 체온에 뭐라 말할 수 없는 고마움을 느끼며 어깨에 얼굴을 기댔다.

"레나." 카르멘이 다시 한번 이름을 부르자 레나는 울기 시작했다.

레나는 울면서 몸부림쳤다. 레나도 울고, 카르멘도 울었다. 레나를 위해.

잠시 후, 레나는 자신이 우물 바닥이 아닌 자기 방안에 카르멘과 함께 있다는 걸 깨달았다.

"막아! 러스티, 파이팅!" 브리짓이 사이드라인에서 외쳤다. 마법의 바지를 입고 여느 훌륭한 코치처럼 선수들에게 지시하고 사기를 북돋우며 경기장 옆을 내달렸다. 금색 머리카락이 눈부시게 휘날렸지만 선수들은 전혀 개의치 않았다. 그들에게 중요한 것은 브리짓의 마음이었다. 더 분명히 말하자면, 브리짓의 전략이었다. 전반전이 끝나자 선수들은 마치 신탁이라도 받듯이 눈을 부릅뜨고 브리짓에게 몰려들어 귀를 기울였다.

그레타 할머니는 몇 미터 뒤 벤치에 앉아 낱말 퍼즐과 경기를 번갈아 보면서 웃기도 하고, 고개를 젓기도 했다.

"맙소사, 코리, 공 주변에서 얼쩡거리고만 있으면 어떡해. 러스티, 빌리한테서 멀리 떨어지지 마. 오프사이드가 되면 소용없잖아. 네가 얼마나 빠른지는 상관없어. 그리고 쟤네 팀 오른쪽 미드필더가 다리를 다쳤는데 대체 선수가 없대. 그러니까 좀 잘해보란 말이야." 브리짓은 라인업을 재정비한 뒤 선수들을 경기장으로 내보냈다.

후반전이 시작되고 팔 분이 지나자, 무어스빌 팀에서는 체력이 다한 오른쪽 미드필더를 빼고 대신 골키퍼 후보 선수를 내보냈다. 평균보다 18킬로그램은 더 나가는 아이였다. 이쯤 되자 브리짓은 거의 이긴 경기라고 생각했다.

경기가 승리로 끝나자 빌리는 브리짓을 안고 번쩍 들어올렸다. "어떠냐, 코치?" 그가 외쳤다. 선수들이 흥에 겨워 브리짓 주변에 몰려들어 함성과 고함을 질러대며 승리를 자축했다.

"너무 자만하진 말자." 브리짓이 말했다. 그러나 곧 자기가 그런 식으로 말하던 코치를 얼마나 싫어했는지 떠올랐다. "아니다." 브리짓이 웃으며 말했다. "마음껏 잘난 척해. 네시에는 아덴 팀 콧대를 납작하게 해줄 거니까."

버지스는 네시 경기에서 상대 팀의 코를 납작하게 해주진 못했지만, 다음날 열릴 결승전 진출을 확정지으며 승리했다.

결승전 상대는 머슬숄즈에서 온 터스컴비아 팀이었다. 경기 날 브리짓은 일찍 일어나 마법의 바지를 입었다. 아침을 먹을 땐 클립보드까지 가지고 내려가 할머니에게 전략을 설명했다. 할머니는 관심 있는 척하면서도 계속 『레이디스 홈 저널』을 힐끗거렸다.

아홉시, 빌리의 창백해진 얼굴이 창밖으로 보였다. "우린 죽었어, 이제."

"뭐라고?"

"코리 파크스가 어젯밤 여자친구랑 코퍼스 크리스티*로 떠났대."

"말도 안 돼!"

"사실이야. 여자친구가 안 그러면 헤어질 거라고 협박했대."

브리짓이 얼굴을 찌푸리고는 고개를 저었다. "아, 안 돼. 코리 이 자식, 내 이럴 줄 알았어. 무릎 부상이라고 속이고 킹스 도미니언**에 갈 때부터 알아봤다니까."

"브리짓, 그건 여섯 살 때 얘기잖아." 빌리가 말했다.

---

* 텍사스 만에 있는 항구도시.
** 버지니아 주에 있는 놀이공원.

브리짓은 계속 우겨댔다. "알잖아, 세 살 버릇이……"

삼십 분 뒤 경기장에서 양 팀이 마주하고 응원이 고조됐을 때도 상황은 조금도 나아지지 않았다. 버지스는 무어스빌보다 선수층이 두텁지 못했다. 브리짓은 자기 팀 벤치를 우울하게 바라봤다. 딱 한 명, 그나마 쓸 만했던 후보가 그제 오번으로 가버렸다. 세스 몰리나는 허벅지 부상으로 아예 경기복조차 입고 있지 않았다. 레이즌 머피는 천식이 심해서 오늘처럼 후덥지근한 날 뛰게 했다간 죽을지도 모른다. 차라리 그레타 할머니에게 유니폼을 입히고 내보내는 편이 나았다.

브리짓과 빌리는 함께 이리저리 서성거리면서 여러 대안을 생각해보았다. 하지만 그럴듯한 것이 없었다.

그들은 대책 없는 팀 벤치를 바라보았다. "가망 없다." 빌리가 말했다.

휘슬이 울리고 경기가 시작됐다. 브리짓은 사이드라인에 얼어붙은 채, 열 명밖에 안 되는 팀원들이 줄지어 필드로 나가는 모습을 지켜보았다.

터스컴비아 팀은 전반전에 네 골이나 넣었다. 더 넣을 수도 있는데 아마 버지스를 불쌍히 여겨 봐준 것 같았다. 그쯤 되니 팬들도 대부분 야유하거나 경기장을 나갔다.

하프타임이 됐지만 팀원들에게 뭐라 해줄 말이 없었다. 선수가 모자란 걸 어쩌랴. 전략이 아무리 대단해도 열 명 가지곤 턱도 없었다.

"이건 정말 굴욕이야." 러스티가 말했다.

팀원들이 터덜터덜 경기장으로 들어갔다. 이제 곧 심판이 휘슬을 불 참이었다. 빌리가 입 모양으로 브리짓에게 뭐라고 말했다.

"어?" 브리짓이 다가가며 외쳤다.

빌리가 다시 입만 뻥끗했다. 양손을 미친 사람처럼 휘젓고 있었다.

"뭐라고? 안 들려."

"꿀벌!" 그가 브리짓에게 외쳤다. "'꿀벌 팀' 말이야."

마침내 브리짓은 무슨 말인지 알아들었다. 빌리는 브리짓에게 경기를 뛰라고 권하고 있었다.

브리짓은 웃었다. 두 번 생각할 것도 없었다. 그대로 필드로 뛰어들어가 빌리 옆에 섰다.

브리짓이 청바지에 러닝화 차림으로 필드에 들어서자 사람들이 모두 어리둥절해했다.

"우리 팀 후보예요." 빌리가 버지스에서 약국을 운영하는 심판 마티 진 씨에게 외쳤다. "레이즌이 천식이 있어서요." 그가 십팔 년 동안 레이즌에게 천식 호흡기를 팔아왔다는 걸 잘 알면서도 빌리는 굳이 그 말을 덧붙였다.

심판은 고개를 끄덕이고는 터스컴비아 쪽 주장을 쳐다보며 물었다. "괜찮은가요?"

상대 팀 주장은 상황이 재미있게 돌아간다고 생각하는 것 같았다. 경기가 이미 코미디 판이 됐는데, 여자애 하나가 청바지 차림으로 끼어든다고 별일 있겠는가? 주장은 어깨를 으쓱해 보이며 고개를 끄덕였다. 마치 다음엔 또 뭡니까?라고 말하는 것 같았다.

휘슬이 후반전을 알렸다.

브리짓은 일단 다리를 풀며 천천히 경기장을 달리기 시작했다. 아드레날린이 솟구치는 걸 느끼고 눈과 마음과 발이 조화를 이뤄 스스로 뛰게 될 때까지 멀찍이서 뛰는 척만 했다. 그리고 잠시 후 본격적으로 나섰다. 터스컴비아 공격수에게서 손쉽게 공을 빼앗아 속도를 내어 드리블을 시작했다. 공 한 번 차고 세 걸음 뛰고, 또 한 번 차고 세 걸음 뛰고.

아홉 달 동안이나 경기에 출전하지 않았지만 곧 실력이 녹슬지 않았다는 게 입증됐다. 게다가 마법의 바지까지 입고 있었다. 경기를 뛰기엔 적합하지 않은 모양과 재질이지만, 대신 그 바지는 브리짓을 행복하게 해주었다. 할머니는 어느새 엉덩이를 떼고 일어나 사이드라인까지 나와 있었다. 브리짓을 향해 마구 소리지르는 것이 마치 열성 팬처럼 보였다. 창피하지는 않았다.

브리짓은 구름에 닿을 때까지 두둥실 떠올랐다. 인심 후하게도 러스티에게 어시스트를 해주었다. 개리에게도 해주었고, 빌리에게도 두 번 해주었다. 경기를 능숙하게 운영하며 동점이 될 때까지 공을 마치 크리스마스 선물처럼 나눠주었다. 상대 팀 쪽의 원성이 귀청을 뚫을 것 같았다. 마지막 일 분이 그렇게 흘러갔다. 그리고 마지막 골은 브리짓이 직접 넣었다. 마더 테레사처럼 베풀기만 할 순 없으니까.

카르멘,

지금 너에게 이 바지가 특별히 필요하다는 걸 아니까 최대한 빨리 보낸다. 너를 위해 준비한 게 또 있어. 뒷주머니를 보면 축구장의 풀이 들어 있을 거야. 고향에서 너를 위해 준비한 선물이야.

바지가 이번에도 마법을 부려줬어. 카르멘, 나 너무 행복해. 무슨 일이 있었는지는 이 편지로도, 전화로도 말하지 않을 거야. 만나서 직접 말하고 싶거든. 조만간 돌아갈 테니 곧 보자. 여기서 내가 찾고 싶었던 걸 다 찾았어.

사랑을 담아
브리짓

지금 이 시간,

날 그냥 고통받게 내버려두오.

_찰스 디킨스

"엄마, 일어나봐."

크리스티나는 짜증스럽게 실눈을 뜨고 카르멘을 쳐다보았다.
"싫어."

"일어나봐."

"싫다니까."

"엄마아아아."

"왜?"

"왜냐하면……" 카르멘은 엄마 화장대를 손가락으로 두드렸
다. "오늘 저녁에 약속이 있으니까."

"난 약속 없는데."

"아니, 있어."

"카르멘, 앞으로 너희 아빠나 리디아를 다시 만나는 일은 없을 거야."

"알고 있어. 그리고 아빠네 식구들은 이미 돌아갔고. 오늘은 데이비드 아저씨랑 약속이 있어." 이런.

크리스티나가 일어났다. 데이비드의 이름만 들었을 뿐인데 볼이 벌써 빨갰다. 엄마는 괜히 화를 내고 의심하는 것처럼 보이려고 애썼다. "그 약속이 언제부터 있었는데?"

"내가 아저씨한테 전화해서 약속을 잡은 뒤부터." 카르멘은 엄마 옷장을 열어 어떤 신발이 있는지 살펴보았다.

"거짓말."

"진짜야."

"카르멘 루실! 이건 네가 상관할 일이 아니야!"

"아저씨는 엄마가 보고 싶고, 엄마는 아저씨가 보고 싶고. 이건 명백한 사실이잖아. 엄마 그동안 계속 우울했잖아. 그러니까 그냥 나가. 그리고 행복해져."

엄마가 무릎에 베개를 올려놓았다. "이건 그렇게 쉬운 문제가 아니야."

카르멘은 욕실 쪽을 가리켰다. "쉬운 문제야."

크리스티나는 망설였다. 카르멘은 눈을 감고 귀를 틀어막아도 엄마가 얼마나 그를 만나러 나가고 싶어하는지 보고 들을 수 있었다. 하지만 엄마는 이성적이고 책임감 있게 행동하려고 노력할 것이다. 카르멘은 엄마의 노력이 고마웠다.

"엄마, 지금 이성을 놔버리라는 게 아니잖아. 헤어지기 전 상태로 단번에 돌아가라는 것도 아니고. 그냥 나가서 엄마를 사랑하는 그 아저씨랑 저녁만 먹으면 되는 거야."

엄마가 침대 밖으로 발을 내밀었다. 카르멘의 말이 먹혀들고 있었다.

"나가봐서 별로면, 다시 아저씨랑 데이트 안 해도 되잖아." 그럴 가능성이 제로라는 건 카르멘도 잘 알고 있었다. 하지만 뭐.

엄마가 샤워를 하려고 나섰다.

"잠깐만." 카르멘은 자기 방으로 달려가 옷장 맨 위 칸에서 마법의 바지를 꺼내 조심스럽게 먼지를 턴 다음 다시 엄마에게 뛰어갔다.

"자, 이거."

엄마의 눈빛이 흔들렸다. 입술을 앙다물었다. "뭐니?" 무슨 뜻인지 알면서도 엄마는 나직하게 물었다.

"이거 입고 나가라고."

"세상에, 우리 딸." 엄마가 카르멘을 꼭 껴안았다. 카르멘은 자기가 얼굴을 조금만 들면 엄마 머리 위에 턱을 얹을 수 있다는 사실을 이제야 깨달았다. 그러자 조금 슬퍼졌다.

엄마가 몸을 움직였고, 카르멘은 눈물이 목을 타고 흐르는 것을 느꼈다.

"그럴 순 없어. 다시 시작하려면 어른스럽게 입어야지."

"알았어." 카르멘은 무슨 뜻인지 이해했다.

"그래도 카르멘?"

"응?"

엄마의 입술이 떨리더니 일그러졌다. "넌 방금 나한테 세상의 전부를 준 거나 마찬가지야."

카르멘이 고개를 끄덕였다. 엄마의 손을 잡고 손등에 키스했다. "가, 엄마. 가서 샤워하고 옷 입어. 빨리!"

카르멘은 성큼성큼 걸어서 자기 방으로 돌아왔다. 그리고 "데이비드 아저씨 오면 찍으려고 카메라까지 준비해놨어!" 하며 어깨 너머로 외쳤다.

Carmabelle: 티비, 상영회 날 바지 들고 갈게. 정말 보고 싶다.

티비는 마법의 바지 맹신자였다. 그렇지 않다면 바지를 입고 지난번 같은 사건을 겪고서도 오늘같이 중요한 날 또 그 바지를 입으려 하지는 않았을 것이다. 그 바지는 티비의 무수한 시행착오의 증인이며, 사람을 판단하는 기준이자, 마음을 바꿔 먹게 하는 계기를 의미했다. 베일리가 말했던 것처럼, 바지를 입으면 뭔가 놀라운 힘을 발휘할 수 있었다.

상영회장으로 들어가면서 티비는 바지에 수놓인 심장을 매만졌다. 심장이 피부 바로 아래서 뛰는 것 같았다. 튼튼하게 심장을 보호해주는 뼈가 더는 존재하지 않는 것 같았다.

상영회장에 들어서서 뒤쪽에 줄지어 앉아 있는 많은 사람들을 보니, 왠지 사후세계에 온 것 같은 이상한 기분이 들었다. 세상은 끝났고, 자기가 실망시키고 상처를 준 모든 사람들이 두번째 기회를 주기 위해 와준 게 아닐까.

엄마 아빠가 와 있었다. 브라이언도 있었다. 레나와 카르멘, 베일리 부모님도 왔다. 심지어 바네사도 있었다. 내가 모두에게, 여기 있는 모두에게 이런 대우를 받을 만한 사람이면 좋겠다, 고 티비는 생각했다.

티비의 영화가 첫번째로 상영되었다. 베토벤 교향곡이 흐르고 햇빛 쏟아지는 창가에 앉아 있는 베일리를 담은 장면으로 시작했다. 장면은 월면의 덩컨 하우와 파빌리온 극장에서 일했던 마거릿, 세븐일레븐의 브라이언으로 바뀌었다. 그리고 티비가 베일리네 집에서 받아온 테이프에서 조금씩 잘라넣은 화면이 나왔다. 첫걸음마를 떼는 베일리의 모습, 뒤뜰에서 나비를 쫓는 베일리의 모습. 그리고 제일 참기 어려운 부분인, 민머리에 야구모자를 쓰고 신이 난 어린 베일리의 모습도 나왔다. 마지막 부분은 인터뷰였다. 말하고, 보고, 자신이 주었던 만큼 카메라로부터 무언가를 얻어가는 것 같았던 베일리의 모습들.

마지막은 세븐일레븐에서 찍은 스틸사진이었다. 어깨 너머로 티비를 바라보며 웃던 모습 말이다. 화면 속 사진이 흩어지더니 흑백으로 바뀌었다. 음악이 나오는 동안 사진은 화면에 계속 떠 있었다.

옆자리에 앉아 있던 브라이언이 손을 뻗어 티비의 손을 잡았다. 티비도 그 손을 꽉 잡아주었다. 브라이언은 음악에 맞춰 휘파람을 불고 있었다. 하지만 소리가 너무 작아서 아마도 티비에게만 들렸을 것이다.

마침내 음악이 끝나고, 베일리의 얼굴이 깜빡이다 사라졌다. 사진이 없으니 어둠이 공허하게 느껴졌다.

베일리 엄마가 고개를 숙여 아저씨 가슴에 기댔다. 티비 엄마는 한 손으로는 티비의 손을, 다른 한 손으로는 카르멘의 손을 잡아주었다. 레나는 머리를 감싸안았다. 다들 다른 사람을 신경 쓰지 않고 눈물을 흘렸다.

밖에는 햇살이 비치고 있었다. 부모님이 와서 티비를 안아주었다. 엄마는 티비가 자랑스럽다고 말했다. 카르멘과 레나는 티비의 손을 부여잡고 계속해서 칭찬을 늘어놓았다. 브라이언은 아직도 눈에 눈물이 고여 있었다. 티비는 자기 쪽으로 다가오는 알렉스를 보고 깜짝 놀랐다. 가슴에 새기지 않고 넘길 수도 있지만, 알렉스가 늘어놓을 말에 대비해 미리 마음을 단단히 먹었다.

"잘했더라." 알렉스가 말했다. 그러나 눈빛에 확신이 없었다. 마치 질문을 하는 것 같았다. 그는 티비를 낯선 사람 보듯 바라보았다. 어찌 보면 실제로 그렇기도 했다. 알렉스한테 씌었던 콩깍지가 벗겨지자 모든 것이 명확하게 보였다.

그리스 사람이라면 누구나 알고 있다. 최악의 상황을 예견할 수 있다는 생각 자체가 고대 신들에 대한 모욕이라는 것을. 그런 실수를 저지를 경우, 신은 우리가 틀렸다는 것을 증명해 보이기 위해 우리를 더욱 괴롭힌다는 것도.

코스토스에게서 청천벽력 같은 편지를 받은 지 일주일이 되어 가던 날, 이아에 있는 할머니가 아빠한테 전화해서 할아버지가 중풍으로 쓰러졌다는 소식을 전했다. 지금 피라의 병원에 있는데 상태가 그다지 좋지 않다는 내용이었다.

미국에서 변호사로 일하는 레나의 아빠는 담당 의사와 통화하면서 할아버지를 비행기에 태워 아테네에 있는 종합병원으로 보내라고 계속 소리를 질러댔다. 하지만 할아버지가 너무 쇠약해 이동이 불가능하다는 대답만 돌아왔다.

레나는 티비와 카르멘에게 메시지만 겨우 남기고, 가게에 전화해서 일주일 먼저 그만두게 됐다고 말했다. 마법의 바지가 떠올랐을 때는 이미 가족들과 정신없이 짐을 꾸리는 중이었다. 그날은 마법의 바지를 받기로 한 날이었다. 오후가 다 지나가는데 바지는 아직 오지 않았다. 누가 마지막으로 가지고 있었더라? 요즘엔 바지가 하도 빨리 돌아서 누가 가지고 있는지도 알 수 없었다. 게다가 두 시간 안에 뉴욕행 비행기가 떠날 것이다! 주변에서 사람들이 울고불고해도, 레나에게 가장 시급한 일은 바지를 받는 것이었다. 바지 없이 어떻게 그리스에 갈 수 있단 말인가?

식구들이 집안을 종종거리며 뛰어다닐 때도 레나는 현관 앞에 서서 택배 트럭이 오는지 내다보고 있었다. 떠나기 직전까지도 꾸물거렸다.

"레나, 빨리 오렴!" 엄마가 외쳤다. 식구들은 벌써부터 차에 탄 채, 바지가 어떻게든 기적적으로 제시간에 나타나주길 기다리며 길가에서 꾸물대는 레나를 기다리고 있었다.

바지는 나타나지 않았다. 이건 불길한 징조였다.

몇 시간 후 레나와 가족들은 뉴욕행 비행기에 멍하니 앉아 있었다. 그리고 다음날 아침엔 아테네로 가는 비행기 안에 있었다. 동쪽을 향해 대서양 위를 날아가는 보잉 747기에서, 레나는 앞자리 시트만 바라보았다. 파란색 폴리에스테르 천 위로 수많은 추억들이 펼쳐졌다. 작년 8월 성모승천 대축일 축제 때 창밖으로 뻗고 있던 할아버지의 주름진 팔꿈치가 생각났다. 술이 달린 흰색 신발을 신고 시리얼을 드시던 모습도 떠올랐다. 그 누구보다 진지하게 레나의 그림을 오랫동안, 열심히 들여다보던 모습도. 솔 메이트가 여든두 살 된 그리스인 할아버지라고 말하면 웃음을 살지도 모르지만, 바로 그게 작년 여름 레나에게 일어난 일이었다.

아빠는 공책에 뭔가를 적고 있고, 에피는 아빠의 왼쪽 어깨에 기대어 잠들었다. 엄마는 레나 옆에 엄숙하게 앉아 있었다.

기내 모니터로 영화 한 편을 다 보고 두번째 영화로 넘어가는 사이 엄마와 레나는 서로의 심각한 표정을 깨달았고, 이내 서로를 응시했다. 심각하게.

우리 둘이 서로에게 도움이 될 수 있다면 좋을 텐데. 레나가 생각했다. 엄마가 중요한 뭔가를 나에게 털어놓을 만큼 날 믿어줬다면, 나도 엄마를 믿고 마음을 털어놓을 텐데. 그러다가 레나는 곧 돌아가실 할아버지가 아니라 엄마가 자신의 솔 메이트이길 바라고 있음을 깨달았다. 갑자기 울음이 터졌다. 레나는 엄마에게 등을 돌리고 몸을 웅크려 어깨를 들썩여가며 호흡이 가빠지도록 울었다. 냅킨에 대고 코를 크게 풀었다. 자기 자신과 할아버지, 코스토스, 할머니, 아빠, 그리고 제시간에 도착하지 않은 마법의 바지 때문에 울었고, 자기 자신 때문에 조금 더 울었다.

곧 기장이 승무원들에게 착륙 준비를 지시했다. 레나는 아래로 보이는 아름답고 오래된 할머니의 땅을 내려다보며 뱃속에서 꿈틀대는 스릴을 느꼈다. 레나의 몸속 어딘가에 있는 억누를 수 없는 순진무구한 심장은, 이런 비참한 상황에서도 코스토스를 다시 만난다는 기대감에 두근대고 있었다.

브리짓,

416

당장 널 찾아갈 수 있다면 소원이 없겠다. 하고 싶은 말이 너무 많아. 정말 미칠 것 같아. 방금 레나네 할아버지가 중풍으로 쓰러지셨다는 소식을 들었어. 그래서 온 가족이 어제 그리스로 갔대. 레나한테 계속 이런 일이 생기다니, 나도 마음이 안 좋아. 너한테도 알려줘야 할 것 같아서 편지한다.

사랑을 담아

티비

레나는 일어나지 않길 바라는 일은 꼭 일어나고야 만다는 말을 기정사실처럼 믿기 시작했다.

렌터카를 끌고 산토리니의 언덕을 넘어 이아에 도착해 노란색 문 앞에 서 있는 할머니의 모습을 보자 그 믿음은 확고해졌다.

할머니는 머리부터 발끝까지 검은색 옷을 입고 있었다. 얼굴에 있는 주름이 전부 아래로 늘어진 것처럼 보였다. 레나는 가슴에서 나는 작은 흐느낌 소리를 들었다. 아빠가 차에서 달려나가 할머니를 껴안았다. 레나는 할머니가 고개를 끄덕이며 우는 모습을 보고만 있었다. 그것이 무슨 의미인지 모두가 눈치챘다.

에피가 레나의 어깨에 팔을 둘렀다. 눈물이 제 임무를 다하기 위해 대기중이었다. 요즘 하도 많이 울어서 약간 메말랐던 게 사실이다. 에피와 레나는 서로 머리카락이 뒤섞일 정도로 얼싸안고 울기 시작했다. 이윽고 차례로 할머니와 포옹했다. 할머니는 레나를 보자마자 신음을 내뱉으며 어깨에 기댔다. "우리 예쁜 레나." 할머니가 레나의 목에 대고 흐느끼며 말했다. "도대체 이게 무슨 일이라니?"

장례식은 다음날 아침 열렸다. 레나는 잠에서 깨어 회색과 붉은색이 뒤섞인 어두운 칼데라를 바라보았다. 에피와 함께 쓰고 있는 이 방의 창문이 작년 여름의 기억을 너무나도 생생하게 불러일으켜 마치 손으로 잡을 수 있을 것 같았다. 바로 여기 앉아 목탄으로 코스토스를 그리던 기억이 났다.

레나는 코스토스를 만날 기대와 걱정에 어떻게 차려입어야 할지 고민했다. 에피에게 빌린 캐미솔 위에 아름다운 검정 블라우스를 입었다. 귀에는 진주 귀고리를 했다. 머리는 드라이기로 잘 말려서 어깨 위로 길게 늘어뜨렸다. 드문 일이었다. 아이라이너와 마스카라도 살짝 발랐다. 레나의 초록색 눈은 화장을 조금만 해도 극적으로 달라 보였다. 그래서 평소엔 눈화장을 거의 하지 않았다.

레나는 항상 자신의 외모를 대단치 않게 생각했다. 옷도 단순하고 고리타분해 보이는 것만 입었다. 화장을 하거나 액세서리를 다는 경우도 거의 없고, 까만 머리도 틀어올리거나 하나로 묶는 게 전부였다. 엄마는 어렸을 때부터 늘 레나의 외모가 큰 선물이라고 말했지만, 자랄수록 레나는 그 선물을 트로이의 목마처럼 생각했다.

레나에게 외모란 남을 의식하게 만들고 늘 노출된 느낌을 주는 것이었다. 외모 때문에 본의 아니게 사람들의 주목을 받게 되는 것이다. 이 명백한 사실이 정말 불공평하게 느껴졌다. 이목구비가 뚜렷한 에피는 성격이 열정적이든 별나든 진지하든 자유롭든 아무 상관이 없었다. 하지만 레나는 선이 가늘어서 늘 예쁜장함을 담당했다. 사람들이 오직 외모 때문에 자신에게 다가오는 건 아닌지 확인하고 그런 사람들을 피하는 데 너무 많은 시간을 소비해버렸다.

하지만 오늘 레나는 자신이 받은 선물을 갈고닦았다. 코스토스를 향한 고통스러운 열망이 할아버지 생각 대신 어떤 수단이라도 써보려는 절박함을 불러왔다.

계단에서 내려오는 레나를 보고 에피는 깜짝 놀랐다. "세상에, 도대체 우리 언니한테 무슨 짓을 한 거야?"

"테이프로 묶어서 옷장에 가둬놨어." 레나가 대답했다.

에피는 한껏 꾸민 레나를 몇 분씩이나 바라보며 감탄했다. "코스토스가 땅을 치고 후회하겠는데."

안 그래도 내심 죄스럽고 민망했는데, 레나는 동생에게 속마음을 고스란히 읽혀버렸다.

티비는 리놀륨 바닥을 내려다보며 두 달 전 처음 발을 들여놓은 그날 이 방이 얼마나 평범하고 음침해 보였는지 떠올렸다. 지금 방바닥은 커다란 가방에 되는대로 던져넣었던 옷가지들로 뒤덮여 있고, 침대 위에는 영화를 만드느라 모아들인 비디오테이프들이 널려 있었다. 책상 위에는 이번 여름 내내 너무나 열심히 작업해준 아이북이 놓여 있었다. 엄마한테 뇌물로 받은 컴퓨터지만, 어쨌든 지금은 사랑하는 물건이었다. 서랍장 위에는 열한 살 때 그린 방 그림이 놓여 있었다. 좀 웃기지만, 그 그림은 늘 티비와 함께였다. 영화 부문에서 1위를 수상했다는 수료증과 시나리오 작법을 맡은 베이글리 선생님이 써준 축하 편지도 함께 놓여 있었다. 침실용 탁자 위엔 바네사가 니키를 위해 특별히 만들어준 보라색 점박이 독개구리가 앉아 있었다. 그것들을 여행가방에 차곡차곡 넣다보니 무척 행복해졌다.

마지막으로 챙긴 건 문에 붙여놓은 사진이었다. 베일리가 죽기 얼마 전 병원에서 찍은 사진이다. 그래프먼 부인이 상영회 때 주고 갔다.

그 사진을 쳐다보기란 티비에게 쉽지만은 않았다. 소중하긴 해도 책 사이에 고이 끼워서 영원히 높은 선반 위에 올려놓고 싶었다. 그러나 티비는 절대 그러지 않겠노라고 다짐했다. 어딜 가든 그 사진을 방에다 붙여두기로 결심했다. 왜냐하면 베일리는 무엇이 진실인지 알고 있으니까. 베일리의 얼굴을 들여다보면 절대 그 진실을 외면할 수 없다.

사랑은 툰드라를 달리는 스노모빌 같아서,

순식간에 엎어져 너를 바닥에

메다꽂아버리지.

그리고 밤이 되면,

북방족제비들이 몰려오는 거야.

_매트 그로에닝

미사는 단출하고 아름답고 새하얀 교회에서 열렸다. 레나도 작년 여름 여러 번 가본 곳이었다. 아빠의 추도연설을 포함해 모든 의식이 당연히 그리스어로 진행됐기 때문에, 레나는 혼자 할아버지를 기억하고 애도했다.

할머니의 손을 잡으면서도 레나는 코스토스가 이쪽을 봐주길 갈망했다. 그 역시 큰 슬픔에 잠겼으리라는 걸 너무나 잘 알 수 있었다. 레나는 지난여름 딱 한 번 할아버지와 시간을 보냈지만, 코스토스는 거의 평생을 할아버지와 알고 지냈다. 나이들고 약해져가는 할아버지를 코스토스가 얼마나 세심하게 돌봐줬는지 레나는 잘 알고 있었다. 쓰레기를 옮겨주고, 지붕 타일을 수리해주고. 그러면서도 늘 할아버지가 여전히 남자답고 존경받을 만한 인물이라고 느끼도록 배려했다.

레나는 이 슬픔을 코스토스와 함께 나누고 싶었다. 그는 할아버지가 레나에게 어떤 의미인지 아는 몇 안 되는 사람 중 한 명이었다. 둘 사이에 무슨 일이 있었든 오늘만은 서로 가까워질 수 있는 날이다. 그렇지 않은가?

예배가 끝나갈 무렵에야 레나는 코스토스를 발견했다. 그는 통로 너머 반대편 끝에 어두운 색 양복을 입고 앉아 있었다. 자기 할아버지한테 가려서 거의 보이지 않았다. 그도 레나를 찾고 있을까? 하긴 이런 날, 이 작은 섬의 조그만 교회에 같이 있는데 어떻게 찾지 않을 수 있을까?

예배가 끝나자 레나와 가족들은 밖으로 나가는 엄숙한 행렬의 맨 끝에 섰다. 사제를 따라 큰 문을 지나 교회 마당으로 나갔다. 교회 신도들이 한 명 한 명 홀로된 할머니에게 위로를 전했다. 수천 일 동안 누군가의 아내로서 아침을 맞다가 어느 날 갑자기 과부가 되어버리는 것이 얼마나 이상한 느낌일지 레나는 가만히 생각해보았다.

마침내 코스토스가 레나의 눈에 똑바로 들어왔다. 아마 그도 레나를 보았을 것이다. 레나는 뻣뻣하게 굳어 있는 그의 자세에 살짝 충격을 받았다. 활기찬 분위기를 풍기던 평소와 달리 오늘은 완전히 경직되어 있었다. 눈썹이 한껏 처져 있어서 눈이 거의 보이지도 않았다.

웬일인지 레나는 어떤 여자가 코스토스의 팔짱을 끼고 서 있는 모습을 한눈에 알아보지 못했다. 여자는 이십대 초반으로 보였다. 하이라이트를 준 금발에, 피부는 검은색 정장과 비교되는 노르스름한 빛이었다. 전에 본 적 있는지는 기억나지 않았다.

레나의 가슴이 두방망이질하기 시작했다. 왠지 친척이나 가족 사이 같진 않았다. 그냥 그런 기분이 들었다. 코스토스가 손을 흔들거나 눈짓을 하거나 어떤 방법으로든 알은체를 해주길 바랐지만, 그는 그러지 않았다. 레나는 그저 할머니 옆에 서서 조문객들에게 키스하고 악수하면서 알아들을 수 없는 애도의 말에 고개를 끄덕이기만 했다.

코스토스의 조부모님은 조문객들 중 제일 먼저 할머니와 인사를 나눴지만 코스토스는 거의 마지막 순서였다. 하늘은 구름이 끼어 어두침침했고, 그가 금발 여자와 함께 다가올수록 교회 앞마당은 휑해졌다.

코스토스가 할머니를 어색하게 껴안았다. 두 사람은 아무 말도 나누지 않았다. 금발 여자는 할머니와 가벼운 볼 키스를 나눴다. 레나가 뚫어지게 쳐다보자 여자도 레나를 뚫어지게 쳐다보았다. 인사나 소개를 기다렸지만 아무것도 없었다. 할머니는 입을 굳게 다물었다. 레나는 양쪽에서 느껴지는 낯선 느낌에 두렵고 혼란스러웠다.

식 전체를 관장하던 사제도 이상한 낌새를 눈치챘다. 그는 상황을 중재할 정도의 영어는 할 줄 알았다.

"코스토스, 미국에서 오신 고인의 아들 내외분은 알고 있지?" 그가 몇 걸음 떨어진 곳에 서 있던 레나의 부모님을 가리키며 말했다. "고인의 손녀따님도 알고?" 그리고 코스토스 쪽에서 레나까지 손을 휘 젓고는 다시 뒤로 돌아섰다. "레나, 너도 <u>코스토스</u>와 그 부인과 안면이 있지?"

부인이라니.

그 말이 피를 빨아먹으려고 달려드는 모기처럼 레나의 귀 언저리를 맴돌았다. 모기가 잽싸게 레나를 물었다.

레나는 코스토스를 바라보았다. 코스토스도 결국 레나를 바라보았다. 그의 얼굴은 완전히 변해 있었다. 이제야 레나의 얼굴을 알아본 듯 눈을 마주쳤지만, 이번에는 레나의 시야가 가장자리부터 흐릿해지기 시작했다.

레나는 그 자리에 주저앉아 이마를 무릎에 묻었다. 엄마가 걱정스럽게 등을 어루만지는 게 어렴풋하게 느껴졌다. 뻣뻣하게 서 있다가 허둥지둥 다가오는 코스토스의 불안함도 느껴졌다. 인간으로서의 기본적 본능 덕에 레나는 정신을 놓지 않았다. 물론 놔버리는 것이 더 큰 축복이었을 테지만.

침실은 레나의 비통함을 담기에 충분치 않았다. 집의 크기도 모자랐다. 레나는 조용히 집을 나와 어두워지는 길을 걸으며 생각했다. 하늘은 이 슬픔을 감당할 수 있을까?

언덕과 언덕 사이로 뻗어 있는 넓은 언덕까지 정처 없이 맨발로 길을 따라 걸어갔다. 발걸음이 무의식적으로 올리브나무 숲쪽으로 향했다. 코스토스와 레나가 함께한 장소였다. 하지만 레나는 코스토스가 자신과 나눈 모든 것을 내던져버리면서 그곳 역시 버렸을 거라고 확신했다. 뾰족하고 따가운 것들이 도시에 익숙한 부드러운 발을 찔렀지만, 레나는 개의치 않았다.

숲에 도착하자 레나는 오래전에 잃어버렸던 아이를 되찾은 기분으로 작은 올리브나무 주위를 맴돌았다. 바위에 올라서보고, 작년 여름보다 훨씬 작아진 연못가에도 앉아보았다. 섬 전체가 작년보다 건조하고 메말라 있었다.

바로 여기가 모든 것이 시작된 곳이었다. 상처난 발을 씻으며, 이 장소에 안녕을 고하는 것을 무슨 의식처럼 느꼈다.

혼자서 모든 걸 정리하고 있는데, 뒤쪽에서 누군가 다가오는 소리가 들렸다. 심장이 뛰기 시작했다. 범죄자나 야생동물을 예상해서가 아니었다. 레나는 그게 누구인지 알고 있었다.

그가 레나 옆에 앉아 정장 바지를 걷고, 연못에 발을 담갔다.

"결혼했구나." 레나는 단조로운 목소리로 무감각하게 말을 건넸다.

얼굴을 바라보기 전에 어금니를 꽉 깨물었다. 그도 분명히 고통스럽고 황당하고 미안하고 어쩌고저쩌고 했겠지. 그래서 뭐.

"그녀가 임신했어." 그가 말했다.

그 말에 쌀쌀맞고 냉정하게 대하려던 결심마저 무너져버렸다. 레나는 눈을 동그랗게 뜨고 멍하니 코스토스를 바라보았다.

그가 고개를 끄덕였다. "이름은 마리아나야. 너랑 헤어지고 세 번 정도 만났는데, 두번째 만났을 때 같이 잤어."

레나는 놀라서 움찔했다.

"내가 멍청한 놈이지."

레나는 코스토스가 그토록 괴로워하는 모습을 본 적이 없었다. 그녀는 그를 조용히 들여다보았다. 뭐라 더 할 말이 없었다.

"임신을 했어. 내 잘못이야. 그래서 내가 책임을 져야 하고."

레나가 입을 열었다. "네 아이인 게……" 마지막 말을 꺼내기가 너무나 힘들었다. "……확실해?"

그가 차분히 레나를 바라보았다. "여긴 미국이 아니야. 여긴 아직도 구식이라고. 그래서 신사답게 책임을 져야 하는 거고."

레나는 코스토스가 자기한테도 '신사답게'라는 말을 했던 것을 떠올렸다. 문득 이런 느낌이 들었다. 기사도를 발휘하려는 그의 노력도 그에게 행복을 가져다주지 못한 것 같다는.

물을 바라보며 레나는 이 모든 사실을 알게 되기까지의 몇 주간을 천천히 재구성해보았다.

"그 여자랑 같이 런던으로 갈 거야?"

그는 고개를 저었다. "당장은 안 갈 거야. 여기 있으려고."

레나는 그가 얼마나 충격받았을지 알고 있었다. 그는 이 섬을 떠나 좀더 넓은 세상에서 삶을 개척하고 싶어했다. 항상 그것을 꿈꿔왔다는 걸 레나는 알고 있었다.

"둘이 같이 살아?"

"아직은. 마리아나가 피라에 적당한 곳을 찾고 있어."

"그 여자를 사랑해?"

코스토스는 레나를 바라보았다. 그러고는 잠시 두 눈을 감았다. "너한테 느꼈던 감정을 다른 누구에게서 느낄 수 있을 거라고는 생각해본 적 없어." 그리고 눈을 뜨고 레나를 보았다. "그래도 내가 할 수 있는 일을 해야지."

레나는 당장이라도 울음이 터질 것 같았다. 오래 버티지 못할 것이다. 순식간에 현실이 바짝 다가와 손목을 그러쥐었다. 우는 모습을 보이기 전에 그에게서 도망치고 싶었다.

레나는 일어섰지만, 코스토스가 그녀의 손을 잡고 자기 쪽으로 끌어당겼다. 그는 울음을 터뜨리면서 두 팔로 레나를 가슴에 안고, 거칠게 숨을 몰아쉬며 그녀의 머리에 입을 맞추었다.

"레나, 내가 네 마음을 산산조각 냈다면, 내 심장은 벌써 천 번도 넘게 부서졌어." 코스토스가 우는 소리가 들렸지만 그 모습을 보고 싶진 않았다. "이 상황을 바꿀 수만 있다면 무슨 일이든 할 거야. 그렇지만 도저히 빠져나갈 방법이 없어."

레나는 서러운 울음소리로 채 숨기지 못한 감정을 드러내면서도 나머지 울음을 집어삼키려고 몸부림쳤다.

"이 말, 지금 딱 한 번만 할게. 예전과는 상황이 너무 달라졌지만 이것만은 말하고 싶어. 내가 너에게 한 말은 다 진심이었고, 아직도 진심이야. 그건 거짓말이 아니었어. 네가 아는 것보다 훨씬 더 진실되고, 커다랗고, 강렬한 거였어. 내가 했던 말을 기억해줘."

그의 목소리는 절박했다. 조금 거칠다 싶을 정도로 레나를 세게 움켜쥐고 있었다. "넌 곧 괜찮아질 거야. 분명 그럴 거야. 하지만 난 널 잃었다는 걸 영원히 가슴에 새기고 살겠지."

도망쳐야 했다. 레나는 코스토스에게서 떨어져 얼굴을 가렸다.

"사랑해. 영원히." 불과 몇 주 전 그녀의 집 앞에서 그랬던 것처럼, 그가 약속했다.

그때 그 약속은 보물과도 같았다. 그러나 지금은 저주였다.

레나는 뒤돌아 달리기 시작했다.

티비는 페디큐어를 받기로 결심했다. 스스로를 페디큐어를 하는 부류라고 생각해본 적은 단 한 번도 없지만, 엄마가 하도 오라고 하는데다 무료 발마사지의 유혹을 뿌리치기도 힘들었다. 게다가 엄마와 나란히 조그만 욕조에 발을 담그고 생각해보니, 지금이 이번 여름 중 엄마와 가장 오랜 시간을 함께하는 중이었다. 엄마도 아마 그래서 여기 오자고 한 것 같았다. 가끔은 부족한 점을 채우기 위해 상대의 말을 따르는 편이 맞는지도 모른다.

엄마는 발톱 색으로 짙은 빨강을 골랐다. 티비는 처음에는 투명을 골랐다가 잠시 후 생각이 바뀌어서 자기도 짙은 빨강으로 했다.

"우리 딸, 엄마가 뭐 보여줄 게 있는데." 엄마가 그렇게 말하며 가방에서 봉투 하나를 꺼냈다.

봉투를 열자 예쁜 종이에 손으로 쓴 두꺼운 편지가 나왔다. "레나 엄마, 애리가 보낸 거야."

티비는 움찔했다. 당연히 레나 생각이 났고, 자기가 바보처럼 발끈했던 것도 생각났다.

"눈물이 났어." 엄마는 보여주려는 양 일부러 눈물을 짜냈다. 티비는 그 눈물이 진실이 아니라는 걸 알고 있었다.

"그리스로 가기 전에 생긴 일들을 사과한다고 썼더라. 정말 좋은 애야. 늘 그랬지." 엄마의 표정을 따라 티비도 갑자기 감상적이 되었다.

"예전에 수요일마다 엄마랑 애리 아줌마가 같은 편을 먹고 마를리, 크리스티나 아줌마와 테니스를 쳤던 게 생각나. 번갈아가면서 이겼지."

앨리스가 웃으며 말했다. "번갈아가면서 이긴 거 아니야."

"그럼 우연이었나보지." 아니라는 걸 알면서도 티비는 이렇게 말했다.

어렸을 적 9월생 멤버들은 수요일마다 엄마들이 공설 테니스 코트에서 테니스를 치는 동안 그 옆 브로드브랜치 로드의 형편없는 놀이터에서 오후를 보냈다. 티비가 기억하는 바로는 놀이기구도 딱 두 개뿐이었다. 굿 휴머 판매원이 아이스크림 트럭을 대고 장사를 시작하면, 엄마들은 늘 아이들에게 아이스크림을 사주었다.

"아직도 테니스를 치는지 모르겠네?" 티비에게 말한다기보다는 혼잣말에 가까웠다. 엄마가 지갑에서 봉투를 꺼냈다. "어쨌든 이게 내가 보여주고 싶은 거야." 엄마가 건넨 건 3×5 사이즈의 컬러사진이었다.

"아아." 티비는 사진을 들고 자세히 들여다보았다. 훈훈한 즐거움이 온몸으로 번져 빨갛게 칠한 발톱까지 전달되는 것 같았다. "이 사진, 너무 좋은데. 이거 내가 가져도 되지? 응?"

심장 염증의 한 종류인 심내막염이라는 굉장히 심각하고 치명적인 병이 있다. 증조할머니가 젊은 나이에 이 병에 걸려 돌아가셨는데, 레나는 지금 자기도 그 병에 걸린 게 확실하다고 생각했다.

레나는 통증과 붓기를 살피며 아침까지 침대에 누워 있었다.

점심때쯤 엄마가 살금살금 방으로 들어와 구두를 벗고 레나 옆으로 기어들어왔다. 엄마는 아직도 남색 실크 정장을 입고 있었다. 레나는 반항하지 않았다. 엄마가 팔로 레나를 감싸안고 가

습곽으로 끌어당기자 마치 세 살배기로 돌아간 것 같은 기분이 들었다. 확 풍겨오는 엄마 냄새에 레나는 무너져내렸다. 엄마가 머리를 쓸어올리고 얼굴을 어루만져주자 레나는 몸을 들썩거리고 추잡할 정도로 콧물을 흘리며 엉엉 울었다. 그러다 이상하게 잠시 잠이 들었던 것도 같다. 레나는 이성을 챙기기를 포기해버렸다.

엄마는 마치 대지처럼 모든 것을 감내했다. 방에 들어오는 햇살이 기울고 초저녁 어스름이 창가에 내려앉을 때까지 아무 말도 하지 않았다. 엄마가 침대에서 살짝 일어나 앉았을 때, 레나는 엄마의 가장 비싼 옷을 콧물 범벅으로 만들어버렸다는 사실을 깨달았다.

"내가 유진 얘기를 해도 괜찮겠니?" 엄마가 부드럽게 물었다.

레나는 몸을 조금 일으키며 고개를 끄덕였다. 이번 여름이 시작될 때만 해도 유진 얘기라면 신경이 곤두섰는데, 지금은 왜 그랬는지 기억도 나지 않았다.

엄마는 이야기를 시작하기 전에 손가락에 낀 반지들을 잠시 만지작거렸다. 결혼반지와 다이아몬드가 박힌 약혼반지, 결혼 십오 주년 기념 에메랄드 반지였다. "내가 열일곱 살이 되던 해 아테네에 있는 교회에서 그 사람을 처음 만났어. 우리는 서로를 미친듯이 사랑하게 됐지."

레나는 다시 고개를 끄덕였다.

"그 사람은 미국으로 유학을 갔어. 아메리칸 대학교를 다녔지. 우리집 근처에 있는 곳 말이야."

레나가 또다시 고개를 끄덕였다.

"나는 계속 아테네에 있었고, 우리가 떨어져 있다는 사실에 사년 동안 매일 밤낮을 고통스럽게 보냈단다. 그 사람을 만나는 몇 주 동안만 살아 있는 것 같았지."

레나는 다시금 고개를 끄덕였다. 이해할 수 있었다.

"아테네에서 대학을 졸업하고 스물한 살이 되던 해 나는 그 사람과 함께 미국으로 왔어. 할머니는 가지 말라고 말렸는데, 결국 내가 떠나버리자 엄청나게 화를 내셨지. 나는 매일 식당에서 서빙을 하면서 그 사람을 기다렸어. 그 사람은 공부하고 자기 삶을 사느라 바빴지. 난 그가 허락만 해준다면 그의 삶의 일부가 되고 싶었어."

엄마는 위를 바라보며 잠시 생각에 잠겼다.

"그 사람은 나에게 청혼했어. 물론 나도 좋다고 했지. 조그만 진주가 박힌 반지를 줬는데, 나는 그걸 무슨 성상聖像이나 되는 것처럼 소중히 아꼈어. 우리는 결혼한 것처럼 함께 살았어. 할머니가 그 사실을 알았다면 화병으로 돌아가셨을지도 모르지. 그렇게 석 달이 지났는데, 어느 날 유진이 갑자기 그리스로 돌아가버린 거야."

"저런……" 레나는 안타까운 소리를 냈다.

"그 사람 아버지가 더이상 돈을 부쳐주지 않고, 유진에게 그리스로 돌아와 비싼 돈 내고 배운 걸 다른 곳에 써보라고 말씀하셨어. 당시에 나는 그게 무슨 말인지 몰랐지."

레나는 고개를 끄덕였다.

"나는 일 년 동안 처절하게 기다렸어. 그는 계속 다음달에 돌아오겠다, 다음달에 돌아오겠다고 말했지. 나는 위스콘신 애비뉴에 있는 펫숍 위층의 구질구질한 원룸에서 지냈어. 정말이지 그보다 더 가난하고 외로울 순 없었어. 게다가 그 집은 냄새까지 지독했다니까. 집으로 돌아갈까 여러 번 생각했어. 하지만 난 유진이 돌아와서 약속한 대로 우리가 결혼할 거라 믿었고, 네 할머니가 옳았다는 걸 증명해주고 싶지 않았지."

레나는 다시 고개를 끄덕였다. 어떤 상황이었는지 충분히 이해가 되었다.

"그해 가을, 나는 가톨릭대 대학원에 등록했어. 수업 첫날 동생이 전화해서 다른 사람들은 이미 몇 주 전부터 알고 있던 사실을 말해줬어. 유진이 다른 여자랑 사귀고 있다는 얘기를 말이야. 그리고 나에게 돌아오지 않을 거라고도."

레나는 너무 심하게 감정이입을 한 나머지 턱을 떨며 중얼거렸다. "불쌍한 엄마."

"나는 첫날부터 학교를 때려치우고 침대에 누워 있었어."

레나는 엄마 이야기를 진지하게 귀를 기울였다. 너무나 현실적으로 와 닿았다. "그리고?"

"대학원에 정말 마음씨 좋은 지도교수님이 계셨는데, 집으로 전화를 하셨더라고. 그분이 내가 다시 정신을 차리도록 도와주셨지."

"그리고?" 이제 이야기가 자기가 아는 부분으로 접어든 듯했다.

"추수감사절에 너희 아빠를 만났어. 하워드 존슨 레스토랑에서 혼자 밥을 먹다가. 고국을 떠난 두 혼란스러운 그리스인들의 만남이라고 할까."

레나가 웃었다. 이 대목은 그녀도 알고 있었다. 종종 듣던 부모님의 첫 만남 이야기를 이 맥락에서 들으니, 오래된 스웨터처럼 소중하게 느껴졌다. "그리고 우리는 넉 달 뒤 결혼했어."

"그랬구나."

모든 걸 알고 나니 번갯불에 콩 구워먹듯 빠르게 진행된 부모님의 연애담이 조금 다르게 느껴졌다. 어두운 그림자가 드리운 것 같다고 할까.

"하지만 안타깝게도 유진 이야기는 여기서 끝난 게 아니야."

"아." 레나는 바로 여기가 곤란한 지점이라는 걸 직감했다.

엄마는 어떻게 말해야 할지 잠시 고민하는 듯했다. 그리고 마침내 입을 열었다. "레나, 나는 이 얘기를 딸이 아닌, 열일곱 살 난 아가씨한테 해주는 거라 생각하려 해. 네가 원한다면 말이야."

이건 레나가 한없이 원하기도 하고 원하지 않기도 하던 일이다. 하지만 듣고 싶은 마음이 앞섰다. 레나는 고개를 끄덕였다.

엄마가 숨을 내쉬었다. "결혼 초기엔 가끔 유진 생각이 났어. 나는 네 아빠를 사랑하긴 했지만, 그 사랑을 믿진 않았지." 엄마는 손가락으로 입술을 훔치고는 어딘가 모호한 곳을 응시했다. "당시엔 성급하게 상황을 만회하려 한 나 자신이 부끄러웠던 것 같아. 나는 우리 관계가 유진과 연관이 있다고 믿었고, 그 사람 때문에 우리 관계가 더럽혀지고 있다고 생각했어. 그저 내 감정적 필요에 의해 유진에서 너희 아빠에게로 마음을 옮긴 게 아닐까 두려웠단다."

고개를 끄덕이던 레나는 머리가 무겁게 느껴졌다. 엄마는 심리학적으로 훈련된 사람이었고, 가끔은 그게 겉으로 드러나곤 했다.

"네가 한 살쯤 됐을 때 유진이 뉴욕에서 나한테 전화를 했어. 사년 만에 처음 듣는 목소리였지. 그 일로 나는 완전히 추락했어."

이야기가 어디로 흘러갈지 레나는 갑자기 무서워지기 시작했다.

"나보고 뉴욕에서 만나자더라."

레나는 이를 갈았다. 한 살 때의 자신이 불쌍하게 느껴졌다.

"나는 사흘 동안 고민했어. 그러다 결국 뉴욕에 갔지. 너희 아빠에게는 대충 둘러대고, 카르멘네에 널 맡기고 기차에 몸을 실었어."

"아, 안 돼." 레나가 나직이 말했다.

"너희 아빠는 아직도 이 일을 몰라. 너도 비밀을 지켜주면 좋겠다."

레나는 아빠가 모르는 엄마에 대해 알고 있다는 도취감과, 그에 대한 깊은 자괴감을 동시에 느꼈다.

"센트럴 파크로 그를 만나러 가면서 코트 주머니에 넣어둔 그 끔찍한 진주 반지를 만지작거렸던 생각이 나는구나. 솔직히 나도 그 순간엔 내 인생이 어디로 흘러갈지 알지 못했어."

레나는 눈을 감아버렸다.

"우리가 공원을 산책하면서 보낸 세 시간은 아마도 내 인생에서 가장 값진 시간이었을 거야."

레나는 이 부분은 듣고 싶지 않았다.

"왜냐하면 공원을 나와서 너와 아빠가 있는 집으로 돌아오면서 깨달았거든. 내가 너희 아빠를 있는 그대로 사랑하고, 유진을 더이상 사랑하지 않는다는 걸 말이야."

레나는 조금 안심이 되기 시작했다. "그러니까…… 아무 일도 없었던 거네."

"내가 그 사람에게 키스해주긴 했지만 그게 다였어."

"세상에." 레나가 말했다. 엄마와 이런 대화를 하고 있다니 믿을 수가 없었다.

"그날 저녁 나는 너무나 행복한 마음으로 집에 돌아왔단다. 그 기분은 영원히 잊지 못할 거야." 엄마 목소리에 즐거운 기색이 묻어났다. 마치 무슨 음모라도 털어놓는 듯한 분위기였다. "내 생각엔 그날 에피가 생긴 것 같아."

레나는 슬슬 딸의 입장으로 돌아가야 할 필요성을 느끼기 시작했다.

"나머지 부분은 네가 아는 대로고."

갑자기 알게 된 이 사실은 레나에게 충격이었다. 자신의 탄생과 유년기가 걱정과 불신으로 점철되어 있던 것과 달리, 에피는 완벽한 행복의 물결을 타고난 아이라는 생각, 거대한 우주의 힘에 의해 결정된 아이라는 생각이 들었다. 정말 짜증나는 일이었다.

"유진이란 사람 얘기는 이렇게 끝나는구나." 레나가 말했다.

"말처럼 쉽진 않았어. 그후로도 몇 년 동안 대여섯 번 전화를 했으니까. 보통 술에 취한 상태였어. 너희 아빠는 그 사람을 정말 혐오했지." 엄마가 그때의 생각을 떠올렸다. "그게 크리스티나와 앨리스, 그리고—"레나는 엄마가 방금 마를리라고 말할 뻔했다는 걸 눈치챘다. 하지만 엄마는 거기서 멈췄다. "내 친한 친구들이 유진에 대해 알게 된 이유야. 나는 그 전화를 너무나 두려워했고, 그것 때문에 너희 아빠랑 많이 싸웠거든. 아직까지도 아빠 앞에서는 그 사람 이름도 꺼내지 않는단다. 그래서 네가 그 사람 얘기를 꺼냈을 때 그렇게 반응할 수밖에 없었어."

레나는 고개를 끄덕였다. "하지만 아빠는 별로 걱정하지 않아도 되지 않아?"

"그렇지." 엄마가 수긍했다. "너희 아빠는 정말 훌륭한 사람이고 좋은 아빠야. 유진은 그냥 멍청이고. 지금 생각하면 그때 가슴앓이했던 게 오히려 나에게 최고의 행운이 아니었나 싶어."

엄마는 딸을 심각한 표정으로 바라보았다. "레나, 바로 이 점을 네가 기억했으면 해."

Tibberon: 밤늦게 레나랑 얘기했어. 젠장, 정말 믿을 수가 없다. 레나랑 얘기해봤어?

Carmabelle: 방금. 정말 상상도 못할 일이야. 불쌍한 레나. 우리가 뭐 해줄 수 있는 일이 있을까? 집에 있어. 내가 지금 갈게.

브리짓은 이제 집으로 돌아갈 시간이 되었다는 걸 알았다. 레나한테 일어난 일을 들으니 함께 있어줘야 할 것 같았다. 버지스에서의 마지막 날, 브리짓은 할머니와 함께 뒷베란다에 나란히 누웠다. 그들은 작별인사를 하는 대신 얼음을 아그작아그작 씹으며 앞으로 진행할 집 리모델링 프로젝트에 대해 이야기했다.

세시, 떠날 시간이 다가오고 있었다.

할머니는 조심스러워했다. 울음바다를 만들고 싶지 않은 듯했다.

반면 브리짓은 언제나처럼 조심하기보다는 그냥 나오는 대로 말했다. "있잖아요, 할머니. 저랑 친하다는 애들 세 명만 없었어도 여기서 할머니와 함께 살았을 거예요. 이젠 완전히 내 집 같다니까요."

할머니는 생각했던 대로 눈물을 쏟기 시작했다. 브리짓도 울었다.

"정말 그리울 거다. 아가. 정말 그리울 거야."

브리짓은 고개를 끄덕이고는 할머니를 꼭 끌어안았다.

"크리스마스에는 페리도 데리고 와, 약속할 거지?"

"약속할게요." 브리짓은 믿음직스럽게 대답했다.

할머니는 마지막 순간 브리짓의 귀에 대고 속삭였다. "기억하렴. 널 영원히 사랑할 거다."

짐을 갖고 나온 브리짓은 마지막으로 집을 한 번 더 보기 위해 돌아섰다. 처음 왔을 땐 평범해 보였는데, 지금 브리짓의 눈에는 너무나 아름다워 보였다. 현관문 안쪽 그늘에 서 있는 할머니의 모습이 보였다. 할머니는 브리짓에게 우는 모습을 보이고 싶지 않아했다.

브리짓은 이 집을 사랑했다. 할머니도 사랑했다. 월요일마다 빙고 게임을 하러 가고, 금요일엔 텔레비전을 보고, 하루도 빼놓지 않고 열두시 정각에 점심을 먹는 할머니를 사랑했다.

어쩌면 브리짓은 아빠와 페리가 있는 집을 집으로 느껴본 적이 없는지도 모른다. 하지만 이곳은 집처럼 느껴졌다.

레나,

너 여전히 그리스에 있을 테니 한동안 이 편지를 못 보겠지. 그래도 뭔가 해야 할 것 같아서. 어떤 식으로든 너와 함께하고 싶어.

할아버지 소식은 너무 안타깝다. 오늘 아침 그 이야기를 듣고 네 생각에 울었어. 너는 늘 흔들림이 없었지. 하지만 레나, 이번 한 번만은 내가 널 챙겨줄 수 있으면 좋겠다.

내 모든 사랑을 담아
브리짓

그리스에서 보낸 나흘째 날과 마지막 날에는 중요한 일이 있었다. 그중 하나는 할머니가 할아버지의 요상한 백구두를 레나에게 줬는데, 놀랍게도 레나의 큰 발에 그 구두가 쏙 들어맞았다는 것이다. 진짜로 신으라고 준 건 아니었기 때문에 할머니는 식겁했지만 레나는 기뻤다.

"관에 함께 넣으려고 했는데, 우리 아가한테 주는 게 좋겠구나."

"좋아요, 할머니. 감사합니다. 정말 좋아요."

또하나 중요한 일은 저녁때 할머니 집 밖에 있는 담벼락에 앉아 그림을 그릴 때 일어났다. 레나는 그 그림을 할아버지와 함께 묻을 생각이었다.

잔잔한 칼데라 위에 걸린 보름달이 레나에게 영감을 불어넣었다. 레나는 물감을 꺼내고 이젤을 세웠다. 소용돌이치는 밤을 표현하기 위해 물감을 섞었다. 지금까지 어두운 데서 그림을 그려 본 적은 한 번도 없었고 앞으로도 없을 것이었다. 기본적으로 말이 안 되는 짓이니까.

하지만 레나는 하늘과 호수에 뜬 빛나는 두 개의 달을 포착할수 있었다. 두 개의 달은 정말 똑같아 보였고, 레나는 그림에 그 둘을 똑같이 그려넣었다.

팔레트에 기름을 몇 방울 섞을 때, 레나는 코스토스가 자기 뒤에 서서 그림을 보고 있는 것을 알아차렸다.

레나는 둘 모두의 삶을 망쳐버린 그 남자를 가만히 바라보았다.

그림을 한참 들여다본 후 그가 혼잣말을 했다. "달이 빛나는 밤이네."

우습게도, 그건 레나가 붙이려던 제목이었다. 하지만 거만해 보일까봐 그냥 가만히 있었다. 자신의 작품과 반 고흐의 작품, 그중에서도 가장 좋아하는 그림*을 비교할 순 없었다. 레나는 엄마와 유진을 떠올리며 과연 언젠가 코스토스를 그냥 멍청이로 여길 수 있을까 생각해봤다. 지금으로선 그럴 수 있을 것 같지 않았다.

"할아버지가 좋아하실 거야." 그가 말했다.

그렇다, 그럴 수 없을 것 같았다.

---

* 우리나라에서는 '별이 빛나는 밤'이라는 제목으로 더 유명하다.

레나는 울지 않으려고 노력하는 중이었다. 특히 콧물을 흘리지 않으려고 애썼다. 지금이 그를 마주하는 마지막 순간이라고 생각했다. 레나는 뒤로 돌아 똑바로 서서 그를 바라보았다. 애타게 바라고 갈망했던 그 얼굴에 빨려들어갈 정도로.

어젯밤은 갑갑하고 적대적이고 망연자실한 기분이었는데, 이상하게 지금은 그렇지 않았다.

"잘 있어." 레나가 말했다.

레나는 알 수 있었다. 코스토스가 마치 목마른 사람이 물을 마시듯 자기 모습을 받아들이고 있다는 것을. 눈과 머리카락, 입과 목, 가슴, 물감 묻은 바지, 할아버지의 백구두까지. 만약 이 순간이 그들의 이별이 아니라 첫 만남이라면, 이건 정말 해서는 안 되는 행동이었다. 이별의 순간에 적합한 행동도 아니었다.

"어젯밤에 나한테 한 말 있잖아." 레나가 먼저 입을 뗐다.

그가 고개를 끄덕였다.

레나는 목소리를 가다듬었다. "나도 그럴 거야."

자신을 칭찬해주고 싶었다. 이보다 더 깔끔하게 표현할 수는 없을 것이다.

그는 다시 고개를 끄덕였다.

"영원히 잊지 못할 거야." 이 말에 대해 잠시 생각했다. "그래도 할 수 있다면 조금은 잊을 수 있으면 좋겠어." 레나는 할아버지의 구두 속에서 발가락을 꼼지락거렸다. "그러지 못한다면 끔찍하게 힘들 테니까."

코스토스의 눈이 레나로 가득찼다. 입술 가장자리가 떨리더니 아래로 처졌다.

레나는 팔레트와 붓을 담 위에 내려놓았다. 그리고 발끝으로 서서 손으로 그의 어깨를 잡아 중심을 잡고 뺨에 키스했다. 장소가 어디든 상관없었다. 레나는 친구가 아닌 연인으로서 그에게 키스했다. 하지만 문제될 건 없었다. 코스토스도 생각보다 더 세게, 더 가까이 레나를 끌어안았다. 레나를 보내고 싶지 않은 게 분명했다.

코스토스가 떠나고 잠시 후 에피가 나타났다. 워크맨으로 음악을 듣고 있었는데 뭔가 흐트러져 보이는 게 의심스러웠다.

"이제 전보다 더 많이 울겠네." 에피가 지적했다.

레나는 하마터면 웃음을 터뜨릴 뻔했다. "너 그 웨이터랑 만났구나, 그치?"

에피는 수줍은 듯 어깨를 으쓱했다. 지난여름 나눴던 사랑의 진도도 마치 어제 일처럼 바로 따라잡을 수 있는 아이다. 격렬한 애정행각 뒤에도 떠날 시간이 되면 아무렇지 않게 사랑에 작별을 고할 수 있다.

레나는 동생을 신기한 듯 살펴보았다. 에피는 이어폰에서 흘러나오는 바보 같은 노래에 맞춰 고개까지 까딱거리고 있었다.

사람들은 각자 다른 재능을 타고난다. 레나는 곰곰이 생각해보았다. 이를테면, 레나는 감사 편지 쓰는 데 소질이 있고, 에피는 행복해지는 재주가 있는 것처럼 말이다.

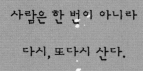

사람은 한 번이 아니라

다시, 또다시 산다.

_윌리엄 찰스

버스 터미널까지 가방을 들고 400미터 정도 가야 하던 차에 갑자기 빌리가 인도에 나타나 무거운 가방 두 개를 들어주었다. 브리짓은 그게 싫지 않았다.

　"안 가면 좋겠다." 그가 말했다.

　"가족들이 기다리고 있어. 그래도 자주 볼 수 있을 거야." 브리짓이 대꾸했다.

　브리짓은 가방을 들고 버스 터미널에 서서 빌리를 바라보며 떠나고 싶지 않다는 생각을 했다. 빌리는 브리짓을 좋아한다. 브리짓은 확신할 수 있었다. 빌리가 육체적 신호를 보내기만을 기다리는 중이었다. 브리짓도 그걸 원했다. 아닌가? 이제 브리짓은 자신이 사랑받을 만하다고 느낄 만큼 자기 자신을 다시 사랑하게 되었다.

하지만 고민되기도 했다. 내가 정말 그걸 원하는 걸까? 남자애들의 그런 시선은 지금까지만으로 충분하지 않나? 만약 자신이 금발 미인이라는 이유로 빌리의 감정이 왔다갔다한다면 마음 상하는 일 아닐까?

하지만 빌리는 그런 식으로 브리짓을 보고 있지 않았다. 그는 여섯 살 때 알던 브리짓을 보고 있었다. 축구장에서 그를 향해 소리치던 브리짓을 바라보던 눈빛이었다. 아닌가?

그가 브리짓의 부드러운 손목을 붙잡았다.

혹시 그런가?

브리짓은 여섯 살의 자신과 지금의 자신이 그간의 비극적 사건으로 인해 완전히 다른 세계에 살게 되었다고 생각했다. 빌리의 친구였던 자신과 빌리의 여자친구가 될지도 모르는 지금의 자신은 거의 정반대라고 할 수 있을 정도로 완전히 다른 사람이라고 생각했다. 그러나 이제는 확신할 수 없었다.

하지만 빌리가 입술에 키스하자 머리부터 발끝까지 찌릿했던 것으로 보아, 자신도 분명히 이 상황을 즐기고 있었다.

순간의 찌릿함이 지나가자 발밑을 멀쩡히 받치고 있던 땅이 계속 앞뒤좌우로 출렁거렸다. 보이는 모든 곳이 그랬다.

사실 좀 이상한 생각이긴 했다. 하지만 카르멘은 일이 제멋대

로 진행되다가 제자리로 돌아오는 것을 좋아했다. 엄마는 그후
로 데이비드와 잘 만나고 있다. 이미 속죄를 마쳤으니, 카르멘은
즐거워하는 엄마를 구경하거나 레나를 걱정하며 시간을 때웠다.
모건 가족은 여름의 마지막 이 주를 바닷가에서 보내기로 했기
때문에 시간도 충분했다.

포터는 체비 체이스에서 열리는 파티에 가자며 그주에 두 번
이나 메시지를 남겼다. 카르멘은 엄마 일도 해결해놓았으니 지
금이라면 포터와 진짜 사랑을 시작해볼 수 있겠다고 생각했다.

카르멘이 갑자기 전화해서 만나자고 하자 포터는 적잖이 놀란
것 같았다. 하지만 알았다며 디지스 그릴에 가자고 하는 것으로
보아 카르멘을 싫어하는 것 같지는 않았다. 아니면 너무 싫어한
나머지 그날 밤 카르멘에게 계산서를 은근슬쩍 떠넘길 계획을
세우고 있는지도 모르지만. 카르멘은 비상금을 20달러 정도 지
갑에 챙겨가야겠다고 생각했다.

엄마가 데이비드와 사랑에 빠지고, 정작 자기와 포터는 사랑
에 빠지지 않았던 그 운명의 밤 이후 처음으로 카르멘은 다시 마
법의 바지를 입었다. 오늘밤 무슨 일이 일어날지 누가 알겠는가?
바지를 입으면 오늘밤이 운명의 밤이 될 수도 있다.

전화벨이 울렸을 때 카르멘은 눈썹을 정리하는 중이었다.

발신자 번호를 보니 중앙역 공중전화에서 걸려온 전화였다.

"여보세요?"

"안녕. 나 폴이야."

카르멘은 폴이 이 주간 찰스턴에 있는 집에 머물다가 필라델피아의 대학으로 돌아가는 길일 거라고 예상했다.

"안녕, 뭐하고 있어?"

"나 기차 놓쳤다."

"저런, 어쩌다가?"

"지하철을 잘못 탔거든."

콧방귀가 절로 나왔다. "말도 안 돼!"

"말도 안 되지."

"오."

"친구가 워싱턴까지 태워다줬어. 그리고 나는 기차를 놓쳤고."

"오."

카르멘은 이게 무슨 소리인지 생각해봤다. 즉 폴이 오늘밤 지낼 곳이 없고, 카르멘이 그를 건사해줘야 한다는 뜻이었다.

"으음." 카르멘은 전화기를 두드리며 생각했다. "위스콘신 애비뉴와 우드리 로드가 만나는 교차로에 있는 디지스 그릴에서 만나. 언제가 됐든 그냥 거기로 와. 뭐 좀 먹었어?"

"아니."

"잘됐네. 그럼 거기서 봐." 불쌍한 포터. 결국 오늘밤도 불청객이 낀 요상한 데이트를 하게 되었다.

두번째로 전화벨이 울렸을 때, 카르멘은 족집게를 들고 삐죽

삐죽한 눈썹과 2차전을 벌이는 중이었다.

"맙소사!" 카르멘은 족집게를 벽에 집어던지며 소리쳤다.

레나네 집 번호였다. 레나가 돌아왔나? 카르멘은 황급히 전화기를 들었다.

"레나!"

"아니야, 나 에피야." 에피가 작은 소리로 소곤거렸다.

"집에 온 거야?"

"응. 한 시간쯤 전에."

"레나는 좀 어때?"

심장박동이 관자놀이에서도 느껴졌다. 레나가 돌아왔다. 그리고 레나는 카르멘이 필요할 것이다. 이것참, 어쩔 수 없다. 폴과 포터가 함께 즐거운 식사 시간을 보내길 바라야 하나.

에피는 잠시 머뭇거리다가 대답했다. "으음. 모르겠어."

"걷긴 해? 말은 하고?"

"그렇기도 하고, 안 그렇기도 해."

"무슨 말이니?"

"걷긴 하는데, 말은 안 해."

"오, 지금 당장 갈게."

"아니야. 밖으로 불러내는 게 더 나을 것 같아."

"그래?"

"응. 언니는 좀 나갈 필요가 있거든." 에피가 말했다.

"알았어. 근데 확실한 거지?" 에피와 카르멘은 둘 다 보스 기질이라 궁합이 잘 맞지 않았다.

"응. 지금 언니 방에는 편지가 반, 사진이 반이야. 상태가 딱 그렇다니까. 우리가 너무 급하게 떠났거든. 언니가 우리 언니를 불러내서 정신을 딴 데로 돌려주면, 그사이 내가 언니 방을 치울게. 쓰레기 분리수거처럼 말이야. 하하."

카르멘은 아무 대꾸도 하지 않았다. 에피 역시 카르멘이 자기 농담에 웃든 말든 상관하지 않았다.

"티비한테는 전화해봤어?" 카르멘이 물었다.

"집에 없었어."

"알았어, 에피. 십오 분 내로 데리러 갈게." 카르멘은 잽싸게 수화기를 내려놓았다.

방으로 달려가 가방에 소지품을 쑤셔넣으며 고개를 저었다. 이제 레나도 디지스 그릴로 끌고 가는 수밖에 없다. 그것 말고는 뾰족한 수가 없었다.

어차피 두 남자와 함께하는 미친 데이트는 죽도 밥도 안 될 테니 상관없었다.

잠시 후, 카르멘은 이 이상한 만남에서 오가는 온갖 미묘한 뉘앙스를 파악하려 애쓰는 중이었다. 도대체 언제, 어떻게, 왜 이런 일이 일어났는지, 애당초 진짜 일어나긴 한 것인지.

카르멘은 마법의 바지를 입은 채 레나의 손을 잡고 있고, 레나
는 허리 부분을 끈으로 졸라매는 플란넬 바지와 셔츠를 입고 있
었다. 세 걸음쯤 떨어져서 보면 그냥 평범하고 단순한 셔츠 같아
보였다. 하지만 가까이서 보니 목선을 따라 자잘한 러플이 달려
있었다. 그 모습에 카르멘은 충격을 받았다. 평소 티셔츠를 즐겨
입던 레나에게 러플 장식이라니.

레나는 한층 야위어 보였다. 마음고생 때문에 살이 빠진 것일
테지만, 어쨌든 카르멘은 너무 부러웠다. 레나의 빛나는 큰 눈
은 어딘가 애매한 곳, 여기도 저기도 아닌 곳을 바라보는 것 같
았다. 레나는 마치 갓 태어난 아기처럼 눈을 깜빡이며 식당 안을
둘러보았다. 피부는 새로 돋아난 부드러운 새살 같았고, 눈은 이
제 막 보기 시작한 사람 같았다. 카르멘은 레나를 이렇게 북적거
리고 자극적인, 담배 연기 자욱한 곳에 끌고 온 것이 미안했다.
새로 태어난 사람에게 적합한 곳은 아니었다.

카르멘은 식당 앞쪽 대기석에 레나를 앉혔다. 안으로 들어가
니 포터와 폴이 각자 테이블을 하나씩 꿰차고 기다리고 있었다.
카르멘은 일단 포터에게 갔다. 포터는 카르멘을 보자 웃으며 일
어섰다.

"안녕." 그가 인사하며 입술에 키스했지만, 카르멘은 그게 무
슨 뜻인지 헤아려보기엔 너무 정신이 없었다.

"저기, 있잖아. 오늘밤 일이 좀 복잡해졌어." 카르멘은 미안하

다는 듯 얼굴을 찡그렸다. "내 친구—실은 의붓오빠가 오늘밤 기차를 놓쳐서 갈 데가 없다길래 여기 데려왔어." 거기까지 말하고 머뭇거리며 턱을 만졌다. "그래도 괜찮아?"

포터는 카르멘을 바라보며 눈빛으로 말했다. 이제 와서 내가 괜찮은지가 문제겠어?

"그리고 또 있잖아." 카르멘은 곧바로 다음 말을 꺼내버렸다. "내 친구 레나 알지? 개가 오늘밤 그리스에서 돌아왔는데…… 상태가 좀 안 좋아. 진짜로." 목소리를 좀더 낮추었다. "그래서 혼자 둘 수가 없어서 데려왔어." 카르멘은 불쌍해 보이도록 어깨를 으쓱했다. "미안해."

포터는 고개를 끄덕였다. 이쯤 되자 더는 놀라거나 실망할 것도 없는 듯했다.

그때 폴이 카르멘을 발견했다. 카르멘은 폴을 향해 말했다. "안녕. 이쪽으로 와."

폴이 카르멘을 따라왔다.

"포터, 이쪽은 폴이야. 폴, 이쪽은 포터." 두 사람이 말소리가 들릴 만큼 가까워지자 카르멘은 서로를 소개했다.

"안녕." 포터가 인디언 추장처럼 팔을 들어올렸다.

오늘밤 카르멘은 너무나 많은 사람의 인생을 교통정리하는 중이었다. 그녀는 포터가 앉아 있던 테이블을 가리키며 말했다. "저기 다 앉을 수 있겠다. 그치?"

포터가 어깨를 으쓱했다. "그래."

"좋아, 가서 앉아 있어. 난 레나를 데려올게."

폴은 전쟁이라도 겪은 듯 심하게 불안해 보였다. 그는 사교적인 편이 아니었다. 아마도 중앙역 의자에 그냥 앉아 있을걸 하며 후회하고 있을 것이다.

대기석에 앉은 레나는 세상이 빙글빙글 돌기라도 하는 것처럼 손바닥만 내려다보고 있었다. "레나?"

레나가 고개를 들었다.

"오늘 같은 날 여기저기 끌고 다녀서 미안해. 그런데 오늘 나, 네가 모르는 남자애들과 선약이 잡혀 있어서 말이야." 이제 와서 포장한들 무슨 소용이랴. 만약 레나가 성질을 낸다면, 바로 지금이 적절한 타이밍이었다.

의자 밑으로 숨어들 거라 잠시 상상했던 것과는 달리, 레나는 자리에서 일어나 순순히 카르멘을 따라왔다. 발을 구르고 소리를 지르는 시나리오보다 더 무서웠다.

둘은 테이블 쪽으로 걸어갔다. 그 일이 일어난 건 아마 그때부터였던 것 같다. 무슨 이유인지 폴과 포터는 테이블 한쪽에 나란히 앉아 있었다. 다 큰 남자애들이 나란히 앉아 있는 모습이 왠지 우스웠다. 카르멘은 폴 쪽을 보고 있었기 때문에, 그때 포터가 자기들을 어떤 눈으로 보고 있었는지는 정확히 기억할 수 없었다.

시간이 멈추고, 주변이 조용해지고, 모든 것이 세피아 톤으로 바뀌었다. 아직 아무 일도 일어나지 않았지만 이미 향수에 젖은 듯한 분위기가 감돌았다.

폴이 레나를 쳐다보았다. 지금껏 많은 남자들이 그랬지만 그 렇게까지 쳐다보는 사람은 처음이었다.

그것이 나중에 카르멘이 뭔가 이상했다고 느낀 가장 큰 이유였다. 폴의 그 눈길 말이다. 눈길 하나에 어쩌면 그렇게 많은 것을 담을 수 있는 걸까?

포터가 일어났고, 폴도 일어났다. 그리고 다같이 앉았다. 카르멘이 무슨 말인가를 했고, 포터도 무슨 말을 했다. 웨이터가 와서 뭐라고 한참 말하고 갔다. 하지만 그동안 일어난 중요한 일에 비하면 나머지는 다 상관없는 곁다리였다.

폴과 레나, 레나와 폴. 그들은 서로를 보고 웃지도, 말을 걸지도 않았다. 아마도 무슨 일이 벌어지고 있다는 사실조차 깨닫지 못했을 것이다. 하지만 카르멘은 깨달았다. 그냥 알 수 있었다.

단란한 4인용 테이블 한가운데 갑자기 큰 균열이 생겼다. 한쪽엔 이 세상과 식당, 포터와 카르멘 같은 일반인들이 있고, 반대쪽엔 폴과 레나가 있었다. 카르멘은 너무 긴장한 나머지 그들이 보이지도 들리지도 않았다. 카르멘은 그쪽 세상에 속한 사람이 아니었다.

"스파이시 치킨 윙 먹을까?" 포터가 쾌활하게 물었다.

카르멘은 눈물이 날 것 같았다.

이것이 바로 마법의 바지다! 그렇다! 주위의 모든 것을 탈바꿈시키는 순수한 마법의 힘이 지금 작동하고 있는 것이다. 하지만 카르멘에게는 그런 일이 일어나지 않았다! 절대로.

카르멘은 사랑하는 데 능숙하지 못했다. 너무 어렵게 사랑했다.

상상이 점점 위험한 방향으로 뻗어나갔다. 이제 폴에게는 레나가 세상의 중심이 될 것이다. 그냥 그럴 것 같았다. 그는 더이상 카르멘에게 신경써주지 않을 것이다. 카르멘이 늘어놓는 온갖 쓸모없는 얘기도 들어주지 않을 것이다.

그러면 레나는 어떨까? 이 일이 둘의 우정에 어떤 영향을 미칠까? 자매 같은 우리 관계에는? 이 사건은 나를 어디로 데려가려는 걸까?

저 아래서부터 불안이 샘솟더니, 위산이 분비되고 장이 꼬이기 시작했다.

이 더블데이트는 또 어떤가? 사랑이 가까이 있음에도 불구하고, 나는 왜 사이드라인에만 앉아 있는 걸까? 왜 사랑을 쟁취하지 못하고 잃기만 하는 걸까?

그제야 카르멘은 엄마와 데이비드를 떠올렸다. 그날 데이비드는 약속시간보다 훨씬 일찍 엄마와 카르멘에게 줄 장미 꽃다발 두 개를 들고 집으로 찾아왔다. 너무나도 행복해하는 엄마를 보고 카르멘은 데이비드에게 깊이 감사했다. 데이비드는 카르멘이 낱말 게임에서 헤매던 문제(a로 시작하는, 다섯 글자로 된 일본 개 이름)를 풀어주었다. 하지만 더 중요한 점은 아무리 숨기려 애써도 엄마 얼굴에서 광채가 뿜어져나오고 있다는 사실이었다. 엄마는 사랑을 잃지 않았다. 사랑을 쟁취하고 있었다.

폴과 레나만의 세계에서 폴이 무언가 속삭였다. 그러자 수줍은 듯 탁자만 내려다보던 레나가 고개를 들었다. 카르멘조차 본 적 없는 사랑스러운 미소였다. 레나에게 어떤 변화가 생긴 것이다.

지금 보고 있는 것을 무시하고 넘어갈 수도 있었다. 위험하다고 느끼면, 그 뿌리를 캐내기 전에 짓밟아버릴 수도 있었다.

혹은 이 세상에서 가장 사랑하는 두 사람인 레나와 폴이 서로 사랑할 자격이 있다고 생각할 수도 있었다.

갑자기 생각이 번뜩 떠올랐다. "레나?"

레나가 카르멘의 말을 알아듣기까지는 조금 시간이 걸렸다. "응?"

"잠깐 나 좀 볼래?"

폴과 레나는 어떻게 이렇게 대놓고 방해할 수 있느냐는 놀란 표정으로 카르멘을 바라보았다. "잠깐이면 돼. 약속할게." 카르멘이 덧붙였다.

카르멘은 화장실로 들어가 바지 단추를 풀고 순식간에 바지를 벗어버렸다. "나한테 네 바지를 주고 이걸로 갈아입어, 알았지?"

"왜?" 레나가 물었다.

"오늘밤은 너한테 아주 중요한 밤이 될 테니까." 카르멘의 심장이 두근거렸다.

"네가 그걸 어떻게 아는데?" 레나는 거의 겁에 질린 것처럼 보였다.

카르멘은 자기 심장에 손을 가져다댔다. "그냥 알아."

레나가 커다란 눈으로 카르멘의 눈을 들여다보았다. "어떻게 중요하다는 거야? 대체 무슨 뜻이야?"

카르멘은 고개를 들었다. "레나, 설사 지금은 모른다 해도 곧 알게 될 거야. 이번 여름에 너무 많은 일이 있었잖아. 그러니까 시간이 좀 걸릴 수도 있어."

레나는 혼란스러워 보였지만 굳이 따지지 않았다. 바지에 다리를 꿰고 끌어올렸다. 바지를 입으니 사방이 희미하게 반짝이는 것 같았다.

레나가 오늘 끈 달린 바지를 입고 나오게 해주신 주여, 감사합니다. 카르멘은 잽싸게 바지를 입고 허리끈을 묶으며 생각했다.

레나는 벌써 문을 나서서 식당 쪽으로 날듯이 걸어가고 있었다. 폴에게 다가가는 레나의 모습을 지켜보면서, 카르멘은 지금 이 바로 또다른 세계가 열리는 순간이라고 직감했다. 아마도 이 순간을 본 사람은 카르멘밖에 없을 것이다.

일이 이렇게 되네. 카르멘은 생각했다. 그리고 깨달았다. 사랑을 사랑하는 법을. 저절로 알게 된 거지만.

레나는 집으로 돌아와 침대에 누웠다. 그리고 언제나처럼 남자에 대해 쉼 없이 생각했다. 하지만 오늘은 이상하게도 평소에 생각하던 그 남자가 아닌 다른 남자가 떠올랐다. 이 새로운 남자는 키가 더 크고 몸도 좋은데다, 눈에 진심이 가득했다. 마치 모든 걸 꿰뚫어 볼 준비가 되어 있지만 레나가 보여주는 것만 보려는 눈빛이었다. 미혼이고, 레나가 아는 한 아직까지 다른 여자를 임신시키지도 않았다.

어찌된 일인지 구십 초 정도 되는 시간 동안 레나는 하늘 높이 날아올라 타고 있던 공중그네에서 반대편 그네를 향해 몸을 날렸다. 심장이 멎을 듯 아찔한 높이를 날아 반대편 그네를 거머쥐었다.

언제부터 이렇게 배짱이 좋아진 걸까? 레나는 궁금했다. 어떻게 감정적 은둔자에서 공중곡예사로 변신할 수 있을까?

레나는 문득 불안해졌다.

티비에게 전화를 걸었다. 집에 돌아온 뒤 티비와 한 번도 통화하지 못했고, 큰 소리로 떠들고 싶기도 했다.

"티비, 도대체 뭐가 잘못된 건지 모르겠어." 레나는 행복해서인지 슬퍼서인지도 알지 못한 채 앓는 소리를 해댔다. 그네를 타고 높이 올라가자 두 감정이 똑같이 강렬해지며 뒤섞여버렸다.

"뭔데, 레나?" 티비는 여느 때보다 부드럽게 물었다.

"심장이 자꾸 부풀어오르는 게, 꼭 무슨 병에 걸린 것 같아."

"글쎄." 티비가 철학적으로 접근했다. "내 생각엔, 그래도 쪼그라드는 것보다는 부풀어오르는 게 나은 것 같은데."

레나를 데려다주고 집에 도착해 현관문을 열자 전화벨 소리가 들렸다. 카르멘은 부엌으로 가서 전화를 받았다.

"여보세요?"

"저기, 카르멘. 나 포터야."

"안녕." 카르멘은 적잖이 놀랐다.

"있잖아, 나 이제 항복이야. 그냥 네가 알아줬으면 해서. 내가 감당할 수 있는 건 여기까지인가봐."

카르멘은 힘들게 마른침을 삼켰다. 이유는 알 수 없지만 심장이 이상한 데서 뛰노는 것 같았다. "음, 무슨 말이야, 그게?" 카르멘은 모르는 척 소심하게 물었다. 포터가 무슨 말을 하고 있는지 알고 싶지 않았지만, 그렇다고 아무것도 모르지도 않았다.

포터가 깊은 숨을 내쉬었다. "솔직하게 말할게. 난 널 정말 좋아했어. 거의 이 년 동안. 이번 여름에 너랑 잘될 것 같아서 잔뜩 흥분하기도 했고. 정말 잘되길 바랐는데, 세상에, 카르멘, 넌 도대체 사람을 몇 번이나 물 먹이는 거야?"

포터는 잠시 말을 끊고 카르멘에게 변명할 기회를 주었다. 그러나 카르멘은 너무 큰 충격에 혀를 놀릴 수조차 없었다. 그저 입속에 쓸모없이 늘어져 있기만 했다.

"네가 계속 전화를 하니까 정말 혼란스러웠어. 그러고는 막상 만나면 데이트에는 신경도 안 쓰다가 다시 전화하고." 화난 목소리는 아니었다. 다만 체념한 것 같았다. "그래서, 어쨌든 이제 공식적으로 포기하려고. 바보짓도 여기까지야."

어색하고 불편한 침묵 속에서, 카르멘은 포터가 자기가 생각해오던 사람이 아니라는 사실을 서서히 깨달았다. 사실 단 한 번, 단 일 초라도 포터가 어떤 사람인지 생각해본 적 있었던가? 남자친구로서 포터가 가질 수 있는 객관적인 장점만 상세히 꿰고 있었지, 포터에게 감정 같은 게 있으리라고는 생각해보지도 않았던 것이다. 더불어 그가 그런 감정을 표현할 일도 없을 거라고 생각했다. 그녀에게 포터는 그저 예비 남자친구 겸 비싼 핸드백처럼 탐나는 액세서리 역할이었다.

그렇지 않나?

"엄마 문제 때문에 머리가 복잡했다는 건 알아. 그리고 이해해. 난 그 일이 정리되면 우리가 다시 잘 만날 수 있을 줄 알았어."

아니, 그렇지 않다.

카르멘은 두 볼이 타오르는 것 같았다. 포터에게 너무나 큰 잘못을 한 것이다. 헛웃음이 나왔다.

"포터?" 카르멘이 말했다. 그의 이름은 예전과 다른 느낌이었다. 갑자기 친구에게 말하는 기분이 들었다.

"응?"

"나는 너보다 훨씬 오랫동안 바보짓을 할 수 있을 것 같아."

그가 웃었다. 비록 무거운 웃음이었지만.

생각해보니 둘이 함께 웃은 적이 없었던 것 같다. 카르멘은 포터에게 웃을 일을 만들어주지 못했다.

"네가 살아 있는 사람이라는 걸 깜빡했다는 말 말고는 할말이 없어." 카르멘은 솔직히 털어놓았다.

"그럼 넌 나를 뭐라고 생각했는데?"

"글쎄…… 모르겠어. 펭귄?"

포터는 조금 더 웃더니 목소리를 가다듬었다. "그 말을 어떻게 받아들여야 할지 모르겠네."

"그런데 내가 틀렸어."

"내가 펭귄이 아니다?"

"아니었어."

"그래도 그렇게 말해주니 다행이네."

카르멘은 길고 슬픈 한숨을 내쉬었다.

"정말 미안해." 카르멘은 사과했다. 자신이 더이상 사람들에게 진심으로 사과해야 할 상황을 만들지 않길 바라며.

"괜찮아." 포터가 간단히 말했다.

"고마워."

"잘 지내, 카르멘." 그의 목소리는 무척 따뜻했다. 그 느낌이 좋았다.

"고마워." 카르멘은 한층 침착하게 말하고, 포터가 끊을 때까지 전화기를 들고 있었다.

전화기를 내려놓으면서 카르멘은 자기가 이런 일을 당해도 싸다고 생각했다. 제일 힘든 건 포터를 진짜로 좋아하면 어떤 기분일지 자꾸 상상해보게 된다는 점이었다.

카르멘은 아플 때 입는 보송보송한 빨간색 파자마를 입으며 살며시 미소지었다. 부끄러웠지만, 동시에 희망이 보이는 것 같기도 했다.

브리짓은 밤새 버스를 타고 달려 다음날 아침 메릴랜드 베세즈다에 내렸다. 하지만 곧장 집으로 향하지 않고 레나네 집으로 갔다. 레나 엄마와 말없이 포옹을 나누고 바로 위층으로 올라갔다.

레나는 올리브가 그려진 검은색과 초록색 잠옷을 입고 여전히 침대에 누워 있었다.

브리짓이 들어오는 걸 보고 레나가 일어나 앉았다. 브리짓은 작게 소리를 지르며 그녀를 껴안고 태클을 걸었다. 그러고는 좀 더 자세히 살펴보기 위해 레나에게서 떨어졌다.

괴로워서 죽을 것 같은 얼굴일 줄 알았는데, 그렇지도 않았다. 그보다는 좀 복잡미묘한 얼굴이었다.

"할아버지 얘긴 들었지?" 레나가 물었다.

브리짓은 엄숙하게 고개를 끄덕였다.

"코스토스 일도 들었니?"

브리짓은 다시 고개를 끄덕였다.

"엉망진창이야, 그치?" 레나가 푸념했다.

"그런가?" 브리짓은 레나의 눈을 들여다보며 부드럽게 물었다.

레나는 천장을 쳐다보았다. "이젠 내가 누구인지조차 모르겠다." 그리고 다시 침대에 드러눕고는, 브리짓이 옆에 눕자 미소를 지었다.

"난 정말로 사랑했어." 레나가 말했다. 그리고 눈을 감고 울기 시작했다. 자기도 코스토스를 말하는 건지 할아버지를 말하는 건지 알 수 없었다. 브리짓이 껴안는 것이 느껴졌다.

브리짓이 달래주었다. "알아. 나도 가슴이 아파."

레나가 한숨 돌리자, 브리짓은 따뜻한 눈빛으로 그녀를 바라보며 말했다. "그런데 레나, 너 뭔가 좀 달라 보인다."

레나는 눈물을 흘리면서 웃었다. 브리짓의 사랑스러운 금빛 머리카락을 매만졌다. "넌 그대로인걸. 내 말은, 예전의 너로 돌아왔다고."

"이번엔 좀 오래가면 좋겠어." 브리짓이 말했다.

레나가 커다란 발을 앞으로 뻗었다. "너 그거 알아?"

"뭐?"

"만약 이번 여름을 통째로 지워버릴 수 있다면 어떻게 할지 나 자신한테 물어봤거든."

"그랬더니?" 브리짓이 물었다.

"어젯밤까지만 해도 네, 제발 예전의 저로 돌려보내주세요, 라고 대답했을 거야."

브리짓이 고개를 끄덕였다. "그런데 지금은?"

"지금은 싫어. 그냥 이대로 있을 거야."

레나는 다시 울기 시작했다. 보통 레나는 일 년에 세 번도 울지 않았다. 그런데 요즘은 아침식사도 하기 전에 세 번은 우는 것 같았다. 이런 것도 지나가는 과정이라고 할 수 있을까?

레나는 몸의 힘을 빼고 브리짓에게 기댔다. 무너지는 자신을 브리짓에게 받아달라는 건 또 얼마나 이상한 반전인가.

하지만 레나가 깨달은 건 올여름을 사랑하게 되었다는 사실만이 아니었다. 그 시간이 왜 필요했는지도 깨달았다.

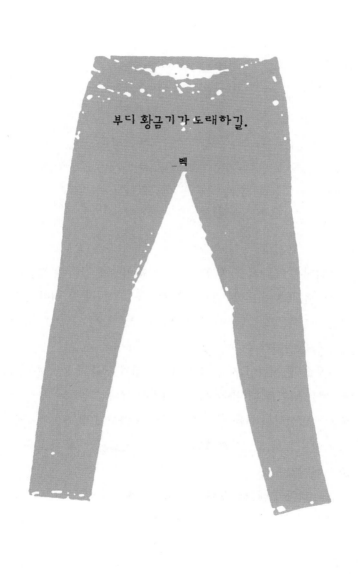

부디 황금기가 도래하길.

_벡

브리짓은 레나네 집에서 카르멘과 티비에게 전화를 걸었다. 둘은 단숨에 나타났다. 카르멘은 셔츠를 뒤집어입고 엄마 슬리퍼를 신고 있었고, 티비는 맨발이었다. 그들은 서로를 보며 기쁨의 함성을 질렀다.

그후로 몇 시간이 지나 해가 기울어 창가를 붉게 물들일 때까지, 넷은 방안을 떠나지 않았다. 나란히 레나의 침대에 누워 오랫동안 열심히 수다를 떨었다. 카르멘은 마법에 휩싸인 이 분위기를 아무도 깨고 싶어하지 않는다는 걸 알았지만, 배가 고픈 것도 사실이었다.

결국 티비와 레나가 부엌에서 식량을 찾아 위층으로 공수하는 원정에 나섰다. 하지만 둘은 삼십 초도 되지 않아 방으로 다시 돌아왔다.

"부엌에서 사람들 소리가 나." 티비가 흥분해서 눈을 크게 뜨고 말했다.

"내려와서 봐." 레나가 말했다. "조용히 해야 돼."

카르멘은 신발 덕에 아무 소리도 내지 않고 잘 내려갔다. 티비가 부엌문 옆으로 붙어서고, 모두 그 뒤에 따라붙었다.

엄마들 셋이 둥근 테이블에 앉아 있는 걸 보고 카르멘이 숨을 내쉬었다. 그들은 비밀스럽게 고개를 숙였다. 애리와 앨리스가 웃는 것을 보니 크리스티나가 재미있는 얘기를 한 것 같았다. 애리는 레나가 웃음을 참기 힘들 때 그러는 것처럼 손으로 눈을 가리고 있었다.

테이블에 놓인 와인 두 병도 보였다. 하나는 비었고, 다른 하나는 반쯤 비어 있었다.

엄마들을 보고 있자니 슬프다고도 기쁘다고도 할 수 없는 온갖 감정들이 카르멘에게 밀려들었다. 그들 역시 떨어질 수 없는 사이처럼 보였다. 편안하고 안락하게 함께 모여 있는 모습이 어린 시절의 향수를 불러일으켰다. 마를리 자리가 비어 있긴 했지만. 아마 이젠 그레타 할머니가 그 자리를 대신하겠지.

카르멘은 고개를 돌리다가 같은 감정에 젖어든 친구들의 얼굴을 보았다. 넷은 각자 같은 생각, 혹은 조금은 다른 생각을 하고 있었다.

넷은 아무 말 없이 티비를 따라 집 옆의 빈터로 나갔다. 카르멘은 자신이 웃고 있다는 걸 깨달았다. 엄마들이 친구로 잘 지내는 모습은 감동이었다. 너무나 원하면서도 동시에 원한다고 인정하고 싶지 않은 그런 모습이었지만.

네 친구는 해가 지고 별이 뜰 때까지 풀밭에 누워 있었다. 카르멘은 수천 마디 말보다 더 공고한 유대감을 자아내는 침묵의 힘에 감탄했다.

그날 밤 길다 클럽의 분위기는 좋다고 할 수도, 어둡다고 할 수도 있었다. 넷은 손을 마주잡고 이미 세상을 떠난 사람들과의 접촉을 시도했다. 마를리, 베일리, 레나 할아버지. 티비는 브라이언의 아버지를, 레나는 코스토스를 포함시켰다. 코스토스는 세상을 떠난 건 아니지만 레나가 애도해야 할 대상이었다. 브리짓은 자기 할아버지를 떠올리고 싶었다. 그리고 티비는 소리내 말하진 않았지만 미미를 떠올렸다.

죽은 사람들을 애도한 후, 그들은 사랑에 찬사를 보냈다. 티비가 부모님의 지하창고에서 훔쳐온 샴페인을 땄다. 카르멘은 현재 영 잘 풀리지 않는, 낭만적인 사랑을 위해 마셨다. 레나가 브라이언도 끼워넣자고 했지만 티비가 거부했다. 카르멘이 폴을 끼워넣고 싶어했지만 레나가 거부했다. 그래서 그냥 전반적인 사랑으로 범위를 넓혔더니 포함되는 사람들의 수가 확 늘어났다. 그레타 할머니, 브라이언, 폴, 발리아 할머니, 에피, 크리스타, 빌리. 카르멘은 그 명단에 데이비드를 끼워넣으면서 우쭐해했다.

그러고 나서 엄마들을 위해서도 건배했다. 여기선 브리짓이 눈물을 글썽거렸다. 브리짓은 마를리를 두 군데 다 포함시켜도 되는지 물었고, 다들 당연하다고 대답했다. 그다음엔 그레타 할머니도 두 군데 다 포함시켜도 되는지 물었고, 역시 다들 그러자고 했다.

파티가 끝날 때쯤, 티비가 깜짝 놀랄 만한 것을 꺼냈다. 애리가 앨리스에게 준 사진을 조심스럽게 꺼내서 둥글게 둘러앉은 그들 가운데 놓인 마법의 바지 위에 올려놓았다. 다들 조금이라도 자세히 보려고 몸을 앞으로 숙이고 눈을 가늘게 떴다.

젊은 여자 네 명이 벽돌담 위에 앉아 있었다. 서로 어깨동무를 하거나 허리를 감싸안고, 금방 캉캉 춤이라도 출 듯 다리를 꼰 채로. 모두 웃는 얼굴이었다. 한 명은 아름다운 금발이고, 또다른 한 명은 까만 눈에 까만 곱슬머리였다. 그녀가 제일 크게 웃고 있었다. 다른 한 명은 뻗치는 머리에 얼굴에는 주근깨가 나 있었다. 넷째 여자는 검은 생머리에 고전적인 얼굴이었다. 우정이 드러나는 그 사진은 그들 넷의 사진은 아니었다. 그건 아주 오래전에 찍은 엄마들의 사진이었다. 티비는 엄마들 역시 넷 다 청바지를 입고 있다는 사실을 발견하고는 기뻐했다.

조디 앤더슨에게 크고도 무한한 감사의 뜻을 표한다. 또한 웬디 로지아, 베벌리 호로비츠, 채닝 솔턴스톨, 레슬리 모건스타인, 제니퍼 루돌프 월시에게도 경의와 따뜻한 고마움을 전한다.

나의 남편 제이컵 콜린스 그리고 내 삶에 최고의 기쁨이 되어준 세 아이들 샘, 너새니얼, 수재너에게 사랑과 고마움을 전한다. 내 롤 모델이 되어준 아버지 윌리엄 브래셰어스에게도 감사의 마음을 전하고 싶다. 올해 우리 가족을 돌봐주고 나에게 이 책을 쓸 공간까지 마련해준 사랑스러운 린다와 아서 콜린스에게도 감사를 전한다. 그리고 남자아이들이 어떻게 생겨먹었는지에 대해 늘 나에게 고매한 의견을 제공해주는 내 형제들 뷰, 저스틴, 벤 브래셰어스에게도 고마움을 전한다.

지은이 **앤 브래셰어스**
1967년 미국 버지니아 출생. 2001년 첫 장편소설 『청바지 돌려 입기』를 발표했다. 출간 직후 선풍적인 인기를 모으며 뉴욕 타임스 베스트셀러에 오른 이 작품은 전미도서전에서 청소년 문학상을 수상하고 미국도서관협회가 뽑은 최고의 청소년 소설, 아마존 올해의 책으로 선정되었고, 19개국에 판권이 계약되었다. 그 외 작품으로 『파이어 아일랜드』 『마이 네임 이즈 메모리』 『여기 그리고 지금』 등이 있다.

옮긴이 **부선희**
고려대학교에서 정치외교학을 전공하고 전문번역가로 활동하고 있다. 옮긴 책으로 『달콤한 킬러 덱스터』 『청바지 돌려 입기 3』 등이 있다.

문학동네 세계문학
청바지 돌려 입기 2

초판인쇄 2015년 9월 16일 | 초판발행 2015년 9월 30일

지은이 앤 브래셰어스 | 옮긴이 부선희 | 펴낸이 강병선
책임편집 양수현 | 독자모니터 양은희
디자인 엄자영 이원경 | 저작권 한문숙 박혜연 김지영
마케팅 정민호 이미진 정진아 전효선 | 홍보 김희숙 김상만 한수진 이천희
제작 강신은 김동욱 임현식 | 제작처 영신사

펴낸곳 (주)문학동네
출판등록 1993년 10월 22일 제406-2003-000045호
주소 10881 경기도 파주시 회동길 210
전자우편 editor@munhak.com | 대표전화 031) 955-8888 | 팩스 031) 955-8855
문의전화 031) 955-1927(마케팅) 031) 955-2684(편집)
문학동네카페 http://cafe.naver.com/mhdn | 트위터 @munhakdongne

ISBN 978-89-546-3766-4 04840
      978-89-546-3764-0 (세트)

www.munhak.com